我曾经爱着一位姑娘,恋情之深,如疯似狂。因此,她对我的吸引力超过了世上的一切,我常常去看她。

《第六百八十八夜》(利昂·卡雷 绘)

戴丽莱戴上若干条串珠，又拿上一面旗，旗上有红、黄两色条纹。戴丽莱穿过大街小巷，行至一条胡同。

　　　　　《第六百九十九夜》(利昂·卡雷　绘)

戴丽莱把东西放在驴背上,用罩布盖好,然后牵着毛驴,直奔家中而去。

《第七百零二夜》(利昂·卡雷 绘)

阿里·米斯里跟着泽娜白来到一座宅门前,但见宅门高大,挂着大锁。泽娜白把面纱搭在大锁上,念着穆萨之母艾斯玛的名字,没用钥匙,便把锁打开了。

《第七百一十一夜》(利昂·卡雷 绘)

阿里·米斯里走进厨房,开始做饭。只见他动作熟练,饭菜很快就做好了。

《第七百一十三夜》(利昂·卡雷 绘)

犹太商人望着阿里·米斯里变成的驴子,说:"倒霉的家伙!我就把你变成供大人和小孩取笑的玩意儿。"说完骑上毛驴向城外走去。

《第七百一十七夜》(利昂·卡雷 绘)

艾兹德什尔王子正襟危坐在店铺中的高垫子上，容光焕发，精神抖擞，英姿勃勃，就像一轮皓月。

《第七百二十一夜》（利昂·卡雷　绘）

经过工匠们的一番忙碌,宫殿修缮工程竣工,《梦境图》也绘成了。他们请宰相来看,宰相欣喜不已。
《第七百二十六夜》(利昂·卡雷 绘)

白德尔·巴西姆刚刚躺下,无意中抬眼朝树上望去,却见一位美丽的姑娘坐在树上,容颜俊秀,宛如天上的一轮圆月。

《第七百四十八夜》(利昂·卡雷 绘)

白德尔·巴西姆在海上漂泊了三天,第四天被风浪推到了岸边。他抬眼望去,但见那是一座白色城市,就像一只羽毛极白的鸽子。

《第七百五十一夜》(利昂·卡雷 绘)

飞魔抱着宫女，腾空而起。仅过一个时辰，便落在基娜梓·白哈里的宫殿顶上。

《第七百五十六夜》（利昂·卡雷 绘）

哈桑将铜盘砸成碎片,随后按波斯老头儿的吩咐,将碎铜盘丢入坩埚,开始拉风箱鼓风,直至铜片化成了铜水。

《第七百七十九夜》(利昂·卡雷 绘)

人们把目光投向了哈桑的妻子。眼见她容貌俊秀、玉体嫩白,妇女们啧啧称羡,致使到澡堂洗澡的每位女性都跑来围观。

《第七百九十四夜》(利昂·卡雷 绘)

海里法抄起皮鞭,在空中抡了三圈,很想朝那只猴子身上猛抽一顿。猴子连连求饶。

《第八百三十二夜》(利昂·卡雷 绘)

海里法用石头将木箱上的锁砸开,打开箱子一看,原来箱子里躺着一个女子,美若天仙。

《第八百四十三夜》(利昂·卡雷 绘)

迈斯鲁尔听姑娘这样一说,望着姑娘的俊俏面容和窈窕身段,又看到花园里的迷人景色,禁不住神采飞扬。

《第八百四十六夜》(利昂·卡雷　绘)

泽妮·穆娃绥芙和女仆来到一座修道院门前。院长就是有名的大修士丹尼斯,他立即走上前去,将她们请入修道院中。

《第八百六十一夜》(利昂·卡雷 绘)

布拉克本全译本

THE

ARABIAN

一千零一夜

NIGHTS

ألف ليلة وليلة

[阿拉伯]佚名 著
李唯中 译
[法]利昂·卡雷 [英]达尔齐尔兄弟 等绘

北京燕山出版社

CONTENTS
目录

3393	第八百三十三夜	3458	第八百五十夜
3396	第八百三十四夜	3461	第八百五十一夜
3400	第八百三十五夜	3465	第八百五十二夜
3403	第八百三十六夜	3469	第八百五十三夜
3406	第八百三十七夜	3472	第八百五十四夜
3409	第八百三十八夜	3476	第八百五十五夜
3413	第八百三十九夜	3479	第八百五十六夜
3416	第八百四十夜	3483	第八百五十七夜
3420	第八百四十一夜	3487	第八百五十八夜
3425	第八百四十二夜	3491	第八百五十九夜
3429	第八百四十三夜	3495	第八百六十夜
3433	第八百四十四夜	3498	第八百六十一夜
3438	第八百四十五夜	3501	第八百六十二夜
3441	第八百四十六夜	3505	第八百六十三夜
3446	第八百四十七夜	3512	第八百六十四夜
3450	第八百四十八夜	3517	第八百六十五夜
3454	第八百四十九夜	3520	第八百六十六夜

3527	第八百六十七夜	3636	第八百九十六夜
3530	第八百六十八夜	3640	第八百九十七夜
3534	第八百六十九夜	3644	第八百九十八夜
3537	第八百七十夜	3647	第八百九十九夜
3541	第八百七十一夜	3651	第九百夜
3546	第八百七十二夜	3654	第九百零一夜
3550	第八百七十三夜	3658	第九百零二夜
3554	第八百七十四夜	3662	第九百零三夜
3558	第八百七十五夜	3666	第九百零四夜
3561	第八百七十六夜	3669	第九百零五夜
3564	第八百七十七夜	3672	第九百零六夜
3568	第八百七十八夜	3675	第九百零七夜
3572	第八百七十九夜	3678	第九百零八夜
3575	第八百八十夜	3682	第九百零九夜
3579	第八百八十一夜	3686	第九百一十夜
3583	第八百八十二夜	3690	第九百一十一夜
3587	第八百八十三夜	3694	第九百一十二夜
3590	第八百八十四夜	3697	第九百一十三夜
3594	第八百八十五夜	3700	第九百一十四夜
3597	第八百八十六夜	3703	第九百一十五夜
3601	第八百八十七夜	3707	第九百一十六夜
3606	第八百八十八夜	3710	第九百一十七夜
3610	第八百八十九夜	3713	第九百一十八夜
3613	第八百九十夜	3717	第九百一十九夜
3617	第八百九十一夜	3722	第九百二十夜
3620	第八百九十二夜	3726	第九百二十一夜
3624	第八百九十三夜	3730	第九百二十二夜
3627	第八百九十四夜	3734	第九百二十三夜
3632	第八百九十五夜	3738	第九百二十四夜

3741　第九百二十五夜
3745　第九百二十六夜
3749　第九百二十七夜
3753　第九百二十八夜
3757　第九百二十九夜
3760　第九百三十夜
3764　第九百三十一夜
3767　第九百三十二夜
3772　第九百三十三夜
3776　第九百三十四夜
3781　第九百三十五夜
3786　第九百三十六夜
3790　第九百三十七夜
3794　第九百三十八夜
3798　第九百三十九夜
3802　第九百四十夜
3806　第九百四十一夜
3810　第九百四十二夜
3815　第九百四十三夜
3819　第九百四十四夜
3822　第九百四十五夜
3829　第九百四十六夜

第八百三十三夜

夜幕垂降,莎赫札德接着讲故事:

幸福的国王陛下,艾卜·赛阿达的那只红毛猴子对渔夫海里法说:"喂,海里法,请你高抬贵手,放过那只猴子吧!请到我这里来,我有话要对你说,告诉你该怎么办。"

海里法放下鞭子,走到红毛猴子跟前,问道:"猴大人,你有什么话要对我说呀?"

红毛猴子说:"拿起你的网,到河里撒网打鱼去,就让我和这两只猴子坐在这里。不管你打上来什么东西,都要拿到我这里来,我有话要对你讲,保证会让你感到高兴。"

"好吧!"

海里法随即拿起渔网,背在肩上,吟诵道:

忧愁缠心时,当求造物主;
安拉确万能,千难顿消无。
遭殃皆因为,未得主惠顾。
无论遇何灾,全托造物主。
主恩天高厚,足令人明目。

海里法又吟道:

你将众人们,抛入劳苦中;消忧忧未消,反惹灾难生。
莫让我贪图,本力所不能。多少贪心者,到头一场空。

海里法吟完诗,随即拿起渔网,向河边走去。他把网撒入河中,稍等片刻,开始拉纲起网。拉上网来一看,打上来的是一条巨头大尾鱼,像是一把大勺子,两眼酷似两枚金币。

海里法看见网中的那条巨头大尾鱼,高兴不已,因为他从来没有打过那样的鱼。他惊喜地拿着那条鱼,好像整个世界都已掌握在自己手中;他兴冲冲地走到艾卜·赛阿达的猴子面前。猴子问:"海里法,你打算如何处理这条鱼,又怎样对待你的猴子呢?"

海里法说:"猴大人,我把自己的打算全都告诉你。我首先要设法杀死这只独眼、跛腿猴儿,让你取而代之。我每天给你好吃的东西。"

"你既然选定了我,我就告诉你该怎么办,如何做对你有利。你要听好:你给我也准备一条绳子,把我拴在一棵树上,然后你只管离去,到河边撒网。你把网撒到底格里斯河中后,稍等片刻,继之起网;到那时,你会发现打上来的是一条更漂亮的鱼,你压根儿就不曾见过的一种鱼。之后,你立即带着鱼到我这里来,我将告诉你下一步该怎么办。"

海里法听明白后,立即转身离去,将网撒入底格里斯河中。他稍等片刻,拉网上岸,发现打上来的是一条白色鱼,形体大小如绵羊,比第一条鱼还要大,确乎是他平生第一次见到的大鱼。

渔夫海里法带着白色鱼来到红猴子面前,红猴子说:"你快去弄些青草来,一半垫在篮筐底,另一半盖在鱼上面,然后背着篮筐进巴格达城。至于我们,你不要管,把我们拴在这里的树干上就行了。你进了城之后,不论谁跟你说话,也不管人们问你什么,你都不要开口答话。你走到银钱市场,就会看见市场中心有一家店铺,那就是艾卜·赛阿达的钱庄,同时会发现艾卜·赛阿达老人坐在靠枕前的一个座位上。老人面前摆着两口箱子,一口箱子里装着黄金,另一口箱子里装着白银。老人家财万贯,奴婢成群。你走上前去,把篮筐放在他的面前,对老人说:'艾卜·赛阿达,我今天外出打鱼,念着你的大名撒了一网,安拉赐给我这样一条鱼。'他会问你:'你让别人看过这条鱼吗?'你回答:'凭安拉起誓,没让别人看过。'他听你这样一说,就会接过你的鱼,给你一第纳尔。你要拒绝接受,他立刻给你两第纳尔,你仍不要。不管他给你什么,你都不要接受,哪怕给你等重的黄金。"

稍停片刻,红猴子接着说:"之后,他会问你:'你到底想要什么?'你对他说:'凭安拉起誓,我只要你两句话。'他问你:'哪两句话?'你让他到市场上去,当众说:'请各位为我做证,我愿意以我的猴子换渔夫海里法的猴子,我愿意以自己的命运换海里法的命运。'你还要对艾卜·赛阿达老人说:'这两句话就是我这条鱼的代价。我不需要黄金。'如果艾卜·赛阿达说了这两句话,我就每日朝夕与你为伴,让你每天获得十第纳尔;让你的独眼、跛腿猴子跟着艾卜·赛阿达,求安拉让他破产,使他一天不如一天,直到穷得一贫如洗,变成一个穷光蛋。海里法,你只要听我的话,你就能得道,成为幸福的人。"

海里法听过红毛猴子的这番长长的话,说道:"我接受你的指教,我的猴大人!我这只独眼、跛腿猴子,安拉不会赐福给它的,我简直不知道该怎么处置它。"

"把它扔到河里去,把我也扔到河里去吧!"

"就照你说的办!"

渔夫海里法走过去,解开绳索,把猴子们牵到河边,统统扔到了底格里斯河里。随后,海里法拿起白鱼,用水洗干净,把青草垫在篮筐底,又将鱼放进篮筐,然后在上面盖了些青草。一切收拾停当,海里法背起篮筐向巴格达城走去。他边走边吟诵道:

> 万事托付主,平安无劳累。一生做善事,千万莫后悔。
> 莫与坏人交,免得惹是非。理当慎于言,骂人遭诋毁。

讲到这里,眼见东方透出黎明的曙光,莎赫札德戛然止声。

第八百三十四夜

夜幕垂降,莎赫札德接着讲故事:

幸福的国王陛下,红毛猴子对渔夫海里法说:"把它扔到河里去,把我也扔到河里去吧!"

"就照你说的办!"

渔夫海里法走过去,解开绳索,把猴子们牵到河边,统统扔到了底格里斯河里。随后,海里法拿起白鱼,用水洗干净,把青草垫在篮筐底,又将鱼放进篮筐,然后在上面盖了些青草。一切收拾停当,海里法背起篮筐向巴格达城走去。海里法还边走边吟诵了一首诗。

海里法刚一进城,人们便认出了他,纷纷向他问好。他们问他:"喂,海里法,今天带来了什么东西?"

还有人问:"海里法兄弟,发财了吧?"

海里法目不斜视,头也不回,径直朝银钱市场走去。

海里法照那只猴子的叮嘱,走过几家铺子,来到银钱市场中心,果然看见那位犹太商人艾卜·赛阿达坐在钱庄里,左右有好些奴仆伺候,俨然像一位呼罗珊君王。海里法走上前去,犹太商人抬头一看,一眼认出了海里法,高兴地说:"海里法,欢迎,欢迎!有什么事,需要点儿什么?有什么要求,你只管说。如果有人和你发生争执,你就对我讲,我立即带着你去找省督大人给你讨回公道。"

海里法说:"尊贵的犹太富商,没有人同我发生争执。托你的福,我今天走出家门,到河边去,在底格里斯河撒了两网,打上来这么一大条鱼。"

说着,海里法掀开篮筐上盖的青草,把鱼摆在犹太商人的面前。

犹太商人艾卜·赛阿达看见那条大白鱼,甚是喜欢,说道:"凭《旧约》和'十诫'起誓,我昨天做了个梦,梦见自己站在圣母面前,圣母对我说:'喂,艾卜·赛阿达,我给你送去了一件精美礼品。'也许那礼品就是这条鱼。"

艾卜·赛阿达望着海里法,说:"海里法,凭你的宗教起誓,别人看见过这条鱼吗?"

海里法说:"凭安拉和忠贞的艾卜·伯克尔起誓,尊贵的犹太富商,除了你,谁也没看见过这条鱼。"

艾卜·赛阿达对一个奴仆说:"把鱼送到家中去,让厨娘苏阿黛收拾、烧烤好,等我结束工作后回家享用。"

"遵命!"

奴仆背起篮筐,转身离开店铺。

艾卜·赛阿达伸手取出一第纳尔,递给渔夫海里法,并且说:"海里法,拿着这枚金币,给孩子们买些吃的东西吧!"

海里法看着那枚闪闪放光的金币，口中念着"赞美万物之主"，仿佛生平还没有见过黄金那样，接过金币，走出了店门。

海里法没走多远，忽然想起了猴子的叮嘱，立即返回到犹太商人艾卜·赛阿达面前，把那枚金币扔给了他，对他说："收起你的金币，把鱼还给我吧！你这不是在奚落人吗？"

听渔夫海里法这样一说，犹太商人艾卜·赛阿达以为他在跟自己开玩笑，于是又给他加了两第纳尔。海里法说："我不是开玩笑，把鱼还给我吧！你以为我会以这个价钱把鱼卖给你？"

艾卜·赛阿达又拿出两第纳尔金币，说："给你五第纳尔，该可以买下这条鱼了吧！你不要太贪心呀！"

海里法接过钱，转身走出店门，望着手中闪闪的金币，心里有说不出的快乐。他边走边说："赞美伟大的安拉！今天恐怕巴格达的哈里发手里也没有我手里的钱多。"

海里法行至市场的尽头，忽又想起猴子的嘱咐，于是立刻掉头回转，来到艾卜·赛阿达的钱庄，把五枚金币扔在那位犹太商人的面前。

艾卜·赛阿达问："喂，海里法，你怎么啦？你还想要什么？难道你想把第纳尔换成迪尔汗？"

海里法说："我既不要迪尔汗，也不要第纳尔，只想要你把鱼还给我。"

犹太商人听后大怒，说道："喂，打鱼的，你送来连一第纳尔金币都不值的一条破鱼，我给了你五第纳尔，你还不满意，难道你疯啦？你说一句话，你的鱼要卖多少钱？"

"我那条鱼既不换银，也不换金，只想换你两句话。"

艾卜·赛阿达听渔夫海里法说要换两句话，不禁眉毛都竖起来了，只觉心烦意乱。他咬牙切齿地说："喂，穆斯林中的强盗，你想让我背弃我的宗教信仰？仅仅为了这么一条破鱼，你想让我毁掉祖辈留下的传统习惯？"

说完，犹太商人一声大喊，几个奴仆应声而至，他说："把这个坏蛋摁在地上，给我重重地打一顿！"

众奴仆将海里法摁倒在地，拳脚棍棒相加，直打得渔夫海里法趴在地上起不来。

犹太商人艾卜·赛阿达对奴仆们说："不要管他，让他自己站起来！"

片刻后，海里法靠着自己的力量站了起来，仿佛什么事情都没发生过。

艾卜·赛阿达惊奇地说："你这条鱼要卖多少钱？你说句话，我付给你。你现在还没从我们这里得到任何好处。"

海里法说："师傅，你不必为我挨打而担忧。因为我承受拳脚棍棒的耐力，足以抵得上十头毛驴。"

艾卜·赛阿达听海里法这样一说，禁不住笑了起来。他说："说实话，你究竟想要什么？凭我的宗教起誓，你要什么，我给你什么。"

"我只要你说两句话。"

"我猜想你让我皈依伊斯兰教。"

"凭安拉起誓，你皈依伊斯兰教，对穆斯林无益，也无损于犹太人；倘若你仍然坚持异教，这也无损于穆斯林，也无益于犹太人，我只要求你在大庭广众之下说两句话：'诸位先生，请你们为我做证，我愿意以我的猴子换渔夫海里法的猴子，我愿意以自己的命运换海里法的命运。'"

"你的要求是这样，那就太好办了。"

讲到这里，眼见东方透出黎明的曙光，莎赫札德戛然止声。

第八百三十五夜

夜幕垂降,莎赫札德接着讲故事:

幸福的国王陛下,渔夫海里法对犹太富商艾卜·赛阿达说:"我只要你说两句话。"

"我猜想你让我皈依伊斯兰教。"

"凭安拉起誓,你皈依伊斯兰教,对穆斯林无益,也无损于犹太人;倘若你仍然坚持异教,这也无损于穆斯林,也无益于犹太人,我只要求你在大庭广众之下说两句话:'诸位先生,请你们为我做证,我愿意以我的猴子换渔夫海里法的猴子,我愿意以自己的命运换海里法的命运。'"

"你的要求是这样,那就太好办了。"

艾卜·赛阿达立即站起身来,走到市场上,在众人面前说了那两句话,然后望着海里法,问道:"海里法,你还有别的什么要求吗?"

渔夫海里法说:"没有啦!"

"那就再见吧!"

渔夫海里法背起篮筐和渔网向底格里斯河边走去。

海里法来到河边,把网撒入河中,稍待片刻,拉纲起网,发觉网很沉,他费了好大力气,才把网拉上岸来,发现网里满是鱼,品种多不胜数。

这时,一位妇人走来,递给渔夫海里法一第纳尔,海里法给了那位妇人一第纳尔的鱼。接着,又有一个仆人打扮的走来,买了一第纳尔的鱼……就这样,海里法一天卖鱼净得十第纳尔。自此以后,海里法每天都能打到十第纳尔的鱼,一连十天,共卖得一百第纳尔金币。

渔夫海里法的家就在商人们往返经过的大道旁。

一天夜里,海里法躺在床上,心想:"海里法呀,人们都知道你是个一贫如洗的渔夫,而你现在手里有了一百第纳尔,信士们的长官哈伦·拉希德一定会从某人口中得知这一消息,说不定这位当朝哈里发需要钱,会派人来把你找去,对你说:'我需要一些钱。听说你有一百第纳尔,就请借给我用吧!'你会说:'信士们的长官,我是个穷苦人,人们说我有一百第纳尔,那全是撒谎,其实我什么也没有。'也许因此他会把你交给省督,并命令省督:'把他的衣服扒下来,狠狠地揍他一顿,直至他招认,并把钱送来为止。'"

想到这里,海里法自言自语地说:"要想摆脱这种困境,我应该从现在起,用鞭子抽打自己,以便使自己习惯于挨鞭打。"

渔夫海里法对自己说:"喂,海里法,起来吧!扒下你的衣服吧!"

海里法立刻离开床,脱掉自己的衣服,举起鞭子,往身旁的皮靠枕上抽一鞭,继之往自己身上抽一鞭,并且高声喊道:"哎呀,哎呀!凭安拉起誓,老爷啊,这是假话!他们在造谣撒谎!我是个穷渔夫,家里什么也没有……"

海里法的喊声和抽击靠枕、抽打自己身体的声音回荡在夜空里,街坊四邻听得清清楚楚,过往的商人也听到了喊声和抽打声。人们纷纷议论说:"这个可怜的渔夫又叫又嚷,还听见有人在抽打他,这是怎么回事呀?莫非盗匪进了他的宅子,在毒打他?"

人们听到喊声和抽打声,纷纷走出家门,来到渔夫海里法的家门前，但见宅门紧闭。有的人说："也许盗贼是从墙上爬进宅中去的，我们应该爬上房顶去看看。"

于是人们爬上房顶，从天窗下到屋里，只见海里法赤裸着上身，正在拼命抽打自己。人们惊问："海里法，你怎么啦？出什么事啦？"

海里法说："你们有所不知，我卖鱼得了一些金币，怕有人去告诉信士们的长官哈伦·拉希德呀！如果他得知此事，定会派人把我抓去，带到他的面前，向我索要那些金币。如果我不承认有钱，我担心他会命令宫仆用鞭子抽我。因此，从现在起，为了让自己适应鞭打，我先用鞭子抽自己了。"

商人们听后，哈哈大笑。他们说："你不要这样干了！你这样干，安拉既不会保佑你，也不会保佑你手中的钱。你夜里大叫大喊，搅得我们心神不安，无法睡觉。"

海里法这才放下鞭子，停止抽打自己，躺下睡觉，一觉睡到天明。

海里法起床后，本打算去打鱼，但想起那一百第纳尔，自言自语道："假若我把这些钱放在家里，贼会来偷的；如果把它放在我的腰包里，等我独自到了一个没有人的地方，说不定会被强盗杀死，夺走这些金币。我要想个良策妙计才行……"

想到这里，海里法站起身来，找来针线，在大袍子上缝了一个口袋，然后把装着一百第纳尔的钱袋放在口袋里。一切收拾停当，他背起渔网、篮筐，拿着拴网用的木桩子，向底格里斯河走去。

讲到这里，眼见东方透出黎明的曙光，莎赫札德戛然止声。

第八百三十六夜

夜幕垂降,莎赫札德接着讲故事:

幸福的国王陛下,海里法放下鞭子,停止抽打自己,躺下睡觉,一觉睡到天明。

海里法起床后,本打算去打鱼,但想起那一百第纳尔,自言自语道:"假若我把这些钱放在家里,贼会来偷的;如果把它放在我的腰包里,等我独自到了一个没有人的地方,说不定会被强盗杀死,夺走这些金币。我要想个良策妙计才行……"

想到这里,海里法站起身来,找来针线,在大袍子上缝了一个口袋,然后把装着一百第纳尔的钱袋放在口袋里。一切收拾停当,他背起渔网、篮筐,拿着拴网用的木桩子,向底格里斯河走去。

来到河边,海里法撒了几网,一条鱼也没打上来,于是换了个地方,再次撒网,仍然没有打上一条鱼来,又移向另一个地方。就这样,他离开一个地方,来到另一个地方,不知不觉离巴格达城已有半天的路程。他每到一个地方,都要撒上几网,但都打不上鱼来。他心想:"凭安拉起誓,我就只撒这一网了,死活就看这一下了。"

想到这里,海里法一气之下,使尽全身力气,将网撒了出去。与此同时,大袍口袋中的钱袋也被甩了出去,落在河里,刹那之间随着急流消失在波浪之中。

海里法急忙扔掉手中的网绳,脱掉身上的衣服,纵身跳入湍急的河水里,一次又一次地潜到水下摸钱袋。一连潜浮一百余次,直至筋疲力尽,连钱袋的影子都没有摸到。

当海里法感到失望时,才爬上岸来。上岸一看,只看见桩子、渔网和篮筐还在,衣服却无影无踪了。他心想:"俗话说'不得骆驼不罢休',看来这句话有失妥切呀!"

海里法无可奈何,只有把渔网围在身上,用以遮羞,然后手提木桩子,背起篮筐,像迷路的骆驼一样,慌慌张张地走着,不时前瞻后望、左顾右盼,简直就像从苏莱曼大帝监牢里走出来的妖魔一样,满面泥土,一头污垢,狼狈不堪……

哈里发哈伦·拉希德有个朋友,是个珠宝商,名叫伊本·盖尔纳斯。巴格达的商人、掮客和所有人都知道伊本·盖尔纳斯是哈里发的好友,因此,不论有了珠宝、古玩,还是男仆、女婢,只要是出卖的,首先得让伊本·盖尔纳斯看一看。

一天,珠宝商伊本·盖尔纳斯正在自己的店铺里坐着,忽见一位老经纪人带着一个女子走来。那女子身材苗条,秀目含娇,模样姣好,行止妩媚,风韵可人,皮肤嫩白,秀发乌亮,简直是貌美无双,风姿绝伦;不仅人美,而且通晓各种学问和艺术,能诗善文,会操各种乐器。伊本·盖尔纳斯见之甚喜,出五千第纳尔,将女子买了下来,然后又为女子购置了一千第纳尔的服饰,让她穿戴起来。随后,伊本·盖尔纳斯将这位漂亮的女子送到了信士们的长官哈伦·拉希德那里。

当天夜里,哈里发哈伦·拉希德就各种知识和各门艺术对女子进行严格考试,结果发现她无所不能,无所不会,样样精通,确乎是位才貌双全的美女。这位女子名叫姑蒂·格鲁卜,正像诗人所描绘的那样:

每当启程时,请看她几眼;她却从不把,你的脸面看。
转眼看羚羊,与之把话谈;人云羚有灵,还望你的脸。

诗人又云:

谁遣靓女来,与我诉衷情?轻盈夜下语,妙女低吟声。
安详神色美,柔中含羞容。憔悴情人心,威严自在胸。

次日清晨,哈里发哈伦·拉希德派人把珠宝商伊本·盖尔纳斯召到宫中,付给他一万第纳尔,买下了美女姑蒂·格鲁卜。从此,哈里发一心扑在姑蒂·格鲁卜的身上,疏远了王后祖贝黛和宫中的所有嫔妃。他整日沉溺在姑蒂·格鲁卜的宫里,只有聚礼时才到清真寺去,礼毕即回爱妃姑蒂·格鲁卜的身边。如此,整整过去一个月时间。

文武百官、满朝重臣见哈里发哈伦·拉希德一个月未上朝理政,便把此事报告了宰相贾法尔·巴尔马克。

贾法尔·巴尔马克耐心等到礼拜五,趁哈伦·拉希德去清真寺做礼拜之机,拜见了哈里发,把种种因奇异恋情而产生的严重后果,一一讲给这位信士们的长官听,以期他摆脱这种境况。

哈里发哈伦·拉希德听后,对宰相说:"相爷阁下,凭安拉起誓,这件事情可不是出于我的选择,而是我的心被情网缠绕住了,我真不知该怎么办!"

宰相贾法尔·巴尔马克说:"信士们的长官,你要知道,既然姑蒂·格鲁卜已经到了你的手中,进入了你的婢仆行列,谁也不能占有她,那么,你的心就该厌倦她才对。请允许我告诉陛下,天下君王和王子王孙最引以为自豪的乐事,该是外出狩猎,趁机取乐。你若能外出打猎,也许能摆脱爱妃的纠缠,说不定还会把她忘个一干二净。"

"贾法尔·巴尔马克,我的爱臣,你说得太好了!我们即刻行动,外出打猎。"

聚礼完毕,哈里发哈伦·拉希德和宰相贾法尔·巴尔马克一同走出清真寺,回到宫中,然后骑上马,外出打猎去了。

讲到这里,眼见东方透出黎明的曙光,莎赫札德戛然止声。

第八百三十七夜

夜幕垂降,莎赫札德接着讲故事:

幸福的国王陛下,宰相贾法尔·巴尔马克对哈里发哈伦·拉希德说:"信士们的长官,你要知道,既然姑蒂·格鲁卜已经到了你的手中,进入了你的婢仆行列,谁也不能占有她,那么,你的心就该厌倦她才对。请允许我告诉陛下,天下君王和王子王孙最引以为自豪的乐事,该是外出狩猎,趁机取乐。你若能外出打猎,也许能摆脱爱妃的纠缠,说不定还会把她忘个一干二净。"

"贾法尔·巴尔马克,我的爱臣,你说得太好了!我们即刻行动,外出打猎。"

聚礼完毕,哈里发哈伦·拉希德和宰相贾法尔·巴尔马克一同走出清真寺,回到宫中,然后骑上马,外出打猎去了。

大队人马在前面开道,哈里发哈伦·拉希德和宰相贾法尔·巴尔马克在后,各骑一匹骡子,边走边谈。当时天气很热,哈里发说:"喂,贾法尔·巴尔马克,我口渴得厉害呀!"

哈里发放眼望去,但见前面高丘上站着一个人,他马上问宰相:"贾法尔·巴尔马克,你看见高丘上站着的那个人了吗?"

贾法尔·巴尔马克说:"哦,信士们的长官,我看见那高丘上有个人,我想那不是看园子的人,就是守林子的人。不管怎样,他那里准有水。我马上去那里一趟,给陛下弄些水来喝。"

"我的骡子比你那匹骡子跑得快,你在这里照管大队人马,让我去那个人那里喝口水吧!我喝过水,马上回来。"

说罢,哈里发哈伦·拉希德扬鞭催骡,像一阵风,又像河中的流水,不大一会儿就到了那个人的旁边。那个人是渔夫海里法。

哈里发看见渔夫光着身子,下身围着渔网,两眼红得像两柄火炬,满面泥土,头发蓬乱,形容可怕,狼狈不堪,像个活鬼,又像醉汉。

哈里发向渔夫问好,渔夫海里法怒气冲冲地回了礼,仿佛心中压着一股怒火。

"喂,老人家,你这里有水吗?"哈里发和气地问。

海里法说:"你这个人哪,你是瞎子,还是疯子?你面前就是底格里斯河,就在这小山丘的后面。"

哈里发绕过小山丘,走到河边,自己喝了水,也饮了骡子,然后原路回返,走到渔夫海里法的面前。哈里发问渔夫:"喂,老人家,你为什么站在这里呢?你是干什么的呢?"

海里法说:"你问这个比问有没有水还要怪!难道你没看见我肩上背的渔具?"

"哦,你是个打鱼的人啊!"

"正是!"

"你的大袍、腰带、衣服、斗篷在哪儿呢?"

渔夫海里法丢的衣物和哈里发哈伦·拉希德提到的一模一样,就是那四件东西。渔夫海里法听哈里发这样一问,暗暗猜想"从河岸上偷走我衣物的人八成就是这个人"。想到这里,海里法立刻从土丘上跳下来,闪电般地窜了过去,一把抓住哈里发哈伦·拉希德的骡缰,说道:"喂,骑骡子的,把我的衣物还给我吧!不要开玩笑了!"

哈里发说:"我?凭安拉起誓,我没看见你的衣服,也不认识你的衣物呀!"

哈里发天生腮帮子大,而嘴巴小。渔夫望着哈里发,说:"你是干吹鼓手的吧?你要还我更好的衣服!如若不然,我就用这根棍子狠狠揍你一顿,让你把你自己的衣服弄脏。"

哈里发哈伦·拉希德望着渔夫海里法手里的棍子,心想:"这个穷流浪汉,就是打我半棍子,我也是难以忍受的呀!"哈里发哈伦·拉希德披的是一件缎子斗篷,他当即脱下来,对渔夫海里法说:"喂,老人家,你拿着这件斗篷,用它来抵偿你的衣服吧!"

渔夫海里法接过斗篷,翻看了一下,说道:"我的衣服相当于你这件破斗篷十倍的价钱。"

"你先披上它,等我把你的衣服给你拿来。"

渔夫海里法将斗篷披在身上,发现斗篷很长。他的篮筐耳上系着一把刀,于是他拿起刀将斗篷的下摆割去了三分之一,再披在身上,斗篷下摆刚能盖过膝盖。他望着哈里发哈伦·拉希德,说:"喂,吹鼓手,给我说实话,你每月从你的师傅那里领多少工钱?"

哈里发哈伦·拉希德说:"我的工钱是十第纳尔金币。"

"凭安拉起誓,好可怜呀!我真为你担忧,十第纳尔仅是我一天的收入,每天给你五第纳尔,你当我的奴仆,我用这根棍子保你不受师傅的责难。"

"我愿为你效力。"

"你现在就从骡背上下来吧！把你的骡子拴好，好让骡子为我们驮鱼。来吧，我这就教你打鱼。"

哈里发哈伦·拉希德离开驼背，把袍襟掖在腰里。

渔夫海里法说："喂，吹鼓手，你这样抓网，把它盘在胳膊上，然后这样一甩，把网撒入河中。"

哈里发哈伦·拉希德抖了抖精神，按照渔夫海里法的说法，把渔网撒入底格里斯河中。等待片刻，他开始拉网，但拉不动。渔夫海里法马上走来，和哈里发一起拉网，但仍然拉不上来。渔夫海里法说："喂，吹鼓手，倒霉的家伙，第一次你拿你的斗篷抵偿我的衣服，这一次我要你的骡子来抵偿我的渔网。假若把我的渔网拉破了，我就要你的命。"

"我们俩一起拉吧！"

二人一起用力，费了好大力气，方才把网拉上岸来，只见网中满是鱼，各种鱼都有。

讲到这里，眼见东方透出黎明的曙光，莎赫札德戛然止声。

❖ 第八百三十八夜 ❖

夜幕垂降，莎赫札德接着讲故事：

幸福的国王陛下，哈里发哈伦·拉希德抖了抖精神，按照渔夫海里法的说法,把渔网撒入底格里斯河中。等待片刻,他开始拉网,但拉不动。渔夫海里法马上走来,和哈里发一起拉网,但仍然拉不上来。渔夫海里法说:"喂,吹鼓手,倒霉的家伙,第一次你拿你的斗篷抵偿我的衣服,这一次我要你的骡子来抵偿我的渔网。假若把我的渔网拉破了,我就要你的命。"

"我们俩一起拉吧!"

二人一起用力,费了好大力气,方才把网拉上岸来,只见网中满是鱼,各种鱼都有。

渔夫海里法说:"吹鼓手,凭安拉起誓,你虽然相貌丑,但打鱼确是一位高手。你赶快骑着你的骡子,到市场上去弄两个容积为一法尔德①的箩筐。我在这里守着鱼,你要快去快回,我们把鱼装好,然后用你的骡子驮进城去。我们把秤和需要的一切东西,全都带上。到了市场上,你掌秤,我收钱。我们这一网鱼能卖二十第纳尔。你快去吧,千万不要迟误!"

"遵命!"

哈里发哈伦·拉希德转过身,高高兴兴地骑上骡子离去,深感自己与这位渔夫之间的事情有些可笑。他走到宰相贾法尔·巴尔马克面前,贾法尔·巴尔马克说:"信士们的长官,也许你根本没有去喝水,而是发现了一个漂亮的花园,独自进去观赏了一番。"

哈里发听宰相这样一说,不禁笑了起来。这时,所有的随从一起向哈里发行吻地礼,然后说:"信士们的长官,愿安拉使你永远快乐,赶走你的烦恼。陛下去喝口水,怎么用了这么长时间?究竟发生了什么事?"

哈里发对他们说:"我听到了一段有趣的话,发生了一件奇怪

---

① 法尔德,容积单位,一法尔德等于一百一十五点五升。

好玩儿的事。"

接着，哈里发把渔夫海里法的话以及他与渔夫之间发生的事向他们讲了起来。哈里发讲到渔夫说自己偷了他的衣服，又讲到怎样把缎子斗篷赔给渔夫，还讲到渔夫怎样把斗篷下摆用刀割去三分之一……

宰相贾法尔·巴尔马克说："信士们的长官，凭安拉起誓，我本想要你那件斗篷；我这就去找渔夫，把你那件斗篷买回来。"

哈里发说："相爷阁下，那渔夫已把斗篷下摆割去了三分之一，斗篷被破坏了，不能用啦。贾法尔·巴尔马克，我打了一网鱼，现在已经很累了。打出了很多鱼，我的师傅正在河边上看着那些鱼，等着我弄两只箩筐去装鱼，然后送到市场去卖，和他平分卖鱼所得的钱。"

"信士们的长官，我去给你们找买鱼的人吧！"

"贾法尔·巴尔马克，凭列祖列宗起誓，谁能从教我打鱼的海里法那里拿来一条鱼，我就赏给他一第纳尔金币。"

传令官立即向众侍从传达命令，高喊道："兄弟们，为信士们的长官买鱼去吧……"

话音未落，随行的宫仆们争先恐后地向底格里斯河边跑去。

渔夫海里法正在等待着哈里发哈伦·拉希德给他送箩筐，忽见大批仆人们像老鹰一样俯冲而来，争相抢鱼，把鱼往金丝绣花的手帕里包，吵吵嚷嚷，几乎要打起来。渔夫海里法说："毫无疑问，这是天堂里的神鱼……"

渔夫海里法伸出左右手，各抓起两条鱼，朝河水中走去，眼见河水要没脖子，他说："安拉啊，看在这些鱼的面儿上，让我的那位吹鼓手同伴赶快来吧！"

这时，忽见一宫仆骑马赶来。这位宫仆本来走在众仆人的前面,只因他骑的马在路上撒尿,所以来迟了。他来到河边,见鱼全没了,便四处打量,发现渔夫海里法站在水中,手里拿着几条鱼,于是高声喊道:"渔夫兄弟,你过来呀!"

渔夫海里法说:"你走你的吧!"

那宫仆向渔夫海里法走去,苦苦哀求说:"渔夫兄弟,把你手里的鱼卖给我吧,我给你钱。"

"莫非你是个没有头脑的人?我手里的鱼是不卖的。"

宫仆立即抽出随身带的短棒,挥舞了几下。渔夫海里法马上说:"喂,倒霉的家伙,你别打我!和和气气地说比动棍棒好。"

随之,渔夫海里法将手中的鱼扔给了那个宫仆。

宫仆捡起鱼,包在手帕里。随后伸手摸自己的口袋,发现身上没带着钱,于是说:"渔夫兄弟,你的运气不佳。凭安拉起誓,我口袋里一文钱也没有。你明天到哈里发宫来,对守卫们说:'我要找宦官萨德勒。'他们就会把你领到我那里去。见到了我,你就能拿到这份鱼钱了。"

渔夫海里法听后,高兴地说:"今天是大吉大利的日子,一早就有好兆头。"

说着,渔夫背起渔网,向巴格达城走去。

渔夫海里法走到市场,人们见他身披哈里发的缎子斗篷,无不感到惊奇,纷纷把目光投向他,直至他走进一条胡同。

专为当朝哈里发缝制御衣的那家裁缝铺就在那条胡同口上。裁缝看见渔夫海里法身披价值一千第纳尔的哈里发御用缎子斗篷,心中好生奇怪,遂问道:"喂,海里法兄弟,你这件漂亮斗篷是从哪里弄来的?"

渔夫海里法说:"你怎么这样爱管闲事?一个人偷了我的衣服,我免剁他的手,教他打鱼,他就把这件斗篷给了我,以此赔偿我的衣物。"

裁缝一听便知是哈里发哈伦·拉希德遇上这位渔夫，和渔夫开玩笑，把斗篷送给了他。

讲到这里，眼见东方透出黎明的曙光，莎赫札德戛然止声。

❖❖ 第八百三十九夜 ❖❖

夜幕垂降，莎赫札德接着讲故事：

幸福的国王陛下，专为当朝哈里发缝制御衣的那家裁缝铺就在那条胡同口上。裁缝看见渔夫海里法身披价值一千第纳尔的哈里发御用缎子斗篷，心中好生奇怪，遂问道："喂，海里法兄弟，你这件漂亮斗篷是从哪里弄来的？"

渔夫海里法说："你怎么这样爱管闲事？一个人偷了我的衣服，我免剁他的手，教他打鱼，他就把这件斗篷给了我，以此赔偿我的衣物。"

裁缝一听便知是哈里发哈伦·拉希德遇上这位渔夫，和渔夫开玩笑，把斗篷送给了他。

片刻后，渔夫海里法离开裁缝铺，向自己的家门走去。

哈里发哈伦·拉希德之所以外出打猎，目的在于转移自己的注意力，以免整天与爱妃姑蒂·格鲁卜泡在一起。

王后祖贝黛听说后宫中来了一位绝代佳丽，且得知哈里发倍加迷恋那位小娘子,不禁妒火中烧,直至食不甘味,夜不成寐,天天盼着哈伦·拉希德外出打猎或巡视,以便张起罗网,暗算哈里发的宠妃姑蒂·格鲁卜。

一天,祖贝黛王后得知哈里发外出打猎去了,心中暗喜,随即吩咐宫女在宫中张灯结彩,着意收拾一番,摆上各种食物和甜点,其中有一盘最好的甜食,里面放进了蒙汗药。

一切布置停当,王后祖贝黛令一宫仆去叫姑蒂·格鲁卜,请她来参加王后举行的欢宴。

宫仆见到姑蒂·格鲁卜,说:"王后今日玉体欠安,刚刚服过药。王后听说你歌喉动人,很想请你去唱两曲,也好欣赏一番。"

姑蒂·格鲁卜随口答道:"遵从安拉之命!我听祖贝黛王后的安排。"

姑蒂·格鲁卜站起身来,带上几件乐器,跟着宫仆前去,完全不知道王后如此安排的用心所在。

姑蒂·格鲁卜来到王后祖贝黛面前,急忙行吻地礼,叩拜再三。她站起来之后,说:"尊敬的王后,我谨向阿拔斯王朝和穆圣后裔致敬。愿安拉保佑你日日富贵,长命百岁,万寿无疆!"

随后,姑蒂·格鲁卜站在了宫女和奴仆的行列里。

这时,王后祖贝黛方才抬起头来,仔细打量姑蒂·格鲁卜,果然名不虚传,只见她面似鹅蛋,脸如皓月,前额明亮,双目有神,眼帘微垂;她面带微笑,光芒四射,仿佛太阳从她的额上升起;她一头乌发,好像夜色漆黑源于她的发髻。她周身散发着麝香的芬芳,好像百花因她的笑貌而竞相开放。她身材苗条,稍稍移动,如若风拂杨柳。她明眸皓齿,双唇像玫瑰花瓣,双眉似两张弯弓。她站在众宫女当中,恰似一轮皓月升在夜空,又如同众星捧月。

祖贝黛出神地望着这位女子,深深被她那匀称的身材、绰约风姿所吸引，自叹从未见过这样的窈窕女子，真是完美无缺，举世无双。正像诗人所描述的那样：

> 她怒人丧魂，她喜魂复来。
> 她的眼神奇，稳操生死牌。
> 以眼俘世人，世人似奴才。

王后祖贝黛对姑蒂·格鲁卜说："姑蒂·格鲁卜，欢迎你，欢迎你！请坐下，让我们好好见识一下你的卓越才华吧！"

姑蒂·格鲁卜说："王后过奖了！我一定遵命，一定遵命！"

姑蒂·格鲁卜坐下来，伸手取过铃鼓。有诗人这样赞美铃鼓：

> 唤声铃鼓手，心飞因思念。你打铃鼓时，心悲方呐喊。
> 只讳伤心者，和拍遂人愿。说话重或轻，曲谱任挑选。
> 唤声心上人，放心却腼腆。手舞足还蹈，凭人惊叹观。

姑蒂·格鲁卜弹奏了一曲又一曲，边敲铃鼓边唱，致使鸟儿全都落下来静听叫好。

姑蒂·格鲁卜放下铃鼓，拿起芦笛。有诗人这样描绘芦笛：

> 洞竹几许眼，指点眼更明。手指示曲谱，曲全却无影。

诗人又云：

> 靓妹吟罢诗，正好操琴笛。

姑蒂·格鲁卜吹奏了几曲，在场的人无不兴高采烈。之后，她放下芦笛，拿起四弦琴。诗人这样描述四弦琴：

歌女操弦琴，杨柳枝随风。天下高贵者，侧耳细聆听。
玉指轻弹奏，娴巧化聪颖。灵感跃弦上，山水曲尽情。

姑蒂·格鲁卜就像母亲抱孩子那样，抱着四弦琴，紧了紧琴弦。诗人曾这样赞美姑蒂·格鲁卜的四弦琴：

她以弦表心，使人难知晓。言爱是杀手，足以伤人脑。
天生一乐女，指代口说道。琴弦量爱河，似医切脉巧。

姑蒂·格鲁卜边弹边唱，弹奏了十四支曲子，唱了整整一个轮回，令观者赞叹、惊奇，令听者心旷神怡。

姑蒂·格鲁卜唱罢吟诵道：

大吉大利至，充满欣与喜。降临此接彼，幸运无终极。

讲到这里，眼见东方透出黎明的曙光，莎赫札德戛然止声。

第八百四十夜

夜幕垂降，莎赫札德接着讲故事：

幸福的国王陛下，姑蒂·格鲁卜边弹边唱，弹奏了十四支曲子，唱了整整一个轮回，令观者赞叹、惊奇，令听者心旷神怡。

姑蒂·格鲁卜弹奏、吟唱完，走去与宫女摆棋对弈，王后祖贝黛发现姑蒂·格鲁卜棋艺高超，宫中没有对手，不禁羡慕之至。王后心想："怪不得我的堂兄拉希德那样迷恋这位女子。"

姑蒂·格鲁卜再次向王后祖贝黛行吻地礼，然后坐了下来。

饭菜端上来了，宫仆把掺着蒙汗药的甜食送到了姑蒂·格鲁卜的面前。

姑蒂·格鲁卜毫无戒备，吃了两口甜食。顷刻之间蒙汗药发挥作用，姑蒂·格鲁卜顿觉头重脚轻，随即昏倒在地。

王后祖贝黛对宫女们说："你们把她抬到房间里去，听候我的吩咐。"

"遵命！"宫女们异口同声。

王后对一个宫仆说："你去给我做口木箱，马上送来！"

王后还命令另一个宫仆："你给我在宫院里堆一个家坟去。"

接着，宫中人开始传言说："姑蒂·格鲁卜吃饭时噎死了。"

王后祖贝黛警告宫仆们，要他们都要这样说，如有不从者，一律处死。

时隔不久，哈里发哈伦·拉希德打猎回来了。他刚一进宫门，便向一个宫仆询问爱妃姑蒂·格鲁卜的情况。

因为王后祖贝黛早已安排好，只要哈里发问起姑蒂·格鲁卜，就说她已经死了。

哈里发向那个宫仆问到姑蒂·格鲁卜，那宫仆立即走上前去，向哈里发行过吻地礼，然后说："报告陛下，姑蒂·格鲁卜进食时被噎死了。"

哈里发听后大惊失色，怒道："你这个奴才，安拉是不会降福给你的!"

哈里发走到宫中,听每个人都说姑蒂·格鲁卜被噎死了,这样才信以为真。他问:"姑蒂·格鲁卜的坟在哪里?"

宫仆们把哈里发带到那座假坟前,对他说:"这就是姑蒂·格鲁卜的坟墓。"

哈里发哈伦·拉希德看见坟墓,立即扑上前去,抱住坟头,泪珠滚滚落下。凄然吟道:

看在安拉面,坟墓请一告:爱妃已失去,娇媚与窈窕?
坟墓非苍穹,亦非花园岛;何以似皓月,又有嫩枝条?

哈里发哈伦·拉希德吟罢,失声痛哭,在坟墓旁停留了一个时辰,方才离开那里,心里有说不出的痛苦。

王后祖贝黛眼见自己的计谋得逞,即招来那个宫仆,说道:"把木箱抬到这里来吧!"

宫仆把木箱抬到王后面前,王后吩咐宫仆把姑蒂·格鲁卜放入木箱,然后加上锁。

一切收拾停当,王后叫来那个宫仆,吩咐说:"你到市上去,把这口木箱卖掉,但有一条件,不准打开箱子看。"

随后,王后确定了木箱的价钱。

宫仆带着木箱离开了王宫,执行王后的命令去了。

让我们回过头来,看看渔夫海里法的情况。

渔夫海里法那天回到家里,一夜安睡,不觉东方大亮。他起了床,自言自语道:"我今天不去干活了,最好去哈里发宫找昨天买鱼的那个宦官,因为他已答应我,让我到哈里发宫去找他要钱。"

主意已定，渔夫海里法步出家门，直奔哈里发宫而去。

渔夫海里法来到王宫门前，发现那里有无数宫仆，站着的、坐着的全有。渔夫海里法仔细打量，见买他鱼的那个宦官就坐在那里，周围有许多宫仆在伺候他。海里法正在那里观望时，忽有一名小宫仆向他喊了一声："喂，老人家，你有什么事吗？"

听见这喊声，那宦官回过头来望了一望，发现小宫仆问的那个人是他昨天见到的那个渔夫。

渔夫海里法一眼认出了那个宦官，随口说道："好长官，你真守信用！"

宦官萨德勒听渔夫这样一称赞，笑了起来。他说："老渔夫，你说对啦！"

萨德勒想给渔夫钱，伸手去掏口袋，忽听喊声传来，还没顾得上把钱掏出来，便扭过头去，想看看究竟出了什么事，何故有人如此高声喊叫。萨德勒发现宰相贾法尔·巴尔马克刚从哈里发哈伦·拉希德那里退朝出来。见此情景，萨德勒站起身，迎了上去，二人开始边走边谈，谈了很长时间；与此同时，渔夫海里法一直在那里站着，萨德勒不曾回头看他一眼。

渔夫海里法站的时间太长了，于是稍稍向前走近一点儿，向宦官萨德勒打了个手势，并且小声说："先生，让我走吧！"

萨德勒听见了渔夫海里法的话，但因自己正和宰相贾法尔·巴尔马克说话，不便立即回渔夫的话。渔夫海里法说："欠债不还，拖拖拉拉的人，安拉定会诅咒他。先生，我是外来人，你赶快把钱给我，让我走吧！"

萨德勒听得清清楚楚，只是在宰相贾法尔·巴尔马克面前羞于与渔夫对话。

宰相贾法尔·巴尔马克看见宦官萨德勒在用手语和别人说话，

但不明白在说什么。贾法尔·巴尔马克纳闷地问:"喂,大宦官,那个可怜的乞丐在问你什么呀?"

萨德勒说:"相爷大人,你不认识这个人?"

宰相贾法尔·巴尔马克回答说:"凭安拉起誓,我不认识他。我刚看见他,从哪里去认识他呢?"

"相爷大人,他就是那个渔夫,昨天我们在底格里斯河边抢了他的鱼。当时,我赶到那里,伙伴们已经把鱼抢光,我羞于空着手回来见信士们的长官,怎么办呢?我见这位渔夫站在河里,正在向安拉祈祷,两只手中拿着四条鱼,我就说把鱼给我吧,他果然把鱼给了我。可是,当时我一掏口袋,发觉身上没有带一文钱;我想给他点儿别的什么东西,可身上一无所有。因此,我只有对他说:'你明天到宫中来,我付钱给你,以解除你的贫困。'你瞧呀,他今天果然来了。我看见他,正要从口袋里掏钱时,相爷大人您来了,我只有立即来伺候您。因为照顾您,把他丢在了一边,所以他才这样站在那里。"

讲到这里,眼见东方透出黎明的曙光,莎赫札德戛然止声。

第八百四十一夜

夜幕垂降,莎赫札德接着讲故事:

幸福的国王陛下,大宦官萨德勒对宰相贾法尔·巴尔马克说:"相爷大人,他就是那个渔夫,昨天我们在底格里斯河边抢了他的鱼。当时,我赶到那里,伙伴们已经把鱼抢光,我羞于空着手回来见信士们的长官,怎么办呢?我见这位渔夫站在河里,正在向安拉祈祷,两只手中拿着四条鱼,我就说把鱼给我吧,他果然把鱼给了我。可是,当时我一掏口袋,发觉身上没有带一文钱;我想给他点儿别的什么东西,可身上一无所有。因此,我只有对他说:'你明天到宫中来,我付钱给你,以解除你的贫困。'你瞧呀,他今天果然来了。我看见他,正要从口袋里掏钱时,相爷大人您来了,我只有立即来伺候您。因为照顾您,把他丢在了一边,所以他才这样站在那里。"

贾法尔·巴尔马克听宦官这样一说,微微笑了笑。他说:"大宦官,这个渔夫一定是面临饥馑之时才来找你的,你怎么不马上为他解决困难呢?大宦官,难道你不认识他?"

"不认识!"萨德勒随口答道。

"这是信士们的长官的师傅和伙伴。今天,我们的哈里发陛下忧愁缠心,闷闷不乐,唯有这位渔夫能使他开心。你先不要让渔夫离去,我这就去和哈里发商量,然后把渔夫叫到哈里发面前,但期这位渔夫能解除哈里发失去爱妃姑蒂·格鲁卜的烦恼。若能如愿,哈里发定会赏他一些金钱,让他安心度日。说不定,这里面还有你的一份功劳呢!"

"相爷大人,就照您说的办!愿安拉使您永远成为国家的支柱,愿安拉使哈里发的国家长治久安,繁荣昌盛,愿安拉使国家这棵大树根深叶茂,枝繁荫浓。"

宰相贾法尔·巴尔马克转身朝哈里发那里走去,宦官萨德勒令宫仆们好好看着渔夫海里法。

渔夫海里法望着萨德勒,说:"喂,长官哪,你真行!讨债人变成了欠债人。我没要到钱,反倒把我扣了起来。"

宰相贾法尔·巴尔马克快步来到宫殿,见哈里发坐在那里,低着头,愁眉不展,思绪混乱,正在背诵诗句:

芸芸责难者,逼我忘怀她;
我心不从我,但有何办法?
童心真难觅,情贵在结发。
杯盏频频交,焉能忘怀她。
仅仅她眼神,足令我醉煞。

贾法尔·巴尔马克来到哈里发面前,说:"信士们的长官、正教尊严的维护者、圣贤的后裔,祝你万寿无疆!"

哈里发抬起头来,说:"相爷阁下,你好哇!"

"求信士们的长官允许,臣有话要讲,但期不要阻拦。"

"你是众臣之首,我何时不让你讲话!有话请讲吧!"

"哈里发陛下,臣离开这里,本想回府,不料途中看见你的师傅和同伴渔夫海里法站在门口,正在生你的气,在那里大发牢骚。海里法说:'赞美安拉!我教他打鱼,我让他去找两个箩筐来,但他一去不回,全不讲同伴、师徒的情义!'哈里发陛下,你若有意和他共事,那倒也无妨;如无意,可让他去找别人合作。"

哈里发哈伦·拉希德听后,微微一笑,心中的不悦顿时云消雾散。他对宰相贾法尔·巴尔马克说:"相爷阁下,那渔夫真的站在门外吗?"

"是的,信士们的长官,那渔夫真的在门外站着。"

"凭安拉起誓,我一定要帮助他解决困难。假若安拉注定他要在我手中遭遇什么灾难,他必将终生不幸;如果安拉注定他将通过我的手得到什么幸福,他必会受益终生。"

随后,哈里发拿起一张纸,撕成许多纸条,递给宰相贾法尔·巴尔马克,并且嘱咐他:"相爷阁下,你来替我规定二十个等级,从薪水一第纳尔的差役开始,直至领取一千第纳尔的君王;同时,你再为我制定两条惩罚条例,从最轻的革职开始,一直到处以死刑,把二十个官阶分别书写在一张纸条上。"

"遵命!"

宰相贾法尔·巴尔马克立即动手,将二十个官阶和二十种惩罚分别写在了纸条上。

一切布置停当,哈里发哈伦·拉希德对宰相说:"贾法尔·巴尔马克,凭列祖列宗起誓,我想立即把渔夫海里法叫来,让他随意从这些纸条中抽一张,其内容只有我和你知道,假如他抽出的纸条上面写着可成为享受一千第纳尔薪俸的国王,我愿意立即离开哈里发的职位,让他代我治理国家,我将毫不吝惜;假若他抽出的纸条上写着绞死、杀头、严惩之类的字样,我也会立即执行,将他送上断头台。相爷阁下,你立即去,把他带来吧!"

宰相贾法尔·巴尔马克听哈里发这样一说,心想:"毫无办法,只有依靠伟大安拉了!也许这个可怜的渔夫因之丧命,而责任全在我的身上。可是,哈里发已经立过誓,只能把可怜的渔夫马上叫来,听凭安拉的安排了。"

随后,贾法尔·巴尔马克走去,抓住渔夫海里法的手,想把他带到哈里发哈伦·拉希德那里去。

海里法一见宰相拉着自己的手,禁不住魂飞魄散,心想:"我究竟中了什么邪,致使我非来找那个倒霉的奴才不可!现在这个人又缠着我不放了。"

宰相贾法尔·巴尔马克拉着渔夫在前面走,众宫仆在后面紧跟。海里法边走边说:"把我扣在这里还不够,身前身后还跟着这么多人,把我夹在中间,不让我逃走?"

贾法尔·巴尔马克带着海里法走过七道走廊,这才对他说:"渔夫,你这个该死的,你现在是站在信士们的长官、正教尊严的维护者的面前。"

说着,贾法尔·巴尔马克撩开大幕帘,渔夫海里法方才看见哈里发正襟危坐在宝椅上,国家重臣在两侧肃立伺候。

渔夫海里法一眼认出了哈里发哈伦·拉希德,随即开口说:"你好哇,吹鼓手!你那样对待你的渔夫师傅,实在不合适!你走了,让我守着鱼,而且一去不回来。片刻之后,一群奴仆们骑着各种颜色的骡马向我冲来,眼看着他们把我们的鱼全抢走了。假若你能及时弄来箩筐,我们把鱼收拾起来,能卖一百第纳尔呢!我来宫中要账,他们把我扣押起来。是谁把你扣在了这里呢?"

哈里发一听,微微地笑了。随后,他一掀帘角,探出头来,说道:"你来抽张纸条吧!"

渔夫海里法对信士们的长官哈伦·拉希德说:"我发现你今天又变成了占卜师。不过你有一言应该记取:百门通,必受穷。"

宰相贾法尔·巴尔马克说:"你不要说话了,赶快抽纸条吧!"

渔夫从命,走上前去,一边伸出手,一边说道:"这个吹鼓手再也不能成为我的奴仆,更不能和我一起打鱼去了!"

他随后抽出一张纸条,递给哈里发哈伦·拉希德,并且说:"吹鼓手,你来瞧瞧我的运气吧!你什么也不要怕!"

讲到这里,眼见东方透出黎明的曙光,莎赫札德戛然止声。

第八百四十二夜

夜幕垂降,莎赫札德接着讲故事:

幸福的国王陛下,贾法尔·巴尔马克宰相对渔夫海里法说:"你不要说话了,赶快抽纸条吧!"

渔夫从命,走上前去,一边伸出手,一边说道:"这个吹鼓手再也不能成为我的奴仆,更不能和我一起打鱼去了!"

他随后抽出一张纸条,递给哈里发哈伦·拉希德,并且说:"吹鼓手,你来瞧瞧我的运气吧!你什么也不要怕!"

哈里发接过纸条一看,随后说道:"念一念,上面写的什么!"

宰相贾法尔·巴尔马克接过纸条一看,随后说道:"无能为力,只有依靠伟大的安拉了!"

"贾法尔·巴尔马克,是好消息吧?你看到了什么?"

"信士们的长官,上面写着:'重打一百大棍。'"

哈里发随即命令宫役行刑,宫役们从命,重打渔夫海里法一百大棍。

渔夫海里法挨了一顿痛打,站起身来,说:"安拉诅咒这种嬉戏!你们为什么老和我开关押、棍打之类的玩笑?"

宰相贾法尔·巴尔马克对哈里发说:"信士们的长官,这个可怜的渔夫常去河边活动,怎好让他渴着回去呢?我求哈里发陛下开恩,让他再抽一张纸条吧!但愿这位可怜的渔夫时来运转,能得到一点儿什么东西,回去之后也好改变自己的贫困处境。"

哈里发说:"相爷阁下,凭安拉起誓,假若他再抽一张纸条,上面写着'杀'的字样,我一定会割下他的首级,到那时,送他命的就只能是你了。"

宰相贾法尔·巴尔马克说:"假若他能一死,也便永远可以得到安息了。"

渔夫海里法说:"安拉是不会降福给你们的!难道你们和我在巴格达有什么过不去的地方,致使你们非杀我不可?"

宰相贾法尔·巴尔马克吩咐渔夫海里法:"你就赶快再抽一张纸条吧!求安拉默助你!"

渔夫海里法伸手抽了一张纸条,递给宰相贾法尔·巴尔马克。

宰相贾法尔·巴尔马克接过纸条一看,不吱声了。

哈里发哈伦·拉希德问宰相贾法尔·巴尔马克:"喂,相爷阁下,你为什么默不作声呢?"

宰相贾法尔·巴尔马克回答:"信士们的长官,纸条上写着,'不给任何东西。'"

哈里发说:"那就是说,我们这里没有他的生计。你就告诉他,赶快离开这里吧!"

宰相贾法尔·巴尔马克哀求道:"哈里发陛下,看在陛下列祖列宗的面儿上,就让这个可怜的渔夫再抽一张纸条吧!但期这一次能抽到点儿什么东西。"

哈里发同意再给他一次机会。渔夫海里法抽出纸条,递给贾法尔·巴尔马克。贾法尔·巴尔马克念道:"纸条上写着,'给渔夫一第纳尔。'"

宰相贾法尔·巴尔马克对渔夫海里法说:"我为你求得了幸福,看来安拉只给你一第纳尔。"

渔夫海里法说:"打了我一百大棍,才换了一第纳尔,算是福大了。安拉不会使你平安无事的。"

哈里发听后,忍不住笑了起来。

贾法尔·巴尔马克拉住渔夫海里法的手,走了出去。行至宫门时,宦官萨德勒看见渔夫海里法,说道:"喂,渔夫,信士们的长官同你闹着玩儿,一定赏给你不少钱,让我们也分享一点儿吧!"

渔夫海里法说:"喂,黑皮鬼,你说得对!你想跟我分享吗?我吃了一百大棍,仅得了一第纳尔,你还要分享?"

说着,海里法把那枚金币扔给宦官,流着眼泪走出了大门。

宦官萨德勒眼见此情此景,知道渔夫说的是实话,立即让宫役们把海里法喊回来。随后,萨德勒从自己的口袋里掏出一个红钱袋,里面装着一百第纳尔。萨德勒对渔夫海里法说:"喂,渔夫,你拿着这一百第纳尔,这是你的鱼钱,回家去吧!"

渔夫海里法接过一百第纳尔和哈里发给他的那一枚金币,心中甚为高兴,完全忘记了挨棍子的痛苦,走出了宫门。

仿佛安拉有意要花掉渔夫海里法的今日所得,命运带着他从奴隶市场上经过。在那里,渔夫海里法看见许多人围着一个大圈儿,他心想:"这些人在干什么呢?"

渔夫海里法走上前去,拨开人群。商人们高声喊道:"喂,给纳胡代·泽里特让让路吧!"

人们纷纷让路。渔夫海里法走进去一看,只见一位老翁站在那里,面前摆着一口木箱,箱子上坐着一个奴仆。那老翁高声喊道:"商贾们,财主们,谁敢冒险,出个价,把这口木箱买下来?这口木箱是从信士们的长官的妻子祖贝黛王后的宫中抬出来的,谁也不知道里面装着什么。但期安拉赐福给你们!"

一个商人说:"这真是一次冒险呀!我出个价钱,希望大家不要责怨。我出二十第纳尔!"

另一个商人说:"我出五十第纳尔!"

商人们竞相加价,一直加到一百第纳尔。

老翁喊道:"还有人加价吗?"

渔夫海里法说:"我出一百零一第纳尔!"

商人们听渔夫海里法这样说,以为他在开玩笑,不禁笑了起来。人们对那个老翁说:"喂,宦官兄弟,你就以一百零一第纳尔的价钱卖给这个渔夫海里法吧!"

老翁说:"凭安拉起誓,我只有把木箱卖给他了。喂,渔夫兄弟,把木箱抬走吧!安拉为你祝福!你交钱吧!"

渔夫海里法将钱袋和那一枚金币递给了老翁,交易宣告完成。

老翁数了数钱,然后转身离开市场,回到宫中,向王后祖贝黛报告了卖木箱的经过,王后祖贝黛听后十分高兴。

渔夫海里法扛起木箱,发觉很重,用肩膀扛不动,于是顶在头上走去。

渔夫海里法头顶木箱进了胡同,觉得很累,便把木箱放下,坐在那里,回想着自己刚才经历的事情,心想:"我真想知道这木箱里究竟装的是什么东西。"他回到宅院,推开家门,把木箱搬到屋里,设法想打开木箱,却打不开。他想:"我这是怎么啦,竟花这么多钱买下这口木箱?我一定要打开它,看看里面究竟装的是什么!"他想打开锁,但始终未能打开,便心想:"明天再说吧!"

想到这里,渔夫海里法打算睡觉了。因为箱子占的地方大,渔夫海里法找不到躺的地方,便躺在箱子上面睡了。

一个时辰过后,渔夫海里法忽觉箱子在动,不禁心惊肉跳,睡意全无,当即站了起来……

讲到这里,眼见东方透出黎明的曙光,莎赫札德戛然止声。

第八百四十三夜

夜幕垂降,莎赫札德接着讲故事:

幸福的国王陛下,渔夫海里法扛着木箱回到宅院,推开家门,把木箱搬到屋里,设法想打开木箱,却打不开。他想:"我这是怎么啦,竟花这么多钱买下这口木箱?我一定要打开它,看看里面究竟装的是什么!"他想打开锁,但始终未能打开,便心想:"明天再说吧!"

想到这里,渔夫海里法打算睡觉了。因为箱子占的地方大,海里法找不到躺的地方,便躺在箱子上面睡了。

一个时辰过后,海里法忽觉箱子在动,不禁心惊肉跳,睡意全无,当即站了起来。他说:"这木箱里好像有鬼!赞美安拉没有让我把它打开;否则那鬼跑出来,岂不趁黑灯瞎火之时将我置于死地吗!那样的话,绝不会给我带来任何好处的。"

片刻后,箱子里没有什么动静了,渔夫海里法这才又躺上去睡了。

时隔不久,箱子又动起来,而且比第一次动得更厉害。渔夫海里法立刻站起身,说道:"又一场灾难来临了,更是令人惊心……"

渔夫海里法忙去找灯,但没有摸着,其实他根本没有钱买灯,只好急忙跑出去,在胡同里高声叫喊道:"来人哪,来人哪!"

胡同里的邻居们大都已进入梦乡。听到有人大声喊叫,人们从梦中惊醒,跑了出来,一看是渔夫海里法站在那里,他们问:"海里法,怎么啦?"

渔夫海里法说:"快给我拿盏灯来,我家里闹鬼啦!"

人们听后,不禁大笑,马上给他送来一盏灯。

渔夫海里法端着灯走进屋里,用石头将木箱上的锁砸开。打开箱子一看,原来箱子里躺着一个女子,美若天仙。那女子吃下了蒙汗药,被麻醉过去,如今吐出了蒙汗药,苏醒过来,她睁开了眼睛,觉得难受,动了动身子。

渔夫海里法见那女子坐了起来,问道:"小姐,看在安拉的面儿上,请告诉我,你是从哪儿来的?"

女子睁开眼睛,喊道:"给我喊茉莉和水仙来!①"

渔夫海里法说:"这里只有指甲花。"

女子清醒过来了。她望着渔夫海里法,问:"你是谁?我现在在什么地方?"

"你在我的家中呀!"

"难道我不是在哈里发哈伦·拉希德的宫中?"

"什么哈里发哈伦·拉希德?莫非你疯啦?你是我买来的女奴。我今天用一百零一第纳尔把你买到手,然后把你扛回家中。你本来就睡在这口箱子里。"

女子听他这样一说,忙问:"你叫什么名字?"

"我叫海里法。我知道我并没有这样的运气,不知为什么如今吉星高照。"

女子笑了起来,说道:"先不谈这些。你这里有什么吃的东西吗?"

渔夫海里法说:"凭安拉起誓,我这里连喝的东西都没有。说

---

① 茉莉和水仙是两个女仆的名字。

真的，我都两天没吃饭了，现在肚子饿得咕咕直叫，很想吃点儿什么。"

那女子问："你没有钱吗？"

"安拉保佑这口箱子！正是这口箱子把我的钱全花光了，弄得我一贫如洗，穷困潦倒。"渔夫海里法回答道。

女子生气了，说道："你去找邻居家要点儿东西给我吃吧！我饿极了。"

渔夫海里法走出家门，站在胡同里大喊："喂，邻居们……"

人们再次从睡梦中惊醒，问道："海里法，你又有什么事？"

渔夫海里法说："邻居们，我饿极了，家里什么吃的东西也没有了。"

邻居们可怜他，有的给他送来发面饼，有的送来干饼屑，有的送来奶酪，有的送来青瓜。转眼之间，渔夫海里法收了一满抱的食物。他转身进了家门，把食物放在女子面前，然后说："请吃吧！"

女子一笑，说道："连水都没有，我怎么吃呢？我担心自己被噎死。"

"我这就给你打水去！"

渔夫海里法拿起水罐，走出家门，站在胡同里高喊道："邻居们……"

四邻八舍的人又走了出来，问道："海里法呀，你今天夜里要闹腾到什么时候？你有什么事呀？"

渔夫海里法说："你们给了我吃的，我吃了下去。可是，我现在渴了，快给点儿水喝吧！"

人们立即行动，有的送来一杯水，有的送来一壶水，有的送来一瓢水，顿时把渔夫海里法的罐子灌得满满的。

渔夫海里法把水罐放在女子面前，说："小姐，边吃边喝吧！

你没有别的什么要求了吧?"

女子说:"是的,现在没有什么要求了。"

"请把你的情况向我谈谈吧!"

"你这个该死的!假若你不了解我,我现在就向你做自我介绍吧!我叫姑蒂·格鲁卜,是哈里发哈伦·拉希德的爱妃。王后祖贝黛嫉妒我,用蒙汗药将我麻醉,然后把我装入这个木箱中……"

姑蒂·格鲁卜停顿片刻,又说:"赞美安拉!事情就这样简单,没有什么别的情况。不过,我有这么一段经历,却为你的幸福创造了条件,你必将一下变成富翁。"

渔夫海里法说:"你说的这个拉希德就是把我扣押在他宫中的那个人吗?"

"正是他。"

"凭安拉起誓,我没见过比他更吝啬的人了。那个吹鼓手既没什么钱,也没什么头脑。他打了我一百大棍,只给了我一第纳尔,而我曾教他打鱼,和他一起干活,他却背弃了我。"

"不要说这种丑话了!你睁开眼睛,对他礼貌些,你会如愿以偿的。"

渔夫海里法听姑蒂·格鲁卜这样一说,仿佛安拉有意使他得到幸福,为他打开了眼界。渔夫海里法对姑蒂·格鲁卜说:"我一切听你的安排!你好好睡一觉吧!"

姑蒂·格鲁卜站起来,走到一边儿和衣躺下睡了。渔夫海里法离她远远的,倒在屋角一觉睡到了大天亮。

次日清晨,姑蒂·格鲁卜起来,让渔夫海里法拿来笔、墨和纸,给哈里发哈伦·拉希德的一位商人朋友写了一封信,信中把自己的情况告诉了商人,并且说她现在住在渔夫海里法家中,她是渔夫海里法用钱买来的。

姑蒂·格鲁卜写罢信，折叠好，递给渔夫海里法，叮嘱道："你带上这封信，到珠宝市场去，找一个叫伊本·盖尔纳斯的珠宝商的店铺，把这封信交给店主，什么也不要说。"

"遵命！"

渔夫海里法接过信，转身走出家门，直奔珠宝市场而去。

渔夫海里法顺利找到珠宝商伊本·盖尔纳斯的店铺，走了进去，向伊本·盖尔纳斯问安致意。伊本·盖尔纳斯回了礼，但头也没抬，很看不起这位来客，只问了一句："有什么事吗？"

渔夫海里法递上那封信，伊本·盖尔纳斯没有看，认为面前这个人是个乞丐，来店内乞讨的，故吩咐店仆："给他五菲勒斯！"

渔夫海里法说："我不需要老板施舍！请看看这封信吧！"

伊本·盖尔纳斯打开信看了看，然后把信放在嘴上吻了吻，又举到头上，随后站起身。

讲到这里，眼见东方透出黎明的曙光，莎赫札德戛然止声。

❖❖ 第八百四十四夜 ❖❖

夜幕垂降，莎赫札德接着讲故事：

幸福的国王陛下，渔夫海里法带着姑蒂·格鲁卜的信，来到了珠宝商伊本·盖尔纳斯的店铺，走了进去，递上那封信，伊本·盖尔纳斯没有看，认为面前这个人是个乞丐，来店内乞讨的，故吩咐店仆："给他五菲勒斯！"

渔夫海里法说:"我不需要老板施舍!请看看这封信吧!"

伊本·盖尔纳斯打开信看了看,然后把信放在嘴上吻了吻,又举到头上,随后站起身。

珠宝商伊本·盖尔纳斯对渔夫海里法说:"兄弟,你的家在什么地方?"

渔夫海里法说:"你为什么要问我的家?莫非你想到我家去,偷走我的女奴?"

"不!我想给你买些食品,让你和那位女子一块儿吃。"

渔夫海里法说出自己住的胡同。

"你干得好哇!你这个倒霉的家伙,安拉是不会降福给你的。"

伊本·盖尔纳斯吩咐两名店仆说:"你们俩跟着这个人到穆哈欣的钱庄去,就说:'穆哈欣,给这个人一千第纳尔!'然后迅速把他带到我这里来。"

两个店仆带着渔夫海里法来到穆哈欣的钱庄,对老板说:"喂,穆哈欣,请给这个人一千第纳尔。"

店老板如数给了渔夫海里法一千第纳尔,渔夫海里法接过钱,跟着店仆返回伊本·盖尔纳斯店铺前,但见伊本·盖尔纳斯骑着一匹价值千金的花斑骡子,周围有若干仆奴护卫,旁边还有一匹鞍鞯齐备的骡子。

伊本·盖尔纳斯对渔夫海里法说:"奉大慈大悲安拉之名,海里法兄弟,请你骑上这匹骡子吧!"

渔夫海里法说:"凭安拉起誓,我决不骑这牲口,我怕它把我甩下来。"

伊本·盖尔纳斯说:"凭安拉起誓,你一定要骑上骡子!"

渔夫海里法战战兢兢地走上前去,倒骑在骡背上,抓住骡子的尾巴,一声大喊;骡子一惊,一下把渔夫海里法甩到了地上。众人见此情景,不禁开怀大笑起来。

渔夫海里法慢慢从地上爬起来,说:"我不是说过,我不骑这匹骡子吗?"

伊本·盖尔纳斯把渔夫海里法丢在市场上,扬鞭驱赶骡子,向哈里发宫走去了。到了哈里发宫,见到哈里发哈伦·拉希德,将哈里发爱妃的下落告诉了他。随后,伊本·盖尔纳斯找到渔夫海里法住的地方,把姑蒂·格鲁卜接到了他的家中。

渔夫海里法回到家中,不见姑蒂·格鲁卜的身影,却见街坊邻居里三五成群,交头接耳,窃窃私语,议论纷纷。他们说:"海里法今天怎么啦?他家中的这个女人是从哪里弄来的?"

一个人说:"这是个疯狂的龟奴,也许他在路上遇见这个女人醉倒在地,就把她带回了家中。他之所以离开家,因为他知道自己有罪,正是畏罪潜逃。"

正在这个时候,渔夫海里法出现在他们面前。人们问他:"喂,可怜的渔夫,你怎么啦?你不知道你家里发生了什么事吧?"

渔夫海里法回答:"说实话,我一点儿也不知道。"

"刚才来了一帮人,把你家的那个女子带走了,他们还在找你,但没找到。"

"他们凭什么带走我的姑娘?"

一个人指着渔夫海里法说:"假若那帮人抓到他,非把他杀了不可。"

渔夫海里法没有回头,快步跑到伊本·盖尔纳斯的店铺,见那位老板仍骑在骡背上。他说:"你这样干是不对的。你捉弄了我!你派你的奴仆们把我的那位姑娘抓去了,你知道吗?"

伊本·盖尔纳斯说:"疯子,快来,不要说话了。"

伊本·盖尔纳斯把渔夫海里法带进一座漂亮的房子。渔夫海里法走进去一看,只见姑蒂·格鲁卜端坐在一把金椅子上,周围有十个姑娘伺候她,个个如花似月。

伊本·盖尔纳斯一见姑蒂·格鲁卜,立即上前行吻地礼。姑蒂·格鲁卜问:"我的那位新主人竭尽囊中所有的钱财把我买了下来,你是怎样对待他的呢?"

伊本·盖尔纳斯答道:"小姐,我给了他一千第纳尔。"

接着,伊本·盖尔纳斯把渔夫海里法的情况从头到尾向姑蒂·格鲁卜讲了一遍。

姑蒂·格鲁卜听后笑了,然后说:"你不要责难他,他是个普通人。"

姑蒂·格鲁卜从自己的口袋里掏出一千第纳尔,说:"这一千第纳尔是我送给他的,请给他送去,但期他能从哈里发那里得到奖赏,使他富裕起来。"

他们正在谈话时,忽见一宫仆来找姑蒂·格鲁卜。因为哈里发已经知道自己的爱妃在伊本·盖尔纳斯家中,所以立即命令宫仆前来接她回宫。

姑蒂·格鲁卜立即随宫仆走去,并带着渔夫海里法一道去哈里发宫。

姑蒂·格鲁卜来到哈里发哈伦·拉希德面前,跪下行吻地礼。

哈里发站起来迎上去,向爱妃问好,亲切地安慰她。接着,哈里发开始问姑蒂·格鲁卜和买她的那个人的情况。姑蒂·格鲁卜说:"那个人名叫海里法,是个渔夫,现在他就站在门外。他向我提到他曾与陛下合伙打鱼,你们之间还有未结清的账目。"

"他现在就在门外?"哈里发问。

"是的。"

"把他叫进来。"

渔夫海里法走进来,向哈里发行吻地礼,祝哈里发富贵荣华,万寿无疆。

哈里发见到渔夫海里法,觉得好生奇怪,禁不住笑了起来。他说:"渔夫,你真的是我的那位同伴?你和我的爱妃一起……那是怎么一回事?"

渔夫海里法一听到信士们的长官这样问,抖了抖精神,说道:"我曾和陛下一起打鱼。凭赐予陛下哈里发王位的大慈大悲的安拉起誓,从前我根本就不知道她的情况,既没有看见过她,也没有和她说过话。"

接着,渔夫海里法把自己的经历从头到尾向哈里发讲了一遍。

哈里发听后,笑了起来。接着,渔夫海里法又把和宦官萨德勒打交道的情况讲了一遍,说到萨德勒如何给了他一百第纳尔,加上他从哈里发那里拿到的那一第纳尔,共有一百零一第纳尔,随后走向市场。到了市场,见那里正有人拍卖一口木箱,他便花一百零一第纳尔买下了那口木箱,可里面究竟装着什么东西,他完全不知道。接着,渔夫海里法把买回木箱后发生的事从头到尾讲了一遍。

哈里发听后,不禁开怀大笑。他说:"渔夫兄弟,你做了一件物归原主的好事,我们一定让你如愿以偿。"

哈里发哈伦·拉希德沉默片刻之后,下令赏给渔夫海里法五万第纳尔金币、一套宫服、一匹骡子,并赐赠多名男仆女婢伺候他,一个一贫如洗的渔夫一下变成了个大富翁,就像当上了国王。

眼见爱妃复归,哈里发十分高兴,他知道那件坏事是王后祖贝黛所为,因而非常生气……

讲到这里,眼见东方透出黎明的曙光,莎赫札德戛然止声。

第八百四十五夜

夜幕垂降，莎赫札德接着讲故事：

幸福的国王陛下，哈里发哈伦·拉希德眼见爱妃姑蒂·格鲁卜安全归来，心里有说不出的高兴。随后下令赏给渔夫海里法五万第纳尔金币、一套宫服、一匹骡子，并赐赠多名男仆女婢伺候他，一个一贫如洗的渔夫一下变成了个大富翁，就像当上了国王。

眼见爱妃复归，哈里发十分高兴，他知道那件坏事是王后祖贝黛所为，因而非常生气。自那时起的一段相当长的时间里，他不去和王后见面，与她疏远了。

王后祖贝黛得知哈里发生自己的气，不禁忧心如焚，眼见自己的面色由红变黄，身体日渐消瘦。当她再也忍受不住时，便给哈里发写了封信，表示道歉，承认自己的罪过。信中写道：

> 至今我向往，昔日你欢颜；
> 凭以消去我，心中忧与憾。
> 我的情思重，但求诸位怜。
> 我的耐心竭，只因亲疏远。
> 往常舒畅日，今日变灰暗。
> 我的生命在，你们守诺言；
> 你不送亲情，我命休眼前。
> 即使我他罪，还求度量宽；

亲人饶恕我,情深意缠绵。

哈里发哈伦·拉希德读过王后祖贝黛的信,知道她已承认自己的罪过,并且写信乞求饶恕她,心想:"安拉是会宽恕一切过错的。安拉是宽厚的、仁慈的。"随即回信给妻子,表示宽恕她的过错,不再计较过去所发生的一切。

哈里发哈伦·拉希德为渔夫海里法规定了每个月五十第纳尔的薪俸,并且宣布,渔夫海里法在国王那里享有崇高地位。

那天,渔夫海里法向信士们的长官哈伦·拉希德恭恭敬敬地行了吻地礼,然后转身大摇大摆地向宫门走去。

渔夫海里法来到宫门,宦官萨德勒一眼便认出了他,因为他曾给了他一百第纳尔。萨德勒见渔夫海里法满抱金银财宝,问道:"喂,渔夫兄弟,这些金银财宝是从哪里弄来的?"

渔夫海里法把事情的经过向他讲了一遍,宦官听后非常高兴。因为靠着他给的那一百第纳尔,穷渔夫才变成了富人。

萨德勒说:"你得了这么多钱,不能让我分享一点儿吗?"

渔夫海里法伸手摸出装着一千第纳尔的钱袋,递给萨德勒,说:"接着!这是给你的!愿安拉赐福于你。"

萨德勒接过钱袋,深深敬佩这位穷渔夫的慷慨义举。

渔夫海里法告别萨德勒,骑上骡子,由奴仆牵着,向一家客栈走去。人们都注视着这位渔夫,眼见他一下变得这样阔气,无不深感奇怪。

渔夫海里法离开骡背之后,人们纷纷围拢上来,问他何故一下子成了暴发户,渔夫海里法把自己的经历从头到尾向他们讲了一遍。

时隔不久,渔夫海里法买了一座漂亮庭院,又花了许多钱装修一新，庭院房舍顿时富丽堂皇，豪华无比。海里法住进新居，得意扬扬地吟道：

> 华屋美庭院，酷似天堂园。
> 愁闷一消空，病疾皆愈痊。
> 房舍多富丽，乐永驻其间。

渔夫海里法在新居安身不久，便与本城一位名流的千金订婚，随后举行了盛大结婚庆典。新郎新娘入洞房，花烛之夜，分外甜蜜。从此，这对夫妻过着宽裕、舒适、快乐、幸福的日子。渔夫海里法眼见自己安乐无比，打内心里感赞伟大安拉的恩赐，赞美安拉恩泽浩荡，兴奋地吟诵起诗人的佳作：

> 衷心赞美主，恩泽接踵来。衷心感谢主，施济慷而慨。
> 你的恩与情，永刻我心怀。慷慨赠予我，幸福和钱财；
> 我如愿以偿，鸣谢理应该。人世间万物，俱饮你恩海；
> 危险降临时，有你抗灾害。浩荡恩泽主，使我喜望外；
> 主恕我罪过，足令我开怀。尊贵先知魂，言真意亦赅；
> 给人送怜悯，主赐恩与爱。伙伴富理性，丛林鸟徘徊。

从此以后，渔夫海里法成了哈里发哈伦·拉希德的座上客，时常出入哈里发宫。哈里发哈伦·拉希德格外关怀渔夫海里法，渔夫海里法过着轻松、愉快的日子，直至天年竭尽。

万赞归于长生不老、无始无终的安拉。

讲到这里，莎赫札德戛然止声。

妹妹杜娅札德说:"姐姐,你讲的故事真精彩,真美妙,真动人!"

莎赫札德说:"如蒙国王陛下厚恩,能再留我一夜,我将要讲更精彩、更美妙、更动人的故事。"

舍赫亚尔国王心想:"我不能杀她,我要听她接着讲故事……"想到这里,国王说:"天色尚早,你就接着讲下去吧!"

莎赫札德开始讲《富商与靓女泽妮·穆娃绥芙》的故事:

相传,很久很久以前,有一位商人,名叫迈斯鲁尔。他是当时最有钱的商人之一,家中钱财堆积如山。他很喜欢到花园游玩儿,尤爱与漂亮女子交游嬉戏。

一天夜里,迈斯鲁尔做了一个梦,梦见自己到一座最美丽的花园中去玩儿,看见那里有四只鸟,其中有一只白鸽,羽毛洁白如银,非常美丽,不禁深深爱在心中,把它拿在手里赏玩儿。片刻后,只见一只猛禽俯冲下来,从他的手中将白鸽抓去,致使他感到异常难过,猛然从梦中惊醒过来,再也没有能够睡着,总是想着那只洁白、可爱的鸽子,直到东方大亮。迈斯鲁尔起床之后,说:"我一定要找个人给我解解这个梦!"

讲到这里,眼见东方透出黎明的曙光,莎赫札德戛然止声。

第八百四十六夜

夜幕垂降,莎赫札德接着讲故事:

幸福的国王陛下,一天夜里,迈斯鲁尔做了一个梦,梦见自己到一座最美丽的花园中去玩儿,看见那里有四只鸟,其中有一只白鸽,羽毛洁白如银,非常美丽,不禁深深爱在心中,把它拿在手里赏玩儿。片刻后,只见一只猛禽俯冲下来,从他的手中将白鸽抓去,致使他感到异常难过,猛然从梦中惊醒过来,再也没有能够睡着,总是想着那只洁白、可爱的鸽子,直到东方大亮。迈斯鲁尔起床之后,说:"我一定要找个人给我解解这个梦!"

迈斯鲁尔走出家门,左顾右盼,寻觅许久,未能找到圆梦人,只有顺原路向家门走去。

迈斯鲁尔走着走着,忽然生出一个念头,想到一位富商的宅第去看看。当他行至那位富商的家门前时,忽听宅中传出哀婉的吟叹声。那声音吟诵道:

> 微风吹过来,起自废墟间。气味香喷喷,足以愈病患。
> 我有话发问,足立废墟前;回答只有泪,腐味空中散。
> 微风告诉我,看在安拉面:此宅荣华日,兴许能复返?
> 我获一羚羊,骨瘦实可怜;瞌睡眼帘垂,观之神难安。

迈斯鲁尔听了,向宅门望去,但见院中有一座花园,那是他所见过的最漂亮的花园。

迈斯鲁尔仔细看去,见园中有一道缀着珍珠、宝石的红缎子幕帘,帘后有四个女仆,围坐在一位姑娘的四周。那姑娘年龄在十四五岁之间,天生丽质,如花似玉,简直就像天空中的一轮圆月。一双明亮目,一对弯弯眉,嘴似苏莱曼的戒指,双唇如玫瑰花瓣,牙齿整齐似珠如玉,身材匀称,体态婀娜,确乎有闭月羞花之貌,沉鱼落雁之容,俏丽迷人,人见人爱。

迈斯鲁尔一看见那个美丽的姑娘,不由自主地走进宅门,来到红缎子幕帘跟前。

姑娘抬起头来,看见迈斯鲁尔,迈斯鲁尔向姑娘问好,姑娘回了礼,声调甜润悦耳。

迈斯鲁尔仔细打量着姑娘,眼见她容貌秀美绝伦,禁不住心荡神驰。

迈斯鲁尔环顾四周,但见花园里遍栽茉莉花、玫瑰、紫罗兰、蔷薇等奇花异草,百花竞放,争奇斗艳,芳香四溢,香气扑鼻。此外,还种着多种果树,果实累累,挂满枝头。地上小溪流淌,从四个两两相对的殿堂里涌出。

迈斯鲁尔仔细观看第一座殿堂,发现门楣上用朱砂写着这样一首诗:

苦未入此殿,时未叛主公。殿容天下客,客身得处容。

迈斯鲁尔仔细看第二座殿堂,只见门楣上用金墨写着这样的诗句:

殿堂披华衣,百鸟枝头鸣。
四处溢芳香,有求必答应。
高天星运转,主公尽欢兴。

他再看第三座殿堂,只见门楣上有用天青石色写的诗句:

殿堂永存在,显贵尊容中;不论夜降临,还是晨光升。

进堂驻足者,临门见吉星;客至每必得,福财如泉涌。

　　他朝第四座殿堂望去,但见门楣上用橙黄墨写的诗句:

　　奇美花园里,溪水流纵横。雅座行处有,宽容一主公。

　　那座花园里有许多种鸟,如斑鸠、夜莺、黄雀、鸽子等,百鸟鸣啭,声音各异,悦耳动听。迈斯鲁尔听着鸟语,闻着花香,仿佛身临仙境。

　　姑娘问迈斯鲁尔:"你怎么不经主人允许,就闯入人家院中来呢?"

　　迈斯鲁尔说:"小姐,我看这座花园里林木繁茂,百花争艳,耳闻百鸟鸣唱,甚是喜欢,于是走了进来,想欣赏一下,过一会儿就走。"

　　姑娘高兴地说:"欢迎! 欢迎!"

　　迈斯鲁尔听姑娘这样一说,望着姑娘的含娇秀目、俊俏面容和绰约风姿、窈窕身段,又看到花园里的迷人景色,禁不住神采飞扬,心荡神驰,一时不知如何是好。迈斯鲁尔吟诵道:

　　朗润皓月现,姣丽舞清风;
　　香花伴玉姿,信步丘山中。
　　桃金娘含笑,紫罗兰伸藤;
　　长寿花吐艳,香漫花枝茎。
　　绝美花园里,百花俱包容。
　　圆月落枝荫,百鸟竞啭鸣。
　　斑鸠夜莺唱,诱我愁思生。

爱慕浸我心，一时乱神情。
姑娘姿色妍，令我醉朦胧。

那位姑娘名叫泽妮·穆娃绥芙。

泽妮·穆娃绥芙望了迈斯鲁尔一眼；那一眼给迈斯鲁尔送去了万千情思，使他顿觉有勾心夺魂之感。

泽妮·穆娃绥芙对吟道：

劝君莫期望，接近意中人。劝君即打消，胸中贪恋心。
抛弃向往意，此话出有因：因你难遏止，你所慕美人。
我的眼神中，钟情郎已临。你所出之语，并未伤我神。

迈斯鲁尔听姑娘吟完诗，强行忍耐，未动声色，佯装不大明白诗意。心想："灾难临头，只能忍耐。"

他们一直挨到夜幕垂降之时，那姑娘吩咐女仆端菜上饭。顷刻之间，一桌美味摆放在迈斯鲁尔和泽妮·穆娃绥芙的面前。晚餐丰盛无比，鹌鹑、乳鸽、烤全羊等样样俱有，色味皆佳。二人吃饱，女仆们撤去桌子，端来脸盆，提来水壶，二人洗了洗手。随后，泽妮·穆娃绥芙吩咐女仆送来烛台，点上樟脑蜡烛，顿时四周灯火通明。

泽妮·穆娃绥芙说："凭上帝起誓，今夜我感到不大舒服，有些烦闷。"

迈斯鲁尔说："愿上帝使你开心，消除你的郁闷。"

"喂，迈斯鲁尔，我很喜欢下象棋。你会下象棋吗？"

迈斯鲁尔说："会下。"

泽妮·穆娃绥芙让女仆取来象棋，只见棋盘是用黑檀木做的，上面镶嵌着象牙，格子全用闪光的金线嵌成，棋子是用珍珠和红宝石制成的。

讲到这里，眼见东方透出黎明的曙光，莎赫札德戛然止声。

第八百四十七夜

夜幕垂降，莎赫札德接着讲故事：

幸福的国王陛下，泽妮·穆娃绥芙问迈斯鲁尔："喂，迈斯鲁尔，我很喜欢下象棋。你会下象棋吗？"

迈斯鲁尔说："会下。"

泽妮·穆娃绥芙让女仆取来象棋，只见棋盘是用黑檀木做的，上面镶嵌着象牙，格子全用闪光的金线嵌成，棋子是用珍珠和红宝石制成的。

迈斯鲁尔眼见如此精美、考究的象棋，惊奇不已。

泽妮·穆娃绥芙望着迈斯鲁尔，问道："你执红子，还是执白子？"

迈斯鲁尔说："漂亮的小姐，美丽的晨星，你走红的吧，因为红子太美了，像你一样标致。我嘛，我执白子。"

"好吧！"

泽妮·穆娃绥芙伸手摆好棋子，走出第一步，对弈开始。

迈斯鲁尔望着她的手指，发现那手指就像面团捏的，白嫩、柔细，美不胜收，再加上她那温柔的性情，使他大感心神恍惚。

泽妮·穆娃绥芙望着迈斯鲁尔，说："喂，迈斯鲁尔，你别发呆，你要忍耐、坚定、沉着！"

"闭月羞花的美娘，钟情者看见你，怎么能忍耐得住呢？"

这时，泽妮·穆娃绥芙突然说："将军！你的国王死啦！"

迈斯鲁尔输了一盘。

泽妮·穆娃绥芙知道他爱她爱得发疯，于是说："喂，迈斯鲁尔，我们要赌个输赢，我才跟你再下棋。"

"就按你说的办。"

"你向我发个誓，我向你发个誓，谁也不能背弃自己的誓言，谁也不能欺骗朋伴。"

随即二人相互立誓。泽妮·穆娃绥芙说："我赢了你，你要给我十第纳尔；你赢了我，我什么也不输给你。"

迈斯鲁尔认为自己准能赢她，于是说："小姐，你可不要违背自己的誓言哟！我看你的棋比我下得好。"

"一言为定！"

开棋后双方拱卒，继之进皇后，跳马，各自都开始排兵布阵……

泽妮·穆娃绥芙头上缠着一条蓝色缎带，她伸手摘缎带时，露出银柱似的嫩白手腕。她移动红子，同时对迈斯鲁尔说："喂，迈斯鲁尔，你要多加小心了！"

迈斯鲁尔一惊，定了定神，望着姑娘那苗条身材、嫩白肌肤，不禁又心荡神驰，恍惚迷离起来，伸手去抓自己的白子，却抓住红子走了一步。

泽妮·穆娃绥芙说："你的脑子开了小差吧？红子是我的，白子才是你的呢！"

迈斯鲁尔说："谁看见你的风姿，也控制不住自己的举止。"

泽妮·穆娃绥芙眼见迈斯鲁尔如此情形，拿过白棋子，将红棋子让给他,二人重新开棋,结果泽妮·穆娃绥芙赢了。

迈斯鲁尔继续和她下棋,每下每输,他就给泽妮·穆娃绥芙十第纳尔。

泽妮·穆娃绥芙确认迈斯鲁尔坠入了她的情网,说道:"迈斯鲁尔,你只有按照你的条件战胜我,才能达到你的目的。你如想再和我对弈,得每盘输给我一百第纳尔。"

"完全同意!"迈斯鲁尔一口答应。

对弈开始,泽妮·穆娃绥芙频频取胜,迈斯鲁尔每盘都输给她一百第纳尔。

二人一直下到第二天早晨,迈斯鲁尔一盘也没有赢。

迈斯鲁尔站起身来,泽妮·穆娃绥芙问:"喂,迈斯鲁尔,你想干什么?"

"我该回家拿钱了,但期我能如愿以偿。"

"去吧!"

迈斯鲁尔赶回家中,把所有的钱都带在身上,然后又回到泽妮·穆娃绥芙面前。他吟诵道:

梦中游花园,百花带美颜。偶见一俊鸟,经过我面前;
伸手捉鸟儿,鸟落我手间。求君一席话,替我把梦圆。

迈斯鲁尔带来自己所有的钱,继续与泽妮·穆娃绥芙对弈赌博。泽妮·穆娃绥芙仍然盘盘取胜,迈斯鲁尔每每败北。就这样,二人一直下了三天,迈斯鲁尔的钱输了个精光。

迈斯鲁尔没有钱再赌了,泽妮·穆娃绥芙说:"迈斯鲁尔,你还有什么打算呢?"

迈斯鲁尔说:"我想押上我的香料铺,继续和你下棋。"

"你的香料铺值多少钱?"

"五百第纳尔。"

二人继续下了五盘,迈斯鲁尔又全输了。

接着,迈斯鲁尔开始押上自己的婢女、房产、花园和田地,结果都输个干干净净。

泽妮·穆娃绥芙望着迈斯鲁尔,问道:"你还有钱可赌吗?"

迈斯鲁尔说:"凭使我落入情网的主起誓,如今我是两手空空,一无所有了。"

"迈斯鲁尔呀,不管遇上什么事,开头满意,最后就不能后悔。如果你后悔了,你就拿上你的钱,走你的,我权当你的行为是合法的。"

"凭决定我们做这些事情的主起誓,你就是想取走我的灵魂,也只能算是满足你的一丝愿望。小姐,除了你,我谁都不恋。"

"迈斯鲁尔,你去叫法官和证人,为我写拥有这些财物和房产的契约吧!"

"我马上就去。"

迈斯鲁尔当即站起身来,片刻过后,把法官和证人请到了泽妮·穆娃绥芙面前。

法官看见女子面目姣好,体态婀娜,明艳动人,不禁神采飞扬,魂荡心驰。法官说:"太太,你只有出钱买下这些房产、田地、奴婢,我才能为你写契约,这些东西和奴婢才能听你的支配,掌握在你的手中。"

泽妮·穆娃绥芙解释说:"法官、证人阁下,我们已经达成协议,就请动笔为我们写契约吧!你就写:'迈斯鲁尔的财产、奴婢及其所有的一切以多少多少钱转给泽妮·穆娃绥芙。'"

法官听女子这样一说,马上提笔写了契约,证人签了字,随后将契约递给泽妮·穆娃绥芙。

泽妮·穆娃绥芙拿到契约,眼见迈斯鲁尔的全部财产和奴婢已归自己所有,心中高兴,喜上眉梢。

讲到这里,眼见东方透出黎明的曙光,莎赫札德戛然止声。

第八百四十八夜

夜幕垂降,莎赫札德接着讲故事:

幸福的国王陛下,泽妮·穆娃绥芙对法官解释说:"法官、证人阁下,我们已经达成协议,就请动笔为我们写契约吧!你就写:'迈斯鲁尔的财产、奴婢及其所有的一切以多少多少钱转给泽妮·穆娃绥芙。'"

法官听女子这样一说,马上提笔写了契约,证人签了字,随后将契约递给泽妮·穆娃绥芙。

泽妮·穆娃绥芙拿到契约,眼见迈斯鲁尔的全部财产和奴婢已归自己所有,心中高兴,喜上眉梢。

泽妮·穆娃绥芙对迈斯鲁尔说:"喂,迈斯鲁尔,你可以走了。"

迈斯鲁尔的婢女海布白望着迈斯鲁尔,对他说:"喂,先生,吟一句诗再走吧!"

迈斯鲁尔马上就对弈之事吟了这样一首长诗:

叹我运不济,灾祸临头来;我诉输棋苦,夺我钱与财。

深恋窈窕女,挺俊且淑贤;绝伦天地间,无比女或男。
含娇秀目中,利箭射我魂;更有雄师出,征服满盘人。
红子战白子,厮杀角逐激;铁马驰纵横,频告当警惕。
玉指轻掠过,似发夜幕中;拿我不在意,举棋姿从容。
我手执白子,无力挽狂澜;痴情藏心里,不禁泪潸然。
拱卒继出车,城摇惊皇后;白子大军溃,顷刻烟云收。
犀利明眸间,冲我射利箭;可怜我的心,中箭成碎片。
红白两大军,任我选一方;我意决执白,赌注摆一旁。
我开口言道:白子合我意;红子你执掌,你的容俏丽。
下棋赌钱财,她喜在心间;我暗寄情思,目的难实现。
我思复我想,心内苦难讲;因为我深恋,如花似玉娘。
失去钱与财,无怨无遗憾;然而我的心,深把娘子恋。
不知如何好,心落惊惧中;只叹时运背,灾难频频生。
问我何故惊,我有话要谈:酗酒狂饮者,醉后醒实难!
靓女勾我魂,婀娜苗条身;心如顽石人,见之亦动心。
我怀贪恋意,欲赌拥有她;从无警惕心,更不惧怕啥。
我一心恋她,哪怕贫如洗;百折无悔意,已坠情海里。
为奴如今是,身无半文钱;已沦爱俘虏,目的未实现。

泽妮·穆娃绥芙听完迈斯鲁尔吟诵的这首长诗,对他的伶俐口才惊叹不已。她说:"喂,迈斯鲁尔,你不要发疯了,恢复你的清醒理智,走你的吧!你在下棋中输光了自己的钱财和房产,却没有达到自己的目的。不过,你尚有一线希望。"

迈斯鲁尔望着泽妮·穆娃绥芙,说:"小姐,你要什么?我敢给你说一句话,你要什么,我给你什么;你喜欢什么,我立即给你送到面前。"

"迈斯鲁尔,你已身无分文了。"

"我的希望啊,即使我没有分文,也有人帮助我。"

"莫非向人施舍的人,也会变成讨饭的。"

"我有许多亲戚和朋友,不管我要什么,他们都会给我的。"

"我想向你索要四个麝香、四瓶麝香与龙涎香的混合香料、四磅龙涎香、四千第纳尔金币和四百件御用缎绣锦袍。迈斯鲁尔,你若能为我弄来这些东西,我就与你结交为好朋友。"

"闭月羞花的美女,对于我来说,这简直是易如反掌。"

迈斯鲁尔随后转身离去,寻求泽妮·穆娃绥芙所要的东西去了。

泽妮·穆娃绥芙马上派女仆海布白跟踪而去,以便看看迈斯鲁尔在他提到的亲戚、朋友面前究竟有多大面子。

迈斯鲁尔正在城中大街上走着,无意中一回头,发现女仆海布白远远地跟在他的身后,便停下脚步,等着女仆,直至海布白走到他的身边。

迈斯鲁尔问:"喂,海布白,你去哪儿?"

女仆说:"女主人让我跟踪你,看看……"

女仆把泽妮·穆娃绥芙的意图向迈斯鲁尔说了个清清楚楚。迈斯鲁尔说:"海布白,凭上帝起誓,现在我身无分文,一贫如洗。"

"那你为什么许诺给她那么多宝贝呢?"

"许诺而不履约的人,世上实在数不胜数。在爱情中,拖延是必不可少的。"

"迈斯鲁尔,你只管放心就是了。凭上帝起誓,我一定成全你们俩之间的大事。"

海布白随后离开迈斯鲁尔走去。她回到女主人面前,眼泪汪汪地说:"太太呀,凭上帝起誓,迈斯鲁尔是一个很了不起的人,人们都很敬重他。"

泽妮·穆娃绥芙说:"一切由主决定,我们无可奈何。我把他的钱财都赢光了,而他在我们这里却没有得到同情、怜悯和友谊。假若我顺从他的意志,我真怕此事张扬出去,让我们丢丑。"

"太太,他没有钱了,处境不好,我们也会感到不放心。不过,太太,你的身边只有我和一个女仆苏姑白,又有谁会把我们的事情说出去呢?"

泽妮·穆娃绥芙听女仆这样一说,低下头去,沉思起来。女仆说:"太太,依我之见,你快派人关心一下,免得他向那些悭吝卑贱之辈求乞。乞讨之事,是多么叫人难过啊!"

泽妮·穆娃绥芙接受了女仆的意见,遂令女仆拿来笔、墨和纸,给迈斯鲁尔写了这样一首诗:

> 迈斯鲁尔啊,欢聚机缘近。
> 千万莫拖延,向你报喜讯:
> 夜幕垂降时,请你入此门。
> 莫问敛财罪,唤声青年人:
> 我本处醉态,而今方醒神。
> 你的财与产,全部送给您;
> 喜大定过望,相会只在今。
> 友人冷漠你,公正无处寻;
> 你性情可爱,是位耐心人。
> 欢聚机缘至,万望你抓紧。
> 千万莫大意,知我待你亲。
> 劝君莫怠慢。快来会我们。
> 丈夫不在时,幽会果甜润。

泽妮·穆娃绥芙写完信,折叠起来,递给女仆海布白。海布白接过信,转身走去。

来到迈斯鲁尔的住宅门前,只听迈斯鲁尔正在哭泣,且边哭边吟诵诗人的诗作:

> 忧伤微风起,吹过我的心;只因愁过度,肝胆如火焚。
> 亲人远去后,思念甚几分;珠泪滴成串,泪河淌至今。
> 我心存幻想,一旦吐出唇;顽石与巨岩,顷刻化为尘。
> 但期我能知:欢喜将来临?今我大愿偿,迎来喜盈门?
> 但期长月夜,化远为贴近;愈我心中疾,一朝抖精神。

讲到这里,眼见东方透出黎明的曙光,莎赫札德戛然止声。

第八百四十九夜

夜幕垂降,莎赫札德接着讲故事:

幸福的国王陛下,迈斯鲁尔思念之情甚重,正在吟诵之时,忽然听到海布白叫门,遂站起身来走去开门。

海布白走进门,把信递给了迈斯鲁尔。

迈斯鲁尔打开信看过,对海布白说:"海布白,你的女主人还有什么话吗?"

海布白说:"先生,你是个聪明人,有信在此,也就用不着我再回答什么了。"

迈斯鲁尔听后欣喜若狂,当即吟诵道:

> 书信握在手,秘密其中藏;我必把秘密,保守在心房。
> 手捧信亲吻,思恋波荡漾;仿佛爱珠玑,夹带在诗行。

迈斯鲁尔吟完诗,提笔写了一封回信,交给海布白。

海布白接过信,转身走去,回到泽妮·穆娃绥芙面前,递上迈斯鲁尔的信,并向女主人讲述了他如何乐善好施,慷慨大方,热情洋溢。女仆暗下决心,一定要帮助迈斯鲁尔与女主人会面。

"喂,海布白,他为什么还不来?"女主人问。

女仆答道:"他很快就会来的……"

话未说完,迈斯鲁尔就来了,门外响起"咚咚"的敲门声。

海布白走去开门,随后将迈斯鲁尔带到女主人的面前,让他坐下。

泽妮·穆娃绥芙向迈斯鲁尔问好,热情表示欢迎他,让他坐在自己的身边。

女主人吩咐女仆:"海布白,给客人拿一套最漂亮的衣服来。"

女仆走去,片刻后拿来一套金丝绣边锦袍。女主人接过衣服,递给迈斯鲁尔,让他穿在身上。泽妮·穆娃绥芙转身离开,也去换上一套漂亮衣服,戴上一块儿用串珠织成的盖头,上面系着一条缀着珍珠、宝石的缎带,下面垂着两个缀有红宝石的金丝线穗头。她秀发长垂,乌黑发亮,周身散发着沉香、麝香和龙涎香的扑鼻香气。

女仆海布白说:"太太,愿上帝保佑你平安。"

泽妮·穆娃绥芙翩翩走去。

女仆海布白眼见太太秀发绝美无比,诗兴大发,随口吟诵道:

夫人步轻盈,杨柳枝含羞。情人心神驰,只缘瞟其眸。
皓月业升起,高挂乌发丘;如同艳阳照,漆黑夜惊扰。
太太堪尽欢,夜下伴挚友。好朋立誓言,不辞命罢休。

泽妮·穆娃绥芙听完女仆颂扬自己的诗句,心中高兴,连声感谢海布白。

泽妮·穆娃绥芙体态婀娜,如同天上的一轮圆月,姗姗来到迈斯鲁尔面前。

迈斯鲁尔看见女主人,立即站了起来。他说:"如果我猜得不错,这不是人间凡女,而是一位天仙。"

泽妮·穆娃绥芙吩咐女仆摆上筵席。

筵席顷刻摆好。迈斯鲁尔细看桌边,发现上面写着这样一首诗:

抬手执调羹,伸向盘碟中。
煎炖肉味鲜,烤鸡色透红。
鹌鹑肉肥美,雏鸡香味浓。
至美烤羊肉,色艳红彤彤。
蔬菜叶肥厚,浸泡酸适中。
取食奶油饭,耳闻镯叮咚。
最喜双色鱼,外包新烤饼。

宾主吃喝起来,兴高采烈。吃罢,女仆撤去筵席,端来美酒,宾主开始把盏交杯,气氛热烈,其乐融融。

迈斯鲁尔斟满一杯酒,对泽妮·穆娃绥芙说:"太太,我是你的奴隶,你是我的主人。"

随后举杯一饮而尽,接着吟诵道:

> 含娇秀目明,令我神飞扬。姑娘窈窕姿,风韵胜艳阳。
> 性情淑且娴,举止颇端庄;当今人世间,遍访不见双。
> 苗条身段美,轻柔随风扬。步履舞翩跹,妒意起杨柳。
> 脸面明光闪,羞煞圆月亮。弯弯眉好似,月牙挂天上。
> 姗姗行大地,遍野飘芳香。翩跹过丘山,微风遂荡漾。

迈斯鲁尔吟完诗,泽妮·穆娃绥芙说:"每个坚持自己的宗教信仰,且已吃过我们的烤饼和食盐的人,他便成了我们的亲人。既然这样,你就不要客气了。我将把我赢的全部钱财和房屋田地奉还给你。"

迈斯鲁尔说:"太太,你虽然背弃了你我之间立下的誓言,但你说的是合法的。既然这样,我准备加入伊斯兰教,做穆斯林了。"

女仆海布白对女主人说:"太太,你年纪虽轻,但你懂的事很多很多。我要以主的名义向你求个情。你若不依我,今夜我就不在你这里过夜了。"

"海布白,我一定让你满意。你去为我们收拾一个座厅吧!"

海布白站起身来走去,为女主人收拾了一个座厅,着意布置一番,按照女主人的爱好,喷洒上最好的香水,预备好了饭食和美酒。

泽妮·穆娃绥芙和迈斯鲁尔吃罢饭,洗完手,开始把杯对盏畅饮,欢乐异常。

讲到这里,眼见东方透出黎明的曙光,莎赫札德戛然止声。

第八百五十夜

夜幕垂降，莎赫札德接着讲故事：

幸福的国王陛下，女仆海布白对女主人说："太太，你年纪虽轻，但你懂的事很多很多。我要以主的名义向你求个情。你若不依我，今夜我就不在你这里过夜了。"

"海布白，我一定让你满意。你去为我们收拾一个座厅吧！"

海布白站起身来走去，为女主人收拾了一个座厅，着意布置一番，按照女主人的爱好，喷洒上最好的香水，预备好了饭食和美酒。

泽妮·穆娃绥芙和迈斯鲁尔吃罢饭，洗完手，开始把杯对盏畅饮，欢乐异常。

酒过三巡，两个人醉意朦胧。泽妮·穆娃绥芙说："喂，迈斯鲁尔，现在该是相互亲近的时候了。你如果真爱我，那就吟唱一首韵味绝美的诗给我听听吧！"

迈斯鲁尔诗兴大发，出口成章，乐滋滋地吟诵道：

分别时已久，我心欲火燃。身被绳索缚，一意盼相见。

我恋窈窕女，柳见自愧叹。柔润面颊红，占据我心田。
秀目黑白明，眉若新月弯。微微笑盈容，朱唇光闪闪。

芳龄一十四，爱她泪涌泉。曾经遇到她，河与花园间。

面如一轮月,高高挂中天。我呆似俘虏,胆怯怕问安。

姑娘回我礼,柔语珠成串。听言识我意,她的心志坚。
她开口言道:此话沾呆嫌。我即回答她:姑且莫埋怨。

今若看中我,万难只等闲;你是怀春女,我是钟情男。
她知我心意,微微绽笑颜。开天辟地主,凭主立誓言:

我是犹太女,犹太教相传。你乃基督徒,守教不待言。
信仰各不同,怎好结百年?胆敢为此事,后悔成必然。

拨弄两教门,我必受责怨。践踏两教礼,你我成罪犯。
你若恋上我,当把信仰变;改做犹太徒,不把他人恋。

她凭《旧约》誓:保密话在前;务将我之爱,永藏心里边。
我凭《新约》誓:定守此约言;立誓对教法,语出不改弦。

唤声意中人,姓甚名何唤?我本名泽妮,美人把话谈。
泽妮听我讲,我心把你恋。眼见你姿容,心慌复意乱;
眉飞色亦舞,周身抖作团;你那妩媚姿,令我神狂癫。

眼见情真切,知我实可怜。遂即揭面纱,绽出美容颜;
柔和惠风至,麝香芳菲鲜。满庭溢芬芳,亲吻蜜样甜。

美娘轻踱步,身条罩薄衫;柔软羞杨柳,随风舞翩跹。
先为违禁事,今俱合规范。共度良宵时,抱吻亲无间。

3459

世间装饰物,爱侣自在先;日夜终相随,无话不缠绵。
晨起相别时,皓月挂在脸;相去时吟泣,珠泪滚腮边。

我生人世上,对主立誓言:良辰伴美景,诚心对苍天。

泽妮·穆娃绥芙听完迈斯鲁尔吟诵的长诗,快慰无比,欢喜若狂。忙说:"迈斯鲁尔,奇妙的口才,绝美的诗句!谁与你为敌,难以生存啊!"

泽妮·穆娃绥芙立即把迈斯鲁尔领进小房间,紧紧抱住了他,频频亲吻;迈斯鲁尔看来不可能实现的事情,一一化成了现实。迈斯鲁尔眼见自己得到梦想中的一切,兴奋难抑,一时不知如何是好。

泽妮·穆娃绥芙说:"喂,亲爱的,在你看来属于违禁的事情,到了我们这里就变成合法的了。因为我们已经成了情侣。"

随后,泽妮·穆娃绥芙把赢得的钱财和产业都退给了迈斯鲁尔。她问:"喂,迈斯鲁尔,花园已是你的了,我们可以去乐游花园,观赏一番吗?"

迈斯鲁尔说:"当然可以!我有一座举世无双的花园。"

迈斯鲁尔回到家中,吩咐奴婢们预备丰盛饮食,收拾一个漂亮的座厅,准备隆重接待客人。

一切准备停当,迈斯鲁尔把泽妮·穆娃绥芙及其女仆请到家中。宾主坐下吃喝,把盏交杯,笑逐颜开。两个人单独交谈时,泽妮·穆娃绥芙说:"喂,迈斯鲁尔,我想起了一首好诗,打算用琴伴奏唱上一曲。"

迈斯鲁尔说:"请吧!"

泽妮·穆娃绥芙抱起四弦琴,随后玉指轻弹,曲调悠扬,边弹边唱道：

> 琴弦带给我，一片欢乐声。黎明时刻里，早茶香味浓。
> 爱情能揭示，情侣心初衷。幕帘一撩开，爱情意分明。
> 香醇斟满杯，琼浆透晶莹；如同一艳阳，托在月掌中。
> 良宵尽兴夜，忧烦一扫空。

泽妮·穆娃绥芙唱罢，说道："迈斯鲁尔，给我吟唱一首诗吧！让我们欣赏一下你的杰作吧！"

迈斯鲁尔高声唱道：

> 我歌伴明月，玉兔中天悬；四弦琴声美，回荡在花园。
> 园中斑鸠唱，杨柳枝舒展；醉意朦胧中，六合春意漫。

迈斯鲁尔唱罢，泽妮·穆娃绥芙说："迈斯鲁尔，你如果真心爱我，你就我们相识的经过吟首诗吧！"

讲到这里，眼见东方透出黎明的曙光，莎赫札德戛然止声。

第八百五十一夜

夜幕垂降，莎赫札德接着讲故事：

幸福的国王陛下，迈斯鲁尔唱罢，泽妮·穆娃绥芙说："迈斯鲁尔,你如果真心爱我,你就我们相识的经过吟首诗吧!"

迈斯鲁尔说:"遵命!"

迈斯鲁尔欣然吟诵道:

请君且驻足,听我一言讲:如今已深爱,这只小羚羊。
羚眼发情箭,直射我心上。诱得爱勃发,情狂失主张。

我爱妩媚女,仆婢护身旁;初见庭园中,苗条身修长。
我开口问安,回礼声琅琅。借问名和姓,名与姿正仿;
名字唤泽妮,装饰品高上。①

唤声泽妮呀,见你我钟情。衷心恳求你,体谅我初衷。
泽妮答话道,听我说分明:若和我相好,钱财当先锋。
我索多少钱,世人难猜中。

我要你给我,成箱丝绸衣;花烛配麝香,四分堪②取一。
珍珠与玛瑙,宝石不待提。金与银首饰,装饰品备齐。

忍耐最为高,我即应全给。她终于答应,新月夜幽会。
听我细表白,相会机珍贵。清风明月下,静赏娘子美。

秀发披双肩,黑与夜色同。面颊如玫瑰,色似火焰红。
明眸藏利剑,目光箭在弓。绛唇溢香醇,涎似洁水净。

---

① 本故事女主人公名叫泽妮·穆娃绥芙,意思为"上好的装饰品"。
② 堪,此处为重量单位"堪他尔"的简称。

恰似一串珠,珠连成项链。脖子像羚羊,完美无缺憾。
胸像雪花石,乳峰赛小山。肚脐深凹下,香水容里边。

下面有一物,希望就在此。肥美茅草地,丰腴难述之。
如同帝王座,尽可展风姿。两根玉柱间,座凳当中置。

那里有一处,令男神魂颠。双唇似红门,可开亦可关。
居中一点红,形似蛇唇尖。一旦你来到,志向尽舒展。

世有诗传颂,且请听我说:半山有条河,水溢漫山坡。
河里有鱼游,渔夫捕不着。青龙曾戏水,喝少吐反多。

泽妮小娘子,完美难觅双。一夜去造访,如愿得以偿。
与她共良宵,快乐近狂放。

天亮她即起,面与新月赛。身条随步摇,如同长矛摆。
别我开言道,良宵几时再?我答亲爱的,想来只管来。

听罢迈斯鲁尔的吟诵,泽妮·穆娃绥芙兴高采烈,心花怒放。她说:"迈斯鲁尔,你看哪,天快亮了,我们赶快分手吧,以免事情泄露出去,落个出丑的下场。"

"好吧!"

迈斯鲁尔站起身,将泽妮·穆娃绥芙送回家中,旋即返回自己的住宅。

迈斯鲁尔躺在床上,辗转反侧,睡不着觉,一直在想着泽妮·

穆娃绥芙的美貌。

天亮了,晨光照亮了大地,迈斯鲁尔起来,准备了一份贵重礼物,随后带上礼物来到泽妮·穆娃绥芙家中。此后几天,迈斯鲁尔一直住在她那里,过着宽裕、舒适、轻松的日子。

几天过去,泽妮·穆娃绥芙突然接到丈夫的一封信……

那封信中说他最近就要回来了。泽妮·穆娃绥芙看过信,心想:"这个该死的……主是不会让他平安的!他回来,会把我们的幸福生活打乱的。但愿他永远不再回来!"

迈斯鲁尔不知道发生了什么事,照常和泽妮·穆娃绥芙坐在一起,有说有笑。

泽妮·穆娃绥芙说:"喂,迈斯鲁尔,我收到了我丈夫的一封来信,信中说他就要回来了。你说我们该怎么办呢?如今我俩谁也离不开谁了呀!"

迈斯鲁尔说:"我不知道该怎么办,你比我更了解你丈夫的性格,尤其你是个聪明绝顶、有谋有略的女子,胜过男子数倍,你是知道该怎么办的。"

"我的丈夫是个很难对付的醋罐子。这样办吧:他回来之后,你听到了他回来的消息,就来看他,向他问安,和他坐在一起。你对他说:'兄弟,我是个做香料生意的人……'你向他买一些香料,然后不断地来找他,和他长谈。不管他怎样吩咐你,你都不要违抗他的意志。这样一来,也许我的办法就能生效了。"

"我听你的安排。"

迈斯鲁尔离开泽妮·穆娃绥芙,不禁爱火炽燃心间。

时隔不久,泽妮·穆娃绥芙的丈夫回到家中,妻子热情相迎,高高兴兴,问安致意。

丈夫见妻子脸色蜡黄,颇感惊愕。其实,泽妮·穆娃绥芙使用了女人的一种谋略,用番红花洗脸,使脸色变黄。丈夫问:"你的脸色为什么这样不好?"

泽妮·穆娃绥芙说:"你走之后,我和女仆都病倒了。你久久不归,我们放心不下呀……"

接着,这位妻子向丈夫诉说了离别之苦,泪水潸然落下。她又说:"假若你有个旅伴,我就不会这样为你担心了。夫君啊,今后你再出门,一定要带上一个旅伴才是。此外,你要捎个信儿来,以免我为你终日坐立不安。"

讲到这里,眼见东方透出黎明的曙光,莎赫札德戛然止声。

第八百五十二夜

夜幕垂降,莎赫札德接着讲故事:

幸福的国王陛下,丈夫见妻子脸色蜡黄,颇感惊愕。其实,泽妮·穆娃绥芙使用了女人的一种谋略,用番红花洗脸,使脸色变黄。丈夫问:"你的脸色为什么这样不好?"

泽妮·穆娃绥芙说:"你走之后,我和女仆都病倒了。你久久不归,我们放心不下呀……"

接着,这位妻子向丈夫诉说了离别之苦,泪水潸然落下。她又说:"假若你有个旅伴,我就不会这样为你担心了。夫君啊,今后你再出门,一定要带上一个旅伴才是。此外,你要捎个信儿来,以免我为你终日坐立不安。"

"你的想法很好，以后就照你说的办！"

说完，丈夫带着一些货物向自己的店铺走去。他走到店铺前，打开店门，坐在那里，开始营业了。

当他正在店铺里坐着时，忽见迈斯鲁尔走来。

迈斯鲁尔向他问过安好，然后在他身旁坐了下来。二人交谈了一个时辰。迈斯鲁尔掏出一个袋子，解开袋口，取出金币，递给泽妮·穆娃绥芙的丈夫，并且说："给我拿这么多钱的香料吧，我好在我的铺子里零售。"

"好吧！"

泽妮·穆娃绥芙的丈夫收下钱，给迈斯鲁尔取了香料。

打那天之后，一连数天，迈斯鲁尔常到泽妮·穆娃绥芙丈夫的店铺里来，一起聊天谈生意。

有一天，泽妮·穆娃绥芙的丈夫望着迈斯鲁尔，说："我想找个伙伴，和我一道经商。"

迈斯鲁尔说："我也有这种打算呀！我父亲原在也门经商，是个巨商，留给我一大笔钱，我真担心这些钱白白耗掉。"

泽妮·穆娃绥芙的丈夫凝视着迈斯鲁尔，问："你愿意和我一起外出做生意吗？你若愿意和我做伙伴，我们就可以一道出门，同返家乡，我教你做买卖，教你如何报价、还盘……"

未等他说完，迈斯鲁尔说："那太好啦！"

片刻后，泽妮·穆娃绥芙的丈夫锁上店铺大门，把迈斯鲁尔带到自己的家中，让他坐在走廊里，自己进屋去见妻子，并对妻子说："我找到了一个伙伴，而且把他带来了，我们好好款待他一番吧！你赶快准备一下，做些好吃的，招待招待这位朋友。"

泽妮·穆娃绥芙知道自己的计谋已经奏效，自知来者就是迈斯鲁尔，心中不胜高兴，立即走去，动手做了一桌丰盛筵席。

一切准备停当,丈夫对妻子说:"跟我一道去见见客人,对客人表示欢迎吧!"

泽妮·穆娃绥芙听后,大发雷霆,说道:"让我去见一个陌生的男人,这如何使得?求主保佑,你就是把我杀了,我也不出面。"

"为什么羞于见他呢?他是位基督徒,而我们是犹太教徒,我们都是朋友嘛!"

"我不想去见一个从未见过面的陌生男人。"

丈夫认为妻子说的是真心话,于是再三劝说,妻子方才慢慢站起来,蒙上面纱,走到迈斯鲁尔的跟前,表示欢迎。

迈斯鲁尔低下头去,好像是有些害羞。

泽妮·穆娃绥芙的丈夫眼见客人低头无语,心想:"无疑是一位虔诚的信徒。"

他们吃罢饭,撤去筵席,端上甜点和美酒。

泽妮·穆娃绥芙坐在迈斯鲁尔的对面,她望着他,他也望着她,相互眉目传情,直到红日西沉,迈斯鲁尔方才满怀爱火离开那里,回自己家去了。

迈斯鲁尔走后,泽妮·穆娃绥芙的丈夫一直在思考着这位和气可亲的朋友。

夜幕垂降,妻子端来饭菜,丈夫照习惯进晚餐,家中养着一只夜莺,每当主人吃饭时,那夜莺总是飞来啄食,且不时拍击翅膀在主人头上飞来飞去。因为主人离家时间较长,迈斯鲁尔常来做客,故夜莺与迈斯鲁尔熟悉起来,每逢迈斯鲁尔进餐,必飞来亲近一阵儿。迈斯鲁尔走了,主人回来了,夜莺似乎已不认识主人,故没有接近主人。见此情景,泽妮·穆娃绥芙的丈夫觉得奇怪,但不知原因何在。

迈斯鲁尔走后,泽妮·穆娃绥芙睡不着觉,一心想着迈斯鲁尔。

第一夜过去,第二天、第三天夜里,泽妮·穆娃绥芙仍睡不着觉,辗转反侧,不停地折腾,丈夫知道她必有隐私,于是暗暗观察,而妻子并未觉察出丈夫已经在注意她了。

第四天夜半时分,丈夫听到睡在自己怀中的妻子梦中呼唤迈斯鲁尔的名字,不禁大惊,但他未动声色。

第二天早晨,泽妮·穆娃绥芙的丈夫照常到店铺去经营生意。他刚坐下不久,便见迈斯鲁尔走来,向他问好,他回过礼,说:"喂,欢迎你,我的兄弟。"

迈斯鲁尔说:"我真想念你呀!"

随后坐下,二人交谈起来,一个时辰过后,泽妮·穆娃绥芙的丈夫说:"兄弟,跟我到家去,咱们举行一个结拜兄弟的仪式吧!"

迈斯鲁尔说:"那再好不过了!"

二人来到家中,泽妮·穆娃绥芙的丈夫走去告诉妻子,说那位朋友来了,并说他想和迈斯鲁尔一道经商,结为兄弟。丈夫吩咐妻子:"给我们收拾好一间座厅,你一定要参加我们结拜兄弟的仪式。"

泽妮·穆娃绥芙说:"凭主起誓,你不要让我在陌生男人面前露面。我参加你们的结拜仪式,又有什么用呢?"

丈夫没有再说什么,遂吩咐女仆们端饭上菜。宾主落座,主人呼唤家里养着的那只夜莺,结果夜莺落到迈斯鲁尔的怀里,而没有理睬主人。

这时,主人问客人:"先生,请问你的尊姓大名……"

客人说:"我叫迈斯鲁尔。"

那位丈夫立即想起妻子梦中呼唤的就是这个名字。

迈斯鲁尔抬起头来望着泽妮·穆娃绥芙,而泽妮·穆娃绥芙则朝迈斯鲁尔扬了扬眉毛,迈斯鲁尔立即明白泽妮·穆娃绥芙的意思,暗示她的计谋已经成功。

泽妮·穆娃绥芙的丈夫说:"先生,你稍等一下,我去喊我的堂兄弟们,让他们都来参加我们的结拜仪式。"

"请便吧!"迈斯鲁尔随口说道。

丈夫离开座厅,出了大门,绕到座厅后墙下……

讲到这里,眼见东方透出黎明的曙光,莎赫札德戛然止声。

❖❖ 第八百五十三夜 ❖❖

夜幕垂降,莎赫札德接着讲故事:

幸福的国王陛下,迈斯鲁尔抬起头来望着泽妮·穆娃绥芙,而泽妮·穆娃绥芙则朝迈斯鲁尔扬了扬眉毛,迈斯鲁尔立即明白泽妮·穆娃绥芙的意思,暗示她的计谋已经成功。

泽妮·穆娃绥芙的丈夫说:"先生,你稍等一下,我去喊我的堂兄弟们,让他们都来参加我们的结拜仪式。"

"请便吧!"迈斯鲁尔随口说道。

丈夫离开座厅,出了大门,绕到座厅后墙下,那里有个小窗子;透过窗口,他可以清清楚楚看到屋里的情况,而屋里的人却看不见他。他听到妻子问女仆苏姑白:"老爷到哪里去啦?"

苏姑白答道:"老爷出门了。"

"把街门关好,上好门闩!老爷敲门时,先来告诉我,然后再去开门。"

"明白啦!"

所有这些情况,泽妮·穆娃绥芙的丈夫都看在眼里,听在耳中。

泽妮·穆娃绥芙端起一杯酒,倒入玫瑰水和麝香,然后递给迈斯鲁尔。

迈斯鲁尔站起来,接过酒杯,说:"凭上帝起誓,你的涎水比这酒还要香甜可口。"

接着,她敬他一杯,他回敬她一杯,把盏交杯,好不热闹。片刻后,泽妮·穆娃绥芙拿来玫瑰水,为迈斯鲁尔从头顶喷洒到脚跟,整个座厅里顿时香气扑鼻。

所有这一切,泽妮·穆娃绥芙的丈夫都看得一清二楚,对二人之间有如此深情感到惊异,不禁心中怒火万丈,醋意横生。他离开后墙,来到街门前,发现大门紧闭。他怒不可遏,使劲敲门数次,方才听见女仆说:"太太,老爷回来啦!"

泽妮·穆娃绥芙说:"给他开门吧!上帝是不会保佑他的。"

苏姑白走去,打开了院门,老爷问:"大白天的,为什么闩上门呀?"

女仆苏姑白说:"老爷不在时,都要闩门,不管黑夜还是白天。"

"这样很好,我喜欢这样。"

他笑着走到迈斯鲁尔跟前,仿佛什么事情都没有发生,竭力压制着心中的怒火,平静地说:"迈斯鲁尔,我们今天不举行结拜仪式了,换个日子吧!"

迈斯鲁尔说:"听你的安排就是了。"

迈斯鲁尔告辞离去,泽妮·穆娃绥芙的丈夫反复思考,一时不知道该怎么办,心中苦闷不堪。他想:"就连夜莺都不认识我了,而女仆们竟然敢把我关在大门外,根本不把我放在心上了!"他苦

恼,烦闷,吟诵道:

> 迈斯鲁尔呀,生活多欢畅!一段时间里,甜蜜日尽享。
> 时与我为敌,夺我心美娘。我心起怒火,炽燃高万丈。
> 美娘快活日,显然成已往。我却依旧在,美姿中徜徉。
> 双眼睹俊貌,内心深爱上。甘醇斟满杯,润我肚与肠。
> 唤声夜莺啊,何故将我忘?为何恋他人,把我弃一旁?
> 眼见奇异事,怒气腹中藏;提醒我眼帘,警惕不可忘!
> 就连夜莺鸟,热情尽失光。万能创世主,意志无可挡。
> 凭主我起誓,歹徒休猖狂!令其食苦果,定落惨下场。

泽妮·穆娃绥芙听丈夫吟诵这样怒气十足的诗句,不禁心中一惊,周身颤抖,面色蜡黄。她问女仆苏姑白:"你听老爷吟诵过这样的诗吗?"

女仆说:"我从来没有听老爷吟诵过这样的诗句,他想说什么,就让他说吧!"

丈夫确知妻子有私情之后,开始变卖手中的家产,他心想:"我不把他俩分开,他们俩是不会停止偷情的。"

丈夫把家产卖光后,造了一封假信,读给妻子听,说这封信是他的堂兄弟发来的,邀请他带着妻子去他们那里小住。妻子问:"我们在他们那里住多久呢?"

丈夫说:"十二天。"

妻子同意一道前往。妻子又问:"我带不带着女仆呢?"

丈夫说:"带上海布白和苏姑白,让胡图白留在家里看家吧!"

丈夫随后备好一顶漂亮的驼轿,决计带她们外出远行。

泽妮·穆娃绥芙马上给迈斯鲁尔写了一封信,告诉他丈夫要带

她出门,要在外面住十二天才能回来。信的末尾写道:

  假若预定时间过去,我们仍没有回来,那就表明我的丈夫在耍弄阴谋诡计,存心将我与你分开。我真担心他在玩弄计谋,请你千万不要忘记我们之间的约言!

  丈夫积极为起程做准备,而泽妮·穆娃绥芙则不住地泣哭流泪,日夜不安。
  丈夫见妻子神情沮丧,但并不在意,装作看不见,只顾忙自己的。
  泽妮·穆娃绥芙知道丈夫决心已定,只好收拾衣物和细软,把东西全部寄放在妹妹那里,并把自己的情况告诉了妹妹,然后哭着告别妹妹,回到家中。
  泽妮·穆娃绥芙见丈夫已准备好骆驼,把行李都绑在了驼背上,而且为她准备了一峰最好的骆驼,知道自己一定要与迈斯鲁尔分别了,一时心中忐忑不安,不知如何是好。碰巧丈夫出去忙一件什么事,泽妮·穆娃绥芙趁机走到第一道门前,在门上写下这样一首诗……

  讲到这里,眼见东方透出黎明的曙光,莎赫札德戛然止声。

❖❖ 第八百五十四夜 ❖❖

  夜幕垂降,莎赫札德接着讲故事:

幸福的国王陛下,泽妮·穆娃绥芙知道丈夫决心已定,只好收拾衣物和细软,把东西全部寄放在妹妹那里,并把自己的情况告诉了妹妹,然后哭着告别妹妹,回到家中。

泽妮·穆娃绥芙见丈夫已准备好骆驼,把行李都绑在了驼背上,而且为她准备了一峰最好的骆驼,知道自己一定要与迈斯鲁尔分别了,一时心中忐忑不安,不知如何是好。碰巧丈夫出去忙一件什么事,泽妮·穆娃绥芙趁机走到第一道门前,在门上写下这样一首诗:

唤声家鸽啊,离别时刻到;请你向恋人,代我问安好。
请你告诉他,今我甚苦恼。回忆往昔日,时光多美好!
恋情依旧深,只觉良宵少。曾度欢乐时,日夜相拥抱。
不期晨醒来,耳闻乌鸦叫;哭诉相别离,痛苦加懊恼。
离开庭中园,我们起程早;住宅多恬静,但期永不抛。

泽妮·穆娃绥芙写罢,来到第二道门前,在门上写下这样的诗句:

来到此门者,听我一言劝:夜下访情侣,更见美容颜。
且请告诉他,我每思相见;眼泪止不住,淋漓落潸然。
见我此情状,你若不愿看,且请在头上,撒把土遮掩。
不论行至东,还是到西边;主恩天高厚,忍耐记心间。

泽妮·穆娃绥芙来到第三道门前,边哭边在门上写下这样的诗句:

迈斯鲁尔呀,访问且慢行;跨过门槛时,切会诗中情。
莫忘友誓约,倘若心忠诚;夜下甜与苦,均在期望中。
迈斯鲁尔呀,莫忘她情重;她必留给你,欢乐与欣兴。

幽会日子甜,常唤我回味;每当你到来,幕帘即降垂;
若期再相见,远行须涉水。相聚夜逝去,黑暗业复旧。
回想甜与美,多蒙主恩惠;相聚庭园里,携手采花卉。

我所期待日,莫非延续难?皆由主安排,无论聚或散。
我们若相好,盟誓对苍天;此生与今世,还能得相见?
当知世上事,浩浩不胜繁;事事有前定,皆随主意愿。

写完诗,泽妮·穆娃绥芙流着眼泪回到了院子里,几乎哭成了泪人。她回忆着过去的美好岁月,说道:"赞美上帝!这一切全是上帝的安排。"

她为离开意中人和辞别家园而深感悲痛。她吟诵道:

空荡家宅院,主赐你福安;欢乐好时光,已离你身边。
家鸽仍啼鸣,因何泪涟涟?莫非因辞别,主人月一般?
迈斯鲁尔呀,泣泪姑且缓!因为离开你,我眼失光灿。
起程那一天,你可亲眼见:我心怒火燃,泪水没脸面?
莫忘那时辰,相聚林荫间;你我倍相亲,幽静垂幕帘。

泽妮·穆娃绥芙来到丈夫面前,丈夫把她抱上专为她准备的驼轿。泽妮·穆娃绥芙坐在驼轿里,吟诵道:

空荡家宅院,主问你福安;
过去岁月中,着意几修缮。
但期在宅中,命终思恋间。
我今要远去,思念动心弦。
不知多日后,宅有何变迁。
但期我能知,何时返家园;
再见你容颜,快慰胜先前。

丈夫说:"喂,泽妮·穆娃绥芙,我们是暂时离开家,你不要难过,不久就会回来的。"

丈夫好言安慰她,她的心方才安定下来。

大队人马出发了,走出城,来到大路上。泽妮·穆娃绥芙知道离别已成定局,心中不胜难过。

与此同时,迈斯鲁尔坐在自己的家中,思考着自己和意中人的事情。他预感到要与意中人分别,于是站起来,出了家门,向泽妮·穆娃绥芙的宅院走去。

迈斯鲁尔来到泽妮·穆娃绥芙的家门前,但见大门关着,看到门上写的诗,顿时倒在地上昏迷过去,不省人事。

片刻过后,迈斯鲁尔慢慢苏醒过来,走进第二道门和第三道门,看见泽妮·穆娃绥芙留在门上的诗,思念、留恋、爱慕之情勃发,立即跑出门去,追上了泽妮·穆娃绥芙的驼队。

迈斯鲁尔见泽妮·穆娃绥芙的驼轿在队尾,而她的丈夫却到队首去忙别的什么事情去了,他看见坐在驼轿里的泽妮·穆娃绥芙,便上前扶着驼轿,不禁痛哭落泪。他吟诵道:

> 但愿我能知,罪过何从谈？落得两离分,惜别泪潸然？
> 唤声心上人,一日心思念；难抑相思苦,来宅一望看；
> 但见宅荒凉,不禁长吁叹。抖神问墙壁,宅主去多远？
> 墙答人已走,情思埋心田；如同践约人,壁上题诗言。

泽妮·穆娃绥芙听到有人吟诗,知道那就是迈斯鲁尔……

讲到这里,眼见东方透出黎明的曙光,莎赫札德戛然止声。

第八百五十五夜

夜幕垂降,莎赫札德接着讲故事:

幸福的国王陛下,泽妮·穆娃绥芙听到有人吟诗,知道那就是迈斯鲁尔,禁不住眼泪滚滚落下,女仆也跟着哭了起来。

泽妮·穆娃绥芙说:"迈斯鲁尔,看在上帝的面儿上,我求你赶快离开这里,以免我丈夫发现你和我在一起。"

迈斯鲁尔听泽妮·穆娃绥芙这样一说,登时昏倒在地,不省人事了。

过了一会儿,迈斯鲁尔从昏迷中苏醒过来,吟道:

> 黎明前夜静,晓露伴微风。行者高声喊,驼队要登程。
> 绑好牲口驮,唱歌催驼行。行处地溢香,急行山谷中。
> 情侣已远去,我心怀深情。晨起忙上路,寻迹紧追踪。

> 唤声芳邻啊,难耐离别情;不禁眼湿润,伤心泪纵横。
> 可怜我的心,情侣各西东。离别之手啊,何苦如此凶?

迈斯鲁尔一直跟着驼队,泪流不止,哭声可闻。泽妮·穆娃绥芙好言劝说他天亮之前回去,以免私情暴露而招惹麻烦。迈斯鲁尔来到驼轿跟前,再次向泽妮·穆娃绥芙告别,但话还没有说上两句,即昏倒在地,不省人事。过了一会儿,迈斯鲁尔从昏迷中苏醒过来,却见驼队已经走远。

迈斯鲁尔望着远去的驼队,沐浴着从那里吹来的风,凄然吟诵道:

> 风起情侣心,为诉思念情。风吹情人面,觉落天际中。
> 身卧病榻上,泪混血纵横。我心随行者,前进伴驼铃。
> 凭主我起誓,只要临微风;如同面对面,久别喜相逢。

迈斯鲁尔吟罢,怀着强烈的思念之情回到了泽妮·穆娃绥芙的庭院,见那里人去宅空,一片凄凉景象,不禁伤心泪珠滚落下来,打湿了衣衫,随后昏倒在地,险些气绝丧命。

过了一会儿,迈斯鲁尔苏醒过来,吟诵道:

> 宅院怜悯我,屈辱与顺从;怜我瘦如柴,怜我泪纵横。
> 但盼情思香,来自惠风中;慰我神与魂,愈我相思病。

迈斯鲁尔拖着沉重的脚步回到家中,一时不知如何是好,泪流不止,一连十日。

泽妮·穆娃绥芙知道自己中了丈夫的计,但一时无能为力。

丈夫带着她一直走了十天,来到一座城中,让妻子在那里住了下来。

泽妮·穆娃绥芙提笔给迈斯鲁尔写了封信,递给女仆海布白,并叮嘱说:"你设法把这封信寄给迈斯鲁尔,以便让他知道我的丈夫如何玩弄阴谋诡计欺骗我。"

女仆海布白接过信,想办法寄了出去。

迈斯鲁尔收到信,非常难过,泪水滚滚落下,浸湿了地面。他马上给泽妮·穆娃绥芙写了一封回信。信末写上了这么几行诗:

通往忘怀路,究竟在何方?我在烈火中,他们怎会忘?
已逝岁月哟,真是好时光;但期时再来,相聚尽欢畅。

泽妮·穆娃绥芙读过迈斯鲁尔的回信,把信递给女仆海布白,并嘱咐说:"把信保存好,千万要保密呀!"

"遵命!"海布白一口答应。

丈夫知道妻子与迈斯鲁尔有书信来往,于是立即带着妻子和女仆离开那座城市,长途跋涉二十天,来到另一座城市住下。

迈斯鲁尔回到家里,坐立不安,食不甘味,夜不成寐。当他感到实在困倦时,终于在一天夜里合上眼睛睡着了。他刚睡着,便做了个梦,梦见泽妮·穆娃绥芙来到他的花园中,和他紧紧拥抱在一起……就在这时,突然醒来,知道自己在做梦,顿时张皇失措,神志恍惚,不禁眼泪簌簌落下,心中的爱火熊熊燃烧起来。他吟诵道:

梦里访我者,我向你致敬。幻影激起我,满怀思恋情。
我即惊醒来,欲看入梦影。果与意中人,相见于梦中?
能慰神与魂,堪愈相思病?好言相劝慰,紧抱不放松。
梦里责怪我,不觉泪纵横。梦中相亲吻,涎水彼此通;
吮吸细品味,香甜难形容。奇怪梦中事,百愿一酬同。
忽从梦中醒,不见情人影;神志诚恍惚,唯觉更钟情。
晨起看见她,我狂似发疯;晚上看见她,无酒醉朦胧。
呼请微风神,传我问候声。务必把情况,讲给他们听:
曾立誓言者,苦酒难竭盅。

迈斯鲁尔哭着来到泽妮·穆娃绥芙的宅院,发现那里空空荡荡,一片寂静;他仿佛看见泽妮·穆娃绥芙的影子出现在自己的面前,顿觉心中情火炽燃,痛苦难耐,跌倒在地,昏迷了过去。

讲到这里,眼见东方透出黎明的曙光,莎赫札德戛然止声。

❖ 第八百五十六夜 ❖

夜幕垂降,莎赫札德接着讲故事:

幸福的国王陛下,迈斯鲁尔回到家里,坐立不安,食不甘味,夜不成寐。当他感到实在困倦时,终于在一天夜里合上眼睛睡着了。他刚睡着,便做了个梦,梦见泽妮·穆娃绥芙来到他的花园中,和他紧紧拥抱在一起……就在这时,突然醒来,知道自己在做梦,顿时张皇失措,神志恍惚,不禁眼泪簌簌落下。心中的爱火熊熊燃烧起来。

迈斯鲁尔回忆着梦中的情形,痛苦难耐,便向泽妮·穆娃绥芙的宅院走去,到了那里,发现那里人去空空,因而痛苦倍增,跌倒在地,昏迷了过去。

过了一会儿,迈斯鲁尔从昏迷中苏醒过来,开口吟诵道:

香气扑鼻来,欢快情更浓。
脚站空宅院,难抑思念情;
懊恼恋情甚,友去院落空。
分别与忧伤,令我疾病生;
过去盟誓言,更加思友朋。

迈斯鲁尔吟完诗,忽听乌鸦在宅院一侧发出"呱,呱"的叫声。

迈斯鲁尔听到乌鸦的叫声,情不自禁地哭了起来。他说:"乌鸦本来只是在废墟上叫呀!"

他心中难过,长吁短叹,凄然吟诵道:

乌鸦为何故,泣鸣情侣院?
炽燃心中火,灼烧我胸间。
因深爱宅主,心随其走远。
思火肝中烧,命丧因思恋。
提笔写情书,传递人不见。
情人已远去,不知何夜还;
可怜相思苦,体瘦力薄单。
唤声微风啊,有机访宅院;

请向宅主人,代我问寒暖。

泽妮·穆娃绥芙的妹妹名叫奈西梅。迈斯鲁尔站在泽妮·穆娃绥芙的宅院中张望、吟诗时,奈西梅正好站在楼上的窗前,她看见了迈斯鲁尔的悲伤神情,也难过地哭了起来。奈西梅吟诵道:

你曾几度来,泪洒空宅中?
庭院垂悲泪,因辞主人公。
主人当年在,欢乐漫座厅;
壁壁灿艳阳,高悬在天穹。
当年圆月亮,而今何处升?
灾难忽焉至,一扫月华空。
主人离去了,只盼月复明。
若非因为你,美娘焉别庭?
更不见乌鸦,泣鸣在屋顶。

迈斯鲁尔听到奈西梅吟诵的诗歌,完全明白诗中的寓意,禁不住泪洒胸襟。

泽妮·穆娃绥芙的妹妹奈西梅知道迈斯鲁尔与姐姐之间的缠绵恋情,她走过来对迈斯鲁尔说:"喂,迈斯鲁尔,快离开这座空宅院吧!免得有人发现你,误以为你是为我而来的。因为你已经把我的姐姐赶走了,难道想把我也赶走吗?你要知道,要不是因为你,这座宅院是不会空无人住的。你就把她忘掉吧,赶快离开这里吧!过去的事情,就让它过去吧!"

迈斯鲁尔听奈西梅这样一说,不禁号啕大哭。他说:"奈西梅,假若我生着双翅,我一定马上飞到你姐姐的身边。因为我太想念她了,我怎能忘记她呢?"

"看来,你也只有忍耐了。"

"看在上帝的面儿上,我求你代我给她写封信,让她回我一封信,也好慰藉我的心神,熄灭我心中的爱火。"

"好吧!"

说罢,奈西梅拿来笔、墨和纸,迈斯鲁尔开始述说自己的强烈思念之情以及别离之后所经历的痛苦和折磨。

按照迈斯鲁尔的叙述,奈西梅写就这样一封信:

此信出自一个可怜的痛苦恋人之口:他因别离情人而日夜坐立不安,泪水潸然,哭坏了眼睛,肝火炽燃,长吁短叹,就像失伴之鸟,死亡唯是期盼。因为离开了你,令我不胜悲伤;整日盼望与你相聚,食不甘味,辗转反侧,故而身体消瘦,泪流终日不断,唯觉天地狭窄,不见高山平原。

因思念之情过甚,每当夜色来临,我必默默吟诵:

情思寄故宅,更想房主人。投书述情丝,情酒方提神。
你离宅远去,吾眼泪滚滚。唤声赶驼夫,可知我的心?
我心火正熊,求还意中人。传我问候意,解忧唯粉唇。
时隔有情人,分离箭射身。传达我真情,诉我心苦闷;
自打分别后,我心遭火焚。凭爱我立誓,约言我必循。
我决不曾忘,你的情谊真。书信送问候,麝香伴纸音。

奈西梅耳闻迈斯鲁尔口齿伶俐,而且善于言辞,颇有几分诗才,心中敬佩不已,打内心里同情他。

书信写好,用麝香糊封上,又用沉香和龙涎香熏过,随后将信送到一位商人那里,奈西梅叮嘱那位商人说:"请你务必把这封信交给我的姐姐或她的女仆海布白。"

"一定办到!"商人一口答应。

泽妮·穆娃绥芙接到信,一看便知那是迈斯鲁尔口授的书信,意中人的心态跃然纸上,她忙把信放在嘴上吻了吻,然后又把信放在眼前,顿时泪珠滚滚而下,直哭得昏迷过去,不省人事。

过了一会儿,泽妮·穆娃绥芙从昏迷中苏醒过来,让女仆拿来笔、墨和纸,给迈斯鲁尔写了一封回信,尽述她对情人的思恋、挂念之情,并且还报告了自己的情况。

讲到这里,眼见东方透出黎明的曙光,莎赫札德戛然止声。

第八百五十七夜

夜幕垂降,莎赫札德接着讲故事:

幸福的国王陛下,泽妮·穆娃绥芙接到信,一看便知那是迈斯鲁尔口授的书信,意中人的心态跃然纸上,她忙把信放在嘴上吻了吻,然后又把信放在眼前,顿时泪珠滚滚而下,直哭得昏迷过去,不省人事。

过了一会儿,泽妮·穆娃绥芙从昏迷中苏醒过来,让女仆拿来笔、墨和纸,给迈斯鲁尔写了一封回信,尽述她对情人的思恋、挂念之情,并且还报告了自己的情况。

信中写道:

此信写给我的主人、密友与知己。

光华胜过太阳和月亮的人哪,自打离开你之后,我夜不能眠,浮想联翩,心慌意乱,忐忑不安。我和害人的人在一起,怎会不这样呢?你是今世的欢乐,你是生命的装饰。试想,一个半生半死之人,能够品尝到醇酒的芳香吗?

泽妮·穆娃绥芙在信末写下这样一首诗:

迈斯鲁尔呀,惠书抵万金;激起我情思,波澜实难忍。
眼见信在手,颤抖遍周身。难表心思念,不禁泪淋淋。
倘若我是鸟,乘夜即飞临。自打远离你,饭菜香不闻。
远离你生活,实属违例禁。分离火焰烈,难耐是只身。

书信写毕,用麝香糊封好,又用龙涎香熏过,随后交给一位商人,并且叮嘱道:"请你务必把这封信交给我的妹妹奈西梅。"

"一定办到!"商人随口答道。

商人果然将信送到奈西梅的手中,奈西梅及时把信转到迈斯鲁尔手里。

迈斯鲁尔拿到信,亲了又亲,然后用信捂住双眼,继之打开信看过,不禁热泪滚滚落下,直哭得昏迷过去。

泽妮·穆娃绥芙的丈夫得知妻子与其情人有书信来往,随即带着妻子和女仆上路登程,由一个地方转移到另一个地方。

泽妮·穆娃绥芙说:"天哪,你究竟要把我带到什么地方去,要离开我们的家园多远呢?"

丈夫说:"我要把你们带到离家园有一年路程的地方去,让你再也无法与迈斯鲁尔通信。我要看看你怎样把我的所有钱财都拿去,又怎样全送给迈斯鲁尔。我失去的东西,都要向你们要回来。我还要看看迈斯鲁尔能给你什么好处,或者看看他能否把你从我手中夺走。"

丈夫出去找了一位铁匠,要他打三副脚镣。他回到住处,将妻子及女仆身上的绸衣扒掉,让她们换上用硫黄熏过的粗毛布衣,随后叫铁匠带着打好的脚镣赶来。他对铁匠说:"你给这三个女奴砸上脚镣!"

铁匠首先走向泽妮·穆娃绥芙。

铁匠一看见泽妮·穆娃绥芙,顿时魂飞魄散,六神无主,咬着自己的手指头,一时不知如何是好。铁匠问:"先生,这几个女奴有什么罪呢?"

泽妮·穆娃绥芙的丈夫说:"这三个女奴偷了我的钱,想逃跑。"

"先生恐怕是怀疑错了吧!凭安拉起誓,即使这位女子每天有一千个过错,到了法官面前,法官也是不会责备她的。因为她的身上根本没有什么做贼的征兆,你不能给她戴脚镣。"

铁匠再三为泽妮·穆娃绥芙说情,劝他不要给她戴脚镣。

泽妮·穆娃绥芙见铁匠再三为自己求情,对丈夫说:"看在上帝的面儿上,我求你不要让我站在这位陌生男子的面前。"

丈夫说:"你怎么敢站在迈斯鲁尔的面前呢?"

妻子没有答话。

丈夫终于接受了铁匠的劝说,给妻子戴上了一副轻镣,而给两个女仆戴上的却是重镣。

泽妮·穆娃绥芙肌肤细腻白嫩,承受不了粗毛布衣的摩擦,加之她和女仆日夜穿着那种粗布衣,时隔不久,便见体肤变得粗糙,显得面黄肌瘦。

铁匠那日见泽妮·穆娃绥芙姿色不凡,不禁暗暗爱在心中,他回到家里,心中惆怅难言,凄然吟诵道:

  唤声铁匠啊,你手当瘫痪;
  因为你给她,戴了铁锁链。
  你锁温良女,姿容世罕见。
  倘若你公正,怎会这样干:
  取下金铃铎,换上铁锁链?
  娘子姿色美,法官若看见;
  同情不待说,还会赏高官。

正当这个时候,本城首席法官恰巧路过铁匠门前,听到了铁匠吟的诗,于是派人把铁匠叫到自己的面前。法官问铁匠:"喂,铁匠兄弟,你提到的那个使你动心的美人究竟是谁?"

铁匠恭恭敬敬地站在法官面前,亲吻法官的手,然后说:"法官大人,安拉使你长命百岁!"

接着,铁匠说那是一位罕见的漂亮女子,并把女子的品性详细向法官讲了一遍。铁匠说那女子面目姣好,体态婀娜,腰肢纤细,酥胸高耸,臀部丰隆,亭亭玉立,完美无缺,如花似玉,之后,他又告诉法官说那女子正遭囚禁,脚戴铁镣,受尽屈辱,缺衣少食,处境可怜。

法官听后,说:"铁匠兄弟,你就把那女子送到我这里,让我见上一见吧!我会给她做主,恢复她的权利的,因为这位女子的命运已经跟我连在一起。你若不照我的意思行事,清算之日会受到安拉惩罚的。"

"我一定照办!"

铁匠一口答应,旋即向泽妮·穆娃绥芙的住处走去。

来到大门前,铁匠发现大门紧闭,且听到泽妮·穆娃绥芙正在颇为悲伤地吟诵诗歌:

> 当初在家园,亲朋相聚首;情潮涌心田,共饮交杯酒。
> 眉目传柔情,朝夕乐俱酬。曾度几良辰,琴声伴歌喉。
> 不期风雨变,灾祸降临头;欢乐顿消逝,情趣随风走。
> 悲哉乌鸦啼,期之化乌有;相会时早至,为我日夜求。

铁匠听了那凄婉的诗句,不禁泪如雨下。铁匠敲过门,只听门里有人问:"谁在敲门?"

铁匠回答道:"我是铁匠呀!"

铁匠把法官的话向她们讲了一遍,并且说想带她们到法官那里去,状告那个囚禁她们的人,以便恢复她们的自由。

讲到这里,眼见东方透出黎明的曙光,莎赫札德戛然止声。

第八百五十八夜

夜幕垂降,莎赫札德接着讲故事:

幸福的国王陛下,铁匠听了那凄婉的诗句,不禁泪如雨下。铁匠敲过门,只听门里有人问:"谁在敲门?"

铁匠回答道:"我是铁匠呀!"

铁匠把法官的话向她们讲了一遍,并且说想带她们到法官那里去,状告那个囚禁她们的人,以便恢复她们的自由。

泽妮·穆娃绥芙听铁匠这样一说,说道:"如今大门紧闭,我们的脚上又戴着沉重的铁镣,钥匙在我那个犹太教徒丈夫手里,我们怎能走得了呢?"

铁匠说:"我去配把钥匙,把大门和脚镣打开。"

"谁能把我们领到法官那里去呢?"

"我给你们带路。"

"我们穿着这种用硫黄熏过的粗毛囚衣,如何能去见法官大人呢?"

"你们的处境如此艰难,法官大人是不会笑话你们的。"

铁匠转身走去,配了两把钥匙,立即返回,先打开门锁,然后打开她们的脚镣,随后把去法官府的路给她们说了个一清二楚。

女仆海布白为女主人脱下粗毛布衣,带女主人到澡堂沐浴,换上绸衣,泽妮·穆娃绥芙登时恢复了昔日的美貌;此时此刻,泽妮·穆娃绥芙的丈夫正在一位商人朋友那里吃饭。

泽妮·穆娃绥芙一番梳洗打扮之后,来到法官府。

法官看见她,立即站起来,用甜言蜜语向她问安,目不转睛地望着她那苗条的身姿。

泽妮·穆娃绥芙说:"法官大人,愿安拉使你长命百岁,让你成为一名公正的法官。"

泽妮·穆娃绥芙向法官讲述了铁匠如何做善事帮助她,又讲到那个犹太商人怎样地对她进行残酷折磨,简直想置她于死地,使她落入无法解脱的困境。

法官问:"娘子,你叫什么名字?"

"我名叫泽妮·穆娃绥芙,我的女仆名叫海布白。"

"哦,你的名字美,人也美,真是名副其实呀!"

泽妮·穆娃绥芙听法官这样一说,微微一笑,赶忙用面纱盖住了脸。

法官问:"泽妮·穆娃绥芙,你有丈夫吗?"

"我没有丈夫。"

"你信什么教?"

"我信奉伊斯兰教,主张与人为善。"

"既然如此,你就以伊斯兰教起誓为人做好事吧!"

泽妮·穆娃绥芙按要求起誓,并且诵读了"做证词"。

法官问:"你怎么跟着犹太人白白葬送自己的青春呢?"

泽妮·穆娃绥芙说:"法官大人,安拉为你延寿,安拉默助你成就大业,从善如流,大人有所不知:家父去世,留给我一万五千第纳尔,寄放在这个犹太商人的手中,让他作为本钱,经营买卖,并且约定日后赢利,由我和他平分,还订立了契约。家父过世后,这个犹太商人对我起了歹心,向我母亲提出要求,要母亲同意把我嫁给他为妻。我母亲说:'我怎么能够让她脱离自己的宗教信仰,让她成为犹太教徒呢?凭安拉起誓,我一定要向官府告你。'那犹太商人一听,害怕极了,拿着钱逃到了亚丁城。我们得知他逃到亚丁城,立即追去。我们在亚丁城找到了他,他说他去那里做买卖办货,我们信以为真。他一直在欺骗我们,最后把我们囚禁起来,给我们戴上脚镣,残酷折磨我们。我们是外乡人,举目无亲,无依无靠,只能求救于伟大的法官大人。"

法官听后,问女仆海布白:"小姑娘,这位是你的女主人吗?"

海布白回答:"是的,法官大人。"

"你们都是外乡人,你的女主人没有丈夫吗?"

"我们是外乡人,我的女主人没有丈夫。"

法官说:"那就让我做她的丈夫吧!我一定让那个犹太商人得到应有的惩处,恢复你们的自由;如若不然,我甘愿尽解放奴隶、封斋、朝觐和施舍等各项义务。"

"就按你说的办!"

"你和你的女主人一起放心地走吧,明天我就派人把那个异教徒抓来,为你们恢复应有的权利。你们将看见我怎样惩治他!"

海布白为法官祝福祈祷,然后陪着女主人离开那里,而法官却对泽妮·穆娃绥芙产生了深深的爱恋、思慕之情。

海布白陪伴着泽妮·穆娃绥芙离开首席法官那里之后,向人打听第二法官的住所,人们把她俩送到第二法官的住处。

她俩见到第二法官,陈述了自己的冤情;接着又找到第三和第四法官,共向四位法官告了状,结果四位法官都要求与泽妮·穆娃绥芙结为百年之好,海布白一一答应他们,而他们四个人都被蒙在鼓里,彼此之间对发生的事一无所知,都认为自己的求爱愿望一定能够实现。

犹太商人对这些情况一无所知,因为他在一位商人朋友那里住了下来。

第二天早晨,泽妮·穆娃绥芙穿上最漂亮的衣服,戴上最华贵的首饰,在女仆海布白的陪同下来到法院,进入审判庭。她看见四位法官都坐在那里,便撩开面纱,向他们一一问好。四位法官都认识她,一一向她回礼。眼见泽妮·穆娃绥芙美如明月,娇艳妩媚,风姿绰约,体态婀娜,四位法官看呆了眼睛,个个魂不守舍,人人神色迷离;负责记录的法官,手中的笔脱落,掉在了地上;主持问话的法官,张口结舌,目瞪口呆;担任计算的法官,把数字都弄错了……

法官们异口同声地对泽妮·穆娃绥芙说:"喂,绝代佳丽,当今第一淑女,你只管放心,我们一定恢复你的权利,让你如愿以偿。"

泽妮·穆娃绥芙连声为他们祝福祈祷,表示感谢,然后告别离去。

讲到这里,眼见东方透出黎明的曙光,莎赫札德戛然止声。

第八百五十九夜

夜幕垂降,莎赫札德接着讲故事:

幸福的国王陛下,泽妮·穆娃绥芙穿上最漂亮的衣服,戴上最华贵的首饰,在女仆海布白的陪同下来到法院,进入审判庭。她看见四位法官都坐在那里,便撩开面纱,向他们一一问好。四位法官都认识她,一一向她回礼。眼见泽妮·穆娃绥芙美如明月,娇艳妩媚,风姿绰约,体态婀娜,四位法官看呆了眼睛,个个魂不守舍,人人神色迷离;负责记录的法官,手中的笔脱落,掉在了地上;主持问话的法官,张口结舌,目瞪口呆;担任计算的法官,把数字都弄错了。

法官们异口同声地对泽妮·穆娃绥芙说:"喂,绝代佳丽,当今第一淑女,你只管放心,我们一定恢复你的权利,让你如愿以偿。"

泽妮·穆娃绥芙连声为他们祝福祈祷,表示感谢,然后告别离去。

犹太商人一直住在朋友家,对此事毫无觉察。

泽妮·穆娃绥芙回到住处，一心想求法官们帮助她惩治那个犹太商人，把她从屈辱和折磨中解救出来。她想着想着，禁不住热泪盈眶，哭了起来。她吟诵道：

  唤声眼神啊,挥泪若山洪；但期用泪水,冲刷心苦痛。
  本穿绸缎衣,如今服如僧；周身硫黄臭,霄壤大不同。
  迈斯鲁尔啊,若知我处境；此卑此屈辱,定使你心痛。
  可怜海布白,铁镣锁脚弓；依今被俘在,异教徒手中。
  我厌犹太教,正教最光荣。俯身拜安拉,圣训净心灵。
  迈斯鲁尔呀,莫忘真正情；牢记当初誓,贵在人忠耿。
  因为爱上你,我肯改信奉；我对你的爱,深深藏心中。
  你若重友情,即刻登路程；快来救助我,切忌慢腾腾。

  泽妮·穆娃绥芙吟罢诗，提笔写了一封信，把她与犹太商人之间的事情从头到尾叙说了一遍，还把刚吟过的这首诗写在了信末。写完信，将信折叠好，递给女仆海布白，并叮嘱说："海布白，你把这封信装在你的口袋里，择机把它寄给迈斯鲁尔。"

  正当这个时候，犹太商人突然推门进来。他看见泽妮·穆娃绥芙和海布白高高兴兴，满脸笑容，便问道："有什么事使你俩这么高兴？莫非你们的朋友迈斯鲁尔有信来？"

  泽妮·穆娃绥芙说："只有伟大的安拉才能把我们从你的手中解救出来，让我们挣脱你的折磨和迫害。你如果仍不把我们送回家乡，我们明天就和你一道去本城法官那里打官司。"

  "是谁把你们的脚镣取下来的？我一定再做几副重十磅的脚镣给你们戴上，然后拉着你们游街示众。"

  海布白说："就像你使我们远离家乡那样，你强加给我们的一切,你都会自食苦果的。明天,我们将和你一道站在本城法官面前,听候法官的裁决。"

就这样,他们一直争吵到天明。

天亮了,犹太商人去找铁匠,让铁匠重打脚镣。

趁犹太商人外出之时,泽妮·穆娃绥芙和女仆一起来到法官院。泽妮·穆娃绥芙看见法官,向他们问安致意,法官们当即回礼。

首席大法官对周围的人说:"这位娘子生得花容玉貌,人见人爱,无不在她的美貌面前拜倒。"

大法官高声喊道:"来人哪!"

四个彪形大汉应声而至。大法官吩咐他们说:"你们立即出发,把这位美娘的仇敌立即捉拿归案,不得有误!"

"遵命!"四个衙役异口同声地回答。

犹太商人带着做好的脚镣回到住所,发现屋里空无一人,不禁感到惊异,一时不知如何是好。

正当犹太商人犹豫不决之时,忽见四个彪形大汉闯了进来,将他牢牢抓住,继之拳打脚踢,狠狠揍了他一顿,然后将他拖到大法官面前。

大法官看见犹太商人,冲着他一声大喊,呵斥道:"安拉的死敌,你这个该死的东西,你知罪吗?你让这几位女子远离家园,霸占了她们的钱财,还想让她们成为犹太教徒,你怎胆敢使穆斯林背叛自己的宗教信仰呢?"

犹太商人说:"法官大人,这位女子是我的妻子呀!"

法官们听他这样一说,纷纷冲着衙役高声呼喊道:"把这个狗东西打翻在地,脱下你们的鞋子,打他的脸!他的罪恶是不能饶恕的!"

衙役们立即动手,将犹太商人紧紧揪住,扒下他身上的绸衣,给他换上粗毛布囚衣,然后将他揉倒在地,一阵狠打,接着又用鞋底猛抽他的面颊。片刻后,牵来一头毛驴,让犹太商人倒骑在驴背上,要他抓住驴尾巴,开始游街,直至把大街小巷游遍,方才把他押回法院。只见他垂头丧气,狼狈不堪。

四位法官宣布先砍掉犹太商人的双手和双脚,然后对他处以绞刑。

犹太商人听说要绞死他,只吓得魂不附体,面无血色,急忙说:"法官大人哪,饶命啊!你们要我干什么,我都答应。"

法官们说:"你就说:'这个女子不是我的妻子;钱是她的,我偷了她的钱,还让她远离了自己的家乡。'"

犹太商人立即按法官的口授说了一遍,书记法官立即记录在案。

法官们根据犹太商人的供词写了判决书,收缴了他的钱财,全部给了泽妮·穆娃绥芙,并把判决书交给她,她这才离去。

看见泽妮·穆娃绥芙姿容的人,无不像丢了魂儿似的,六神无主,不知如何是好。那四位法官都认为泽妮·穆娃绥芙会嫁给自己,成为自己的太太。

泽妮·穆娃绥芙回到住处,立即开始准备逃离此地。她忍耐到夜幕垂降时分,收拾细软和贵重、轻便易带之物,带上女仆,趁夜色溜出城去,日夜兼程,一连走了三天三夜。

这就是泽妮·穆娃绥芙的情况。

泽妮·穆娃绥芙走后,法官们下令将泽妮·穆娃绥芙的犹太商人丈夫关押起来。

讲到这里,眼见东方透出黎明的曙光,莎赫札德戛然止声。

第八百六十夜

夜幕垂降,莎赫札德接着讲故事:

幸福的国王陛下,看见泽妮·穆娃绥芙姿容的人,无不像丢了魂儿似的,六神无主,不知如何是好。那四位法官都认为泽妮·穆娃绥芙会嫁给自己,成为自己的太太。

泽妮·穆娃绥芙回到住处,立即开始准备逃离此地。她忍耐到夜幕垂降时分,收拾细软和贵重、轻便易带之物,带上女仆,趁夜色溜出城去,日夜兼程,一连走了三天三夜。

这就是泽妮·穆娃绥芙的情况。

泽妮·穆娃绥芙走后,法官们下令将泽妮·穆娃绥芙的犹太商人丈夫关押起来。

第二天早晨,四个法官都待在家里等候泽妮·穆娃绥芙到来,但等来等去,谁也没有等到她。

泽妮·穆娃绥芙首先找的那位首席大法官对家人说:"今天我想到城外看一看,有件事情要办。"

他骑上骡子,带上童仆,开始在大街小巷里转。四处寻找泽妮·穆娃绥芙,结果连她的一点儿消息也没有打听到。

大法官正在走街串巷时,看见其余三位法官也在街上转悠。他们四个人谁都不知道泽妮·穆娃绥芙与别人也有相同的约会。大法官问他们为什么在街上转来转去,他们把自己的情况告诉了他,大法官发现他们的情形一模一样,于是分手,继续四处寻找泽妮·穆娃绥芙。

四位法官一番辛苦之后，什么收获也没有，没有得到泽妮·穆娃绥芙的任何消息。他们各自回到家中，都病倒在了床上。

首席大法官想起了那位铁匠，遂派人把铁匠叫到面前，他说："铁匠兄弟，你带来告状的那位女子现在在哪里，你知道吗？你要给我说实话；如若不然，我要用鞭子狠狠抽你。"

铁匠听大法官这样一说，吟诵道：

勾我神魂女，包容世间美。明眸赛羚羊，周身散香味。
容貌似艳阳，步履若流水。腰肢杨柳细，风拂露华贵。

铁匠吟罢诗，说："法官大人，凭安拉起誓，自打那位女子离开法官府，我再也没有看见她。说句实话，那美女占据了我的心，我口中说的是她，心里想的也是她。我曾到她家去过，没有见到她。我见到的人，谁也不知道她的任何消息，好像她潜入了水底，又像是飞上了云天。"

大法官听铁匠这样一说，不由自主的一声长叹，灵魂险些离开躯壳。他说："凭安拉起誓，我真想见她一面。"

铁匠离去之后，大法官病倒在床上，茶饭不思，终日呻吟叹息，身体日渐虚弱。其余三位法官因为相思，亦相继卧在病榻。医生们不断地出入他们的家门，但谁都束手无策，因为他们害了一种医生无法诊治的相思病。

本城的名流、绅士及头面人物纷纷前来看望首席大法官，询问他的病因，他这才边叹息，边把心事告诉了他们。

大法官凄然吟诵道：

> 终止责怨吧,病痛够我受。原谅法官吧,他为民排忧。
> 责我多情者,原谅我情厚。死于爱情者,过错何之有?
> 我本一法官,天助我志酬;位高人敬重,凭借笔与口。
> 偶见一靓女,利箭出明眸;伤成无医治,无形血横流。
> 无双一信女,诉说受虐由;朱唇含珠玉,绝美不胜收。
> 娘子撩面纱,容光照高楼;如同皓月升,高悬夜空秋。
> 明颜唇含笑,美漫脚至头。天下无二丽,空前亦绝后。
> 美娘开言道:法官切莫愁;我有言必信,耐心且等候!
> 今我陷情结,莫问我何忧!

大法官吟罢诗,痛哭不止,接着一声大喊,一命呜呼。

人们见他魂已归真,开始给他洗尸,随后裹上殓衣,为他祈祷后送往墓地安葬入土。他们在他的墓碑上写下这样一首诗:

> 钟情者品高,今已坟中眠。墓主是法官,最畏入鞘剑。
> 活活殉情死,实乃空前见。堂堂大主人,屈尊小奴前。

送葬的人们求安拉怜悯已逝的法官,然后离去,带着医生来到第二位法官家中。他们发现那位法官并没有什么需要医生医治的病痛。他们问他痛苦的原因,问他有什么挂心的事情,他把自己的心事向他们讲了一遍。

人们得知这位法官患的也是相思病,便七嘴八舌地责怨他,言辞甚为激烈。法官听后,吟诗回答大家道:

> 因她而遭难,不该受责怨;因她手射出,致命一支箭。
> 女仆海布白,来到我面前;从此灾频至,一年又一年。

> 她带一靓女，面胜皓月圆。有苦口中诉，双眼泪潸然。
> 听言观其姿，笑唇令我恋。我心随她去，情深埋心田。
> 实情即如此，但求诸位怜。另物色一人，代我做法官。

法官吟罢，一声惨叫，一命归真。他们立即为他料理后事，洗净尸体，裹好殓衣，送往墓地安葬。他们祈求安拉怜悯他的在天之灵，然后离开墓地。

他们带着医生去看第三位和第四位法官，发现他俩同样患了相思病，朝思暮想泽妮·穆娃绥芙，食不甘味，夜不成寐，终于面黄肌瘦，体弱无力，相继归真。他们还发现当日审案时在场的那些证人也都患上了相思病，甚至所有看见泽妮·穆娃绥芙的人，都深深恋上了那位绝代美人，结果死的死，病的病；即使活着，也整日昏昏沉沉，总是思念着泽妮·穆娃绥芙，个个神魂颠倒，深深陷入了单相思的泥潭中。

讲到这里，眼见东方透出黎明的曙光，莎赫札德戛然止声。

❖❖ 第八百六十一夜 ❖❖

夜幕垂降，莎赫札德接着讲故事：

幸福的国王陛下，他们带着医生去看第三位和第四位法官，发现他俩同样患了相思病，朝思暮想泽妮·穆娃绥芙，食不甘味，夜不成寐，终于面黄肌瘦，体弱无力，相继归真。他们还发现当日审案时在场的那些证人也都患上了相思病,甚至所有看见泽妮·穆娃绥芙的人,都深深恋上了那位绝代美人,结果死的死,病的病;即使活着,也整日昏昏沉沉,总是思念着泽妮·穆娃绥芙,个个神魂颠倒,深深陷入了单相思的泥潭中。

但期安拉怜悯那些痴情的男子汉和患相思病的男子。

让我们回过头来,看看泽妮·穆娃绥芙的情况。

泽妮·穆娃绥芙带着女仆,离开住处,日夜兼程,走了三天三夜,已远远离开了那个城市。

一天,泽妮·穆娃绥芙和女仆来到一座修道院门前。院长就是有名的大修士丹尼斯,手下有四十名修道士。

丹尼斯看见泽妮·穆娃绥芙及其女仆,立即走上前去,将她请入修道院中,对她说:"在我们这里歇息十天再走吧!"

泽妮·穆娃绥芙自感盛情难却,便和女仆在那座修道院里住了下来。

丹尼斯见泽妮·穆娃绥芙长相俊俏,面目姣好,体态婀娜,风姿绰约,不禁深深爱在心里,竟置信仰和教规于不顾,派一个又一个的修道士去看望泽妮·穆娃绥芙,以便和她熟识,暗中替他传情。结果看望泽妮·穆娃绥芙的修道士,一个个望色眼馋,动手动脚,而泽妮·穆娃绥芙则表示歉意,无动于衷。

丹尼斯仍然打发修道士去看望泽妮·穆娃绥芙,直至四十名修道士全都去过;见过她的修道士无不深深迷恋上她,好言好语抚慰她,千方百计调戏她,根本不提院长丹尼斯的名字,而泽妮·穆娃绥芙则从容应对,婉言拒绝。

丹尼斯耐心已竭,欲火中烧,心想:"谚语说得好,不是自己的指甲不能解自身之痒,不是自己的脚走不到自己的目的地!"想到这里,他站起身来,走去做了些可口的饭菜,亲自送到泽妮·穆娃绥芙的面前。这时,已是泽妮·穆娃绥芙在修道院里住下休息的第九天。

丹尼斯把饭菜送到泽妮·穆娃绥芙面前,对她说:"请尝一尝我们这里的美味佳肴吧!"

泽妮·穆娃绥芙伸出手,说:"奉大慈大悲安拉之名……"

随后,她和两个女仆吃了起来。

吃罢饭,丹尼斯对她说:"太太,我想吟首诗让你欣赏欣赏。"

泽妮·穆娃绥芙说:"请吧!"

修道院长丹尼斯吟道:

> 你用明眸光,占据我的心;表述我的爱,以我诗与文。
> 莫非你欲弃,如此痴情人?让我在梦乡,享受爱情真?
> 千万莫让我,绝望至丧魂!修道院中事,我无心过问。
> 唤声美娘子,爱你我失神;我情与心意,求你多怜悯。

泽妮·穆娃绥芙听后,吟诗对答道:

> 唤声求爱者,莫受鬼引诱!呼声男子汉,尽早弃此求。
> 莫思非分事,想也不到手。须知贪婪心,必定招后忧。

丹尼斯听了泽妮·穆娃绥芙的吟诵,边沉思边向自己的房间走去,一时不知该怎样讨好这位美貌女子。一夜之中,他躺在床上,辗转反侧,无论怎样也合不上眼。

就在那天夜里,夜幕刚刚垂落不久,泽妮·穆娃绥芙悄悄起来,对女仆说:"我们赶快离开这里吧!因为我们无法同时对付这四十个修道士,他们每个人都对我们怀有那种意思,轮番前来调情。"

女仆说:"好吧!我们马上起程。"

她们带上行装,骑上牲口,趁夜色悄悄溜出了修道院的大门。

讲到这里,眼见东方透出黎明的曙光,莎赫札德戛然止声。

第八百六十二夜

夜幕垂降,莎赫札德接着讲故事:

幸福的国王陛下,丹尼斯听了泽妮·穆娃绥芙的吟诵,边沉思边向自己的房间走去,一时不知该怎样讨好这位美貌女子。一夜之中,他躺在床上,辗转反侧,无论怎样也合不上眼。

就在那天夜里,夜幕刚刚垂落不久,泽妮·穆娃绥芙悄悄起来,对女仆说:"我们赶快离开这里吧!因为我们无法同时对付这四十个修道士,他们每个人都对我们怀有那种意思,轮番前来调情。"

女仆说:"好吧!我们马上起程。"

她们带上行装,骑上牲口,趁夜色悄悄溜出了修道院的大门。

她们走了不多时,遇见一支商队,便加入了他们的行列。她们发现那支商队是从她们原来住过的亚丁城走来的。泽妮·穆娃绥芙仔细留心听他们谈话,听到他们在相互议论着关于她自己的情况,他们谈到恋上她的法官和证人都相继死去,城中人又另选出了新的法官和证人,他们把泽妮·穆娃绥芙的犹太商人丈夫从监牢中放出来了。

泽妮·穆娃绥芙听人们这样一说,回头望着女仆,问道:"你们听到商队的商人们说了些什么吗?"

女仆说:"既然那些出家修道的修道士都可以抛弃自己的信仰而迷恋女子,——钟情于你,何况那些法官、证人呢!因为在伊斯兰教中是不讲出家修道的。不管怎样,我们还是走我们的路,返回家乡吧!因为他们不知道我们是谁。"

泽妮·穆娃绥芙和女仆继续前进,直奔家乡而去。

次日天一亮,修道士们纷纷来到泽妮·穆娃绥芙的房间向她问安,却发现房中空无一人,不禁大失所望,一个个瘫倒在地,如患重病。

第一个修道士扯着自己的衣服,吟诵道:

唤声朋伴们,何不赶快来?片刻我即去,永别诸君宅。
我心藏忧愁,爱火燃胸怀。只因一美娘,忽临这方来;
娇艳似皓月,高悬中天台。美人虽远走,俊容久久在;
秀目射一箭,我魂飞天外。

第二个修道士吟道:

带走我心人,切望可怜我;还求赐同情,来访尽可多。
美女已远走,带走我快活。人虽相隔远,音容留耳蜗。
娘子已远去,寻访望在何?但期惠顾我,梦乡相会合。
我心被带走,我身陷泪泊。

第三个修道士吟道:

娘子俊姿容,在我耳与眼;美女休闲地,是我心与肝。
思念美娘味,在嘴比蜜甜。回顾情丝意,似血流血管。

娘子姿与容,令我泪河淹;娘子使得我,瘦骨如烤扦。
但期梦中会,揩我泪颊干。

第四个修道士吟道：

张口却结舌,谈你没有话。心怀爱慕情,痛苦卧病榻。
圆圆皓月明,高高中天挂。心中迷恋情,与日俱增加。

第五个修道士吟道：

我恋皎洁月,苗条身姿美；纤纤腰肢细,翩翩随风飞。
涎水比香醇,丰隆臀归谁？心烧情火中,钟情夜命摧。
深红玛瑙似,面颊浮珠泪。泪顺面颊淌,如同倾雨水。

第六个修道士吟道：

因你躲避我,我的爱受挫。你美赛杨柳,如星照耀我。
我有愁缠心,情丝不胜多。你颊似玫瑰,我心燃爱火。
莫非我爱你,有违虔诚说？自打明日起,叩拜皆停搁。

第七个修道士吟道：

我心存忧思,双眼泪珠淌；钟情难表述,耐心已消亡。
娘子质甜美,不把苦难尝。相会时射来,利箭把心伤。
唤声责备者,过去事莫讲！因为君不解,情中热与凉。

就这样，修道士们声泪俱下，吟诗寄情，好不伤感。

修道院长丹尼斯更是泣不成声，心想再也看不见那位美娘子了，不禁伤心至极。他吟诵道：

> 情人离去日，我的耐心亡；只因她离去，心中失向往。
> 唤声赶驼人，驱驼且莫忙；但期赶驼返，相会在厅堂。
> 相别那一天，泪眼难合上；心中苦复加，情趣一扫光。
> 有苦诉上帝，深情寄女郎；体瘦若干柴，周身乏力量。

他们都觉得没有机缘再见到那位美娘子，大家一致同意为泽妮·穆娃绥芙画一幅画像，永远保存在他们那里，随时供修道士们参拜。他们果然画了一幅泽妮·穆娃绥芙的肖像，一直参拜到个个白发苍苍，相继告别人世。

泽妮·穆娃绥芙心里想着自己的情人迈斯鲁尔，急速前进，日夜兼程，终于回到了家乡。

泽妮·穆娃绥芙开门进到自家院里，即刻吩咐女仆去告诉她的妹妹奈西梅。

奈西梅得知姐姐已经回来，喜不自禁，急忙送来床上用品和衣服，给她铺好床，换上衣服，又垂下窗和门的幕幔，焚上沉香、龙涎香，洒上麝香水，顿时房间里香气弥漫，令人心旷神怡。

泽妮·穆娃绥芙穿上顶华贵的衣服，着意打扮一番，变得漂亮无比，宛若下凡的仙女。

迈斯鲁尔根本不知道泽妮·穆娃绥芙已经回来，一直沉浸在极度痛苦、忧愁和悲伤之中。

讲到这里，眼见东方透出黎明的曙光，莎赫札德戛然止声。

第八百六十三夜

夜幕垂降,莎赫札德接着讲故事:

幸福的国王陛下,泽妮·穆娃绥芙回到自己的宅院,妹妹奈西梅忙送来床上用品和衣服,给她铺好床,换上衣服,又垂下窗和门的幕幔,焚上沉香、龙涎香,洒上麝香水,顿时房间里香气弥漫,令人心旷神怡。

泽妮·穆娃绥芙穿上顶华贵的衣服,着意打扮一番,变得漂亮无比,宛若下凡的仙女。

迈斯鲁尔根本不知道泽妮·穆娃绥芙已经回来,一直沉浸在极度痛苦、忧愁和悲伤之中。

泽妮·穆娃绥芙坐下来,和留下看家的女仆们交谈起来。她把离家之后所发生的事情,从头到尾向她们讲述了一遍。

泽妮·穆娃绥芙给了女仆海布白一些钱,让她到街上采买一些吃的东西。

过了一会儿,海布白买来了吃的和喝的,大家一起吃喝起来。

她们吃罢饭,泽妮·穆娃绥芙让海布白去找迈斯鲁尔,看看他在什么地方,情况如何。

迈斯鲁尔因思念泽妮·穆娃绥芙而坐立不安,再也忍耐不下去,时而吟诗解忧,时而到自家的花园里走一走看一看,追忆往事,但迎接他的只有墙壁。

就在这一天,迈斯鲁尔来到郊外同泽妮·穆娃绥芙辞别的地

方,不禁忧思满怀,诗兴大发,随口吟诵道:

>本欲掩藏事,如今已显现;
>困意离眼去,代之是失眠。
>我既无可想,命运听我言:
>何必再留我,莫须将我骗。
>看哪我的心,处于艰险间。

>爱神若有灵,公道来裁判;
>失眠怎袭我?困神焉离眼?
>呼声先生们,恳求诸位怜。
>我因落情网,由贵步入贱;
>曾有万贯财,侬今宿身难。

>世上责难者,竞相吐讽言。
>我只塞住耳,未从他们愿。
>情侣间誓盟,牢记在心间。
>你爱私奔女?我如是答言:
>住口且须记,失明大限前。

迈斯鲁尔吟罢,离开那个地方,回到家中,坐下哭成了一个泪人。

片刻后,迈斯鲁尔进入梦乡,梦见泽妮·穆娃绥芙翩翩步入他的家中……他突然醒来,知道自己是在做梦,禁不住热泪滚滚流淌。

他迈步出了家门,边向泽妮·穆娃绥芙家走,边吟诵道:

>我怎能忘怀,俘我心美娘;如今我的心,被烤炭火上。

情人远离后,朝夕伴惆怅。有苦言与主,无聊度时光。

呼唤心上人,你是我希望;何当重聚首,再赏圆月亮?

吟到最后一句诗时,迈斯鲁尔已行至泽妮·穆娃绥芙住宅所在的胡同口,忽觉香气扑鼻,不禁心旷神怡,爱火中烧。正在这时,他看见女仆海布白从胡同里走出来,心里有说不出的高兴。

海布白走上前来,向迈斯鲁尔问安,并且向他报喜说:"先生,我们的女主人泽妮·穆娃绥芙回来啦!她派我去叫你呢!"

迈斯鲁尔一听,顿感大喜过望,高兴极了。

海布白把迈斯鲁尔领往女主人那里。

泽妮·穆娃绥芙看见心上人迈斯鲁尔走进房门,忙从床上下来,走上前去,和迈斯鲁尔亲切拥抱,频频接吻,俩人激动兴奋不已,双双昏迷过去,不省人事。

过了一会儿,二人方才从昏迷中苏醒过来。因为相亲相爱至深,加上分别时间太久,思念之情不知从何说起。

泽妮·穆娃绥芙吩咐女仆海布白取来糖水和柠檬汁以及食物,大家坐下吃了起来。他们边吃边喝边谈,直至夜幕垂降。

天色黑下来,女仆走去燃点灯烛,室内登时一片通明。迈斯鲁尔和泽妮·穆娃绥芙开始相互倾诉分别之后的情景。泽妮·穆娃绥芙告诉迈斯鲁尔说她原本就是穆斯林。迈斯鲁尔听后十分高兴,紧接着他和女仆们一起诵读"做证词",皈依了伊斯兰教,并向安拉忏悔。

第二天早晨,泽妮·穆娃绥芙吩咐女仆请来法官和证人,告诉他们说她是个独身女人,守制期①已满,想与迈斯鲁尔结为夫妻,

---

① 伊斯兰教法律规定,妇女在丈夫死后或离婚后,必须等四个月,才能另嫁,这段时间称为"守制期"。

法官立即写了婚书，宣布二人结为伉俪。

迈斯鲁尔与泽妮·穆娃绥芙携手共入洞房,甜美良宵自不待言。

泽妮·穆娃绥芙的犹太商人丈夫出了监牢，即踏上返回故乡的征程。他日夜兼程，不停地跋涉，距家乡只剩下三天的路程了。

泽妮·穆娃绥芙得知犹太商人丈夫回来的消息，把女仆海布白叫到面前，吩咐她说："你到他家的墓地去，在那里挖一个坟坑，上面摆放些花草，四周再洒些水，犹太人回来问我哪里去了时，你就对他说：'太太被你逼死了，已经死了二十天了。'如果他要求看我的坟墓，你就把他领到墓地去，设法把他推入坟坑，活埋了他。"

海布白说："遵命！"

她们随后撤掉床铺，移入一间小屋里。泽妮·穆娃绥芙随迈斯鲁尔到他家去了，在那里吃住，不知不觉三天时间过去了。

泽妮·穆娃绥芙的犹太商人丈夫回到家门前，敲过门，海布白问："谁在敲门？"

"你的老爷回来了。"犹太商人回答。

海布白打开门，犹太商人见她泪流满面，不禁一惊，忙问："你哭什么呢？太太呢？"

海布白说："太太被你逼死了。"

犹太商人一听，惊慌失措，一时不知如何是好，不禁泪水脱眶而出。他问："海布白，她的坟墓在哪里？"

女仆把他带往墓地，让他看用花草掩饰着的那座坟墓。

犹太商人一看，大哭不止，边哭边吟道：

　　人生有两宝,青春和爱情;一旦闪逝过,分量难得称。
　　纵使双眼哭,泪尽血告罄;十中之一分,唤回亦不能。

犹太商人又是一阵号啕大哭,然后吟道:

> 悲哉实难忍,妻裹殓衣裳。情侣远去兮,心碎至忧伤。
> 保密该多好,真情埋肝肠。生活本舒适,她去我凄凉。
> 唤声海布白,你激我愁浪;所告已逝者,乃我生依傍。
> 穆娃绥芙啊,莫离我身旁。我悔自毁约,行为实欠当。

犹太商人吟罢诗,哭声不绝,直至昏迷过去,倒在地上,不省人事。

女仆海布白眼疾手快,见犹太商人昏倒在地,走上前去,将他拖到坟坑边,然后扒开空坟,用力一推,将他推入坑中,立即开始填土;犹太商人从昏迷中惊醒,但为时已晚,很快被埋在厚厚的土下,活活丧命。

海布白完成任务,回到女主人面前,报告了消息,女主人大喜。她吟诵道:

> 时光立过誓,依旧打搅我。时光违誓言,只管背弃我。
> 责难者已殁,情人且在握。抖神重投入,生活欢乐多。

从此,泽妮·穆娃绥芙和迈斯鲁尔生活在一起,无忧无虑,吃喝玩乐,生活乐融融,相处快慰多,直至天命竭尽,各奔东西。

讲到这里,莎赫札德戛然止声。
妹妹杜娅札德说:"姐姐,你讲的故事真精彩,真动人,真美妙!"
莎赫札德说:"如蒙国王陛下厚恩,能再留我一夜,这与我来晚将要讲的故事相比,就算不上什么精彩、美妙、动人了。"

听莎赫札德这么一说,舍赫亚尔国王心想:"凭安拉起誓,我不能杀她,我要把故事听完……"想到这里,他说:"天色还早,接着讲吧!"

莎赫札德开始讲《努尔丁与玛丽娅》的故事:

相传,很久很久以前,埃及有位商人,名叫塔基丁。他是当时有名的富商,也是自由民的一位头领。

塔基丁为了经商赚钱,经常外出旅行,他穿越旷野、荒漠、平原和山林,到过许多海岛,走了许多国家。他经历过无数艰险,若讲给孩子们听,会把他们吓得头发变白。

塔基丁资本雄厚,且口齿伶俐,能言善辩。他家中奴婢成群,养着无数匹骆驼,货物堆积如山,其中有霍姆斯产的布帛,巴勒贝克产的绸缎,信德产的匹头,麦尔夫产的衣饰,印度产的布料,巴格达产的纽扣,马格里布产的头巾和斗篷……各地货物应有尽有。他家里的女奴,有的来自土耳其,有的来自埃塞俄比亚,有的来自希腊,有的来自埃及当地。

塔基丁家财万贯,喜欢讲排场,就连包货用的袋子都是丝绸做的。他面容英俊,待人谦和,豁达开朗,诗人这样赞美他:

世上一巨贾,慕者赏其容;赞词不绝口,一时乱哄哄。
他问嚷什么?我来道分明:他们都争夸,你的亮眼睛。

诗人还赋诗赞曰:

世有一商人,一日访我们;初看他的眼,如主离六神。
神失何所为?商人开口问。巨贾听我答:你眼真迷人。

塔基丁有个儿子,名叫努尔丁。

努尔丁相貌英俊,眉清目秀,身材匀称,恰似十四日夜晚悬挂在中天的一轮圆月。

有一天,努尔丁像往常一样,坐在父亲的店铺里经营生意。他的周身聚集着多位商人们的儿子。努尔丁前额光亮,面颊白里透红,肌肤洁白如玉,在那些孩子们之间,简直就像众星围捧下的明月。诗人这样赋诗赞美他:

美少年开口,请君描绘我。我云你俏丽,身姿且婀娜。
描绘一语足,简言对你说:你身上一切,俱美言甭多。

另有诗人描绘努尔丁:

洁白面颊上,一裸黑痣点;如同龙涎香,一滴落玉盘。
明眸闪亮光,内藏两把剑;安拉至大兮,似对寇呐喊。

一天,商人的儿子们陆续来到努尔丁的身边,对他说:"喂,努尔丁,我们今天想到一个大果园里玩儿一玩儿,你想跟我们一道去吗?"

努尔丁说:"这要等我父亲回来,和他商量一下再决定;没有父亲的同意,我是不能去的。"

他们交谈时,努尔丁的父亲塔基丁来了。

努尔丁望着父亲,说道:"爸爸,朋友们约我到一座漂亮的果园去玩儿,你让我去吗?"

父亲说:"孩子,可以去。"

父亲给了努尔丁一些钱,随口说:"孩子,你跟他们一起去玩儿玩儿吧!"

商人的儿子们各自骑上自己的骡子,努尔丁也骑上一匹骡子,一起向那座大果园走去。

那是一座令人向往、使人赏心悦目的绝美大果园。园墙坚固高大,园门呈大拱形,像巍峨宫殿的殿门,又像天堂的大门,看守果园大门的人名叫里德旺。

那座大果园种有一百架各种颜色的葡萄,红的像红珊瑚,黑的像苏丹人的肤色,白的像鸽子蛋。园中还栽种着桃树、石榴树、梨树、苹果树等各种果木。

讲到这里,眼见东方透出黎明的曙光,莎赫札德戛然止声。

第八百六十四夜

夜幕垂降,莎赫札德接着讲故事:

幸福的国王陛下,商人的儿子们各自骑上自己的骡子,努尔丁也骑上一匹骡子,一起向那座大果园走去。

那是一座令人向往、使人赏心悦目的绝美大果园。园墙坚固高大,园门呈大拱形,像巍峨宫殿的殿门,又像天堂的大门,看守果园大门的人名叫里德旺。

那座大果园种有一百架各种颜色的葡萄,红的像红珊瑚,黑的像苏丹人的肤色,白的像鸽子蛋。园中还栽种着桃树、石榴树、梨树、苹果树等各种果木。

这些商人的儿子进到园中,眼见那些各样的果子,不禁垂涎欲滴。他们看见一串串不同颜色的葡萄,立即想起诗人的描绘:

葡萄美味如香醇,漆黑色似乌鸦身。
掩映叶下光熠耀,似染指甲艳妇人。

诗人又云:

葡萄垂下一串串,自叹枝干瘦可怜。
生时如水存容器,熟来佳酿胜蜜甜。

他们来到果园的凉亭前,见果园看门人里德旺坐在那里,就像那天堂大门的看守里德旺。

他们看见凉亭门上刻着这样一首诗:

安拉浇园果成串,汁满枝垂景焕然。
微风吹来枝条舞,狂飙摘果珠落盘。

他们走进凉亭,但见亭里书写着这样的诗句:

朋友游园乐无穷,开心消忧尤轻松。
微风习习衣角起,鲜花香穿客袖中。

那座果园里栽种着各种果树,各种鸟儿在树枝间翻飞鸣唱,有夜莺、斑鸠、麻鹬、鸽子等。那里溪渠纵横,流水清清,蜿蜒淌过

3513

果树、花草之间，美景如画，令人流连忘返。正像诗人吟诵的那样：

> 轻风缓行枝条上，颇似少女披盛装。
> 潺潺溪流淌如诉，骑士拔剑闪寒光。

诗人又云：

> 溪流穿行林木间，动心景色入眼帘。
> 微风晓知慷慨意，左右不离花木边。

果园中树上的果子成双成对。那里有一种石榴就像凯鲁万①城的木球，诗人有诗赞曰：

> 石榴薄皮籽丰满，恰似少女乳峰圆。
> 剥开外皮始显露，红宝石光耀人眼。

诗人又云：

> 排排石榴籽，挤满薄皮内，如同红宝石，锦袍里上缀。
> 眼见圆石榴，心思觅同类：少女乳峰耸，圆顶石壁垒。
> 石榴可医病，先知有教诲；安拉亦有言，经书文中垂。

园中有一种苹果，香甜可口，惹人注目，令人赞叹，正如诗人

---

① 凯鲁万，突尼斯的一座名城，亦译作"开旺"。

所云：

> 苹果集二色，情侣双颊间。
> 映在树枝上，粲然现奇景：
> 一个闪金光，一个黑洞洞。
> 相互拥抱时，诽谤言忽生；
> 红的带羞色，金色表爱情。

园中种植着多种杏树，其中有巴旦杏、卡夫尔杏、吉拉尼杏、安塔比杏等。诗人曾赋诗描绘道：

> 甜仁巴旦杏，声声唤情郎；
> 情郎忽焉至，她却神惊惶。
> 确系怀春女，心开果皮黄。

诗人又云：

> 抬眼且看杏花红，色艳诱目果园中。
> 如同繁星闪亮光，叶下枝条尽欢兴。

那座果园还种着能够入药祛痰的李子、枣子和青梅。无花果树上的果子红绿相间，颇引人注目，诗人有诗曰：

> 无花果子色呈白，绿叶掩映妙自在。
> 罗马人站宫殿顶，过夜不肯放盾牌。

诗人又云：

美哉无花果,盘盛摆上桌。恰似席中珍,惜少围坐客。

诗人赞道：

无花果味美,衣着色鲜有。
不妨亲口尝,香甜一并收。
放在盘子上,如同绿丝球。

诗人又写道：

我爱无花果,众人甚惊诧,
问我因何在,我坦然回答：
喜欢树者众,爱果唯在下。

诗人还云：

我爱无花果,胜过众果王;待到成熟时,仍站鲜枝上。
颇似虔修士,含雨云相像;只因畏安拉,泪水不住淌。

那座果园里有许多种梨树，有野生的，也有移自沙姆和希腊的品种，色泽各不相同，有的黄中带绿，令人看后甚感惊异。

讲到这里，眼见东方透出黎明的曙光，莎赫札德戛然止声。

第八百六十五夜

夜幕垂降,莎赫札德接着讲故事:

幸福的国王陛下,那座果园里有许多种梨树,有野生的,也有移自沙姆和希腊的品种,色泽各不相同,有的黄中带绿,令人看后甚感惊异。正像诗人所描绘的那样:

梨皮朝黄变,你必更喜欢,恰似闺房女,薄纱遮脸面。

果园里有一种桃子,名叫"君王桃",皮色黄红混合,诗人赞之曰:

园中有种桃,身穿深红衣,酷似黄金锭,面上点血滴。

园中有一种巴旦杏,味道极为甜美,很像椰枣,杏仁外包着三层皮,如同皇服,有诗赞曰:

鲜嫩肌体外,裹着三重衣。
与主创造形,相比不统一。
何当日与夜,无罪遭禁闭?

诗人又写道:

掌中巴旦杏,细看且品味,剥皮见杏核,似珠刚离贝。

诗人还写道:

青青巴旦杏,其美不胜收,
个儿最小的,亦可抓满手。
如同男子汉,胡须刚显露。
剥皮见核仁,单双个均有。
好似白珍珠,留在贝壳中。

更有诗人赞道:

巴旦杏花放,其美世稀罕。长到腮泛绿,头前生白烟。

园中栽种着许多酸枣树,枣子有的成双成对,也有的是单个的。诗人有诗赞曰:

长圆枝上枣,每日换新装。
眼见小枣儿,渐而色变黄。
恰似小金铃,悬挂翠枝上。

园中栽种着香橙树,诗人这样赞美香橙:

香橙手中赏,红得真可爱;外皮红似火,内里如雪白。
雪见火不溶,说来好奇怪;有火不见光,更诱人思猜。

诗人又云：

　　香橙树茂叶繁盛,香橙果大好姿容,
　　正像妇女面颊美,节日身裹艳装中。

诗人有诗赞曰：

　　微风入橙林,枝随微风摆。香橙绽笑容,问候意传来。

诗人还写道：

　　偶遇一美男,诗咏香橙园。摘橙似摘火,园美像容面。

果园中栽种着香橼,皮呈金黄色,果子从树枝上垂下来,就像一枚枚金球。诗人这样描绘：

　　曾见香橼树,果压枝低垂;风吹枝条摆,沉甸果似金。

园中栽种着佛手柑,果子从树枝上垂下来,就像少女那丰隆的乳房,令人浮想联翩。诗人赞曰：

　　举目赏看佛手柑,枝像妙龄女身段。
　　清风吹来翩跹舞,黄玉金珠光灿灿。

园中还种着柠檬,香味四溢,有鸡蛋那样大,金黄色的外皮煞

是美丽,颜色与香味表明采摘的季节到了。诗人有诗写道:

> 柠檬果子熟,耀眼放光华;外形像鸡蛋,似染香红花。

那座花园里不仅仅有各种果树,而且还有各种奇花异草,如茉莉花、指甲花、郁金香、千日红、各色玫瑰、大车前、马蛇狮尾花、倒提壶等,应有尽有。那真是世间绝无仅有的一座花果园,仿佛人间天堂一角,一个病恹恹的人进到园里转上一圈,当他再出来时,就会变得像一头雄狮,精神抖擞,斗志昂扬,无所不能,那座花园中所发生的种种奇闻怪事,真是说不完也数不清,只有在天堂里才会有那种种怪事奇闻。说来也巧,天堂里的守门人名叫里德旺,那座果园的看门人也叫里德旺;当然,两位里德旺之间有着霄壤之别,不可同日而语。

那伙商人的儿子在果园里游览了一番,又看了看那里的厅堂楼阁,然后来到一个厅堂里坐了下来。

他们让努尔丁坐在厅堂中央一块儿金丝绣边的皮毯上……

讲到这里,眼见东方透出黎明的曙光,莎赫札德戛然止声。

❖ 第八百六十六夜 ❖

夜幕垂降,莎赫札德接着讲故事:

幸福的国王陛下,那伙商人的儿子在果园里游览了一番,又看了看那里的厅堂楼阁，然后来到一个厅堂里坐了下来。

他们让努尔丁坐在厅堂中央一块儿金丝绣边的皮毯上，背倚着一个用鸵鸟羽毛填充的灰色圆靠枕，又递给他一把鸵鸟羽毛扇。

努尔丁细看那把鸵鸟羽毛扇，只见上面题着一首诗：

> 羽扇溢香气，令人思华年。芬芳时扑向，高贵青年面。

青年们摘掉缠头巾，脱掉外衣，坐下来，开始聊天。他们都把目光集中在努尔丁身上，欣赏他那英俊的面容。

他们坐了不大一会儿，只见一个仆人头顶着一大托盘食物送到他们面前，那是他们当中的一个人来果园之前嘱咐家人为他们预备的饭菜。

仆人放下托盘，但见大大小小的玻璃盘里盛着各种美味佳肴，其中不乏飞禽、走兽和海鲜，像烤沙鸡、炖鹌鹑、烤羊肉、熏鸽子、烧鱼等，一应俱全。

大家吃饱喝足，用清水和麝香肥皂洗过手，然后用金丝绣花手帕擦干。他们把一块儿绣着金线的丝帕递给努尔丁，让他擦手。片刻后，仆人给他们送来咖啡，他们津津有味地喝了起来。

他们边喝咖啡边聊天时，忽见一个园丁提着一篮子玫瑰花走来……

园丁向青年们问过安好，然后说："诸位兄弟，你们说这些花美吗？"

青年们异口同声："太美啦，尤其玫瑰花最好看。"

园丁说："说得太对啦，花真美。不过，照我们的老规矩，谁想要花，就得当场吟上一首咏花诗。"

他们一共有十人，其中一个青年说："给我一束花，我来吟一首诗。"

园丁递给那个青年一束玫瑰花,青年接过花,吟诵道:

我爱红玫瑰,百看不觉厌。万花皆兵卒,玫瑰握帅权。
玫瑰身隐去,兵卒皆欢然;玫瑰复出现,百花自甘贱。

园丁递给第二个青年一束玫瑰,他接过花,开口吟道:

这束玫瑰花,恭请先生拿。会使你想起,麝香香天下。
花似窈窕女,情人偶看她;她忙抬起臂,借袖掩秀发。

园丁递给第三个青年一束玫瑰,只听他当即吟道:

玫瑰实可贵,悦目又赏心;世间无可比,其香胜甘醇。
枝条绽绿叶,花抱怀中吻;如同嘴亲嘴,亲密不可分。

园丁递给第四个青年一束玫瑰,那青年拿着花吟道:

玫瑰长成树,莫非君未见?蓓蕾一排排,站在树头尖;
就像红宝石,黄玉镶着边;又似口含金,光芒明闪闪。

园丁递给第五个青年一束玫瑰,那青年欣然吟道:

枝干如碧玉,负担多沉重;枝上花与果,皆由金铸成。
叶上落雨点,纷纷朝下倾;如同眼帘倦,珠泪倘若洪。

园丁递给第六个青年一束玫瑰,那青年吟道:

  赞声玫瑰花,百美集于你;安拉藏秘密,在你肌体里。
  你像情人面,幽会时有戏;情侣相亲吻,依偎表思意。

园丁递给第七个青年一束玫瑰,那青年吟道:

  借问玫瑰花,为何周身刺?每当人触摸,无不被伤之。
  玫瑰开言答:百花皆兵士;我是总统领,利器便是刺。

园丁递给第八个青年一束玫瑰花,那青年欣喜不已,开口吟诵道:

  多蒙主恩泽,玫瑰色呈黄;艳丽不胜述,活像金一样。
  枝条壮且俏,花开绽亮光;仿佛撑托着,数颗金太阳。

园丁递给第九个青年一束玫瑰花,那青年欣然吟道:

  金黄玫瑰花,最勾情人心。细赏茎与叶,自然想到根。
  想来好奇怪,不禁要发问:本来浇银水,何以果似金?

园丁递给第十个青年一束玫瑰花,那青年高兴地吟道:

  曾见玫瑰军,雄壮威风在;持黄又顶红,气势多豪迈!
  我好有一比,诸位听开怀:刺如绿石矛,手握金盾牌。

每个青年都拿到了一束玫瑰花，园丁走去端来酒和酒具，放在他们面前的一个金边大瓷碗里，然后吟诵道：

> 黎明呼劝酒，堪使智变蠢。酒液清透明，杯酒两难分。

园丁吟罢，满上一杯酒，随后举杯，一饮而尽。接着，青年们轮流举杯，终于轮到塔基丁的儿子努尔丁喝酒了。

园丁斟满一杯酒，递向努尔丁，努尔丁却不接，而是说："你知道这是什么东西，而我不知道，且从没有喝过。因为这种东西里蕴含着大罪过；在伟大、万能之主的书中，它被列为禁物。"

园丁说："努尔丁先生，如果不喝它仅仅是怕犯罪过的话，我可以告诉你，伟大安拉是仁慈的、宽厚的，他能宽恕大罪过，且怜悯犯罪的人。愿安拉怜悯诗人，因为诗人曾这样说……"

园丁高声吟诵道：

> 怎想就怎办，安拉宽胸襟。纵使有过错，亦不必担心。
> 世上有两事，千万莫接近：一是拜多神①，二是坑害人。

一个伙伴劝说努尔丁："努尔丁，没关系，喝一杯吧！"

另一个伙伴以休妻立誓劝努尔丁喝酒，接着又有一个青年走上前去，站在努尔丁的面前，力劝他喝酒。

这时，努尔丁觉得不好意思再拒绝，于是从园丁的手里接过酒杯，喝了一口，随即吐了出来，并且说："这东西太苦了！"

园丁说："努尔丁先生，如果没有这种苦味，它也就没有那么

---

① 意指信多神教。

多好处了。你要知道,一切用于医病的甜东西,吃到嘴里都是苦的。这种酒有很多益处,它可以帮助消化食物,消愁解忧,消除胃肠充气,活血化瘀,增加血色,振奋精神,增强体力,鼓舞斗志,还可以提高性欲呢!要谈起酒的功用,真是一言难尽,说起来话长啊!我还是给你背一首诗吧!"

园丁朗诵道:

举杯开怀饮,但求主宽谅。喝下杯中物,百病一扫光。
酒会生罪过,此话怎可讲?酒中益处多,至理不能忘。

园丁吟罢,站起身来,打开厅堂中的一个小房门,取出一块儿砖糖,砸下一大块儿糖来,放在努尔丁的酒杯里,并且说:"小主公,你如果怕酒的苦味,我给你加上一块儿糖,现在酒已经变甜,请喝吧!"

努尔丁举杯一饮而尽。另一个青年给努尔丁又满上一杯,说:"老爷,我是你的奴隶,请喝下奴才为你斟的这杯酒。"

努尔丁只得喝下。第二个青年站起来,给努尔丁斟满酒,然后说:"我来敬你一杯。"

努尔丁举杯仰脖,一饮而尽。第三个伙伴接着倒上一杯,劝道:"努尔丁,给我一点儿面子呀……"

努尔丁举杯喝了下去。第四个青年为努尔丁满上一杯,力劝道:"先生,不能只喝他们的,不喝我的呀!"

努尔丁又喝了下去。就这样,一连九个伙伴敬酒,使得平生滴酒未沾的努尔丁顿觉头重脚轻,醉意朦胧,舌头失灵,结结巴巴地说:"伙伴们,凭安拉起誓,你们一个个相貌英俊,谈吐大方,举止端庄,可惜美中不足的是缺少歌和乐。有酒无歌,难以尽兴。有诗为证啊!"

努尔丁吟诵道:

取酒明月手,老幼轮把盅。
纵酒须放歌,无乐难尽兴。
君可见骏马,饮水伴哨声?

这时年轻园丁站起身来,走去骑上他们的一匹骡子,出了园门。

过了不大一会儿,园丁带着一位埃及姑娘回到果园中。

那姑娘皮肤白嫩,就像摆放在瓷盘中的银币,又像是原野上的一只羚羊,面容足以使光辉的太阳害羞。她生着一对明亮的夜莺眼,一双弯弯似弓的眉毛,面颊像玫瑰花一样,红里透白、白里透红;牙齿像珍珠,整齐而洁白;嘴唇薄而舒展,满脸福相;她腰肢纤细,臀部丰隆,两条腿就像沙姆的溪水,中间夹的那样东西就像包袱里的钱袋。诗人这样赋诗赞颂这位美丽的埃及姑娘:

多神教徒们,如若见她面,顷刻弃偶像,拜她为神仙。
东方修道士,若见她的脸,即离向东路,脸朝西方转。
她若临海边,涎水落海面,海中苦咸水,立刻会变甜。

诗人又云:

明妍胜皓月,抹着黑眼睑,出现似羚羊,似遭狮恿赶。
乌发垂额前,如同夜幕帘,发似一帐篷,未用桩绳揽。
红润面颊上,似火在炽燃,何以火焰盛,发自心与肝。

当代美女们,见她即起站,手高举过头,齐声把主赞。

诗人还赞美道:

她来看我们,不便因有三:一怕人盯视,嫉妒谣言传;
二怕首饰响,额头光灿灿;三怕身上衣,香气四溢散。
额头与首饰,可用衣袖掩;周身香气味,无法将其瞒。

那姑娘面目姣好,体态婀娜,风姿绰约,真像十四日夜晚中天悬挂着的那轮圆月。她身着天蓝色衣裙,头戴一块儿淡绿色纱巾,风韵可人,人见人爱,令观者心荡神驰。

讲到这里,眼见东方透出黎明的曙光,莎赫札德戛然止声。

第八百六十七夜

夜幕垂降,莎赫札德接着讲故事:

幸福的国王陛下,那姑娘面目姣好,体态婀娜,风姿绰约,真像十四日夜晚中天悬挂着的那轮圆月。她身着天蓝色衣裙,头戴一块儿淡绿色纱巾,风韵可人,人见人爱,令观者心荡神驰。
正像诗人所描绘的那样:

蓝衫少女翩翩至,如同天色正放晴。

细观蝉翼衣衫后,似觉夏月冬空悬。

更有诗人的传神妙笔写道:

她戴面纱来,我对姑娘讲:揭纱露露你,似月美面庞。
姑娘开言道:只怕羞外扬。我言平常事,不必多思量。
姑娘撩面纱,貌美闪奇光;水晶石纷落,装点宝玉上。
因爱欲杀之,送她入天堂,待到世末日,等她告我状。
但期审判日,相携面主上;她多看看我,审判时盼长。

园丁把姑娘带到小伙子们的面前,对姑娘说:"美丽的小姐,你像星星,你像月亮。我们请你到这里来,为了让你陪这位漂亮的小伙子对坐共饮。这位漂亮小伙子名叫努尔丁。他是头一次到我们园中来游玩儿。"

姑娘说:"假若我早知道你是为此让我而来,我会把那件东西带来的。"

园丁说:"小姐,我去给你取来。"

"那你就去吧!"

"你给我一件什么东西作凭据呀!"

姑娘掏出一块儿手帕,顺手递给了园丁。

园丁转身出了园门,一个时辰后,带来一个金丝绣花绿绸袋。

姑娘接过绸袋,解开袋口,取出三十二块儿木条,榫头对榫眼,榫眼对榫头,从容、熟练地安装起来,霎时之间,组成了一架结构完整、精致美观的印度木琴。接着,她像母亲抚爱婴儿那样俯下身去,用手指轻弹琴弦,随即响起幽雅、轻柔、悦耳的琴声。木琴似怀想故土,思念自己出生、成长的地方,思念那里的高山流水,更使人联想到采集木料、制作木琴的木匠,油漆木琴的油漆匠,带来木琴的商贾,运来木琴的船只。那琴声如泣如诉,仿佛姑娘在向木琴询问那些情况,木琴似在用诗作答:

我本林木间,枝叶绿葱葱;夜莺来筑巢,我甚怜其情。
夜莺鸣枝头,我深会其声;我的神与秘,因之晓众生。
忽焉祸临头,走来伐木翁。将我砍倒地,瘦琴制成功。
屡被指敲击,忍耐万事终。对酒和歌者,拉我来助兴;
叫我歌悦耳,霎时醉朦胧。主人怜惜我,每必置怀中。
世有妖艳女,秀目胜美羚;抱我匀称体,奏出乐动听。
安拉恩高厚,成全人间情;有情成眷属,相偕白头同。

姑娘沉默片刻,又抱起木琴,弹奏了数支曲子,然后开始重弹第一支曲子,边弹边唱道:

钟情若是罪,思恋罪何有?但见一夜莺,吵闹在枝头;
就像一情侣,被逐出门口。请你站起来,快快迈步走。
风清皓月明,幽会正时候。嫉妒者粗心,会面乐易酬。
四种花备齐,幽会助兴头:玫瑰紫罗兰,素馨翁白首。
四趣截齐备,月下一并收:友谊与爱情,金圆加美酒。
尽享今世乐,千万莫迟忧;欢情顷刻逝,佳话随世留。

努尔丁边听姑娘吟唱诗句,边目不转睛地望着姑娘,因爱慕之心强烈,一时难于抑制满腔的激情。

姑娘望着在座的那些富商的儿子,发现努尔丁长得特别漂亮,在那些小伙子中间,他就像一轮明月,周围有众星相捧。努尔丁举

止文雅,言谈庄重,身材匀称,相貌堂堂,春风满面,性情温柔,正像诗人所描绘的那样:

英俊容与貌,潇洒风度展。衣衫柔且宽,明眸能射箭。
发似夜漆黑,青春活力漫。眉毛掩睡眼,挡住我视线。
令行我即行,令止我即站。灾难生双鬓,足将情侣斩。
面似红玫瑰,腮上胡须满。微笑浮双唇,白玉唇间现。
身段似杨柳,挺胸直视前。臀部健且美,动静见腰间。
身着丝绸衣,漂亮轻且软。呼出气味香,随风四飘散。
新月是甲屑,见之艳阳赞。

讲到这里,眼见东方透出黎明的曙光,莎赫札德戛然止声。

第八百六十八夜

夜幕垂降,莎赫札德接着讲故事:

幸福的国王陛下,努尔丁听完姑娘的吟唱,惊叹她的琴技和诗才,而且已有几分醉意。他称赞姑娘,随口吟道:

世有一乐女,技艺惊人寰。琴声令我醉,无酒自倒瘫。
琴女开言道:主恩天地宽;若非安拉赐,何见此琴弦!

姑娘听努尔丁吟罢诗,眼见小伙子英姿勃勃,身材匀称,风度

翩翩,仪表堂堂,不禁用怀春的目光望了望努尔丁,倾慕、喜爱之情难以抑制,随即抱起木琴,边弹边唱道:

> 我望他一眼,换来是责斥。他勾去我魂,身却远离此。
> 他离我远去,我心他全知;仿佛唯一主,早已作暗示。
> 我把他形象,绘在我手指;我对月光言,切请信任之。
> 我眼未发现,谁能替代之。若在他那里,我情难抑制。
> 唤声我的心,心眼已迷失。因为你正是,嫉妒者所指。
> 我唤我的心,请你忘却之;我心却只把,他的形象思。

姑娘吟唱完诗歌,努尔丁听到姑娘的诗意美、口才好、声音甜润,心中敬佩不已,不禁打内心深处爱上了这位美丽姑娘,再也忍耐不住,把身子侧向姑娘,将姑娘紧紧搂抱在怀里;姑娘也紧紧把努尔丁抱住,连连亲吻努尔丁的眉心,而努尔丁则毫无顾忌地与姑娘接吻。就这样,一对男女,搂搂抱抱,又亲又吻,致使在座的人见此失常行为,无不大为吃惊,纷纷站了起来,都想抬脚离去。

见众人想躲开,努尔丁觉得有些害羞,这才松开了手。

姑娘也觉得有些难为情,她抱起木琴,连弹数支曲子,再回头弹奏第一支曲子,边弹边唱道:

> 当他弯腰时,明月映眼帘;他眷恋凝视,羚羊感羞惭。
> 他统领大军,国王般威严;他冲锋刺杀,身材似矛杆。
> 他的慈悲心,如腰肢柔软,因此他不会,伤害其同伴。
> 他的心残酷,他的腰肢软;我们不逃离,静守他身边。
> 责斥我爱者,还期原谅俺;他的美永驻,我终归主前。

努尔丁听姑娘吟唱的诗歌美妙,乐声悦耳,心中不胜惊异,他吟诵道:

> 在我想象中,她是艳阳友。她的火焰烈,直烧我心头。
> 她只抬指尖,便可表问候。暗表一敬意,于她何妨有?
> 瞧她美容貌,无不惊回头;俱赞她俊俏,巾帼女中首。
> 目光射利箭,不晓我烦忧;我辈受屈辱,异乡度春秋;
> 钟情成俘虏,日夜泪涕流。

努尔丁吟罢诗,姑娘听小伙子口齿伶俐、文采斐然,心中甚为钦佩,遂抱起木琴,边弹边唱道:

> 唤声心上人,凭你脸起誓:希望在今后,决不离开你。
> 即使你远去,身影仍在此;你离我眼前,想你得慰藉。
> 令我寂寞者,我心你当知;缺少你的爱,我难静心思。
> 你生玫瑰颊,涎香咖啡似;趁此相聚机,赐我品尝之?

努尔丁听了姑娘的吟唱,高兴极了,由衷赞叹她的诗才。努尔丁和诗对吟道:

> 圆月隐天际,旭日露薄明;前额映晨光,皆倚纱开缝。
> 且止我眼泪,轻语表爱情。或许有射手,箭且慢搭弓;
> 因为我的心,尚在发誓中。我的泪水似,尼罗河水倾;
> 你的友情像,泛后地待耕。姑娘开言道:钱往我手送!
> 我对姑娘说:伸手请稍等。姑娘又开口:请睡此房中。
> 我对姑娘说:你令我必从。

姑娘听努尔丁的诗句优美,口才出众,心中敬佩,遂将他紧紧搂抱在怀里,热烈亲吻,整个身心都溶化在爱情里。片刻后,姑娘又抱起木琴,边弹边唱道:

可恶责难者,尽吐荒唐言。我该抱怨他,还是诉不安?
万未预料到,爱你惹麻烦。我曾严责斥,世间钟情男;
今向责斥者,诉说我屈贱。我斥钟情人,时间在昨天;
今日我却想,他们情可原。若因离开你,一日降灾难;
我将呼你名,向安拉求援。

姑娘接着唱道:

世有怀春女,如此表心弦;情郎若拒绝,给我浓香涎,
我即求世主,全力赐支援。主必开口道:保你偿心愿。

努尔丁听罢姑娘的弹唱,对她的口才、诗才连声称赞,并且感谢她以高超的技艺给他们带来了美好享受。

姑娘听了努尔丁的赞美和感谢之言,心中欣喜难抑,急忙站了起来,脱下身上的华丽衣衫,摘下自己的首饰,然后坐在努尔丁的腿上,连连亲吻他的眉心和面颊上那颗美人痣,并且把衣物和首饰都当作礼物赠送给努尔丁……

讲到这里,眼见东方透出黎明的曙光,莎赫札德戛然止声。

第八百六十九夜

夜幕垂降，莎赫札德接着讲故事：

幸福的国王陛下，努尔丁听罢姑娘的弹唱，对她的口才、诗才连声称赞，并且感谢她以高超的技艺给他们带来了美好享受。

姑娘听了努尔丁的赞美和感谢之言，心中欣喜难抑，急忙站了起来，脱下身上的华丽衣衫，摘下自己的首饰，然后坐在努尔丁的腿上，连连亲吻他的眉心和面颊上那颗美人痣，并且把衣物和首饰都当作礼物赠送给努尔丁，同时说："亲爱的，礼品的价值要取决于送礼者的分量。"

努尔丁收下姑娘赠送的礼物，紧接着又把礼物回赠给她，并且热情亲吻她的嘴、面颊和眉心。

片刻后，努尔丁站起来，姑娘急切地问道："先生，你要去哪里？"

努尔丁回答道："我该回家了。"

商人的儿子们再三劝说努尔丁，要他留在果园里过夜，努尔丁坚决不肯，走去骑上自己的骡子，离开了那里。

努尔丁回到家中，母亲站起来迎接儿子，问道："孩子，你怎么到现在才回来呢？凭安拉起誓，你可使我太担心了，也使你爸爸很着急，我和你爸爸一直在等你呀！"

母亲走上前去，吻了吻儿子，发现儿子满口酒腥气，便说："孩子，做礼拜、拜安拉之后，怎么还能违犯禁忌，贪杯饮酒呢！"

母子俩正在谈话时,努尔丁的父亲回来了。

努尔丁走去躺在床上,睡起觉来。

父亲问:"努尔丁怎么无精打采的呢?"

母亲说:"他去果园玩儿了好长时间,有点儿头痛。"

父亲走到努尔丁的床边,想问问他的情况,不料闻到儿子满嘴酒气。

塔基丁向来不喜欢喝酒的人,他对儿子努尔丁说:"你这个该死的东西!你怎么荒唐到了酗酒的地步?"

努尔丁听父亲这样责骂他,醉醺醺地一挥手,巧得很,一拳打在父亲的右眼上,不料眼珠脱眶而出,耷拉在了面颊上,父亲登时疼得昏倒在地。

家人赶忙给塔基丁的脸上洒过玫瑰水,过了约莫一个时辰的工夫,他方才从昏迷中苏醒过来。

塔基丁想狠狠地揍儿子一顿,母亲坚决阻拦。塔基丁说他决心已定,明天早晨非剁了儿子的右手不可。母亲听后,心中不安,生怕儿子有个好歹,再三劝阻塔基丁,试图使丈夫放弃原来的想法,直至塔基丁体力不支,走去睡觉了。

夜幕垂降,月亮爬上东山,母亲来到儿子身边。

这时,努尔丁已从醉意中清醒过来。母亲说:"努尔丁,你究竟发的是哪份儿昏,竟然把你的父亲伤得那样重?"

努尔丁惊愕不已,忙问:"妈妈,我怎么伤了父亲呀?"

"你一拳把你父亲的右眼打瞎了!他说明天早晨非把你的右手剁掉不可。"

努尔丁得知自己闯下了大祸,万分后悔,然而后悔已无济于事。

母亲说:"孩子,后悔也没有用了,你还是赶快起来逃命吧!

你先躲到一个朋友家去,等待安拉搭救你,情况会有变化的。"

说着,母亲走去打开钱箱子,取出装有一百第纳尔的一个钱袋,递给儿子,并且叮嘱说:"孩子,你带上这些钱,快逃命吧!你用完这些钱后,给我捎个信儿,我再想办法给你捎去。你有什么情况,设法偷偷告诉我。但期安拉赐条生路给你,让你日后平安回到家中。"

说到这里,母亲声泪俱下,哭成了一个泪人。

努尔丁坐起来,从母亲手中接过钱袋,正要出门之时,发现钱箱旁边放着母亲忘记放回去的一个大钱袋,里面有一千第纳尔,他立即走去,顺手抄起来,连同那个小钱袋绑在自己的腰上,然后告别母亲,离开家门,走出胡同,向布拉格区走去。

当努尔丁来到布拉格区时,天色已亮,做完晨礼的人们纷纷走出家门,各奔自己的谋生之路去了。

努尔丁来到布拉格区,正沿着尼罗河岸走,忽见一条船停泊在河边,上下船的人很多,且有四个水手站在船上。见此情景,努尔丁走上前去,问水手们:"喂,兄弟,这船要开往哪里呀?"

水手们说:"去亚历山大城。"

"让我搭船和你们一道去亚历山大吧!"

"好一个漂亮的小伙子,欢迎你!请上船吧!"

努尔丁感到高兴,转身走到市场上,买了一些需要的东西,其中有吃的和喝的,还有被褥,然后回到河边,登上船去。

努尔丁上船不大一会儿,船就开了。

船开至莱什德城,努尔丁看见一条开往亚历山大城的小船,随即下了大船,登上那条小船。

小船穿过河湾,行至一座名叫"加米桥"的桥下,努尔丁下了船,穿过西德莱门,由于安拉的护佑遮掩,连守城门的士兵都没有发现他,他就进了亚历山大城。

讲到这里,眼见东方透出黎明的曙光,莎赫札德戛然止声。

第八百七十夜

夜幕垂降,莎赫札德接着讲故事:

幸福的国王陛下,努尔丁感到高兴,转身走到市场上,买了一些需要的东西,其中有吃的和喝的,还有被褥,然后回到河边,登上船去。

努尔丁上船不大一会儿,船就开了。

船开至莱什德城,努尔丁看见一条开往亚历山大城的小船,随即下了大船,登上那条小船。

小船穿过河湾,行至一座名叫"加米桥"的桥下,努尔丁下了船,穿过西德莱门,由于安拉的护佑遮掩,连守城门的士兵都没有发现他,他就进了亚历山大城。

努尔丁走进亚历山大城一看,只见那里城墙高大坚固,城中花园处处,显然是个人们喜欢安家落户的好地方。其时,冬天已经带着寒意离去,春姑娘也已带着鲜花来到人间,城中处处花开似锦,树木翠绿,果树也已结果,河水淙淙流淌。亚历山大城街道整齐,市容美观,守城的兵士都是从市民中挑选出来的精英,城门关闭之后,居民们可以高枕无忧。正像诗人所描绘的那样:

> 我有一挚友,出口即成章。
> 我求他描述,亚历山大港。
> 朋友开言道:美哉好地方!
> 我又询问说:生活怎么样?
> 朋友回答我:生计路宽广。

诗人又云:

> 亚历山大城,美妙一港口。
> 涎水甜如蜜,世惊皆翘首。
> 乌鸦不干扰,居此乐悠悠。

努尔丁沿着大街走去,先来到木器市,然后来到银钱市,继之走过蔬菜市、水果市和香料市,只见那里人来人往,熙熙攘攘,有买有卖,热闹非常。

努尔丁正漫步在香料市时,忽见一位老翁从一家店铺里走出来,向他问安致意,然后拉住他的手,领着他向自己家走去。

努尔丁跟着那位老翁走进一条胡同,那胡同里打扫得干干净净,洒过清水。绿树成荫,微风飘香。胡同里有三座房子,房基均坐落在水中,墙体高耸入云,房门前面的空地打扫得干干净净,且洒过清水,微风吹拂,花香扑鼻,人走到那里,仿佛步入了天园。胡同的地上铺着大理石,地面平整无比。

老人领着努尔丁走进其中的一座院子。进了房门,老人给努尔丁端来饭菜,陪着他吃喝罢,问努尔丁:"孩子,你是什么时候从米斯尔城来到这里的?"

努尔丁回答道:"老伯伯,我是今天才到这里的。"

"你叫什么名字?"

"我叫努尔丁。"

"孩子,你只要住在这座城市中,就不要离开我;如若不然,出了麻烦,我就要三次休妻了。我马上给你腾间房子,你就好好住在里边吧!"

"这是怎么回事呀?老伯伯,能把话给我说得明白些吗?"

老人说:"孩子,你有所不知,有一年,我带了一些货物,到米斯尔去做买卖。我把带的货物卖完后,又买了些货物,结果还缺一千第纳尔。就在这时,我遇到你的父亲塔基丁先生,他根本不认识我,也没让我写任何字据,便借给我一千第纳尔,解决了我的大困难。我回到本城后,派我的家仆专程把钱送还给你父亲,还带去一份薄礼。当时,我就看见你跟在你父亲的身边。那时你还小,如今长成大小伙子了。你父亲为我做了件大好事,帮了我的大忙,但期我还能借你来本城之机,报答你父亲的大恩。"

努尔丁听老人家这样一说,心中非常高兴,喜形于色,立即从腰间摘下那个装着一千第纳尔的钱袋,递给老人,并说:"老伯伯,我把钱寄存在你这里,打算用它办些货,在这里经商。"

从此,努尔丁在亚历山大城住下来,每天都到大街上去转一转,吃喝一顿,不久便把身上的那一百第纳尔花了个精光。

努尔丁身上没有钱时,就去找香料商老人拿钱,却发现老人不在店铺里,只好坐在那里,等候老人回来。

努尔丁坐在店铺前,不时左右观望,忽见一个波斯人骑着一匹骡子,身后坐着一个姑娘,朝市场走来,那姑娘皮肤白皙,好像银锭,又像是尼罗河里的桂鱼,或原野上的羚羊;她的容颜俊俏,足以令灿烂的艳阳感到害羞;她生着一双夜莺眼;牙齿就像雪白的珍珠;她腰肢纤细,身材苗条,亭亭玉立,秀目含娇,风韵可人。正如诗人所描绘的那样：

> 窈窕一淑女，天生随人意。身材正适中，不高亦不低。
> 颊浮红玫瑰，杨柳腰肢细。皓月脸上挂，麝香溢裙衣。
> 乌发垂漫肩，随风见飘逸。清水芙蓉花，无美堪与比。

波斯人离开骡背，将姑娘接下地来，随后大声喊道："经纪人在哪里？"

经纪人应声来到波斯人面前。波斯人对经纪人说："把姑娘领去，给她拍个价钱吧！"

经纪人把姑娘领到市场中，拿来一把象牙嵌花的黑檀木椅，让姑娘坐在椅子上，然后揭去姑娘的面纱，露出一张形同戴莱姆①盾牌、像星辰一般闪光的俊俏面孔，就像十四日夜晚的一轮明月，标致秀美，难以形容。正像诗人所描述的那样：

> 天上圆月亮，与她来比美；圆月急躲闪，怒中夹惭愧。
> 杨柳见其体，必自惭形秽。慨叹自是柴，只配樵夫背。

诗人又云：

> 靓女头上蒙，金丝织面纱。
> 如何待奴仆，请君问问她。
> 纱光与面光，足使大军垮。
> 倘人用目光，偷看她一下，

---

① 戴莱姆，今伊朗南部一个地区，古代以产漂亮盾牌而闻名。

她频有猛士,星箭射人瞎。

经纪人高声喊道:"商人朋友们,都来瞧一瞧,看一看哪!这是一颗由潜水者从海底采出来的明珠,有经验的猎手捕获的一只珍禽,哪一位愿意出个价?"
一个商人喊道:"我出一百第纳尔。"
另一个商人说:"我出二百第纳尔。"
第三个商人说:"我出三百第纳尔!"
……
就这样,商人们竞相加价,一直拍到九百五十第纳尔,方才没有人再往上加价了。
讲到这里,眼见东方透出黎明的曙光,莎赫札德戛然止声。

第八百七十一夜

夜幕垂降,莎赫札德接着讲故事:

幸福的国王陛下,经纪人高声喊道:"商人朋友们,都来瞧一瞧,看一看哪!这是一颗由潜水者从海底采出来的明珠,有经验的猎手捕获的一只珍禽,哪一位愿意出个价?"
一个商人喊道:"我出一百第纳尔。"
另一个商人说:"我出二百第纳尔。"
第三个商人说:"我出三百第纳尔!"
……

就这样，商人们竞相加价，一直拍到九百五十第纳尔，方才没有人再往上加价了。

经纪人走到波斯人跟前，对他说："先生，有人愿出九百五十第纳尔，你愿意卖掉这个丫头吗？"

波斯人说："丫头自己愿意不愿意，我还得听听她的意见。我长途跋涉，一路辛苦，多亏这姑娘细心周到地照顾我。我已向她发过誓，一定要把她卖给她所喜欢的人，让她自己卖自己。你就同丫头商量商量吧！如果她自己乐意跟那个商人走，就卖；如果她说不愿意，那就不要卖她。"

经纪人走回来，对姑娘说："喂，漂亮的小姑娘，你的主人让你自己做主呢！现在你的卖价已达到九百五十第纳尔，你同意成交吗？"

姑娘说："哪个想买我，成交之前，先让我看看买我的人！"

经纪人把她带到那个买主面前，只见那是一个老头子。姑娘看了看那个老头儿，然后转头对经纪人说："先生，你究竟是疯啦，还是精神有毛病？"

经纪人惊愕不已，反问道："姑娘，你怎么能这样说话？"

"你怎能把我卖给这样一个老态龙钟的老朽呢？难道你没听说过老人这样对妻子描绘他自己吗？"

"怎样描绘呀？"

姑娘对经纪人吟诵道：

妻有一事求，却未能如愿。娇妻发雷霆，开口吐怨言：
你若无能力，夫妻共枕眠，一日我偷情，你切莫埋怨。
银样镴枪头，正绘你乌颜；稍加手揉搓，顷刻变瘫软。

老翁这样描绘自己的金玉:

> 每思枕鸳鸯,金玉直犯愁。牢骚满腹堆,怨言频出口。
> 当我离家门,独自外出游,金玉欲刺杀,精神反抖擞。

另有诗云:

> 我的金玉怪,性情喜疏远;谁要敬重他,他却多抱怨。
> 我睡他起来,我起他入眠。谁要同情他,难得安拉怜。

那位老商人听了姑娘的嘲笑和奚落,不禁勃然大怒,对经纪人说:"你这个坏经纪!我来市场是做买卖的,不是听凭别人嘲弄、奚落、挖苦的。"

经纪人见那位老头儿发起脾气来,忙领着姑娘离开那里。经纪人对姑娘说:"姑娘呀,你要有点儿礼貌呀!你刚才奚落的这个老人,他是市场监督,商人们有事都得去求拜他。"

姑娘听经纪人这样一说,不禁笑了起来,随口吟诵道:

> 古今权势者,罪有俱应得:省督门上绞,权督监问过。

姑娘对经纪人说:"先生,凭安拉起誓,我不愿意把自己卖给这样一个糟老头子,请你另给我选一个买主吧!那个老头子说不定因为觉得不好意思而把我转卖给另一个人,使我遭受屈辱之苦。先生知道,关于我的事,要由我自己做主。"

经纪人说:"姑娘,就按你说的办!"

经纪人把姑娘带到另一个商人面前,问姑娘:"姑娘,我把你以九百五十第纳尔的价钱卖给舍里夫丁先生吧!"

姑娘望了望那个人,见那个人也是个老头儿,只不过胡子是染黑的。姑娘对经纪人说:"你究竟是个疯子,还是神经不正常,又想把我卖给这样一个糟老头子?难道我是一团乱麻线,或是一块儿破布,使得你带着我在老头子们中间兜售?你找的这两个买主不是即将坍塌的朽墙,就是被流星毁灭的妖魔。那第一个老头子,正是诗人所描述的那种老朽……"

姑娘开口朗诵道:

> 我欲吻她唇,她却开口道:凭主我起誓,此事办不到!
> 我本无欲望,亲吻白发老;莫非我嘴里,甘塞棉花套?

姑娘又朗诵道:

> 人们说发白,正是耀眼光,给人脸上增,威严和光芒。
> 白发上顶时,人已近死亡;黑发永留存,乃是我向往。
> 人道清算日,发白罪免降;即使果如此,白发非吾望。

姑娘还朗诵道:

> 一位无羞客,使我觉头痛。刀剑也比他,好处多几重。
> 白发已降临,黑发不复生。在我眼睛里,你比夜黑浓。

姑娘朗诵罢,说道:"那另一个老头儿嘛,他更是个有缺陷、有疑点之徒。他把白发白胡子染成黑色,更加丑不可言。诗人也曾描绘过这种人……"

姑娘朗诵道:

> 她说我见你,黑发是染的。我唤耳与目,却为瞒着你。
> 她哈哈大笑,继而又言及:怪哉果离奇,作假入发里!

姑娘又朗诵道:

> 须发染黑者,欲留青春驻。听我进一言,望君切记住:
> 把我那份黑,染上须发束;担保你此生,黑色不退除。

染胡须的那个老头儿听过姑娘朗诵的诗句,勃然大怒。他对经纪人说:"你这个下贱的经纪,该死的东西!你今天带到市场来的不是什么好货色,而是一个说话不干净的浪丫头。她把市场上的人骂了一遍,用歪诗挖苦、奚落我们,成何体统!"

说着,只见那个商人走过去,朝经纪人脸上重重地抽了一巴掌。

经纪人带着姑娘离开那里,边走边怒气冲冲地对姑娘说:"凭安拉起誓,我压根儿没有见过比你更不知羞耻的丫头!你今天的举动,既砸了我的饭碗,也断送了你的生计之路。就是因为你,我得罪了所有商人。"

二人正走着,路上遇到一个商人,名叫舍哈布丁,愿意再增加十第纳尔买那个姑娘。经纪人问姑娘是否乐意卖给他,姑娘说:"先让我看看他本人,然后再向他要一件东西,如果他家里有那件东西,我就卖给他;如果没有,就各走各的路。"

经纪人让姑娘站在那里等一等,自己走到舍哈布丁跟前,说:"舍哈布丁先生,姑娘说她要问问你家里有没有一件什么东西,如果你家里有那件东西,她就愿意卖给你。先生,姑娘对商人们说的那些话,你也都听见了……"

讲到这里,眼见东方透出黎明的曙光,莎赫札德戛然止声。

❖❖ 第八百七十二夜 ❖❖

夜幕垂降,莎赫札德接着讲故事:

幸福的国王陛下,经纪人和那位姑娘正走着,路上遇到一个商人,名叫舍哈布丁,愿意再增加十第纳尔买那个姑娘。经纪人问姑娘是否乐意卖给他,姑娘说:"先让我看看他本人,然后再向他要一件东西,如果他家里有那件东西,我就卖给他;如果没有,就各走各的路。"

经纪人让姑娘站在那里等一等,自己走到舍哈布丁跟前,说:"舍哈布丁先生,姑娘说她要问问你家里有没有一件什么东西,如果你家里有那件东西,她就愿意卖给你。先生,姑娘对商人们说的那些话,你也都听见了……先生,我真担心把她带来见你,她会像对待别的商人那样对待你,使你和我都受到侮辱。不过,只要先生不怕,我就把丫头给你带来。"

舍哈布丁说:"把她带来吧!"

"我听先生的!"

经纪人走去,把姑娘领到了舍哈布丁面前。

姑娘望着舍哈布丁,说道:"老爷,你家里有用松鼠毛填充起来的圆靠枕吗?"

舍哈布丁说:"漂亮的姑娘,我家正好有十个用松鼠毛填充的圆靠枕。姑娘,说真话,你打算用圆靠枕干什么呢?"

姑娘说:"我准备等你睡熟之后,用它把你的嘴和鼻子全都堵起来,把你憋死!"

姑娘回过头去,望着经纪人,说:"你这个下贱的掮客,你真像个疯子!你刚才想把我卖给两个糟老头子。他俩各有一个缺陷,现在你要把我卖给舍哈布丁,这么一个有三个缺陷的人!你看哪,他个子低矮,鼻子大,胡子长,难道你没听过诗人这样描绘的吗?"

"怎样描绘呀?"

姑娘朗诵道:

未闻更未见,人会这模样:
胡子一腕尺,鼻子一拃长,
再看他身材,不够用指量。

姑娘又吟诵道:

寺中宣礼塔,置于他脸面。
活像小拇指,被套戒指间。
世界入他鼻,顷刻影不见。

舍哈布丁听了姑娘吟诵的嘲讽诗文,怒不可遏,走出店铺,一把揪住经纪人的衣领,大声呵斥道:"好一个坏经纪,你怎敢带一个小女子,让她用歪诗一次又一次地嘲笑戏弄我们这些商人朋友,真是岂有此理!"

经纪人急忙挣脱舍哈布丁,带着姑娘走去,边走边对姑娘说:

"凭安拉起誓,我干这种行业数十年,压根儿就没遇见像你这样没有礼貌的、刁钻尖刻的丫头!你今天彻底把我的生路断送了。我从你的身上只赚到了一耳光和被人们揪着领子责骂。"

走了没有多远,遇到一个奴隶贩子,经纪人对姑娘说:"你跟我来,见见这位名叫阿拉丁的商人吧!"

姑娘跟着经纪人走去,来到阿拉丁面前。她一看那个人,发现他是个驼背,便说:"这是个驼背呀!诗人有诗描绘这样的人……"

"也有诗?"经纪人惊愕不已。

"是的,听我给你朗诵几首吧!"

姑娘朗诵道:

> 他的肩膀短,脊柱却很长。
> 魔鬼说他是,曾遇灾星王。
> 只因吃苦头,成此怪模样。

她又朗诵道:

> 驼背骑骡子,天下现奇景。人笑莫觉怪,座下骡亦惊。

她接着朗诵道:

> 驼背背渐驼,愈加不顺眼。似枝条干缩,因长而曲卷。

经纪人生怕姑娘惹祸,赶紧把她带到另一个商人面前,问道:"你愿意把自己卖给这位商人吗?"

姑娘望了望那个商人,发现他是个烂红眼,于是说:"这是个烂红眼，你怎可把我卖给他呢？诗人曾这样描述他的模样。"

接着她吟道：

> 他的眼生疾，顷刻力消散。众人请起来，看他眼已烂。

经纪人听姑娘出言不逊，急忙带着她去见另外一位商人，到了那里，经纪人问姑娘："你愿意把自己卖给这位商人吗？"

姑娘望了望那个人，只见那人的胡须浓重，姑娘说："你这个该死的经纪！这是一只公绵羊，只是尾巴长在了喉咙上了。你怎好把我卖给他呢？难道你没听说过胡子长的人是傻瓜，胡子越长见识越短吗？智者都知道这个道理，莫非你不知道诗人曾留下这样的诗文？"

经纪人问："什么诗文？"

姑娘朗诵道：

> 胡须长长长，增加人威严。智力随须长，每每渐缩减。

姑娘又朗诵道：

> 我有长须友，须长无益谈。如同冬令夜，漆黑长且寒。

经纪人听了姑娘朗诵的诗文，知道她不愿意把自己卖给这个商人，便马上带她往回走。姑娘问道："你要把我带到哪里去？"

经纪人说："我把你送回你的波斯主人那里去。你今天的表现已够我们受的了，因为你不懂礼貌，既砸了我的饭碗，也断了人家的生路。"

姑娘边走边在市场上环视前后左右，也许是命中注定，目光落在一个漂亮小伙子的身上。

那个漂亮的小伙子就是努尔丁。

努尔丁面容俊秀，身材匀称，仪表堂堂，体魄健壮，年方十四，就像十四日夜晚的月亮。他面颊红润，前额泛光，脖颈如同雪花石，牙齿就像珍珠，涎水甜胜蜜糖。正像诗人笔下描绘的美男子：

> 皓月和羚羊，欲与他比美。我对他们说：此想入非非。
> 羚羊且请慢，莫将自比谁！月听我一语，勿把力白费！

诗人又云：

> 他的发与额，时隐又时现；整个天与地，时明复时暗。
> 颊上美人痣，你切莫小看；须知秋牡丹，花花饰黛点。

姑娘见小伙子貌美出众，不由自主地爱上了他。

讲到这里，眼见东方透出黎明的曙光，莎赫札德戛然止声。

第八百七十三夜

夜幕垂降，莎赫札德接着讲故事：

幸福的国王陛下，姑娘跟着经纪人边走边在市场上环视前后左右,也许是命中注定,目光落在一个漂亮小伙子的身上。

那个漂亮的小伙子就是努尔丁。

努尔丁面容俊秀,身材匀称,仪表堂堂,体魄健壮,年方十四,就像十四日夜晚的月亮。他面颊红润,前额泛光,脖颈如同雪花石,牙齿就像珍珠,涎水甜胜蜜糖。

姑娘一看见努尔丁,便打心底里爱上了那位美貌出众的小伙子。姑娘回头望着经纪人,对他说:"坐在商人中间的那个穿大袍的年轻商人没有给我加点儿价钱吗?"

经纪人说:"这个小伙子是从米斯尔来的异乡客,他的父亲是米斯尔城的一位巨商,所有的商人都曾得到过他父亲的关照。他来到这座城市时间不久,住在他父亲的一位朋友家里。他既没有给你加价,也未要求减钱。"

姑娘听经纪人这样一说,立即从手指上摘下一枚贵重的宝石戒指,对经纪人说:"你把我带到这位漂亮小伙子跟前,如果他能把我买下来,这枚戒指就作为你今天操劳的酬金。"

经纪人十分高兴,遂把姑娘带到努尔丁跟前。

姑娘仔细打量努尔丁,发现他确实俊美出众,风度翩翩,恰似天空中的一轮圆月,正像诗人所描绘的美男子:

    面颊水灵灵,明眸射利箭,
    人见人钟爱,倾心一面间。
    身材与容颜,完美无缺憾。
    在他衣衫上,新月做扣眼。
    眼珠与美痣,令夜空自叹。
    弯眉双双似,月牙挂西天。
    双目沐酒香,情丝非一般。

净水解我渴,吻唇饮笑颜。

情倒他怀中,万事不觉难。

姑娘深情地凝视着努尔丁,问道:"先生,请你说句实话,难道我长得不漂亮吗?"

努尔丁说:"漂亮的小姐,世界上哪有比你更美丽的人呢?"

"既然这样,而且你已经看见商人们竞相出高价钱买我,你为什么默不作声呢?又为什么连一第纳尔也不肯为我增添呢?好像你并不喜欢我。"

"小姐呀,假若此事发生在我的家乡,我会拿出手中全部钱财把你买下来。"

"先生,我不是非要你买我不可,只是想通过你提高我的身价。你就是稍稍为我加一点儿钱,对我来说也是极大的安慰。你就是不买我,只是让商人们说:'这姑娘要是不漂亮,米斯尔人是不会加价的,因为米斯尔人有眼力,善于识别姑娘!'我也就心满意足了。"

努尔丁听姑娘这样一说,不禁羞得满脸通红。他对经纪人说:"这姑娘现在的价钱是多少?"

"九百五十第纳尔。"经纪人随口答道,"这里面不包括经纪人的酬金;按照法律,酬金要由卖主支付。"

努尔丁说:"我出一千第纳尔,姑娘的身价、经纪人的酬金都包括在内,把这姑娘卖给我吧!"

听努尔丁这样一说,姑娘立刻离开经纪人,并且说:"我愿意把自己以一千第纳尔的价钱卖给这位漂亮的小伙子。"

努尔丁听后,没有作声。

商人们议论纷纷,有的说:"把她卖了吧!"

有的说:"他买正合适。"

还有的咒骂道:"只抬高价钱而不买的人才是龟孙子呢!"

另有人说:"说句实话,他和她正相般配。"

仅过片刻,经纪人便请来了法官和证人,写好买卖合同,递给努尔丁。经纪人对努尔丁说:"领走这姑娘吧!愿安拉使她为你带来吉祥如意。说实话,只有她才配得上你,也只有你才配得上她。"

经纪人高兴地吟诵道:

> 福神拖着长裙,翩翩随他而去。
> 她似为他而生,他配做她夫婿。

听经纪人这样一说,努尔丁有些不好意思,转身走去,走到父亲的那位香料商朋友家,将寄存在那里的一千第纳尔取走,交给了经纪人,然后领着姑娘,来到他寄宿的那位香料商人为他安排的那间房子。

姑娘进门一看,见屋里陈设破旧,空空荡荡,便对努尔丁说:"先生,莫非我在你的心目中没有地位,不配让你把我带到你的家里去?你为什么不把我领到你父亲家中去呢?"

努尔丁说:"小姐,凭安拉起誓,这就是我现在居住的地方。不过,这是本城一位香料商人的房子,是他特意为我腾出来,让我暂时栖身的。我已经对你说过,我是个异乡客,家在米斯尔城。"

姑娘说:"回到你的家中之前,住在简陋的房子里倒是可以的。不过,凭安拉起誓,你赶快去买些肉、酒、蔬菜和水果来吧!"

"小姐,说实话,我除了那一千第纳尔,再也没有别的钱了。我昨天身上还带着一些零钱,现在全都花光了。"

"在这座城市里,难道你没什么朋友,能够从那里借些钱来?

如果有朋友，你就去借五十迪尔汗，回来后我告诉你怎样使用。"

"我的朋友也只有那个香料商人了。"

努尔丁转身出门，向香料商那里走去。他见到香料商人，说："大叔，你好哇！"

"你好哇，孩子！"商人问道，"孩子，你拿那一千第纳尔买了些什么？"

努尔丁回答："我买了一个姑娘。"

"孩子，你疯啦？怎好花一千第纳尔买个姑娘呢？我真想知道那姑娘究竟是从哪儿来的。"

"大叔，那是一个西洋姑娘。"

讲到这里，眼见东方透出黎明的曙光，莎赫札德戛然止声。

第八百七十四夜

夜幕垂降，莎赫札德接着讲故事：

幸福的国王陛下，那位姑娘问努尔丁："在这座城市里，难道你没什么朋友，能够从那里借些钱来？如果有朋友，你就去借五十迪尔汗，回来后我告诉你怎样使用。"

"我的朋友也只有那个香料商人了。"

努尔丁转身出门，向香料商那里走去。他见到香料商人，说："大叔，你好哇！"

"你好哇，孩子！"商人问道，"孩子，你拿那一千第纳尔买了些什么?"

努尔丁回答:"我买了一个姑娘。"

"孩子,你疯啦?怎好花一千第纳尔买个姑娘呢?我真想知道那姑娘究竟是从哪儿来的。"

"大叔,那是一个西洋姑娘。"

香料商听后,说:"孩子呀,你有所不知,在这个城市里,买一个顶好的西洋姑娘,也只要一百第纳尔。不过,孩子,我倒给你想出了一个主意,你如果喜欢那个姑娘,你今晚就跟她过夜,设法达到自己的目的就是了;明天天一亮,你就把她带到市场去,把她卖掉,就是赔上二百第纳尔,也没有什么,就当你掉到海里,或路上遇到了劫匪。"

努尔丁说:"大叔,你的话很对。不过,大叔,如你所知,我只有一千第纳尔,买了这个姑娘,全花掉了,如今身无分文,囊空如洗。大叔,我希望你行行好,先借给我五十迪尔汗,等我明天卖了这个姑娘,再还给你。"

"孩子,我可以借给你钱。"

香料商转身走去拿来五十迪尔汗,对努尔丁说:"孩子,你还是小小青年,那姑娘很有姿色,说不定你会爱上她,因而舍不得卖掉她。你身上没有钱不行,花完这五十迪尔汗,我再借给你,一次不行两次,两次不够三次,就是八次十次也不要紧。假若以后你再来,我就不客气了,那就意味着你破坏了我与你父亲之间的友谊。"

老人拿出五十迪尔汗,递给了努尔丁。

努尔丁拿着钱,回到姑娘身边。姑娘说:"你马上去市场,用二十迪尔汗买五彩绸,剩下的钱买肉、发面饼、水果、酒和鲜花。"

努尔丁走到市场,照姑娘的要求买了东西,带回寓所。姑娘卷起袖子,开始做饭,动作熟练,技艺高超。顷刻间饭菜做好,二人吃饱，姑娘又端来葡萄酒，二人对饮起来。姑娘不停地劝努尔丁喝酒，直至他喝得酩酊大醉，躺下睡觉了。

姑娘站起身来，走去从包袱中取出一个塔伊夫产的皮针线包，打开包，从中取出两根针，然后坐在那里，开始做针线活儿。没过多大一会儿，姑娘做成了一条漂亮的标带，弄平整之后，折叠起来，放在枕头下，随后脱掉衣服，躺在努尔丁的身边，抱住他睡了。

片刻过后，努尔丁突然醒来，发现身边躺着一个姑娘……

努尔丁发现姑娘皮肤白似纯银，光滑如丝，柔嫩赛过绵羊尾，身材苗条，眉似弯弓，眼睛赛羚羊，面颊像秋牡丹，腹部纤细，肚脐足以容下九欧基亚奶油，两条大腿像两个用鸵鸟绒填充起来的靠枕，之间有件用语言难以描绘的东西，有时有泪珠滴落，正像诗人所描述的那样：

乌发藏黑夜，分缝现晨光。双颊浮玫瑰，涎水胜醇香。
她去火焰明，她来得安详。朱口含珠玉，面似圆月亮。

诗人又云：

她美似圆月，身条赛杨柳。周身散芳香，明眸胜羚羊。
每当她远去，疼杀我心肠。她面胜昴宿①，颊光盖月亮。

诗人还写道：

窈窕淑女，风姿绰约。体态婀娜，颜似皓月。

------

① 昴宿，即金牛七星。

眼搽黛墨,姣美卓越。昴宿欲入,她之宝靴。

　　努尔丁眷恋凝视姑娘片刻,一把将她搂在怀里,先吻她的下嘴唇,再吻她的上嘴唇,继之把舌头伸进了她的双唇之间。片刻后,努尔丁仰起身,观看她的玉门,发现她是一颗未穿孔的珍珠,也是未曾鞴鞍的金马驹,不禁欲火中烧,难以抑制,金玉勃起,缓缓地进入了玉门……此时此刻,二人亲密无间,云耕雨播,颠鸾倒凤,水乳交融,难以分开了……

　　努尔丁就像碎石子儿落水,或像长矛在激战中频频猛刺那样,连连亲吻娘子的面颊。努尔丁早就想拥抱美丽娘子,亲她的唇,搂她的腰,吻她的脸蛋儿,抚摩她那高耸的酥胸。那小娘子具有埃及女子的动作、也门女子的风情、埃塞俄比亚女子的呼喊、印度女子的热情和亚历山大女子的情欲,她集这所有特点于一身,再加上貌美绝伦、风情万种,正像诗人所描绘的那样:

　　　　这位就是她,难忘她至今;她从不倾向,不近她之人。
　　　　美貌似皓月,赞主造化神。若爱她有罪,不投忏悔门。
　　　　她令我失眠,相思病缠身;日思夜想之,不得安神心。
　　　　她吟诗一首,无人会其音;只有一青年,理会诗中韵。
　　　　谁解思恋苦,只有情中人。

　　过了一会儿,努尔丁和那位小娘子安静地躺在床上,甜滋滋,乐融融,彼此交臂拥抱,忘记了一切人间的烦恼,更不畏流言蜚语,香甜地进入了梦乡。

　　讲到这里,眼见东方透出黎明的曙光,莎赫札德戛然止声。

第八百七十五夜

夜幕垂降，莎赫札德接着讲故事：

幸福的国王陛下，努尔丁和那位小娘子一阵云耕雨播之后，安静地躺在床上，甜滋滋，乐融融，彼此交臂拥抱，忘记了一切人间的烦恼，更不畏流言蜚语，香甜地进入了梦乡。

正像诗人所描述的那样：

> 你心中爱谁，尽管看望她，
> 莫怕嫉妒者，一旁道闲话。
> 嫉妒于爱情，无用皆白搭。
> 主创至美景，情侣共第榻；
> 彼此相拥抱，欢情难描画；
> 相互枕臂腕，绵绵叙情话；
> 心心相印时，寒铁可熔化。
> 责怨爱情者，腐心焉变化？
> 倘若时运济，知己一足夸。

努尔丁与小娘子一觉睡到东方大亮。

努尔丁醒来，小娘子走去打来水，二人做过大净，接着向安拉礼拜、祈祷。

礼拜完，小娘子从枕头下取出她昨夜里做好的那条标带，递给努尔丁,并且说:"亲爱的,你瞧瞧这是什么?"

努尔丁接过标带,惊奇地问道:"这标带是从哪儿来的?"

"是我用你昨天买的彩绸做的。你把它拿到市场上去,交给经纪人,让他在市场上叫卖,至少要卖二十第纳尔。"

"娘子,用二十迪尔汗的一块儿彩绸,经过一夜加工,就能卖二十第纳尔?"

"亲爱的,你不晓得这标带的价值,不管怎么样,你就带着它到市场上去,把它交给经纪人吧!只要经纪人一叫卖,这标带究竟值多少钱,你就知道了。"

努尔丁接过标带,来到异国人频繁出入的市场,把标带交给经纪人,让他在市上代卖,自己则坐在一家店铺门口的长凳上等着。

经纪人接过标带,离去片刻便回来了,对努尔丁说:"先生,你的标带卖了二十第纳尔,请收下钱吧!"

努尔丁听经纪人这样一说,惊喜不已,站起来走了过去,半信半疑地接过那二十第纳尔。

努尔丁拿着钱,走去买了各色彩绸,准备让小娘子再用它做标带。

努尔丁带着彩绸回到住处,把彩绸交给小娘子,说:"娘子,你把这些彩绸都做成标带,也教我和你一道做标带吧!凭安拉起誓,我从未见过比这更美的工艺,也没听说过比这项手工更能赚钱的活儿计。说真的,这是一本万利的好生意呀!"

小娘子听努尔丁这样一说,笑了起来。她说:"努尔丁,你再去那位香料商朋友那里借三十迪尔汗吧!明天卖标带换得钱后,连同昨天借的那五十迪尔汗一起还他。"

努尔丁走到香料商老人那里,说:"大叔,请你再借给我三十迪尔汗吧!但愿明天能一起还你八十迪尔汗。"

香料商走去拿来三十迪尔汗,递给了努尔丁。

努尔丁接过钱,走到市场,买了发面饼、蔬菜和水果,然后返回住处,把东西交给了小娘子。

这位小娘子名叫玛丽娅。

玛丽娅接过肉和菜,走去加工烹饪。没过多大工夫,一桌美味摆在了努尔丁的面前。

二人吃罢饭,玛丽娅又端来了酒,为努尔丁斟满酒杯,俩人对饮起来。

酒过三巡,二人均稍有醉意,玛丽娅欣喜不已,随口吟诵道:

绝美一男子,举杯散麝香。我问美男子:酒出你颊上?
男子开口道:此话从何讲?玫瑰花虽美,何曾把酒酿?

玛丽娅频频劝努尔丁喝酒,努尔丁不时向玛丽娅还礼,二人开怀对饮,心情十分舒畅。努尔丁按照玛丽娅的要求,为她斟酒,并且拉住她的手,欣赏她那有几分醉意的妩媚姿容,同时情不自禁地吟道:

明艳嗜酒女,伴饮意中人,座厅铺绣锦,怕她生倦心。
娘子开言道:莫让杯停顿!若不敬我酒,你独陪夜神。

努尔丁不住地举杯,直至喝得酩酊大醉,躺下睡觉了。

玛丽娅站起身,收拾完杯盘,坐下照例做起标带来。她做好标带,用纸包好,然后脱去衣服,在努尔丁的身旁躺下歇息了。

二人一夜安歇,不觉已是东方大亮……

讲到这里,眼见东方透出黎明的曙光,莎赫札德戛然止声。

第八百七十六夜

夜幕垂降,莎赫札德接着讲故事:

幸福的国王陛下,努尔丁和玛丽娅开怀对饮,心情十分舒畅。努尔丁按照玛丽娅的要求,为她斟酒,并且拉住她的手,欣赏她那有几分醉意的妩媚姿容。努尔丁不住地举杯,直至喝得酩酊大醉,躺下睡觉了。

玛丽娅做好标带,用纸包好,然后脱去衣服,在努尔丁的身旁躺下歇息了。

二人一夜安歇,不觉已是东方大亮。努尔丁起床后,玛丽娅把标带递给努尔丁,说:"你把这标带送到市场上去,像昨天那样,再卖二十第纳尔吧!"

努尔丁拿着标带,来到市场,卖掉标带,换得了二十第纳尔。随后,他到了香料商那里,还给香料商八十迪尔汗,感谢他的关照,并为老人祝福。香料商问:"孩子,你把那个姑娘卖掉啦?"

努尔丁说:"我怎么能够把我的灵魂卖掉呢?"

紧接着,努尔丁把他和玛丽娅之间的事情从头到尾向香料商讲了一遍,并把自己的所作所为全部告诉了老人。

香料商老人听后,甚为高兴。他说:"孩子,凭安拉起誓,你的情况使我感到非常快乐,希望你经常给我带来好消息。我希望我的所有朋友、包括你父亲在内,人人吉星高照,顺利平安,吉祥如意。"

努尔丁告别香料商老人,走到市场,买了肉、水果、酒和日常所需要的东西,回到住处。

努尔丁和玛丽娅一起吃喝玩乐,不知不觉一年时间过去了。玛丽娅每天晚上都要做一条标带,第二天由努尔丁送到市场上,去卖得二十第纳尔,随后买些日常用品和吃的东西,将剩余的钱交给玛丽娅保存起来,以便需要之时花用。

有一天,玛丽娅对努尔丁说:"亲爱的努尔丁,你明天把标带卖掉之后,拿换得的钱去买六种彩绸,我想给你做一条披肩,漂亮无比,就连富商子弟和王子王孙都不曾享用过。"

次日,努尔丁按照玛丽娅的意愿,到市场上把标带卖掉,然后买了彩绸,带回来交给了玛丽娅。

玛丽娅开始加工披肩,因为她每天晚上要做一条标带,剩余的时间加工披肩,所以用了一个星期时间才做好披肩。

努尔丁接过披肩,披在肩上,走过市场,商人、绅士和逛市场的人纷纷围了上去,观看努尔丁的美貌及他那精美的披肩。

一天夜里,努尔丁正在睡觉时,突然从睡梦中惊醒,看见玛丽娅痛哭流涕,边落泪边吟诵道:

  呜呼哀哉兮,情侣将分离。追忆良宵夜,我心欲碎矣。
  嫉妒者们眼,从不怀善意。诽谤者目光,恶毒无与比。

努尔丁见此情景,吃惊地问道:"亲爱的玛丽娅,你哭什么呢?"

玛丽娅说:"想到分别,我痛苦难耐,泪水不止。因为我预感到我们将要分别了。"

"玛丽娅,谁能把我们分开呢?玛丽娅,我是最爱你的人,谁能使你离开我呢?"

"我爱你胜过你爱我数倍。可是,人若把夜晚想象得太美,往往会因希望落空而陷入忧伤、遗憾的境界中。诗人不是这样描绘过吗?"

"怎样描绘呢?"

玛丽娅凄然吟诵道:

> 佳运降临时,你且尽欢兴。命中注定灾,难免要发生。
> 平安夜晚里,人会遭欺凌;烦恼常出现,清静夜色中。
> 天上悬挂着,无数颗亮星;只有日与月,时因蚀不明。
> 绿树与干枝,地上处处种;只有挂果枝,才被石击中。
> 君可曾留意,腐尸浮波峰?只有白珍珠,深藏海底宫!

玛丽娅说:"努尔丁,亲爱的,你如果不想使你我分离,那你就要警惕那个西洋老头儿。"

努尔丁问:"什么样的西洋老头儿?"

"那老头儿右眼瞎、左腿瘸,满脸污垢,胡子蓬乱。我看见他已经来到这座城市中,我猜想他是为我而来的。这个老头儿会使我们分离的。"

"玛丽娅。亲爱的,我若能看见他,一定把他杀掉!"

"亲爱的,你不要杀他,不要和他说话,不要和他谈生意,不要和他打交道,不要向他打听什么事,不要和他坐在一起,不要和他相伴而行,绝对不要和他说任何事情。我求安拉保佑我们免受他的伤害,免遭他的算计。"

第二天早晨,努尔丁照例拿着标带走到市场,在一家店铺门前的长凳上坐下来,和商家子弟们聊天。谈着谈着,努尔丁打起瞌睡来,便躺在长凳上睡着了。

努尔丁正睡时,那个西洋老头儿打市场走过,身边带着七个西洋人。那老头儿看见努尔丁睡在长凳上,发现他围着一件披肩,且手抓着披肩一角,便走了过去,在努尔丁身旁坐了下来,伸手抓起披肩的一角,在手里摆弄来摆弄去,反复观看欣赏。

这时,努尔丁突然惊醒,见那老头儿和玛丽娅描述的一模一样,就坐在他的身旁。努尔丁一声大喊,使那个西洋老头儿大吃一惊。

老头儿问:"你喊什么呢?莫非我们拿了你什么东西?"

努尔丁说:"可恶的家伙,告诉你,你若拿了我什么东西,我非把你带到省督那里不可!"

老头儿问努尔丁:"喂,穆斯林小伙子,请你以自己的信仰起誓,告诉我,你这披肩是从哪里弄来的呀?"

"这是我母亲亲手为我做的。"

讲到这里,眼见东方透出黎明的曙光,莎赫札德戛然止声。

❖ 第八百七十七夜 ❖

夜幕垂降,莎赫札德接着讲故事:

幸福的国王陛下,努尔丁突然惊醒,见那老头儿和玛丽娅描述的一模一样,就坐在他的身旁。努尔丁一声大喊,使那个西洋老头儿大吃一惊。

老头儿问:"你喊什么呢?莫非我们拿了你什么东西?"

努尔丁说:"可恶的家伙,告诉你,你若拿了我什么东西,我非把你带到省督那里不可!"

老头儿问努尔丁:"喂,穆斯林小伙子,请你以自己的信仰起誓,告诉我,你这披肩是从哪里弄来的呀?"

"这是我母亲亲手为我做的。"

"你能把这披肩卖给我吗?我会付现钱给你的。"

"该死的糟老头子,我不会卖给你的,也不卖给别人。这是我母亲专门给我做的,不是为别人做的。"

"你把披肩卖给我吧!我这就付给你五百第纳尔。让你母亲再给你做一块儿更好的嘛!"

"我不卖,决不能卖。在这座城市里,这是一条独一无二、无与伦比的披肩。"

"小伙子,我出六百第纳尔,你能卖给我吗?"

西洋老头儿一再加价,一百一百地往上加,直加到九百第纳尔,努尔丁说:"安拉会用别的方法周济我的。你就是给我两千第纳尔,或给我更多的钱,我也是不卖的。"

西洋老头儿继续用金钱引诱努尔丁,答应愿付一千第纳尔买下那条披肩。在场的一伙商人说:"我们做主把这条披肩卖给你,你掏钱吧!"

努尔丁说:"我不卖!凭安拉起誓,我不卖!"

一个商人对努尔丁说:"孩子,你有所不知,这披肩最多卖上一百第纳尔,即使如此,也难得碰上一个买主。这个西洋人愿意出一千第纳尔买它,你一下就可以赚九百第纳尔,到哪里去赚这么多钱呢?依我之见,你还是把这披肩卖给这个西洋人,先收下这一千第纳尔吧!卖掉这披肩之后,你还可以找为你做披肩的人,让她再给你做一条更好的。这个可恶的西洋教徒,你何不先赚他一千第纳尔呢?"

听商人这样劝说自己,努尔丁有些不好意思,便以一千第纳尔的价钱，把披肩卖给了那个独眼、瘸腿的西洋老头儿，老头儿立即付了一千第纳尔给他。

努尔丁接过钱，转身想回住处，好向玛丽娅报喜，并把遇见那个西洋老头儿的事告诉她。不料却听那个西洋老头儿对商人们说："商人朋友们，你们把努尔丁留住，今夜一起到我的住处做客吧！我那里备有希腊陈酒佳酿，还有鲜嫩肥羊、各种新鲜水果、香花、蔬菜，和我一道共度良宵吧！请诸位赏光，莫错过时辰。"

商人们立即喊住努尔丁，并说："努尔丁，有劳阁下，借你之光，带我们一起去共度良宵，到这位西洋老人府上去做客吧！这位老人慷慨大方，定会好好款待我们，让我们如愿以偿的。"

商人们你一言，我一语，以休妻起誓，强行将努尔丁留下，要一起去西洋老人那里聚会。接着，商人们一一关闭店门，带上努尔丁，跟着那个西洋老头儿走去。

他们跟着西洋老头儿来到他的住处，走进一座宽大、漂亮的大厅，按照主人的意思，相继坐了下来。片刻后，主人把一张餐桌摆放在客人们的面前；那餐桌工艺精美，结构奇特，雕花精致，榫头与榫眼严丝合缝，钩心斗角，灵巧至极。接着，主人端来各种瓷盘、银杯、金盏，满盛各种美味佳肴、陈酒佳酿、水果鲜花。之后，西洋老头儿吩咐仆人们宰了一只肥羊，生起火来，开始烧烤羊肉。

一切准备妥当，商人们开始大吃狂饮，西洋老头儿向商人们使眼色，让他们劝努尔丁喝酒。商人们按照主人的意思，挨个为努尔丁斟酒，轮流劝努尔丁举杯，不大一会儿，将努尔丁灌得酩酊大醉，失去了理智。

西洋老头儿见努尔丁已醉得不能自顾，甚为得意。他说："努尔丁先生，你今夜光临，使我感到不胜欣慰。欢迎你，欢迎你呀！"

西洋老头儿好言善语表示欢迎之后，走近努尔丁，在他的身旁坐下,和他交谈起来。过了一会儿,西洋老人问努尔丁:"努尔丁先生,一年之前,就是当着这些商人朋友们的面,你花一千第纳尔买了一个姑娘,你能把那个姑娘卖给我吗?我愿意加上四千第纳尔,以五千第纳尔买那个姑娘。"

努尔丁摇头表示拒绝。

西洋老头儿时而为努尔丁夹菜,时而为努尔丁举杯,时而用金钱引诱他,终于把姑娘的身价加到了一万第纳尔。这时,努尔丁动心了,当着商人们的面,醉醺醺地说:"我把她卖——卖——卖给你,你——你——你拿钱来吧!一——一——一万第纳尔……"

西洋老头儿听努尔丁终于答应,不禁兴高采烈,欣喜异常,随后请商人们做证。

他们一直狂欢痛饮了整整一夜。

天亮之后,西洋老头儿吩咐奴仆们说:"你们给我取钱去!"

片刻过后,奴仆们取来钱,西洋老头儿接过一万第纳尔,放在努尔丁的面前,说:"努尔丁先生,这就是你那个姑娘的身价,一万第纳尔,请点一下吧!昨天夜里,你已当着这些穆斯林商人的面,把你的那位姑娘卖给我了。"

努尔丁一听,勃然大怒道:"你这个老不死的东西!我什么都没卖给你,你在撒谎。我根本没有什么姑娘。"

"你已把姑娘卖给了我,这些商人朋友可以做证。"西洋老头儿急忙说。

商人们异口同声说道:"努尔丁,你是当着我们的面答应把姑娘卖给这位西洋客商的,我们可以做证,你是以一万第纳尔卖给他的。你就接着钱,把姑娘交给这位西洋客商吧!安拉会给你降福的。努尔丁,你花了一千第纳尔买了一个丫头。一年来,你天天同那个女子待在一起,每夜都在欣赏她的美色,对饮狂欢;时间仅隔一年，你却以一万第纳尔出售，净赚九千第纳尔。此外，她还每夜给你做一条标带，到市场上卖得二十第纳尔。在这样短的时间里，你赚了这么多钱，难道你还嫌赚得少？还是不肯把她卖掉吗？即使你真的爱她，你享用了这么长时间，也该心满意足了。你收着这些钱，去买一个比她更好的姑娘吧！如果不乐意，我们可以把我们的一个女儿嫁给你，聘礼只收这些钱的一半就可以；我们的女儿比你那姑娘还要漂亮，而且你还可以把另一半钱留在手中呢！"

商人们连劝带哄，努尔丁终于收下了那一万第纳尔。西洋老头儿随即请来法官和证人写了文书，文书中载明努尔丁愿意以一万第纳尔将名叫玛丽娅的姑娘卖给这位客商。

玛丽娅坐在家中，焦急地等待着努尔丁回来，结果从早晨等到日落西山，从黄昏等到半夜，仍不见努尔丁回来，不禁心急如焚，泪水簌簌落下。

香料商听见姑娘的哭声，急忙让妻子前来看望，见她泪流满面，便问道："小姐，你为什么伤心流泪呢？"

玛丽娅说："阿妈，我坐在这里，一直在等努尔丁。可是他到现在还没回来。我真怕他因为我而中什么计谋，更担心他会把我卖掉。"

讲到这里，眼见东方透出黎明的曙光，莎赫札德戛然止声。

第八百七十八夜

夜幕垂降，莎赫札德接着讲故事：

幸福的国王陛下,玛丽娅坐在家中,焦急地等待着努尔丁回来,结果从早晨等到日落西山,从黄昏等到半夜,仍不见努尔丁回来,不禁心急如焚,泪水簌簌落下。

香料商听见姑娘的哭声,急忙让妻子前来看望,见她泪流满面,便问道:"小姐,你为什么伤心流泪呢?"

玛丽娅说:"阿妈,我坐在这里,一直在等努尔丁。可是他到现在还没回来。我真怕他因为我而中什么计谋,更担心他会把我卖掉。"

"玛丽娅小姐,努尔丁是很爱你的,即使别人给他满屋子的黄金,他也绝不会卖掉你的。小姐,说不定有一伙从米斯尔来的朋友,他们都和他的父亲很好,他会到他们的住处看望他们一下;他之所以那样,因为他不好意思把他们带到这里来,这里一来坐不下那么多人,二来他们地位高,也不便到这里来。也许努尔丁有意不让他们知道你的情况,所以在他们那里住了下来,明天一早就会回来的。你只管放心就是了,不必多惦念。小姐,也许这就是他迟迟不归的原因。今夜,我留在这儿陪你,等你的先生回来我再走。"

香料商的妻子坐下来,陪玛丽娅整整说了一夜话,不觉天已大亮。

次日清晨,玛丽娅走出家门,站在大门口,见努尔丁进了胡同,后面跟着那个西洋老头儿和一伙商人。

玛丽娅一看见他们,禁不住心惊肉跳,周身颤抖,面色蜡黄,就像航行在大海上的一叶小舟,遇到了狂风巨浪,剧烈颠簸不止。

香料商的妻子见此情景,惊问道:"玛丽娅小姐,你怎么啦?你的脸色为什么这样不好看?"

玛丽娅说:"阿妈,凭安拉起誓,我的心已经预感到我要和努尔丁分离了,日后再难相聚。"

说着,玛丽娅长吁短叹,凄然吟诵道:

> 切莫提别离,别离味苦涩。
> 夕阳示别意,凄苦呈黄色。
> 日出天下白,道聚欢乐多。

姑娘说罢,泣不成声,自认与心上人非分离不可,别无他法。她对商人的妻子说:"阿妈,我对你说过,努尔丁一定中了计谋,将我卖掉了。我相信,他于昨夜把我卖给了这个西洋老商人。我已经告诫过他,要他千万警惕,加倍小心;可是,警告又有何用呢?事情果然没有出乎我的意料,被我言中了。"

二人正说话时,努尔丁走了过来。玛丽娅见努尔丁脸色铁青,周身颤抖,愁云满面,悲伤之情显而易见,而且流露出不胜后悔之意,便问:"努尔丁,我亲爱的,好像你已把我卖掉了。"

努尔丁泪水夺眶而出,一阵唉声叹气,难过地吟诵道:

> 万事皆由命,告诫有何用?
> 即使我已错,无错是天命。
> 安拉欲治人,意愿皆成功,
> 纵使其耳聪,加之双目明。
> 安拉塞其耳,致使眼失灵;
> 抽去其智慧,人事俱不省;
> 事情过去后,还其脑清醒。
> 莫说出何事,莫问怎发生!
> 世间一切事,皆由命注定。

努尔丁连声向玛丽娅表示歉意。他说:"玛丽娅,凭安拉起誓,真是天命难违呀!那一帮人耍阴谋,设诡计,让我把你卖掉;我真中了他们的诡计,把你卖掉了。我对你犯下了不可饶恕的大罪。今日别离,但期来日能够相聚。"

玛丽娅说:"我早已告诫过你。这是我意料之中的事情。"

玛丽娅一把将努尔丁搂在怀里,亲吻他的眉心,并且吟诵道:

我凭爱起誓,永不忘你情,哪怕爱与思,夺去我生命。
每日与每月,我哭泪纵横,就像斑鸠鸟,悲鸣树枝顶。
唤声心上人,离你烦恼生。你我今日别,何时重相逢?

二人正在交谈时,那个西洋老头儿走了过来,想把玛丽娅领走。

玛丽娅挥掌打在老头儿的面颊上,骂道:"可恶的老东西,离我远点儿!你一直在追赶我,你欺骗了我的意中人。可恶的老东西,但期安拉保佑,一切都会平安的。"

西洋老头儿听后笑了,对姑娘的行动感到好奇,连声向姑娘说好话。他说:"玛丽娅小姐,我有什么罪呢?是你的主人努尔丁把你卖掉的。他是自愿的。凭耶稣起誓,假若他真爱你,他就不会对你有什么过火行动,若不是他已达到了自己的目的,他也是不会把你卖掉的。有诗为证啊……"

老头儿吟诵道:

哪位厌恶我,就请他远离。即使再提他,也非出本意。
天地不狭窄,容身自有隙;怎会看到我,甘踏修士地?

玛丽娅本来是希腊国王的女儿。

玛丽娅公主父王的京城名叫法朗杰城，城市很大，工艺作坊多，产品极丰富，树木成行，跟君士坦丁堡城相仿。

玛丽娅公主为什么要离开父王的京城，这里有一段奇妙的故事，容我仔细道来。

讲到这里，眼见东方透出黎明的曙光，莎赫札德戛然止声。

第八百七十九夜

夜幕垂降，莎赫札德接着讲故事：

幸福的国王陛下，玛丽娅本来是希腊国王的女儿。

玛丽娅公主父王的京城名叫法朗杰城，城市很大，工艺作坊多，产品极丰富，树木成行，跟君士坦丁堡城相仿。

玛丽娅公主为什么要离开父王的京城，这里有一段奇妙的故事，容我仔细道来。

玛丽娅从小在父母的关怀下成长。她口齿伶俐，学了写字、算术，而且习武练功；此外，她还学了各种手艺，如刺绣、缝纫、编织，学会了做标带、额带，还学会了银上镀金、铜上镀银。不论男子干的活儿，还是女人干的活儿，她都无所不通，无所不会，成了当时最聪明、顶杰出的姑娘，安拉赐予她美貌，使她天生俊俏，体态婀娜，风姿绰约，明眸皓齿，美丽动人，超过当时的所有女子，成为一枝独秀的花中皇后。许多国家的王子前来向玛丽娅求婚,都被公主的父王拒绝了。因为国王十分喜爱自己的女儿,不忍让女儿离开自己的身边片刻。

那位国王只有玛丽娅一个女儿,而王子却有数个;然而国王喜欢玛丽娅胜过喜欢所有的儿子。

有一年,玛丽娅得了重病,生命危在旦夕。玛丽娅许了个愿:如能痊愈,她一定去一座海岛上的修道院参拜。

那座修道院在人们的心中享有崇高的地位,人们常常许愿,以拜谒那座修道院作为还愿的象征。

玛丽娅病愈之后,立即想到还愿之事,于是她的父王便让她乘一条小船到那座修道院去还愿,跟随她一起去的还有几位国家重臣的女儿及数位大主教,国王要他们一路上好好照顾玛丽娅公主。

玛丽娅公主乘坐的船接近那座修道院时,忽见一群劫匪驾驶一条船朝他们冲了过来,船上的大主教和姑娘们束手就擒,而玛丽娅公主则落在了一个波斯商人的手中。

那个得到玛丽娅公主的波斯商人患有阳痿病,从不喜欢女人,因此只把玛丽娅公主当作自己的使唤丫头。

后来,那个波斯商人得了重病,生命垂危,在床上躺了几个月时间,幸得玛丽娅细心照顾,奇迹般地痊愈了。这位商人每当想起姑娘无微不至地侍奉他,心中感激不尽,十分同情姑娘,很想报偿姑娘一下。有一天,波斯商人问玛丽娅:"姑娘,你有什么愿望,就说给我吧!我会使你如愿以偿的。"

玛丽娅说:"我的主人,我求你不要把我卖给我不喜欢的人。"

"这好办!我答应你的要求。玛丽娅,凭安拉起誓,我一定把你卖给你所喜欢的人。我一定让你自己做主卖自己。"

玛丽娅公主听商人这样一说,欣喜不已。

波斯商人向玛丽娅公主讲述了伊斯兰教教义，玛丽娅当即皈依了伊斯兰教。波斯商人教她如何做礼拜，如何祈祷，玛丽娅很快全都掌握了。此外，玛丽娅还从波斯商人那里学会了有关伊斯兰教的各种知识。波斯商人还教她背诵《古兰经》，对她讲伊斯兰教教法和圣训。

波斯商人带着玛丽娅来到亚历山大城，将她卖给了她自己所喜欢的努尔丁。

玛丽娅就是这样离开父王的京城，流落异乡的。

玛丽娅的父亲得知女儿及其随行人员还愿途中遭劫，不禁惊恐万状，似觉天翻地覆，如同世界末日降临，急忙派大主教率勇士若干人，乘船前往救援。他们在劫匪们占据的群岛上搜索了数日，没有得到玛丽娅公主的任何消息，只有空手而归。

国王自感事态严重，为失去女儿而痛苦不堪，接着派那个右眼瞎、左腿瘸的老头儿出马，继续打探玛丽娅公主的下落。

那个右眼瞎、左腿瘸的老头儿是玛丽娅父王的宰相，是个足智多谋、精干顽强的老臣。国王命令他去所有伊斯兰国家打探公主的下落，一旦找到，要不惜付出满船黄金代价将公主赎回来。

那位瘸腿宰相走遍了穆斯林居住的土地和城市，直到到了埃及的亚历山大城，才打听到了玛丽娅的消息。他得知玛丽娅公主住在米斯尔青年努尔丁那里，便设了一个巧计，从努尔丁手里买下了玛丽娅，出价高达一万第纳尔。瘸腿宰相是通过那件披肩得知公主下落的，因为他知道，除了玛丽娅，谁也做不出那样精美的披肩。他又托众商人帮忙，成全了他的巧计，顺利买下了玛丽娅。

玛丽娅公主被瘸腿宰相买去，整日泣哭落泪。宰相对她说："公主啊，不要难过，不要哭泣了，和我一道回你父王的京城去吧！

公主,你父王的国家才是你的祖国,那里是你的尊容所在之地,有成群的奴婢侍候你。你尽快脱离背井离乡的客居生活吧!为了寻找你,我历尽千辛万苦,长途跋涉,花费了不知多少钱财,奔波了一年零六个月时间。你的父王命令我,即使付出满船黄金的代价,也要把你赎回去。"

宰相说罢,俯下身去,亲吻公主的双脚,随后又亲吻公主的双手,恭顺备至。

宰相频频亲吻玛丽娅公主的手和脚,致使公主更加生气。公主说:"可恶的东西,安拉是不会让你达到目的的。"

宰相令随从奴仆牵来鞴着绣花鞍鞯的骡子,把玛丽娅公主扶上骡鞍,为她撑上一顶金银柄丝绸华盖,一队人马浩浩荡荡向海门走去。

他们出了海门,来到了码头,把玛丽娅公主接到一条小船上,接着划动小船,驶向一条大船,把公主送上那条大船。这时,独眼瘸腿宰相站起来,对水手们说:"起锚开船吧!"

水手们立即起锚,张起风帆,众桨手一起划桨,船徐徐离开港口,驶向大海。坐在船上的玛丽娅公主却一直凝视着亚历山大城,直至城郭的影子消失在她的视野之中,她放声哭了起来,泪如雨下。

讲到这里,眼见东方透出黎明的曙光,莎赫札德戛然止声。

❖❖ 第八百八十夜 ❖❖

夜幕垂降,莎赫札德接着讲故事:

幸福的国王陛下，独眼瘸腿宰相站起来，对水手们说："起锚开船吧！"

水手们立即起锚，张起风帆，众桨手一起划桨，船徐徐离开港口，驶向大海。坐在船上的玛丽娅公主却一直凝视着亚历山大城，直至城郭的影子消失在她的视野之中，她放声哭了起来，泪如雨下。她边哭边吟诵道：

亲人宅院啊，何当返你怀？我不知安拉，怎样作安排。
离别船载我，快速驶向海。我眼神已伤，滚滚泪中埋。
因我已离开，心上人宅邸；宅院祛我病，是我希望在。
唤声我的主，切请免我灾；有物存你处，不会出意外。

玛丽娅公主每当想起努尔丁，总是泪流满面，痛哭不止。大主教们轮流前来安慰她，均无济于事，反倒使她更加思念努尔丁。

玛丽娅时而哭泣，时而呻吟。她凄然吟道：

钟爱之话语，藏在我心中；有话对君说，对你倍钟情。
因为离开你，心伤肝火盛。爱埋我心田，恋火将我熔。
我的眼帘伤，只因泪纵横。

玛丽娅公主泪流不止，坐立不安，痛苦难耐，不时长吁短叹，一路上心慌意乱。

玛丽娅公主离去之后，努尔丁忐忑不安，如坐针毡，痛苦难忍，于是向他和玛丽娅住过的房间走去。

努尔丁走到那个房间一看，只见那里一片漆黑，但玛丽娅用来做标带的家什及她的衣物，都还放在那里。努尔丁上前把那些东西抱在怀里，泪流顿时如雨，凄然吟诵道：

只因相别离,忧伤此接彼；期盼再相聚,此望可逢机？
事情成过去,她返谈何易？但期有一日,得会我爱妻。
安拉赐聚缘,共忆情与谊。亲人怀深情,我却未珍惜。
亲人守约言,我却独背弃。亲人已远去,等我唯死期；
能否再相见,天欢地亦喜？忧伤心熔化,惋惜又何益？
相聚时已逝,重聚可如意？我心恋情重,泪水莫淋漓！
亲人远去后,耐心失无遗；孤独无人援,灾难频波及。
求问世上主,主人归有期？何时慷慨赐,似往相偎依？

努尔丁哭得更加厉害，泣不成声，望着房间的各个角落，吟道：

眼见亲人迹,我把亲人想；身留故地里,泪水如雨淌。
我求远去人,莫把我遗忘,总有那一日,回返我身旁。

努尔丁吟罢，锁上房门，向着海边走去。他来到码头，凝视注目玛丽娅上船的地方，不禁热泪脱眶而出，长吁短叹，边哭边吟道：

向你致敬意,我离不开你；我处夹道中,亦近亦远离。
如渴思水饮,时刻想念你。我心与我耳,都在你那里。
只要想起你,味道甜胜蜜。你乘船起航,我痛叹惋惜。
船载你离去,原非我本意。

努尔丁号哭,悲泣,呻吟,诉说,大声呼喊着:"玛丽娅……玛丽娅……我是在梦中看到了你呢,还是我一直在做噩梦呢?"

努尔丁心悲欲碎,忧伤难耐,吟道:

> 彼此远离后,重聚望在何?身在宅附近,可听你吆喝?
> 曾在一堂中,共同生活过,你我心相印,交杯多快活。
> 你迁到何方,莫弃我尸骸;你入何方土,就近掩埋我。
> 若有两颗心,生活用一颗,另颗留给你,以作爱寄托。
> 对主有何望?有人来问我;先使主满意,让你亦快乐。

努尔丁正在哭喊玛丽娅时,忽见一位老人从船上下来,走向努尔丁,听到努尔丁边哭边吟道:

> 美丽玛丽娅,请你快回来。我泪如雨注,滚滚出眶外。
> 请求责备者,探访我心怀;你会发现我,眼帘沉泪海。

老人问:"孩子,好像你在哭昨天跟着西洋人乘船离去的那个姑娘,对吗?"

努尔丁听老人这样一问,登时倒在地上,昏迷过去,不省人事。

过了好大一会儿,努尔丁方才缓缓从昏迷中苏醒过来。他哭得更加伤心,边哭边吟道:

> 此次分别后,可望再相见。往昔甜与美,有缘重复返?
> 我心存焦虑,深处蓄爱恋。诽谤者蜚语,令我心烦乱。

白昼无所措,夜思她影现。相好情怎忘,中伤令我厌。
　　明眸窈窕女,眼里藏利箭;身条似杨柳,容使日羞惭。
　　若非畏安拉,敢言她齐天。

　　老人凝视了努尔丁片刻,见他仪表堂堂,身材匀称,明眸皓齿,容颜俊秀,又听他口齿伶俐,出口成章,深深同情他,由衷为他感到难过。

　　那位老人是一名船长,他的船就要开向玛丽娅父王的京城,船上乘坐着一百名穆斯林商人。老船长对努尔丁说:"孩子,你忍耐一下,一切都会好起来的。感赞安拉,我会把你送到姑娘那里的。"

　　讲到这里,眼见东方透出黎明的曙光,莎赫札德戛然止声。

第八百八十一夜

　　夜幕垂降,莎赫札德接着讲故事:

　　幸福的国王陛下,老人凝视了努尔丁片刻,见他仪表堂堂,身材匀称,明眸皓齿,容颜俊秀,又听他口齿伶俐,出口成章,深深同情他,由衷为他感到难过。

　　那位老人是一名船长,他的船就要开向玛丽娅父王的京城,船上乘坐着一百名穆斯林商人。老船长对努尔丁说:"孩子,你忍耐一下,一切都会好起来的。感赞安拉,我会把你送到姑娘那里的。"

　　听老船长那样一说,努尔丁心中高兴,忙问:"老伯伯,您的船什么时候起程呢?"

老船长回答:"还有三天时间……三天之后,我们就要开船起航了。"

努尔丁一听,喜不自禁,喜形于色,兴高采烈,连声感谢老人家。

片刻后,努尔丁想起与玛丽娅一起度过的美好岁月,不禁泪水潸然落下,边哭边吟诵:

> 大慈大悲主,能让你我见?借问先生们,吾愿可实现?
> 司命之神啊,可容晤一面?让我走近你,相互看一眼?
> 相会若上市,我用生命换;在我心目中,命比相会贱。

努尔丁吟罢,转身走到市场,买了一些食物及旅行用品,回到船长面前。

老船长见努尔丁抱着一些东西,便问:"孩子,你拿的是些什么?"

努尔丁说:"我买了些食物,还有一些旅途上用的东西。"

老船长听努尔丁这样一说,笑了起来。他说:"孩子,你以为我们是爬上桅杆望远玩耍吗?我们到目的地要航行两个月时间,而且还要在一帆风顺的情况下才行。"

旋即,老船长从努尔丁那里拿了钱,走到市场上,买了足够努尔丁旅途用的东西,还为他灌了一大袋子淡水。

努尔丁登上船,休息了三天。商人们把自己的事情全部办妥,先后上了船,老船长下令起锚扬帆,船徐徐向大海驶去。

他们在海上航行了五十一天,突然遇上海盗,海盗们将船上的东西抢劫一空,船上的人全部沦为俘虏。

海盗们把他们带到法朗杰城,送到国王那里,努尔丁也在俘虏队伍之中。

国王看见那些俘虏,立即下令道:"把他们全部关押起来!"

就在俘虏被关押起来的那天,外出寻找玛丽娅公主的队伍回到了京城,其中就有独眼瘸腿宰相和玛丽娅。

独眼瘸腿宰相下船上岸,马上进宫去见国王,报告了玛丽娅公主已平安返回京城的喜讯。国王立即下令张灯结彩,装点城郭,敲鼓鸣号,并且骑上高头大马,率领满朝文官武将,前往海港迎接玛丽娅公主。

玛丽娅下了船,父王迎上前去,热烈拥抱自己的女儿,向女儿问安,女儿向父王行礼。

宫仆牵来一匹高头大马,让玛丽娅公主骑上,大队人马浩浩荡荡向王宫走去。

父女俩进了王宫,母后迎上前来,拥抱女儿,连声问好,并且问女儿是否像先前在家时一样,仍然是个处女,还是颗已穿了孔的珍珠。

玛丽娅对母亲说:"母后,一个姑娘在伊斯兰国家里被卖来卖去,今天跟着这个商人,明天又被卖到另一个商人手里,怎么可能仍然是一颗没有穿孔的珍珠呢!买我的那个商人,以毒打对我进行威胁,强占了我,夺去了我的贞操,然后又把我卖给了另一个人……"

母亲听玛丽娅这样一说,脸上顿失光彩。

随后,王后把这个情况告诉了国王,国王听后十分难过,自觉事关重大,随即把公主受辱之身的事通报给了国家重臣和大主教们。

大臣和主教们听后,说:"国王陛下,公主是被穆斯林玷污的,要净洁公主的身心,非杀一百个穆斯林不可。"

国王随即下令把狱中关押的俘虏带上来。

俘虏们全被带到国王面前，努尔丁就在其中。

国王下令斩杀俘虏，首先被杀的是老船长，继之其他商人一个一个地被处死，最后只剩下努尔丁一个人。刽子手们从努尔丁的衣服上撕下一条布，蒙住他的双眼，将他带到接血的皮垫前，正要举刀砍头时，忽见一个老妇人走到国王面前，对国王说："国王陛下，你已许过愿，倘若上帝能把玛丽娅公主找回，你答应向每个教堂赠送五个穆斯林俘虏，给教堂做差役。如今你的女儿玛丽娅公主已经回到陛下的身边，国王陛下应该还愿了。"

国王说："阿妈，凭耶稣起誓，我手里只剩下一个没有被斩首的俘虏了，就请把他带到教堂去，让他在教堂里效力吧！等下次再抓住穆斯林俘虏，我再给您送四个去。假若您在我们动手斩杀这些俘虏之前来，您要几个，我会如数给您的，让您老人家如愿以偿。"

老妇人感谢国王的恩典，祝国王尊荣长在，万寿无疆。

老妇人走到努尔丁跟前，把他从接血的皮垫上拉起来，仔细打量片刻，发现努尔丁眉清目秀，仪表堂堂，皮肤白皙，面如十四日夜空悬挂的一轮皓月，心中甚为喜欢，随即把他领到了教堂。

老妇人对努尔丁说："孩子，脱下你身上的衣服吧！你穿着这样的衣服，只适于在宫中效力。"

老妇人取来一件黑色粗毛袍，一块儿黑色方头巾和一条宽腰带，亲自动手给努尔丁穿上大袍，蒙上头巾，扎上腰带，然后吩咐他为教堂干活。

努尔丁在教堂里干了七天活儿，一天，老妇人走来，对努尔丁说："喂，穆斯林小伙子，换上你的丝绸衣服，带上几个钱，出去玩儿一玩儿吧！今天你千万不要待在这里，以免丢掉性命。"

努尔丁大惑不解，遂问道："老妈妈，究竟出了什么事啦？"

老妇人说:"孩子,你有所不知,国王的女儿玛丽娅公主马上就要到教堂来上供进香,庆贺她安全脱离伊斯兰国家,平安归来。因为她曾向耶稣许过愿,如果耶稣基督能够拯救她,她定来教堂参拜。她这次来是还愿的,因她平安回到了祖国。公主还要带着四百位姑娘,个个如花,人人似玉,其中还有宰相的女儿和国家重臣的千金。她们马上就到,如果她们看见你在这座教堂里,她们会抽出宝剑将你杀死的。"

努尔丁听老妇人这样一说,立即从她手里接过十迪尔汗,穿好衣服,向市场走去,观赏法朗杰城市容,游览各处,看了一座又一座城门。

讲到这里,眼见东方透出黎明的曙光,莎赫札德戛然止声。

⇾ 第八百八十二夜 ⇽

幸福的国王陛下,老妇人说:"孩子,你有所不知,国王的女儿玛丽娅公主马上就要到教堂来上供进香,庆贺她安全脱离伊斯兰国家,平安归来。因为她曾向耶稣许过愿,如果耶稣基督能够拯救她,她定来教堂参拜。她这次来是还愿的,因她平安回到了祖国。公主还要带着四百位姑娘,个个如花,人人似月,其中还有宰相的女儿和国家重臣的千金。她们马上就到,如果她们看见你在这座教堂里,她们会抽出宝剑将你杀死的。"

努尔丁听老妇人这样一说,立即从她手里接过十迪尔汗,穿好衣服,向市场走去,观赏法朗杰城市容,游览各处,看了一座又一座城门。

努尔丁回到教堂,见法朗杰城国王的女儿玛丽娅公主带着四百名如花似玉的少女来到了教堂,其中有独眼瘸腿宰相的女儿和国家重臣们的千金;她们簇拥着玛丽娅公主,恰似众星捧月。

努尔丁一看见意中人玛丽娅,心情激动,不能自已,不禁一声大喊,然后呼叫道:"玛丽娅,玛丽娅……"

姑娘们听见有人呼喊玛丽娅公主的名字,纷纷拔剑出鞘,顿时寒光闪烁,响声如雷,她们一齐向努尔丁冲了过去,想把他杀掉。

玛丽娅转脸望去,一下便认出那是她的心上人努尔丁,立即对姑娘们喊道:"住手!放掉这个青年,因为他是个疯子,疯人的特征在他的脸上显现得清清楚楚。"

努尔丁听玛丽娅这样一说,立即摘下头巾,两眼直瞪,双腿一瘸一拐,口吐白沫,装出疯人的模样。

玛丽娅公主说:"我说的不差分毫,他的确是个疯子。你们把他拉到我跟前来,你们离远一点儿,让我听听他说些什么。因为我懂阿拉伯语,能听明白阿拉伯人说的话。我要看看究竟他有无救药。"

姑娘们把努尔丁拉到玛丽娅公主的面前,然后远远离开。

玛丽娅问:"你这样装疯卖傻,是为我而来的吧?"

努尔丁说:"我的太太,难道你没听诗人这样说过?"

努尔丁吟诵道:

你疯因所爱?人们这样问。我答生活美,皆属疯狂人。
拿我疯去比,我所爱恋人;二者恰相宜,莫怪我之心。

玛丽娅说:"努尔丁,凭安拉起誓,你是自己逼疯自己的。事情发生之前,我已告诫过你,但你没听我的话,任意行事,自己糟践自己。我之所以那样告诫你,一来不是靠天启,二来不是凭占卜,更不是依据梦境所见,而是我亲眼看见了那个独眼瘸腿宰相,知道他是专为找我而来到亚历山大城的。"

"玛丽娅,亲爱的,但期安拉保佑我们不再疏忽大意。"

努尔丁后悔莫及,沉痛地吟诵道:

纵使我有错,不曾立过功,须知为奴者,时期主宽宏。
恶者悔于罪,后悔有何用?我已做错事,本应当受惩;
不知何处寻,原谅与宽容。

努尔丁和玛丽娅不期而遇,亲热非常。二人各自向对方诉说自己所经历的种种事情,不时对吟诗句,只见泪水滚滚淌落在面颊上,状如海涛汹涌。这对情侣倾吐着自己对对方的深情厚爱以及离散之后的孤独与寂寞,直至双方再无力说下去,已见夕阳落山,夜幕随之降临。

玛丽娅公主身穿淡绿色金丝绣花袍,上面缀着无数颗珍珠宝石,使公主显得分外娇媚俏丽。正如诗人所云:

美女似皓月,身裹绿衣衫,纽扣款款解,蓬松发披肩。
借问名与姓,姑娘笑开言:曾使情侣心,炽热坐火炭。
我本是白银,我又是金砖。俘虏凭借我,可盼自由还。
姑娘听我说:我最畏疏远。她言你诉苦?我心顽石坚。
你心果似石,此事亦不难,须知主万能,令石涌清泉。

夜幕垂降,玛丽娅公主走去问姑娘们:"你们把教堂大门关好了吗?"

姑娘们说:"报告公主,我们把大门关好啦!"

玛丽娅带着姑娘们来到圣母玛利亚礼拜堂,基督徒们认为,那是圣母的圣灵及其秘密所在地。姑娘们来到礼拜堂礼拜、祷告,绕着祭坛转了一圈,参拜仪式完毕,玛丽娅公主望着姑娘们,对她们说:"我想独自留在教堂里。因为我流落在伊斯兰国家很长时间,很想到教堂来虔心忏悔、祷告。你们既已参拜完毕,想去哪里,就去哪里吧!"

"我们听从公主的安排,公主请便吧!"

她们告别公主,各自回去安歇了。

姑娘们走后,玛丽娅出了礼拜堂,去找努尔丁,发现努尔丁坐在一个角落里,神色不安,正在焦急地等着她的到来。

玛丽娅走到努尔丁身边,努尔丁站起身来,亲吻她的双手。

玛丽娅坐下,让努尔丁坐在自己的身边。玛丽娅摘掉自己的首饰,脱下身上裹的纱衣,随后将努尔丁紧紧搂在怀里。二人热烈拥抱,频频接吻,异口同声说:"相聚之夜是何等的短暂,而分别一日似隔三秋啊!"

二人同声吟诵道:

相聚之夜啊,你是何其短!
黄昏刚刚至,晨曦在眼前。
你是晨眼药,还是炎眼眠?

离别之夜啊,你是何其长!
首尾相连接,如同圆圈王。
复活后之爱,令人兴欲狂。

二人正沉浸在甜蜜欢乐之中时，忽见一个童仆到教堂顶上敲钟，向教徒传达礼拜的信号。正如诗人所云：

> 我见他敲钟,开口便问他：谁曾教羚羊,来把钟击打？
> 我对我心说:哪种打击大？究竟是打钟,还是远离她？

讲到这里，眼见东方透出黎明的曙光，莎赫札德戛然止声。

第八百八十三夜

夜幕垂降，莎赫札德接着讲故事：

幸福的国王陛下，玛丽娅和努尔丁一直沉浸在巨大的欢乐之中，直至打钟的童仆登上教堂顶上的平台去敲钟。

听见钟声，玛丽娅公主立即站了起来，穿好衣服，戴上首饰。

见此情景，努尔丁感到难过，心烦意乱，泪水脱眶而出，哭了起来，边哭边吟诵道：

> 玫瑰色面颊,我频频吻之,直至监视者,闭目入梦呓。
> 闻钟她如同,做礼拜信士。她急忙站起,走去穿好衣,
> 生怕有星斗,将我们虎视。她呼唤希望,晨光翩翩至。
> 我若有一天,王权手中持,定做强权王,对天言吾志：
> 誓将诸教堂,一并摧毁之,斩尽复杀绝,天底下牧师。

玛丽娅公主把努尔丁搂在怀里，热烈亲吻他的面颊，同时问道："努尔丁，你来到这座城市有几天啦？"

努尔丁回答："我来这里有七天时间了。"

"你到城中看过吗？城中的街巷、店铺和向着海和陆地的城门，你都熟悉吗？"

"我都看过了，也都认识了。"

"你能找到教堂的祭品箱吗？"

"我能。"

"这就好办了。明天夜里二更时分，你到教堂的祭品箱那里，从箱中取些你所用的钱和物，然后走去打开临海的教堂小门，你就会看见海边停着一只小船，船上有十个水手。当你看到船长向你伸过手来时，你就把手伸过去，他将把你领上船去。你坐在船上稍等片刻，我就会来的。你千万要小心，不能打瞌睡；如若不然，你会后悔莫及的。"

玛丽娅告别努尔丁，转身走去，叫醒女仆们，然后带着她们来到教堂大门口。

公主轻轻敲过门，走来开门的是那位老妇人。开门一看，只见仆役和主教们都站在那里，他们随即牵来一匹骡子，让公主骑上骡子，又撩开一顶丝绸华盖，主教牵起骡缰走在前面，女仆们紧跟在后，武士们个个手持明晃晃的宝剑护卫着公主的队伍，浩浩荡荡向王宫走去。

努尔丁一直躲在他和玛丽娅公主借以隐身的幕帘后面。

天色大亮时，教堂的门开启了，进教堂做礼拜的人们多了起来。努尔丁混入人群中，来到教堂女主管老妇人那里，老妇人问：

"你在哪里过的夜?"

努尔丁答:"我照你的嘱咐,在城里找个地方过的夜。"

"孩子,你做得好,假若你在教堂里过夜,她们会把你杀掉的。"

"感谢安拉拯救了我,保佑我免遭劫难。"

努尔丁一直在教堂里忙碌到红日西沉,夜幕徐徐垂降。

天色暗下来后,努尔丁走到祭品箱旁,打开箱子,取了些价值昂贵又轻便易带的宝石,等到二更时分,走去打开教堂的临海便门,溜出教堂,向海边走去。

来到海边,果见有条小船停泊在那里。努尔丁发现船长是位老翁,鹤发童颜,长胡子垂胸,风度潇洒。飘然欲仙,站在船上,周围有十名水手。

努尔丁按照玛丽娅公主的叮嘱,伸过手去,老船长将他拉上了船。

努尔丁登上船,老船长便对水手们下令道:"解开缆绳,趁天未亮,赶快离开这里!"

一个水手说:"船长大人,国王有令,陛下明天要乘坐我们的船巡视,以防海盗抢劫玛丽娅公主。既然这样,我们怎好把船划走呢?"

老船长大怒道:"你这个该死的东西,你敢违抗我的命令,不听我的指挥?"

说着,老船长抽出宝剑,手起剑落,那个水手的脑袋登时落入海水中。

这时,另一个水手说:"我们的这位朋友有何罪过,致使你斩下他的首级呢?"

老船长二话没说,挥剑削下了说话人的脑袋。紧接着,老船长将水手们一个个杀掉,把尸首抛到岸上。

老船长望着努尔丁一声大喊,努尔丁惊恐万状,周身战栗不止。老船长说:"你下去,把缆绳桩拔掉!"

努尔丁不敢怠慢,唯恐老船长一剑削下他的脑袋,忙一跃跳到岸上,拔掉绑缆绳的桩子,随即一个箭步,一下跳上船去。接着,老船长吩咐他做这干那,然后说:"你看看天上的星斗……"

努尔丁一一照办,心里有说不出的恐惧。继之,他升起船帆,只见船像箭离弦一般,乘风破浪,向大海驶去。

讲到这里,眼见东方透出黎明的曙光,莎赫札德戛然止声。

第八百八十四夜

夜幕垂降,莎赫札德接着讲故事:

幸福的国王陛下,老船长望着努尔丁一声大喊,努尔丁惊恐万状,周身战栗不止。老船长说:"你下去,把缆绳桩拔掉!"

努尔丁不敢怠慢,唯恐老船长一剑削下他的脑袋,忙一跃跳到岸上,拔掉绑缆绳的桩子,随即一个箭步,一下跳上船去。接着,老船长吩咐他做这干那,然后说:"你看看天上的星斗……"

努尔丁照老船长的叮嘱办,心里有说不出的恐惧。继之,他升起船帆,只见船像箭离弦一般,乘风破浪,向大海驶去。

努尔丁手握风帆绳索,沉浸在了忧思的海洋之中。他想这想那,想了很多很多,不知道自己会遇上什么不测。每当他望船长一眼时,他的心便一阵颤抖,猜想不到船长会把船开向哪里,心中十分纳闷儿,心想:"玛丽娅说她会来的,怎么还不来呢……"

努尔丁心急如焚,不知如何是好。

天终于亮了,努尔丁望了望船长,只见他把自己的长胡子一把捋了下来,离开原来站的地方,朝努尔丁走过来……努尔丁发现他眉清目秀,似曾相识,他终于看清,那不是什么"船长",而是他朝思暮想的心上人玛丽娅公主。

原来如此!

玛丽娅公主上了船,用计谋杀死了船长,将老船长的衣服扒下来,穿戴在自己的身上,把老船长的胡子连皮剥下来,贴在自己的下巴上,成了一名形神兼备的老船长……

努尔丁一愣,惊叹玛丽娅公主的勇敢和智慧,高兴得几乎要跳起来,心花怒放,喜形于色,一时不知道该说什么。

"亲爱的,亲爱的!我的希望,我的理想!你真行!你真好!"

努尔丁欣喜若狂,相信自己的目的已经达到,情不自禁地唱道:

> 众人俱不解,我情有多深。
> 请到他们中,仔细去打问。
> 我的诗言志,情动众人心。
>
> 每思心上人,疼消痛无影,
> 心灰意懒时,想之劲倍增。
> 我情成佳话,浮于民口中。
>
> 责备我不受,无意求消遣。

爱却令我忧,火在我心燃;
　　炽热不胜述,灼我肠与肝。

　　怪哉病缠身,无眠伴长夜。
　　他们既已改,无情与暴虐,
　　何故疏远我,为情索我血?

　　青年深爱你,谁令你弃之?
　　传言我曾经,将你们责斥。
　　他们在撒谎,凭主我起誓。

　　主未祛我病,未愈我心病。
　　我虽厌说爱,非你不钟情。
　　折磨我的心,任凭用火烘。

　　我心深恋你,纵使遭疏远。
　　喜怒我不论,待奴凭主愿。
　　生命诚可贵,献给主无怨。

努尔丁唱罢,玛丽娅公主盛赞努尔丁的歌喉和诗文,连声感谢努尔丁。玛丽娅说:"人处于这种情况下,就应该走英雄豪杰之路,决不要像懦夫赌徒那样行事。"

玛丽娅心明志坚,博通航海知识,晓知风向变化,谙熟海上航道,所以她能轻松自如地驾着小船在海上航行。

努尔丁说:"玛丽娅,凭安拉起誓,你若再不把事情的真相告诉我,我非被吓死不可,尤其是我心中炽燃着爱情、思念之火,离别之苦。"

玛丽娅听后一笑，随后站起身来，拿来一些食物和饮料，情侣俩高高兴兴、津津有味地吃喝起来。

吃喝完毕，玛丽娅取出她从宫中带出来的各种细软，其中有珍珠、宝石、金银、首饰，全是分量轻又很贵重的宝贝，一一展示给努尔丁看。

努尔丁看后，欣喜不已。

玛丽娅和努尔丁驾着小船，一路顺风，终于驶近了亚历山大港，看到了城市的标志，看见了港口上的标杆。

船到港口，努尔丁跳下船去，把缆绳拴在漂布工清洗布用的大石头上，然后带上玛丽娅的一些东西，并对她说："玛丽娅，你在船上等着我，我将按照我喜欢的方式接你进亚历山大城。"

玛丽娅说："你要快一些；如若不然，会误事的。"

"我不会耽误时间的。"

努尔丁快步向父王的老朋友香料商家走去，打算从香料商的妻子那里借当时亚历山大妇女习惯穿戴的面纱、黑纱披单①、软底靴和斗篷，以便让玛丽娅穿戴好进城。可是，努尔丁万万没有想到他和玛丽娅已经到达亚历山大港，还会发生意想不到的事情……

玛丽娅离开父王京城的第二天早晨，国王起来，不见女儿玛丽娅公主的身影，便问奴仆们玛丽娅在哪儿，他们回答说："国王陛下，公主夜里出门，到教堂里去了。之后，我们再也没有听见公主的动静。"

国王正与奴仆们说话时，忽然听宫内传来两声大喊，整个宫殿

---

① 披单，埃及妇女出门时用来披盖全身的衣物。

因之震动。国王急问:"出什么事啦?"

侍从们说:"国王陛下,海边躺着十具尸体,陛下的御用宝船不见了。我们搜索了一番,发现教堂那座朝向大海的便门敞开着,在教堂里干活儿的那个俘虏也不见了。"

国王说:"如果我的宝船不见了,毫无疑问是玛丽娅划去派用场了。"

讲到这里,眼见东方透出黎明的曙光,莎赫札德戛然止声。

第八百八十五夜

夜幕垂降,莎赫札德接着讲故事:

幸福的国王陛下,国王正与奴仆们说话时,忽然听宫内传来两声大喊,整个宫殿因之震动。国王急问:"出什么事啦?"

侍从们说:"国王陛下,海边躺着十具尸体,陛下的御用宝船不见了。我们搜索了一番,发现教堂那座朝向大海的便门敞开着,在教堂里干活儿的那个俘虏也不见了。"

国王说:"如果我的宝船不见了,毫无疑问是玛丽娅划去派用场了。"

国王立即派人叫来港口总监,对他说:"凭耶稣和正教起誓,你若不立即带兵追回我的宝船和船上的所有人,我就把你杀掉,斩首示众!"

国王大声呵斥,港口总监周身战栗,随后转身而去,直奔教堂。

　　港口总监见到教堂的管事老妇人，对她说："在教堂里干活儿的俘虏是哪儿的人，你知道吗？"

　　老妇人说："他对我说过，他是亚历山大人。"

　　港口总监听后，立即赶到港口，把水手们喊来，对他们说："水手们，你们要立即行动，准备扬帆出海！"

　　水手们立即登上船去，各就各位，起锚扬帆，驶向大海。

　　经过几天几夜航行，他们便到达了亚历山大港；就在这时，努尔丁离开玛丽娅，下船进城到香料商家去了。

　　率队前来追赶玛丽娅的是国王的独眼瘸腿宰相，就是从努尔丁手里骗买到公主的那个老头子。

　　他们看见国王的那条宝船停泊在岸边，便把他们的船停靠在一个远远的地方，然后放下一条吃水线仅有两腕尺的小船，向国王的那条宝船划去，船上坐着一百名武士，由独眼瘸腿宰相亲自率领。这位独眼瘸腿宰相性情凶暴，诡计多端，狡猾奸诈，无人能够战胜他，很像是臭名昭著的艾卜·穆罕默德·伯塔勒。

　　他们把船划到宝船旁边，武士们一齐冲向那条船，发现船上只坐着玛丽娅公主一人，随即连人带船抢去。

　　独眼瘸腿宰相一行不费吹灰之力，未动任何兵器，便抢到了玛丽娅公主。之后，他们登上岸去，等了一会儿，不见任何动静，便带着玛丽娅公主，坐上大船，回返希腊而去。他们一路顺风，平安顺利抵达法朗杰城。

　　他们迅速把玛丽娅公主送到王宫。国王看见玛丽娅，不禁勃然大怒，骂道："你这个该死的逆子！你怎敢背弃祖先留下来的宗教，离开我们赖以依靠的耶稣基督的堡垒，去信以十字架和偶像为敌的伊斯兰教呢？"

玛丽娅公主说:"我没有罪,因为我夜里到教堂去,目的在于参拜圣母玛利亚的圣灵,向圣母祈福。我正在那里祈祷时,不知不觉穆斯林强盗朝我袭来,将我的嘴塞住,绳捆索绑,把我抢到船上,随后把我带到了他们的国家。我欺骗他们,和他们谈起他们的宗教,他们方才给我松了绑。我当时万万想不到父王会派人把我拯救出来。凭耶稣、正教和十字架上的人起誓,我能挣脱他们的手掌,我真高兴,真开心,万分庆幸我没有沦为穆斯林的俘虏。"

国王怒气未消,骂道:"浪丫头,你在撒谎、编瞎话呀!凭《新约》中有关非法、合法条例的规定,我非把你杀掉不可,把你当作最坏的典型。难道你欺骗了我一次还不够,现在又要欺骗我第二次?"

国王说罢,下令斩杀玛丽娅公主,将她钉死在宫门上。

就在这个时候,独眼瘸腿宰相来到王宫。他曾深恋着玛丽娅公主,听说国王要处死玛丽娅公主,忙走到国王面前,说道:"国王陛下,请不要斩杀公主,把她许配给我为妻,我会十分珍惜她的,和她入洞房那一天,便开始为她建造一座石头宫殿,把宫殿建造得高高的,任何盗贼都休想爬上殿顶。宫殿建成之后,我要在殿门外斩杀三十个穆斯林,以表示我和她共同祭奠我们的耶稣基督。"

国王答应将玛丽娅公主许配给宰相,允许牧师、修士和主教们主持宰相与公主的婚礼。

在牧师、修士和主教们的主持下,独眼瘸腿宰相与玛丽娅公主结为夫妻,随即开始为玛丽娅建造宫殿,工匠们忙碌起来了。

我们回过头来,看看努尔丁的情况。

努尔丁来到父王的朋友香料商家,向香料商的妻子借了斗篷、面纱、靴子和黑纱披单以及亚历山大妇女平常穿的衣服,随即向海边走去,直奔玛丽娅公主乘坐的那条宝船。

努尔丁到海边一看,只见那里空空荡荡,人和船都已无影无踪了,不禁心中难过,泪水夺眶而出,边哭边凄然吟诵……

讲到这里,眼见东方透出黎明的曙光,莎赫札德戛然止声。

第八百八十六夜

夜幕垂降,莎赫札德接着讲故事:

幸福的国王陛下,努尔丁到海边一看,只见那里空空荡荡,人和船都已无影无踪了,不禁心中难过,泪水夺眶而出,边哭边凄然吟诵道:

> 幸福之幻影,敲门在五更;
> 薄明时分里,惊醒我的梦;
> 但见众友伴,静卧旷野中。
> 再追幻影时,不寒心意冷:
> 相会地何远,唯余一片空。

努尔丁在海岸上踱来踱去,左右观看,只见岸边聚集着一伙人,他们议论说:"喂,穆斯林们呀,亚历山大城没有什么尊严可讲了,就连西洋人都可以随意到这里来,抢了人就带回他们的国家去,竟然没有一个穆斯林敢问他们一句话,更没有一个守兵敢去追赶他们。"

努尔丁插嘴问:"发生什么事啦?"

他们说:"孩子啊,你有所不知,刚才来了一条西洋船,船上有一群兵士,他们闯入港口之后,将停泊在这里的一条小船连同船上的人一起抢走,带回他们的国家去了。"

努尔丁听人们这样一说,立即倒在地上,昏迷过去,不省人事。

过了一会儿,努尔丁慢慢苏醒过来,人们问他怎么啦,他才把事情的经过从头到尾向他们讲了一遍。

众人听后,纷纷责骂努尔丁,有的说:"你干吗非要让她穿黑纱披单和靴子进城呢?"

他们一个接一个地斥责努尔丁,言辞一个比一个激烈。这时,一个人说:"不要埋怨他了,他已经够难受的了。"

人们根本不听规劝,照样一个接一个地责怪、训斥、讽刺努尔丁。努尔丁悔恨莫及,再次昏迷过去,不省人事。

正当此时,香料商向着人群走来,想问问究竟发生了什么事情。

香料商走近一看,见努尔丁躺在地上,昏迷不醒,赶快走上前去,俯下身,大声呼唤努尔丁。

片刻后,努尔丁苏醒过来,香料商问:"孩子,你这是怎么啦?"

努尔丁说:"大叔,我那个被人买走的姑娘……我刚刚用船把她从她父王的城中接到这里来,历尽千辛万苦,不料又被人抢走了……我带着她来到这里,把船停靠在岸边,拴好缆绳,让她坐在船上,我就到你家去借衣服,以便让她穿上进城。我离开后不多时,西洋人就来了,他们把船和姑娘都抢去了。"

香料商老人听努尔丁这样一说,脸色顿时暗淡无光,深为努尔丁感到惋惜。他说:"孩子,你为什么非要她穿着黑纱披单进城不可呢?不过,孩子,事到如今,说什么也没用了。孩子,起来吧,跟我一起进城去!但求安拉赐予你一个更漂亮的姑娘,得到更大的欢乐。赞美安拉,他让你失掉一样东西,还会让你得到补偿,甚至还会赢利呢!孩子,你要知道,人世间的聚合、离散全操在伟大安拉手里,人无可奈何!"

努尔丁说:"大叔,凭安拉起誓,说实话,我永远忘不了她,我一定要去找她,哪怕为她饮黄泉苦酒。"

"孩子,你打算怎么办呢?"

"我想再赴希腊,直奔法朗杰城,不惜冒生命危险,得到她就活下去,得不到她便一死了之。"

"孩子,古谚说得好:'瓦罐不打,一辈子不漏。'可是,谁能担保瓦罐不打呢?如果还像第一次那样,说不定他们也会把你杀掉的,尤其他们已经认识你了。"

"大叔,你就让我去吧!为了我那心上人,我宁愿让他们尽快把我杀死,也不愿意失掉她而在忍耐中活着。"

说来也巧,港口上停泊着的一条船马上就要起航,乘客们都已上船,水手们正要解缆张帆。这时,努尔丁主意已定,快步登上船去,船即扬帆起航了。

船顺风航行了几日后,在波涛汹涌的大海上遇到一条西洋船。那条西洋船正在那里游弋,见船就抢,唯恐玛丽娅公主被穆斯林劫走。他们见到穆斯林的船就连船带人一起送往希腊国王的京城,打算把他们全都杀掉,借此还独眼瘸腿宰相为娶玛丽娅公主而许下的愿。

他们看见努尔丁乘坐的那条船,立即冲了上去,连人带船一并抢获,然后将船上的人押往玛丽娅父王的京城法朗杰城。

国王看见一百名穆斯林被带到他的面前,立即下令斩杀他们,刽子手手起刀落,眼见俘虏们的首级连连落地,最后只剩下努尔丁一个人,仿佛刽子手见他年纪幼小,身材健美,容颜俊秀,故同情之心油然而生,有意留到最后再杀他。

国王看见努尔丁,一眼认出了他,问道:"你不就是上次来我们这里的那个努尔丁吗?"

努尔丁说:"我没到过你们这里,我不叫努尔丁,而叫易卜拉欣。"

"你在撒谎啊!你就是我送给教堂管事老妇人,叫你帮她干活的那个努尔丁。"

"陛下,我名叫易卜拉欣哪!"

"等教堂的管事老妇人来了,让她认认你是不是努尔丁吧!"

正在这个时候,独眼瘸腿宰相进来了,他向国王行了吻地礼后,说道:"国王陛下,我为公主建造的新宫殿已经竣工。陛下知道,我已向耶稣基督许过愿:一旦宫殿竣工,我必在宫殿门前斩杀三十名穆斯林作为祭品。我现在到陛下这里来,就是为了向你讨三十名穆斯林俘虏,以便斩杀还愿,权作向你借贷,待日后我抓了俘虏再还给陛下。"

国王说:"凭耶稣基督和正教起誓,我这里只剩下这一个俘虏了。"

国王指着努尔丁,对宰相说:"你把他带走,马上把他杀掉祭主吧!其余的二十九名,待我有了俘虏,再给你。"

独眼瘸腿宰相走去,带着努尔丁来到新建的宫殿门前,想把努尔丁斩杀在门槛上,不料刚一举刀,油漆工却说:"老相爷,油漆未完,请等两天再杀这个俘虏吧!等我们油漆完了,凑够三十名俘虏,到时一起斩杀,还愿祭主吧!"

宰相听了他的意见,下令将努尔丁关进他的马厩里。

讲到这里,眼见东方透出黎明的曙光,莎赫札德戛然止声。

第八百八十七夜

夜幕垂降,莎赫札德接着讲故事:

幸福的国王陛下,独眼瘸腿宰相走去,带着努尔丁来到新建的宫殿门前,想把努尔丁斩杀在门槛上,不料刚一举刀,油漆工却说:"老相爷,油漆未完,请等两天再杀这个俘虏吧!等我们油漆完了,凑够三十名俘虏,到时一起斩杀,还愿祭主吧!"

宰相听了他的意见,下令将努尔丁关进他的马厩里。

努尔丁被衙役们关入马厩,又渴又饿,仿佛已看见死神来临,不禁顾影自怜,唉声叹气。

真是天无绝人之路,逢凶只有安拉搭救。国王有两匹同胞宝马,一匹名叫萨比格,另一匹名叫拉哈格,一匹毛呈纯灰色,另一匹毛呈乌黑色。这两匹宝马名声远扬,当时的各国帝王都为得不到其中的一匹马而深感遗憾,甚至争相悬赏说:"不论是谁,若能为我弄到那其中一匹宝马,黄金和珠宝任其取拿!"结果还是没有人能盗得那御用良驹。不期那两匹宝马中的一匹患了眼病,国王下诏唤来兽医为宝马治眼病,结果没有一位兽医取得成功。

有一天,独眼瘸腿宰相来见国王,发现国王正在为自己那匹御马患病而闷闷不乐。宰相有意消除国王的忧愁,于是说:"国王陛下,把这匹害眼病的宝马交给我,让我给它调治一下吧!"

国王听宰相说能为御马治疗眼病,就让他把那匹害眼病的马牵走了。

独眼瘸腿宰相把马牵进关着努尔丁的马厩里,然后走了。

那匹马因离开自己的同胞兄弟而嘶鸣不止,搅得人们不得安歇。

独眼宰相得知那匹马因离开兄弟而不安,便进宫把情况报告给了国王。国王听后,说道:"动物都不忍离开自己的兄弟,何况有良知的人呢?"

随即令宫役将另一匹宝马送到宰相的马厩里,并且叮嘱宫役说:"你们告诉相爷,就说国王看在玛丽娅公主的面儿上,把两匹宝马都赏给他了。"

当他们把马牵进马厩时,努尔丁正在那里睡觉,手脚都戴着镣铐。

努尔丁醒来,看见一匹马患有瞽眼障,而且他了解有关马的一些知识,也曾为马治过病,心想:"凭安拉起誓,这倒是我得以解脱的机会。我何不骗宰相一下,说我能治这匹马的眼病,给它配一点儿什么药,把马的眼睛弄坏,让宰相把我杀掉,也好让我摆脱这种卑贱生活之苦,一死不就了之了吗?"

想到这里,努尔丁便耐心地等待起来。当他看见宰相进到马厩里看马时,就对宰相说:"相爷阁下,如果我能把这匹马的眼病治好,你将给我什么奖赏呢?"

宰相说:"凭我的头颅起誓,你若能医治好这匹宝马的眼病,我将免你一死,而且你要什么,我给你什么。"

"相爷阁下,那就请打开我的镣铐吧!"

宰相下令给努尔丁取下镣铐，努尔丁站起身来，走去拿来一块儿干净的玻璃，将之研成粉末，又掺上一些生石灰，加入葱汁水，拌成膏状物，然后敷在马的两只眼睛上，用绷带扎好。

事毕，努尔丁心想："马的两只眼睛全都瞎了，他们要把我杀掉，我也便能永久摆脱这种卑贱苦难的生活了！"

想到这里，努尔丁觉得忧虑消失一净，安然躺下，向安拉祈祷道："主啊，这一切，你是不问全知的。"

次日清晨，旭日照亮大地和山川，独眼瘸腿宰相来到马厩，取下马眼上的绷带，发现马的双眼复明了，炯炯放光，宰相欣喜地说："喂，穆斯林小伙子，你真行！我从未见过像你这样有学识的人。凭耶稣和正教起誓，我真佩服你！在我们的国家里，哪个兽医也治不了这匹宝马的眼病。"

宰相走到努尔丁跟前，亲手取下努尔丁手脚上的镣铐，给他换上最漂亮的衣服，委任他为饲马总管，并给他规定了俸禄，让他住在马厩上面的楼房里。

独眼瘸腿宰相专为玛丽娅公主建造的那座宫殿，有一扇窗子面对着相府，从那里可以看见努尔丁居住的那间马厩顶上的楼房。

努尔丁在那里住着，整日有吃有喝，有玩儿有乐，马夫们全听他的指挥；哪个粗心大意，人走了却没有把马喂好拴好，必遭到他的训斥，甚至被鞭打一顿，有的还要戴上镣铐。

独眼宰相见努尔丁尽心尽力，十分高兴，有什么事情都告诉他。

努尔丁深知那匹宝马在宰相心目中的地位，因此特别关心那匹马，每天都要到马厩里去，亲自照看一番。

独眼宰相有个女儿，姿色超群出众，像原野上奔跑的羚羊，又像随风飘拂的杨柳。

有一天,宰相女儿坐在新宫殿中下临相府的窗前,望着努尔丁住的房子,听见努尔丁借唱歌排遣忧愁。努尔丁唱道:

唤声责难者,独享清福人,
一日遇磨难,亦会道辛苦。
呜呼恋情真,烈火灼我心。

你今得幸免,未知时伤神。
莫怨他无措,他言情意深。
呜呼恋情真,烈火灼我心。

且谅热恋者,莫责备他们!
切别再加重,他们的苦闷!
呜呼恋情真,烈火灼我心。

我本一奴仆,度夜心安稳,
不识熬夜味,任凭爱扣门。
呜呼恋情者,烈火灼我心。

病因相思者,方知情为甚;
饱饮爱中苦,醉于情失神。
呜呼恋情真,烈火灼我心。

曾熬几多夜,未尝眠香醇。
泪水淌成河,颊上漫苦闷。
呜呼恋情真,烈火灼我心。

世间情痴多,熬夜常废寝;
因为久缺觉,疲惫病缠身。
呜呼恋情真,烈火灼我心。

我的泪成河,骨瘦耐心尽。
当年甜滋味,今已涉苦津。
呜呼恋情真,烈火灼我心。

可怜痴情者,无眠空瘦人,
身沉疏远海,诉情加叹吟。
呜呼恋情真,烈火灼我心。

谁能不近情,谁可轻脱身?
谁能不寻爱,从何得欢欣?
呜呼恋情真,烈火灼我心。

唤声慈悲主,保佑全靠您,
赐之玉与帛,逢灾赋怜悯。
呜呼恋情真,烈火灼我心。

努尔丁唱罢,宰相的女儿心想:"凭耶稣和正教起誓,这位穆斯林真是一个漂亮的小伙子,毫无疑问,他是个失恋者。莫非他所钟情的姑娘也像他一样漂亮?他所钟爱的那位女子,是否也对他怀着同样的深厚爱意呢?假若他所钟情的人也像他一样漂亮,对他怀着同样的深情,那么,他流泪、哭诉倒是值得的;如果他所钟爱的女子既不像他那样漂亮,又不像他爱她那样爱他,那么,他伤心落泪就不值得,只是白白损害健康,空耗生命。"

讲到这里,眼见东方透出黎明的曙光,莎赫札德戛然止声。

第八百八十八夜

夜幕垂降,莎赫札德接着讲故事:

幸福的国王陛下,宰相的女儿心想:"凭耶稣和正教起誓,这位穆斯林真是一个漂亮的小伙子,毫无疑问,他是个失恋者。莫非他所钟情的姑娘也像他一样漂亮?他所钟爱的那位女子,是否也对他怀着同样的深厚爱意呢?假若他所钟情的人也像他一样漂亮,对他怀着同样的深情,那么,他流泪、哭诉倒是值得的;如果他所钟爱的女子既不像他那样漂亮,又不像他爱她那样爱他,那么,他伤心落泪就不值得,只是白白损害健康,空耗生命。"

此时此刻,玛丽娅公主就要成为独眼瘸腿宰相的妻子,昨天才被送到新建的宫殿里。

宰相的女儿得知玛丽娅公主闷闷不乐,决计去看望她,和她谈谈那个穆斯林青年的事儿以及她所听到的诗歌,以期给玛丽娅带去宽慰。

宰相的女儿来到公主的房里,果然看见玛丽娅公主神情沮丧,泪水弥漫面颊,边哭边吟诵道:

>　我的命已终,爱情依旧存,
>　因为思念甚,胸中实憋闷。
>　别离痛苦多,溶化我的心。
>　但期相聚日,及时早降临。
>　彼此见笑颜,一赏人间春。

>　莫要多责怪,心被夺去人。
>　思甚苦闷迭,体瘦骨嶙峋。
>　莫发责斥箭,莫射爱意真,
>　世上钟情者,最应得怜悯。
>　爱情中苦涩,味亦甜津津。

宰相的女儿听了吟诵,怀着同情之心对玛丽娅说:"亲爱的公主,你为何愁眉不展,思绪混乱,哭泣落泪呢?"

玛丽娅公主听宰相的女儿这样一问,立即回想起过去的甜蜜日子,情不自禁地吟道:

>　我将习惯忍,别离亲人苦。泪珠一颗颗,倾洒如雨注。
>　但期主显灵,早日赐予福;借安拉护佑,百灾皆消除。

宰相的女儿听后,对玛丽娅公主说:"你不要独自在此闷闷不乐了,跟我到窗前去看一看吧!在我家的马厩里,有一个漂亮的小伙子,身材匀称,眉清目秀,口齿伶俐,出口成章,却很像一个失恋者。"

玛丽娅公主问:"你从哪里得知他是个失恋的小伙子呢?"

"公主,我是从他白天和黑夜吟唱的诗歌中,觉察出来他是个失恋的小伙子。"

听宰相的女儿这样一说,玛丽娅心想:"如果宰相的这位千金说的话当真,那么,这无疑是可怜惆怅的努尔丁的习惯和品性。这个小姑娘说的那个小伙子究竟是谁呢?"

玛丽娅公主完全沉浸在了爱情和思念的海洋之中。她迅速站起身来,跟着宰相的女儿向窗前走去。

凭窗望去,玛丽娅惊喜不已,她仔细凝神细看,果见是她的心上人努尔丁,只是形体瘦削,面色憔悴,显然是因为过度思念她,痛遭离别之苦折磨所致。她听努尔丁吟道:

> 心已被占去,泪水夺眶淌;并无载雨云,雨泪何处降?
> 哭泣夜难眠,失友吾悲伤。忧愁与苦闷,数目在八上;
> 继之五乘五,何不听我讲?回忆加思念,相思情久长;
> 遭难复离乡,殷切情焉忘?耐力日渐减,难忍是忧伤。
> 耐心远离时,愁苦接连降。我悲苦良多,心火什么样?
> 泪怎在心燃,心火依旧旺?我身浴泪洪,爱本渊火王。

玛丽娅听见小伙子的伶俐口齿和诗文,又看到了他的形象,更加深信那不是别人,正是她心中的白马王子努尔丁。但是,她没有把此事告诉宰相的女儿。

玛丽娅公主对宰相的女儿说:"小姐,凭耶稣和正教起誓,我想你不知道我为什么闷闷不乐。"

玛丽娅公主若无其事地离开窗前,回到原来的地方坐下。宰相的女儿也离开那里,忙自己的事情去了。

过了一会儿,玛丽娅公主回到窗前,坐在那里,凝神注视着努尔丁,但见心上人眉清目秀,姿容恰似十四日夜晚悬挂在中天的一轮皓月，然而不时长吁短叹，泪水潸潸。因为努尔丁想起了往时甜蜜的岁月，情不自禁，凄然吟诵道：

  盼见意中人，希望未实现。生活苦与涩，我却已尝遍。
  泪似河水流，见人忙揩干。拆散情侣者，可恶至极端；
  若得抓住他，定将舌斩断。时光已闪过，不必去责怨；
  我已把我心，留在你庭院。面对暴虐者，公正何从谈？
  你要他裁决，不公增无减。我视她如命，以期守财产；
  不料将我丢，财产亦失完。因为我爱她，甘以生命换；
  但期有一日，你我得相见。可爱小羚羊，你知我心田；
  我已经尝够，离别苦熬煎。世上一切美，集于你容颜；
  我的忍耐心，皆寄你脸面。我放她在心，她却遭磨难；
  我终信自己，痴情永不变。我的泪如河，知路必追赶。
  自恐因忧死，所期均逝散。

  玛丽娅公主听了自己的心上人努尔丁的吟诵，心里有一种说不出的滋味，不禁泪水夺眶而出，边哭边吟道：

  久盼心上人，相见却茫然；张口即结舌，眼不听使唤。
  本想责备他，语词结成篇；相见时俱忘，道不出半言。

  努尔丁听见玛丽娅的吟诵，确信意中人就在眼前，哭得更加伤心，心想："这是玛丽娅的声音，毫无疑问……"

  讲到这里，眼见东方透出黎明的曙光，莎赫札德戛然止声。

第八百八十九夜

夜幕垂降,莎赫札德接着讲故事:

幸福的国王陛下,努尔丁听见玛丽娅的吟诵,确信意中人就在眼前,哭得更加伤心,心想:"这是玛丽娅的声音,毫无疑问……莫非我的猜想不正确?不,就是她,不会是别人。"

想到这里,努尔丁心中的忧伤有增无减,不禁长吁短叹,边落泪边吟道:

> 我在宽敞地,遇见心上人。相见无怨语,虽则可恳心。
> 责备爱情者,走上前来问:何故不开言,滔滔叙情分?
> 唤声傻瓜呀,听我对你云:情侣间情况,类似多疑人;
> 彼此相见时,沉默贵胜金。

听了努尔丁的吟诵,玛丽娅公主取出笔、墨和纸,给努尔丁写了一封信。信中写道:

奉大慈大悲安拉之名
亲爱的努尔丁:

你好!愿安拉为你祝福。请容我告诉你,玛丽娅向你问好,一心想念你,特给你写这封信。望你接到这封信后,仔细看我在信中的叮嘱,千万不要大意,更不要贪睡,一定要按照我的叮嘱办;二更天是最佳时辰,你一定要牵上那两匹御用宝马,到城外去;若有人问你:"到哪儿去?"你就回答:"我去遛遛马!"你这样一说,就不会有任何人阻拦你,因为城中的人都认为城门已经关闭。

你的玛丽娅

玛丽娅写完信,折叠起来,用绸帕包好,从窗子里投给了努尔丁。

努尔丁捡起绸帕,打开一看,见是一封信,立即认出那是玛丽娅的笔迹,吻了又吻,随后细细阅读,明白了心上人的计划,继之把信贴在自己的眉心,往事一幕幕浮现在眼前,不禁热泪滚滚,脱眶而出。他吟道:

夜公送你手书来,激我思波情满怀。
回想往时相聚甜,赞主考验用分开。

夜幕垂降,努尔丁走去为两匹宝马准备好鞍鞯,然后耐心等待着。

二更天时分,努尔丁走去把两副最好的马鞍放在马背上,然后把马牵出马厩,随手锁好了厩门。

努尔丁牵着两匹马行至城门下,坐在那里,等待着玛丽娅的到来……

玛丽娅公主来到为她准备的那间座厅,独眼瘸腿宰相坐在那里,背靠着一只用鸵鸟毛填充起来的靠枕。

独眼宰相见玛丽娅进来,既羞于向玛丽娅公主伸手,也不好意思同玛丽娅公主交谈。

玛丽娅一看见独眼宰相,忙向安拉求救,暗自祈祷说:"安拉啊,求你保佑我,不要让那独眼玷污我的洁净之身,不要让他达到目的。"

玛丽娅边思考边向独眼宰相走去,显得亲热友好,随后在宰相身边坐下,温情脉脉地说:"老爷,你为什么躲避我呢?你是得意忘形呢,还是有意装模作样呢?常言说:'问候不成,坐着的就得向站着的致敬。'你如果来我这里不方便,或不想主动和我说话,我就到你那里去,主动和你说话。"

独眼宰相说:"普天之下的女王,多谢你的恩典!我不过是你的一个奴仆,最下贱的小奴,羞于主动与你说话。世间稀有的玮珠啊,因为有了你,我的脸才能得到一丝光芒……"

"我们就不必说这些客气话了,快上饭菜来吧!"

宰相立即呼唤女婢男仆,要他们马上给玛丽娅端饭上菜。

片刻过后,一桌丰盛筵席摆好,色香味俱佳;天上飞的,地上跑的,海中游的,一应俱全。其中有烤沙鸡、烧鹌鹑、炸乳鸽、烤全羊、蒸肥鹅,还有红烧鸡、干熏鱼、烤兔肉等,应有尽有,鲜美诱人。

玛丽娅伸手取食,吃得从容不迫,不时还把一块儿块儿肉送到宰相嘴里。

二人吃饱喝足,洗了洗手,仆人端上酒来。玛丽娅斟上酒,举杯向宰相敬酒,热情周到,致使宰相心花怒放,欣喜若狂,开怀畅饮。没过多大一会儿,宰相喝得酩酊大醉,神志恍惚。

玛丽娅趁宰相醉意朦胧之时,从口袋里掏出一片马格里布产的蒙汗药,悄悄放入杯中,随即斟上一满杯酒。那蒙汗药是玛丽娅早已准备好的,药性强烈,纵然是大象闻后,也要沉睡上一年半载。

玛丽娅眼见蒙汗药快速溶于酒中，随手举杯向宰相敬酒。那独眼宰相受宠若惊，急忙接过杯子，仰脖一饮而尽。

顷刻之间，蒙汗药药性发作，独眼宰相顿时倒在地上，昏睡过去，不省人事。

玛丽娅立即站起身，走去找了两个大鞍袋，收拾了一些轻便易带的珍珠、宝石和金银，装入袋中，又带上一些吃的喝的东西，佩带上一口利剑，拿上两件利器，还给努尔丁带上一套华丽宫服和一口宝剑。一切收拾停当，玛丽娅肩扛着两只鞍袋，出了宫门，直奔城门，找努尔丁去了。

这就是玛丽娅的情况。让我们回过头来看看努尔丁的情况。

讲到这里，眼见东方透出黎明的曙光，莎赫札德戛然止声。

第八百九十夜

夜幕垂降，莎赫札德接着讲故事：

幸福的国王陛下，玛丽娅眼见蒙汗药快速溶于酒中，随手举杯向宰相敬酒。那独眼宰相受宠若惊，急忙接过杯子，仰脖一饮而尽。

顷刻之间，蒙汗药药性发作，独眼宰相顿时倒在地上，昏睡过去，不省人事。

玛丽娅立即站起身，走去找了两个大鞍袋，收拾了一些轻便易带的珍珠、宝石和金银，装入袋中，又带上一些吃的喝的东西，佩带上一口利剑,拿上两件利器,还给努尔丁带上一套华丽宫服和一口宝剑。一切收拾停当,玛丽娅肩扛着两只鞍袋,出了宫门,直奔城门,找努尔丁去了。

这就是玛丽娅的情况。让我们回过头来看看努尔丁的情况。

可怜的痴情人努尔丁牵着两匹马,坐在城门下,焦急地等待着心上人玛丽娅公主,说来也怪,努尔丁经不起困神的袭扰,不知不觉睡着了。

努尔丁牵的是两匹御用宝马。当时,各国国王曾以重金收买盗贼,千方百计想盗得那两匹宝马,哪怕是其中一匹。

那时候,有一个以盗马出名的黑奴。那些梦想盗得这两匹宝马的国王们,为了得到宝马,曾用大量钱财收买这个盗马贼,并答应他,事成之后,给他一座岛屿,赐赠给他一件锦袍。

这个盗马贼已潜入法朗杰城许久,只是因为两匹宝马养在王宫里,警卫森严,他始终未能得手。

后来国王把两匹宝马赐赠给独眼瘸腿宰相,宰相把马牵到自己的相府马厩里,黑奴盗马贼得知后,不禁欣喜若狂,一心想把马盗到手,他暗自想:"凭耶稣起誓,我一定要将那两匹宝马盗来。"

那天夜里,盗马贼出了家门,向相府走去。他从城门下路过,无意中一眼望去,却见努尔丁手里攥着马的缰绳,自己却坐在那里睡着了。盗马贼蹑手蹑脚走过去,轻轻地解下马笼头,打算骑上一匹赶着一匹溜走。

正在这个时候,玛丽娅公主扛着两个鞍袋走来了。她误以为那个盗马贼是努尔丁,随手把一只鞍袋递给盗马贼,盗马贼接过鞍袋,一句话也没说。玛丽娅满以为他就是努尔丁,二人骑上马,出了城门,谁都没说一句话。

出了城门,走在路上,玛丽娅说:"喂,努尔丁,你怎么一句话也不说呢?"

黑奴怒气冲冲地瞪了她一眼,说道:"丫头,你说什么?"

玛丽娅听到那咕咕哝哝的声音,这才知道他不是努尔丁,遂抬头望去,只见那是一个黑奴,长着一只壶状的鼻子。

见此情景,玛丽娅脸上顿时暗淡无光,怒气冲冲地问道:"狗杂种,你是什么人?你叫什么名字?"

黑奴盗马贼说:"小贱妇,我叫迈斯欧德,堂堂的窃马大盗,专趁人们熟睡之机外出偷马……"

玛丽娅二话未说,拔剑出鞘,手起剑落,盗马贼迈斯欧德登时人头落地,倒在血泊之中。

玛丽娅骑着一匹马,急速回城去找努尔丁。

回到城门下一看,见努尔丁还睡在那里,手里抓着两匹宝马的缰绳,睡得十分香甜安稳,已经到了分不清自己手脚的地步。

玛丽娅跳下马背,走上前去,伸手一推,努尔丁这才从梦中惊醒过来。努尔丁说:"亲爱的,赞美安拉,你可算来了!"

玛丽娅说:"努尔丁,快起来,不要吱声,快骑上这匹马!"

努尔丁站起来,飞身上马,玛丽娅纵身跨鞍,二人并驾齐驱出了城门。

二人纵马驰骋,过了一个时辰,玛丽娅望着努尔丁,说:"我不是叮嘱过你,千万不要睡觉吗?贪睡之人,是得不到成功的。"

努尔丁说:"亲爱的,我期盼着你的到来,只觉精神快活,可是又不知不觉进入了梦乡。究竟出什么事啦?"

玛丽娅把刚才与盗马贼发生的事从头到尾向努尔丁讲了一遍。

努尔丁听后,不寒而栗,说道:"赞美安拉,我们终于安全相见了。"

二人把命运交给了安拉,扬鞭策马,不多时来到玛丽娅斩杀盗马贼的地方。

努尔丁仔细望去,只见那盗马贼尸卧土中,就像一个魔鬼,玛丽娅对努尔丁说:"你去扒下盗马贼的衣服,取下他的武器。"

"亲爱的,凭安拉起誓,我不能离鞍,更不敢凑近盗马贼的尸首。"

努尔丁望着盗马贼的尸体感到害怕,同时由衷敬佩玛丽娅公主的勇敢,衷心感谢她除掉了这个恶患。

二人快马加鞭,向前飞驰而去。

黑夜过去了,天亮了,晨光照亮了大地和山川。二人来到一片宽阔的谷地,只见那里绿草如茵,果树成林,鲜花盛开,鸟儿鸣唱枝头,羚羊奔跑戏闹,河渠纵横,清水流淌,一片生机勃勃的景象。正像诗人所描述的那样:

> 热风吹山谷,花草把言发;
> 大树将我们,怀中紧紧把,
> 如母抱婴儿,慈祥难描述。
> 渴得饮泉水,酒香怎比它?
> 浓荫足蔽日,笑迎惠风刮。
> 宝石俯拾得,足令少女夸,
> 堪与珍珠比,精美冠天下。

诗人又云:

> 百鸟枝头唱,溪水石上流,客至心迷恋,魂荡神驰游。
> 酷似天堂里,仙果压枝头,浓荫与流水,行处寻常有。

眼见一片绿原,玛丽娅和努尔丁离鞍下马,准备在那座山谷里好好休息一下。

讲到这里,眼见东方透出黎明的曙光,莎赫札德戛然止声。

第八百九十一夜

夜幕垂降,莎赫札德接着讲故事:

幸福的国王陛下,黑夜过去了,天亮了,晨光照亮了大地和山川。二人来到一片宽阔的谷地,只见那里绿草如茵,果树成林,鲜花盛开,鸟儿鸣唱枝头,羚羊奔跑戏闹,河渠纵横,清水流淌,一片生机勃勃的景象。

眼见一片绿原,玛丽娅和努尔丁离鞍下马,准备在那座山谷里好好休息一下。

玛丽娅和努尔丁拴好马,走去摘了一些果子充饥,喝了几口溪水,随后将马放开,让马自由吃草。

二人吃饱喝足,坐下来开始聊天,回忆过去的生活和经历的种种危险,相互倾诉离别之苦及相互之间的强烈思念之情。

二人聊得津津有味,忽然看见山谷那端扬起一股烟尘,霎时铺天盖地,同时传来战马的嘶鸣声和武器的碰撞声……

国王把女儿许配给了宰相,按照王家公主的习俗,新婚的第二天清早,国王要去看望女儿。

洞房花烛之夜过后的第二天清晨，国王带着绸子和金银向新建的宫殿走去，以便向奴仆和婢女们撒送喜钱。

国王在宫仆们的簇拥下来到新宫殿，却见独眼瘸腿宰相躺在地毯上，昏睡不醒。国王左顾右盼，看不到玛丽娅公主的身影，不禁心中纳闷儿，神魂不安。国王吩咐宫仆取来热水、新醋和乳香，将三样东西混合搅拌在一起，将之灌入宰相的鼻子里，随后摇动他的身体。片刻之后，宰相吐出像奶酪一样的蒙汗药。国王吩咐再给宰相的鼻子里灌一次，宰相这才慢慢苏醒过来。

国王问："我的相爷阁下，你怎么啦？我的女儿玛丽娅在哪儿？"

宰相吞吞吐吐地说："伟大的国王陛下，公主的事，我不清楚，只记得她亲手递给我一杯酒，我喝了之后的事情就全不知道了，到现在方才醒来。公主究竟到哪里去了，我一无所知。"

国王听宰相这样一说，顿时气黑了脸，随手抽出宝剑，手起剑落，将宰相的脑袋削去了一半。

国王立即派人去喊来奴仆和马夫，问他们那两匹宝马在哪里，他们说："国王陛下，那两匹宝马昨夜丢失了，我们的总管大人也不见了。今天早晨我们醒来一看，发现马厩门全都大开着。"

国王勃然大怒："凭我的宗教和信仰起誓，那两匹宝马一定是我的女儿和那个在教堂里干活的俘虏牵走了。第一次就是那个俘虏把我的女儿带走的，我认识他。这一次让他从我手里逃掉的就是这个独眼瘸腿宰相，他是罪有应得，死有余辜。"

国王立即唤来三个儿子。那三位王子个个是英雄好汉，人人胆略非凡，在战场上都能抵挡千名勇士。国王命令三个儿子立即上马，带着数位大主教、国家重臣和武将，一行数百骑，直追玛丽娅公主和努尔丁。他们快马加鞭，终于在那道山谷里追上了他俩，荡起铺天盖地烟尘的正是他们。

玛丽娅公主看见追兵赶到,随即手握武器,佩好宝剑,飞身上马。她问努尔丁:"你打仗的本领如何?"

努尔丁说:"亲爱的,说实话,我在战场上的坚定性,就像插在麦麸堆上的木桩。"

努尔丁吟诵道:

> 且请责备我,呼声玛丽娅;责备不要紧,千万不要杀。
> 我怎成斗士,乌鸦啼都怕?见鼠我亦惊,吓得尿裤衩。
> 平生喜幽会,从不爱拼杀。只有玉门知,金玉力多大。
> 此见中鹄的,除此皆错差。

玛丽娅听完努尔丁的话和诗句,微微一笑道:"努尔丁,你要坐好,我保护你不受他们的伤害,即使他们的人多如沙粒。"

玛丽娅做好准备,纵身上马,松开缰绳,马便向着箭头指示的方向,像暴风或离弦的箭一样冲了出去。

玛丽娅是当时的女中豪杰,最勇敢,最顽强。因为她的父王教她趁夜色骑马射箭刺杀的时候,她还是个小姑娘。

玛丽娅对努尔丁说:"亲爱的,你骑上马,紧紧跟在我的马后。假若我们败退,你要特别当心,以防跌下马背。你的坐骑奔跑如飞,没有任何马能够赶上它。"

国王率追兵赶到,一眼认出了自己的女儿玛丽娅公主,于是立即回过头去,喊着他的长子拜尔图特的诨名,说道:"喂,拉斯·格鲁特①,你看哪,那就是你的妹妹玛丽娅,毫无疑问。你看呀,

---

① 音译,意为"屎头"。

她向我们冲过来了,想同我们交战,要和我们厮杀了。你去同她作战,向她发动进攻!凭耶稣基督和正教起誓,你战胜她之后,不要杀她,要向她宣传基督教;她若回心转意,你就把她当作俘虏带回来;如果她不重归基督教,你就把她杀掉,杀一儆百,以儆效尤。"

拜尔图特说:"遵命!"

拜尔图特拨马转身,直朝妹妹玛丽娅冲将过去。

玛丽娅公主迎了过来,迅速接近他,拜尔图特说:"喂,玛丽娅,你抛弃了祖辈传下来的宗教,皈依了伊斯兰教,难道这还不够吗?"

玛丽娅没有吱声。

拜尔图特又说:"凭耶稣基督和正教起誓,你若不回到我们祖辈留下的正教上来,不走正路的话,我就把你杀死,杀一儆百,以儆效尤。"

玛丽娅听哥哥这样一说,冷笑道:"过去的事情,已经过去,死了的人,要他再生,那比登天还难!我会使你大失所望的。凭安拉起誓,我决不会背弃穆罕默德所创立的伊斯兰教。伊斯兰教才是正教,我决不离开安拉的正教,哪怕献出自己的生命!"

讲到这里,眼见东方透出黎明的曙光,莎赫札德戛然止声。

❖❖ 第八百九十二夜 ❖❖

夜幕垂降,莎赫札德接着讲故事:

幸福的国王陛下,玛丽娅的哥哥拜尔图特对玛丽娅说:"凭耶稣基督和正教起誓,你若不回到我们祖辈留下的正教上来,不走正路的话,我就把你杀死,杀一儆百,以儆效尤。"

玛丽娅听哥哥这样一说,冷笑道:"过去的事情,已经过去,死了的人,要他再生,那比登天还难!我会使你大失所望的。凭安拉起誓,我决不会背弃穆罕默德所创立的伊斯兰教。伊斯兰教才是正教,我决不离开安拉的正教,哪怕献出自己的生命!"

拜尔图特听妹妹这样一说,脸色顿时暗淡下来,心中甚是不快,忍无可忍,随之拍马出击,兄妹间厮杀开始,战斗越来越激烈,两匹战马纵横驰骋在山谷中,互不相让,人们的目光都集中在了他俩的身上,只见矛飞剑舞,寒光闪烁,令人眼花缭乱,目不暇接。兄妹俩此攻彼守,此进彼退,激战数个回合。拜尔图特每使出一个新招儿,玛丽娅必能从容应付,以其精湛的武艺、卓越的战术和罕见的勇敢击破对方的招数。二人激战不停,双马荡起的烟尘遮住了人们的视线。拜尔图特使出全部招数,一一被玛丽娅攻破。拜尔图特终于心灰意冷,只觉得精疲力竭。就在这个时候,玛丽娅冲了过去,手起剑落,只见拜尔图特的脑袋被削了下来,顿时一命归西。

玛丽娅挥剑拍马,耀武扬威,斗志昂扬,英姿勃勃,纵马驰来奔去,高声呼喊道:"谁敢出战?懒汉无能之辈,不要白来送死!只有英雄豪杰,才配出列与我交战;而等待正教敌人的,只有痛苦的折磨。偶像的奴隶们,异教徒们,今天是正教信奉者们扬眉吐气的日子,也是异教徒们丢脸的败兴之时!"

国王见长子丧命,懊悔难忍,连连批打自己的面颊,撕扯自己的衣服,回头呼唤诨名叫胡尔·苏斯①的次子拜尔图斯。他说:

---

① 音译,意为"虫屎"。

"喂,胡尔·苏斯,孩子,快出阵与你的妹妹玛丽娅决一死战,为你的哥哥拜尔图特报仇吧!你要把她当作低贱的俘虏抓来!"

拜尔图斯回答道:"遵命,父王!"

拜尔图斯拨马奔向战场,直向玛丽娅冲了过去。玛丽娅从容应战,向拜尔图斯发动进攻,二人之间开始厮杀,剑来矛往,比她与长兄拜尔图特之间的战斗还要激烈。

拜尔图斯眼见自己无力抵挡妹妹玛丽娅的进攻,试图逃走,只因玛丽娅的攻势极猛,他无法脱身。每当拜尔图斯想逃走时,玛丽娅便攻过去,拦住他的去路。直至他走投无路,玛丽娅瞅准机会,手起剑落,削下了拜尔图斯的首级,让其步拜尔图特的后尘去了。

玛丽娅拍马继续在战场上纵横驰骋。她高声呼喊道:"骑士在哪里?勇将在哪里?独眼瘸腿宰相哪里去了?"

国王眼见两个儿子被女儿杀死,心中不胜难过,泪眼模糊,失声说道:"她,她,她杀死了我的两个儿子!凭耶稣基督起誓,凭正教起誓……"

他呼唤诨号为赛勒哈·绥卜扬①的小儿子说:"喂,斐斯扬,出战吧!和你妹妹交战,为你的两个哥哥报仇吧!你与她厮杀,你不杀她,她便会杀你。你一定要战胜了她,把她杀死!"

斐斯扬答了一声"遵命",立刻纵马向妹妹玛丽娅冲去。

玛丽娅以其勇敢和超绝武艺以及对战术的谙熟,奋起迎战她的三哥。她对三哥喊道:"喂,安拉的敌人,穆斯林的敌人,等待你的只有步两个哥哥的后尘!异教徒是没有好下场的。"

玛丽娅拨剑出鞘,手起剑落,削掉了斐斯扬的双臂和脑袋,安拉把他送入了火狱之中。

---

① 音译,意为"童屎"。

陪同国王的主教们眼见三位王子丧命,而且他们都是当时最勇敢的英雄豪杰,禁不住胆战心惊,打心底里畏惧玛丽娅公主,不由得一个个垂头丧气,自认再打下去,生无希望,即使不死,也要备受折磨和屈辱之苦,心中虽怒火燃烧,却无力抗击,只得后退逃走。

国王眼见三个儿子被杀,大军败北,一时心乱如麻,不知如何是好,心如火烤。国王心想:"玛丽娅把我们小看了。如果我亲自上阵与她决战,也许她同样可以打败我,征服我,甚至把我杀掉,会像对待她的三个哥哥那样对待我。她对我们来说,不再有任何希望,我们也不要盼望她回心转意了。如此看来,为了保全我的尊严,我还是回京城去吧!"

国王想到这里,掉转马头,回返京城而去。

国王回到宫中,想到三个儿子丧命,大军惨败,自己的尊严受辱,不禁心燃怒火。半个时辰过后,他召集来朝臣,向他们述说了女儿玛丽娅公主杀死她的三个哥哥及大军溃败的情况,并要他们出谋划策。

百官们思考片刻之后,建议国王给信士们的长官哈伦·拉希德写一封信,将此事通报给这位当朝哈里发。

国王接受百官的建议,提笔修书一封。信中写道:

希腊国王致信士们的长官哈伦·拉希德:

　　谨向哈里发陛下致安……

　　我有小女,名唤玛丽娅,因受一个名叫努尔丁·本·塔基丁的穆斯林俘虏的勾引,夜里被努尔丁带往他的家乡。本王恳求信士们的长官写信给各伊斯兰国家,一旦发现玛丽娅;务必派忠实使者送她回国。

　　如蒙哈里发陛下厚恩,本王愿割让半个城池,以供你们在那里为穆斯林修建清真寺；此外,还将送上一年税收作为贡品。

讲到这里,眼见东方透出黎明的曙光,莎赫札德戛然止声。

第八百九十三夜

夜幕垂降,莎赫札德接着讲故事:

幸福的国王陛下,百官们建议国王给信士们的长官哈伦·拉希德写一封信,要求哈伦·拉希德修书给伊斯兰国家,一旦发现玛丽娅,务请派忠实可靠的使者将公主送回国。

国王按照群臣们的建议写好信,随即差宫仆唤来那位已经替代独眼瘸腿宰相出任宰相的大臣,令其钤上国王大印,又让诸位大臣一一签字盖章,然后折叠加封。

国王对新任宰相说:"你若能把我的女儿找回来,我将给你两个亲王的封地,并赐赠双面金丝绣边锦袍。"

国王把信递给新宰相,令他即刻前往和平之城巴格达,将信面呈信士们的长官哈伦·拉希德。

新宰相带着信,跃马扬鞭,跨谷地,日夜兼程,马不停蹄,人不离鞍,顺利到达巴格达城。

宰相进城之后,休息了三天,打听到信士们的长官哈伦·拉希德的王宫,随即走到王宫门前,请求谒见哈里发。

宰相获准进入哈里发宫,见到信士们的长官哈伦·拉希德,行过吻地礼,递上法朗杰城国王的信和随身带去的贵重礼物。

哈里发哈伦·拉希德接过信,打开一看,知道希腊国王寻求帮助,以便找到他的女儿玛丽娅公主,便马上命令大臣们分别修书给各个穆斯林国王,信中把玛丽娅公主和努尔丁的形象描述得一清二楚,并说明他俩是逃犯,见到后务必将二人抓起来,及时送到信士们的长官宫中,叮嘱他们万勿粗心大意。书信写好封毕,派信使分送驻各国总督。

各总督接到哈里发的信,立即执行命令,派人四处搜寻信中描绘的那两个人。

让我们回过头来,看看玛丽娅公主和努尔丁的情况。

玛丽娅公主的父王率溃军败回京城后,玛丽娅即与努尔丁一起,快马加鞭,径直向沙姆奔驰而去。二人得安拉护佑,平安顺利到达大马士革城。

哈里发派出的差使在此前一天就赶到了大马士革,并且已通知大马士革总督,一旦发现玛丽娅和努尔丁,立即抓住,送往哈里发那里。

玛丽娅、努尔丁进入大马士革当天,密探便赶来问他俩的姓名,他俩不知问者来意,故如实相告,结果二人当即被抓了起来,随后被送到大马士革总督那里。

大马士革总督看见玛丽娅和努尔丁,知道正是哈里发要抓的那两个人,不禁喜出望外,随后派人将二人押送到巴格达城。

差官押解努尔丁和玛丽娅进了巴格达城,来到哈里发宫门外,求见信士们的长官,立即获准觐见。

他们见了哈里发,首先行吻地礼,然后说:"信士们的长官陛下,这就是法朗杰城国王的女儿玛丽娅公主。"

他们指着努尔丁，又说："这就是努尔丁，乃商人之子，当了俘虏之后，勾引玛丽娅公主，令其反对父王，然后偷偷带着她跑了出来，逃到了大马士革城，我们是在他刚进城时，发现他和玛丽娅公主的。我们问他俩的姓名，他俩把姓名、经历如实相告，我们便立即将二人抓住，送到陛下面前。"

信士们的长官哈伦·拉希德凝神注目玛丽娅，但见她身材匀称，体态婀娜，秀目含娇，明眸皓齿，风姿绰约，风韵可人，沉着镇静，端庄大方。

玛丽娅走上前去，向哈里发行吻地礼，并祝哈里发荣华久在，富贵长生。

哈伦·拉希德见女子言语甜润，反应敏捷，不禁对之深深喜欢。哈里发说："你就是法朗杰城国王的女儿玛丽娅公主？"

玛丽娅回答道："回陛下话，我正是希腊法朗杰城国王的小女玛丽娅。"

哈里发转脸望去，看见努尔丁，只见那是一个漂亮的小伙子，简直就像十四日夜晚中天悬挂的那轮明月。哈里发问："你就是那个俘虏、商人塔基丁的儿子努尔丁？"

努尔丁回答："报告信士们的长官、正教的卫士，本人正是努尔丁。"

"你怎好带着这位姑娘逃离她父王的王国呢？"

努尔丁听哈里发这样一问，随后将自己的经历从头到尾向哈里发讲述了一遍。

努尔丁讲完，哈里发听后，惊异不已，随口说道："你的遭遇真是罕见，实在太不幸了！"

讲到这里，眼见东方透出黎明的曙光，莎赫札德戛然止声。

第八百九十四夜

夜幕垂降,莎赫札德接着讲故事:

幸福的国王陛下,哈里发哈伦·拉希德看见努尔丁,问道:"你就是那个俘虏、商人塔基丁的儿子努尔丁?"

努尔丁回答:"报告信士们的长官、正教的卫士,本人正是努尔丁。"

"你怎好带着这位姑娘逃离她父王的王国呢?"

努尔丁听哈里发这样一问,随后将自己的经历从头到尾向哈里发讲述了一遍。

努尔丁讲完,哈里发听后,惊异不已,随口说道:"你的遭遇真是罕见,实在太不幸了!"

哈里发望着玛丽娅公主,说道:"玛丽娅公主,你有所不知,你的父王给我们送来了一封信,要我们寻找你,把你送回去。你说该怎么办呢?"

玛丽娅说:"信士们的长官,你是安拉在大地上的代理人,是先知训令和天命的执行者,只有你才能富贵长在,永避贫灾。我已经皈依了你们的伊斯兰教,因为只有你们的宗教才是正教。我已经抛弃了那些欺骗耶稣基督异教徒的信条,且已经成为信仰伟大安拉的信士。我相信安拉使者的使命,尊崇伟大安拉,向安拉顶礼膜拜,赞美安拉的伟大功德。我在哈里发的面前咏诵'做证词':'我证万物非主,唯有安拉;我证穆罕默德是安拉的使者。'安拉为使者指出了正道,并向他展示了正教的全部内容,多神教徒的憎恶对他丝毫没有影响。信士们的长官,你能够因为接到了信奉异端邪说者的一封信,就把我送到那些否认创造宇宙万物的安拉,而专事崇拜十字架和偶像,还把本是人的耶稣当神膜拜的异教徒国度中去吗?安拉的代理人,信士们的长官,你如果把我送到那里去,当世界末日审判来临之时,我一定要拉住你的衣角,向安拉及其使者控告你;到了那一天,在安拉面前,只有一颗虔诚的心起作用,任何钱财都将黯然失色,无济于事。"

信士们的长官哈伦·拉希德听玛丽娅公主这样一说,即开口说道:"玛丽娅,我怎么会那样行事呢?那样行事,安拉是不会答应的。我决不能把一个穆斯林女子送到一个异教徒国家去;因为你已笃信安拉及其使者,唯安拉及其使者之命是从,唯安拉及其使者之禁而止。"

玛丽娅说:"万物非主,唯有安拉;穆罕默德是安拉的使者。"

哈里发说:"玛丽娅,安拉为你祝福,指引你走上伊斯兰教正道。你既然已是笃信安拉独一的穆斯林,我们有责任保护你,绝不会不管你的。他们就是用满地的金银财宝,也休想把你换走。姑娘,你放心就是了,等待你的只有好事。你愿意让这个漂亮的小伙子成为你的丈夫,做你的眷属吗?"

玛丽娅说:"信士们的长官,他已经用钱把我买下,待我非常好,几次冒生命危险来找我,我怎么不乐意让他成为我的丈夫呢?"

信士们的长官哈伦·拉希德当场将玛丽娅公主许配给努尔丁,为她准备了聘礼,请来法官和证人及国家重臣为二人写了婚书,那真是一个值得纪念的日子。

婚书写完,哈里发哈伦·拉希德望着希腊国王的使臣,问道:"使臣阁下,你听到公主说的那番话了吗?既然她已成为信奉安拉的穆斯林,我怎能把她送回她父王那里去呢?她既已信奉伊斯兰教,而且又杀死了她的三个哥哥,若再回她父王那里,说不定会丧命的;如果事情果如我之所料,世界末日来临那天,我就将有难以解脱的罪过。《古兰经》上说:'真主绝不让不信道者对信道的人有任何途径。'① 你回去对你们的国王说,请他改变原来的主意,不要想那种没有可能实现的事情了。"

那位使臣是个缺心眼儿的傻瓜。他对哈里发说:"信士们的长官,凭耶稣和正教起誓,不带上玛丽娅,我是不能回去的,即使她皈依了伊斯兰教也没关系。假若我空手回到国王那里,国王会杀掉我的。"

哈里发听使臣这样一说,怒不可遏,随即命令宫役:"把这个可恶的使臣拉下去,把他杀掉!"

哈里发愤然吟诵道:

> 违令抗上者,必落此下场。

哈里发下令斩杀使臣,并将其尸体烧掉,宫役们立即行动。就在这时,玛丽娅公主说:"信士们的长官,莫让这个可恶的东西的血玷污你的宝剑!"

话音未落,玛丽娅抽出自己的宝剑,手起剑落,只见那使臣的首级顿时滚落在地,魂下地狱去了。

哈里发见玛丽娅公主腕力过人,动作利落,勇敢无比,心中不胜惊奇。

哈里发随后赐赠给努尔丁锦袍一身,并且给他俩在宫中安排了

---

① 见《古兰经》"妇女章"第一百四十一节。

一座宫殿，送去他俩所需要的衣服、被褥陈设和家具，还给他俩规定了爵位俸禄和坐骑。

从此，玛丽娅和努尔丁在哈里发宫中过着安稳、舒适、快乐的生活。

过了一段时间，努尔丁思念父母，随后把心事说给了哈里发，要求准予他回国探望亲人。

哈里发将玛丽娅叫到面前，告诉她已准许他们夫妻俩一同回国，并为他俩准备了许多贵重礼物，叮嘱努尔丁和玛丽娅相亲相爱，互相关怀，相互照顾，并且写信给米斯尔的执政官和总督，要他们多加关照努尔丁及其妻子和父母双亲的生活。

消息传到米斯尔，商人塔基丁得知儿子将要回来，欣喜不已。努尔丁的母亲更是格外高兴。

米斯尔的官员及王公大臣们收到信士们的长官的书信，纷纷出来迎接努尔丁。那真是一个喜庆、欢快的节日，相爱的人相会了，找人的和被找的人相遇在一起了，官员们轮流举行欢宴，人们兴高采烈，欢天喜地。

努尔丁与母亲和父亲久别重逢，高兴异常，忧愁烟消云散。两位老人热烈欢迎玛丽娅，对玛丽娅照顾备至。

继之，官员们和商人们给努尔丁一家送来大批礼物和珍宝，争相奉承他，都想与他结交，全家人每天都沉浸在节日的欢快之中。

从此以后，努尔丁一家过着宽裕快乐、幸福舒适的日子。有吃有喝，有玩儿有乐，直至大限来临，各奔东西，房毁屋塌，相继步入死者行列。

赞美伟大的不死者，唯他手中握着帝王后妃的生杀大权。

讲到这里，莎赫札德戛然止声。

妹妹杜娅札德说:"姐姐,你讲的故事真精彩,真动人,真美妙!"

莎赫札德说:"如蒙国王陛下厚恩,能再留我一夜,这与我来晚将要讲的故事相比,就算不上什么精彩、动人、美妙了。"

听莎赫札德这样一说,舍赫亚尔国王心想:"凭安拉起誓,我不能杀她,我要把故事听完……"想到这里,他说:"天还这么早,你就接着讲下去吧!"

莎赫札德开始讲《上埃及人与其西洋妻》的故事:

相传,米斯尔城执政官沙加丁·穆罕默德这样讲述他经历的一件事:

一次,我们在上埃及的一个人的家里做客,主人热情招待我们。那个上埃及人的皮肤呈深棕色,年事已高,而他的孩子们的皮肤却是白的,而且白里透红。我问老人:"老人家,你的皮肤呈深棕色,而你的孩子全都是白皮肤,这是怎么回事呢?"

老人说:"孩子的母亲是西洋人!我娶这个西洋妻子,还有一段曲折离奇的故事呢!"

我说:"老人家,你能对我们讲一讲吗?"

"可以呀!"

老人开始讲他与西洋妻子的故事:

你们有所不知,我本是个农夫,在本地种植亚麻。

有一年,到了收获季节,我拔了亚麻,剥下麻皮,计算一下,从种到收总共投入五百第纳尔。我想把亚麻卖掉,却卖不上好价钱,最多只能收回本金。见此情景,朋友们劝我说:"你把亚麻运到阿卡城去吧,也许到那里能卖个好价钱,会赚不少钱。"

当时,阿卡在欧洲人的手中。我听了朋友的建议,带着亚麻到了阿卡，在那里出售，足足在那里待了六个月时间。

有一天，我正在卖货时，忽见一位西洋女子朝我站的地方走来。西洋女子出门，习惯上不戴面纱。那位西洋女子来到我的面前，要买我的亚麻。

那女子天生丽质，可谓花容玉貌，一见便使我动心销魂。我卖给她一些亚麻，价格上给她优惠，她拿起亚麻便离去了。

过了几天，那位西洋女子又来买我的亚麻，我卖给她亚麻，价格比第一次更优惠。

此后，那位西洋女子又几次来买亚麻，我暗自爱上了她。

那女子到市场来时，身旁常有一位老太太陪伴。我对老太太说："老阿妈，我很爱这位女子，你能设法让我与她取得联系吗？"

老太太说："我试一试吧！不过，这件事情只能你、我、她三个人知道，而且你一定得拿出点儿钱来。"

我立即说："若能与她在一起，不用说花钱，就是要我的命，我也不在乎呀！"

讲到这里，眼见东方透出黎明的曙光，莎赫札德戛然止声。

第八百九十五夜

夜幕垂降，莎赫札德接着讲故事：

幸福的国王陛下，老人接着讲自己西洋妻子的故事：

那位西洋女子又几次来买亚麻,我暗自爱上了她。

那女子到市场来时,身旁常有一位老太太陪伴。我对老太太说:"老阿妈,我很爱这位女子,你能设法让我与她取得联系吗?"

老太太说:"我试一试吧!不过,这件事情只能你、我、她三个人知道,而且你一定得拿出点儿钱来。"

我立即说:"若能与她在一起,不用说花钱,就是要我的命,我也不在乎呀!"

我和老太太商定,给她五十第纳尔,她就让女子来见我。

我准备了五十第纳尔,交给了老太太。

老太太接过五十第纳尔,对我说:"你在家里给女子准备一个地方吧!姑娘今夜就到你家去。"

我回到住处,收拾了一个地方,准备了一些吃的东西,还准备了蜡烛和糖果。

我的房子临海,时值盛夏季节,我便在房顶上铺上地毯。到了晚上,那位西洋女子来了。我们边吃边喝,直至深夜。随后便在月光下,望着映在海中的星星同眠共枕。

当时,我暗自想:"你是个异乡客,在夜空下,临着大海,违抗伟大安拉的旨意,和一个女基督徒鬼混在一起,难道在伟大安拉面前不感到羞愧吗?你真应该遭受下地狱之苦。安拉啊,我请你做证,只因为在你面前感到害羞,出于对你的敬畏,我不曾挨过这位基督教姑娘的玉体。"

我一觉睡到大天亮,而女子在黎明时分就愤然离开我,回她的家去了。

我走到我的店铺,坐在那里。就在这时,那位姑娘和老太太打我的店铺前走过,女子面带怒色,而面容仍然那样俊俏,如同一轮圆月。眼见女子的漂亮容颜,我懊悔得要死,暗暗对自己说:"你是什么人呢?怎么连这样俊秀的姑娘你都不要呢?难道你是苏菲派①的赛里·赛格图②?你究竟是白什尔·哈菲,或是祝奈德·巴格达迪③,还是福德勒·本·伊亚达?"

想到这里,我追上老太太,对她说:"老阿妈,请你再让女子和我幽会一次吧!"

老太太说:"凭耶稣基督起誓,你若要我再帮你与她幽会,你得出一百第纳尔。"

我立即答应老太太:"我给你一百第纳尔。"

随后,我掏出一百第纳尔,递到老太太手中。

当天晚上,西洋女子如约来到我的住处。我第二次与西洋女子幽会,我的思想仍然没有变化,不曾触摸她。因为畏惧伟大的安拉而抛弃了淫乐念头。第二天早晨,我俩不欢而散,她回她的家,我去我的店铺。

后来,老太太怒气冲冲地经过我的店门前,我急忙追过去对她说:"老阿妈,请你再费心让她到我的店铺来一趟吧!"

老太太说:"凭耶稣基督起誓,如果你再想和那女子见面,得出五百第纳尔;不然,你会因无法如愿而忧愁致死的!"

我听老太太这样一说,周身抖作一团,决计拿出卖亚麻所得的所有钱,为自己赎身。

这时,我忽听传令官呼唤道:"穆斯林们,你们听着!我们与

---

① 苏菲派,伊斯兰教神秘主义派别的总称。苏菲派产生于七世纪末八世纪初,初期的主要特征为守贫、苦行和禁欲,以示对伍麦叶王朝宫廷的奢侈腐化和世俗倾向的不满和消极抗议;八世纪中叶以后,进入第二阶段,以神秘主义为特征。
② 赛里·赛格图(?—867),巴格达著名的苏菲派人物,祝奈德的老师和舅父。
③ 祝奈德·巴格达迪(?—911),巴格达著名的苏菲派人物。

你们之间的休战状态已经结束,留居此地的穆斯林要在一个礼拜内结束自己的工作,限期离开这里,各自返回家乡!"

那位女子再没来看我,我急忙去找买我亚麻的人收账,随后买了一些好货,便离开了阿卡城,而心中却总是想念着那位西洋女子,因为她不但拿走了我的钱,也带走了我的心。

我离开阿卡,到了大马士革,卖掉了从阿卡带来的货物;因为休战期结束,货源断绝,货物奇缺,感谢安拉的默助,使我赚了很多钱。从那以后,我改做贩卖女奴的生意,以消除那位西洋女子给我心中留下的缺憾。

我经营贩卖女奴的生意持续了三年时间,后来发生了纳绥尔国王对西洋人的战争。蒙伟大安拉默助,纳绥尔国王俘虏了他们所有的将帅,收复了沿海诸城。

有一次,一个人找我给纳绥尔国王买女奴。当时,我有一个非常漂亮的女奴,我让他看了看,他便出一百第纳尔为国王买去,最后给了我九十第纳尔,还欠着我十第纳尔,原因在于打仗花的钱太多,国库空虚,一时拿不出那么多钱;他们把这种情况如实告诉了我。

国王听说了这件事,对那个人说:"你带他到关押女俘虏的地方去看看,让他从西洋女俘虏中挑选一个带走,用以抵偿欠他的那十第纳尔吧!"

讲到这里,眼见东方透出黎明的曙光,莎赫札德戛然止声。

第八百九十六夜

夜幕垂降,莎赫札德接着讲故事:

幸福的国王陛下,老人接着讲故事:

有一次,一个人找我给纳绥尔国王买女奴。当时,我有一个非常漂亮的女奴,我让他看了看,他便出一百第纳尔为国王买去,最后给了我九十第纳尔,还欠着我十第纳尔,原因在于打仗花的钱太多,国库空虚,一时拿不出那么多钱;他们把这种情况如实告诉了我。

纳绥尔国王听说了这件事,对那个人说:"你带他到关押女俘虏的地方去看看,让他从西洋女俘虏中挑选一个带走,用以抵偿欠他的那十第纳尔吧!"

他们把我领到关押女俘虏的地方,我看过所有的女俘虏,发现我在阿卡钟爱的那个西洋女子就在女俘虏当中,而且我一眼便认出了她。那女子本是欧洲一位骑士的妻子。我对他们说:"你们就把这个女俘虏给我吧!"

我领上那个女俘虏,回到我的帐篷里。我问她:"你认识我吗?"

她说:"不认识。"

我说:"我就是当年那个卖亚麻的商人啊!"

接着,我把我与她之间的交往以及她拿过我的钱等往事向她回忆了一遍。我对她说:"你曾经说过,'见我一次,得拿出五百第纳尔。'看吧,如今我花十第纳尔就把你买回来了。"

她说:"这就是你们的正教秘密所在。我证万物非主,唯有安拉;我证穆罕默德是安拉的使者。"

西洋女子皈依了伊斯兰教,态度十分虔诚。我心想:"凭安拉起誓,我只有在释放她为自由人之后,再通过法官和证人按法律办过结婚手续,才能与她结为夫妻。"

想到这里,我立即去找法官伊本·舍达德,向他讲明了情况,他替我与女子写了婚书。从此,我与这位西洋女子结为了夫妻,同枕共眠,相亲相爱。此后不久,我的这位西洋妻子便有了身孕。

后来军队撤走,我们回到了大马士革。没过多少日子,纳绥尔国王的使臣来要男女俘虏,因为纳绥尔国王已与西洋诸国达成协议,同意遣返全部男女俘虏。男女俘虏们都相继被遣返,只剩下我的妻子了。

他们说:"一个骑士的妻子还没有到!"

随后,他们逢人便打听骑士的妻子在何处,而且到处寻找。人们告诉他们,说那位骑士的妻子在我家,于是他们便找到我,向我索要骑士的妻子,也就是当时我的妻子。

我回到家中,因为惆怅、忧虑,神情沮丧,面色铁青。我的妻子见此情景,问我:"你怎么啦?有什么不舒服吗?"

我说:"国王的使臣来领俘虏,他们向我要你。"

我的妻子说:"这不碍你的事,把我送到国王那里去就是了,我知道该在国王面前说什么。"

我把我的西洋妻子送到纳绥尔国王面前,欧洲一位国王的使臣当时就坐在纳绥尔国王的右侧。

我说:"这就是在我家的那个女俘虏。"

纳绥尔国王和使臣问我的妻子:"你愿意回国呢,还是愿意留在你现在的丈夫身边?安拉已经解除了你和你的同伴们的俘虏身份。"

我的妻子对国王说:"国王陛下,我已经皈依了伊斯兰教,而且已怀有身孕,请看我的肚子已经隆起,欧洲人不能从我这里得到任何好处了。"

西洋使臣说:"你是爱你这个穆斯林丈夫呢,还是爱你的骑士丈夫?"

我的妻子把对国王说的话向使臣重复了一遍。

使臣问随行的欧洲人:"这位女子说的话,你们都听清了吗?"

他们异口同声回答:"听清楚了。"

使臣对我说:"喂,上埃及人,把你的妻子领回去吧!"

我领着妻子走去。

时隔不久,西洋使臣派人来到我家,对我说:"你的岳母让我们给你妻子捎来一些东西。老太太对我们说:'我女儿被俘时,衣不蔽体。求你们把这口箱子带给她吧!'请你把这口箱子转给你的妻子。"

我接过箱子,转身走到卧室内,把箱子交给妻子。

妻子打开箱子,看到她的衣服原封不动摆在箱中。我发现装有五十和一百第纳尔的两个钱袋还是我当初捆绑的那个样子,令我激动不已,连声赞颂伟大安拉。

我的这几个孩子就是我的这位西洋妻子生的,如今她还健在,这些饭菜就是她给你们做的。

听了上埃及人的讲述,我们对他的奇异经历和好运气惊羡不已。人间万事,安拉是全知的。

莎赫札德接着讲《青年与女奴》的故事：

相传，很久很久以前，巴格达城有一个富家子弟，从父亲那里继承了大笔钱财。这个巴格达青年花重金买了一个女奴。那女奴就像他爱她那样爱这位巴格达青年。

这位巴格达青年为了女奴花去了自己所有的钱财，终于身无分文，囊空如洗，想找个谋生的门路，却始终找不到。

这位青年当初家财万贯的时候，他常常参加弹唱艺人们的聚会，在那里得到了最大享受。

他曾就生计问题征求过一位艺人朋友的意见。那位朋友对他说："依我之见，没有比你和你的女奴一起去卖唱更好的生活门路了，卖唱可以挣很多钱，足够你吃喝。"

青年和他的女奴都讨厌卖唱。女奴对青年说："我给你出个主意吧！"

青年问："什么主意？"

"你干脆把我卖掉，我们就能摆脱这种困境，我也可以过上好日子。像我这样的女奴，只有富户才会买。日后，我另想办法回到你的身边。"

青年只好把女奴带往市场，首先看中她的是巴士拉的一个哈什姆人。

那个哈什姆人文质彬彬，品德高尚，慷慨大方。他出一千五百第纳尔买下了女奴。

女奴的主人巴格达青年这样讲述他自己的经历：

我卖掉女奴，一接过钱便后悔了，我和女奴都哭了起来。我要求取消这次买卖，退钱还人，但那个哈什姆人不同意。我把钱放进袋中,一时不知如何是好,不晓得该到哪里去。家中没有她,使我颇感孤独寂寞。我哭了起来,边哭边批打自己的面颊。我从来没有那样难过过。

我信步走进一座清真寺,坐在那里大哭起来。我感到吃惊,自己简直不认识自己了。

我把钱袋当作枕头,放在我的头下,躺在那里睡着了。我刚进入梦乡,朦胧中觉得有一个人从我头下扯出钱袋,匆匆逃离,我突然惊醒过来,果然发现钱袋不见了。我急忙站起来,猛追盗贼。突然间,我的脚被绳子绊住,一下摔了个嘴啃泥。我万般绝望,伤心落泪,抽打自己的面颊,自言自语说:"你的钱丢了,你的命也就完了。"

讲到这里,眼见东方透出黎明的曙光,莎赫札德戛然止声。

第八百九十七夜

夜幕垂降,莎赫札德接着讲故事:

幸福的国王陛下,巴格达青年继续讲自己的经历:

我信步走进一座清真寺,坐在那里大哭起来。我感到吃惊,自己简直不认识自己了。

我把钱袋当作枕头,放在我的头下,躺在那里睡着了。我刚进入梦乡,朦胧中觉得有一个人从我头下扯出钱袋,匆匆逃离,我突然惊醒过来,果然发现钱袋不见了。我急忙站起来,猛追盗贼。突然间,我的脚被绳子绊住,一下摔了个嘴啃泥。我万般绝望,伤心落泪,抽打自己的面颊,自言自语说:"你的钱丢了,你的命也就完了。"

我处境狼狈,灾难沉重。我觉得活不下去了,只有一死了之,便来到底格里斯河畔,用衣服捂住脸,纵身跳入滔滔的河水中。

人们看见我跳河,说道:"那个人必有大忧,一时想不开呀!"

人们纷纷跳入河中,将我救上岸来。他们问我怎么啦,我把自己的情况如实告诉了他们。他们听后,无不为我感到惋惜。

一位老人走上前来,对我说:"你丢了钱,怎么连命也不要了呢?小伙子,起来,带我去看看你的住处吧!"

我领着老人到了我的家。老人在我家里坐了一个时辰,好言劝慰,直至我的心平静下来。我谢过老人对我的关心,他方才离去。

老人离去后,我险些自寻短见。当我想到来世和地狱时,改变了主意,走出家门,去看一位朋友,把我的情况告诉了他。我那位朋友听后,对我深表同情,给了我五十第纳尔,并且对我说:"你听我的吧,马上离开巴格达城,拿这些钱做盘缠,到外边去走走,换换环境,把她淡忘了,也就好了。你善写文章,而且书法又见长,文学修养也很出众,投奔你喜欢的某一位官员,也许日后安拉会让你与你的那个女奴重聚。"

我听朋友这样一劝,信心大增,忧愁减少了许多,决计到瓦西图①去,因为那里有我的亲戚。

我来到底格里斯河岸边,见一条船停泊在那里,船员们正往船上搬运行李。我要求他们准许我搭乘他们的船,和他们一道旅行。

---

① 瓦西图,在今巴格达城东南约八十公里处。

他们对我说:"这条船是一位哈什姆人的,你这个样子,我们是无法让你乘船的。"

我答应付给他们乘船费,但他们又说:"你若一定要乘船,那就请把你身上的华丽衣服脱下来,换上船员的工作服,和我们待在一起,好像你也是一个船员,这样才行。"

我立即回到家中,买了一套船员的工作服,换在身上,然后返回岸边。那条船是开往巴士拉城的,我和船员们一道登上船去。

刚上船不久,我就发现我那个女奴也坐在那条船上,身旁还有两个女仆伺候她。眼见此情此景,我心中的怨气烟消云散,心想:"我这不是看见她啦?我要听她唱歌,一直听到巴士拉。"

时隔不久,那个哈什姆人骑着马走来。身边跟着许多随从。他们上了船,船便起锚开航了。随后,哈什姆人拿出食物,他和那个女奴一道就餐,其余的人则在船舱里吃喝。

哈什姆人对女奴说:"你为什么总是愁眉苦脸、悲伤落泪,而不欢乐歌唱呢?你并不是第一次离开自己所喜爱的人呀!"

我听哈什姆人这样一说,知道女奴还爱着我。片刻后,哈什姆人吩咐在船一侧拉上一道幕帘,将那些随从全都叫到我坐的地方,他也和他们一起坐在幕帘外。我问他们是干什么的,他们说他们全是哈什姆人的朋友。哈什姆人给他们拿来酒和水果,边吃边喝边催促女奴唱歌。在他们的催促下,坐在幕帘后的女奴抱起四弦琴,调好弦,边弹边唱道:

群人乘夜色,带我心远行;
谁也未阻止,驼队已登程。
柽柳炭火烈,炽燃我心中。

女奴歌声未落,已是泣不成声,随之丢下四弦琴,中止了歌声。

人们听见歌声突然停止,大惑不解。我听到她的哭声,忽然昏倒在地。人们见此情景,以为我患的是癫痫病,纷纷凑近我的耳朵,好言好语安慰我,还要求女奴继续弹唱。

在众人的要求下,女奴终于抱起四弦琴,玉指轻弹,边弹边唱道:

> 他们已远去,我呆站泣哭。他们居我心,虽身落异处。
> 我立废墟间,问之何方宿?家宅空无人,房舍业荒芜。

女奴歌声刚落,便昏迷过去了。

众人因女奴昏迷,都感动得哭了起来。我一声大喊,又昏倒在地,不省人事了。

船员们见我昏迷过去,禁不住惊慌起来。哈什姆人的一个奴仆说:"你们怎么让一个疯子上船来呢?"

他们相互议论说:"等船到一个码头后,就把他赶下船去,免得他总是给我们添麻烦。"

他们的话使我感到十分郁闷,我极力忍耐着。我心想:"我要想避免被他们赶下船,只有让女奴知道我在船上,让她劝阻他们赶我下船。"

船载着我们航至一个乡村码头,船主说:"我们上岸吧!"

当时已是夜幕垂降时分,人们纷纷离船上岸。我趁机站起来走到幕帘后面,抱起四弦琴,弹了一曲又一曲。我把女奴向我学的那支曲子也弹了一遍,然后回到我原先坐的地方。

讲到这里,眼见东方透出黎明的曙光,莎赫札德戛然止声。

第八百九十八夜

夜幕垂降,莎赫札德接着讲故事:

幸福的国王陛下,青年接着讲自己的经历:

船载着我们航至一个乡村码头,船主说:"我们上岸吧!"
当时已是夜幕垂降时分,人们纷纷离船上岸。我趁机站起来走到幕帘后面,抱起四弦琴,弹了一曲又一曲。我把女奴向我学的那支曲子也弹了一遍,然后回到我原先坐的地方。

过了一会儿,人们回到船上;此时此刻,明月照亮了大地和河水。

哈什姆人对女奴说:"看在安拉的面儿上,你不要让我们的生活太寂寞呀!"

女奴抱起四弦琴,按着琴弦,一声大喊,倒在了地上。

众人以为女奴一命呜呼了。片刻后,女奴说:"凭安拉起誓,我的先生就坐在这只船上。"

哈什姆人说:"凭安拉起誓,假若你的先生在我们的这只船上,我一定不放弃与他结交朋友的机会,也许他能减轻你的忧虑和惆怅,也好让我们静赏你的歌喉。不过,他根本不会在我们的船上。"

女奴说:"有我的主人在场,我不能弹琴,也弹不出什么好曲子来。"

哈什姆人问船员们:"你们曾让一个外人上船吗?"

船员们说:"不曾让任何外人上船呀!"

我担心哈什姆人不再往下问,便笑了起来,说道:"有哇!我就是这位女子的先生;我是她的主人时,曾教她弹琴唱歌。"

女奴喊道:"凭安拉起誓,这就是我先生的声音!"

仆人们走来,把我带到哈什姆人跟前。哈什姆人看见我,一眼便认出了我。他说:"哦,天哪,你怎么成了这个模样?你怎么啦?"

我把我的遭遇向他讲了一遍,禁不住泪水潸然落下;与此同时,坐在幕帘后的女奴也呜咽起来。

哈什姆人听后,也哭了,他的手下人也都哭了起来,对我深表同情。

哈什姆人说:"凭安拉起誓,我不曾挨近这位女子,今天才听到她的歌声。蒙安拉恩赐,我的家境还算宽裕。我这次到巴格达来,为的是听歌赏乐,再则找信士们的长官谋求生计。我这两个目的都已实现。当我打算回家乡时,暗暗对自己说:'再听听巴格达人弹唱的歌曲吧!'我就买下了这个女奴,但不知道你们俩之间的情况。我求安拉做证,我保证她到了巴士拉之后,立即释放她为自由人,让你与她结为夫妻,我供你们吃穿,给你们提供足够的生活费用。但有一条,想听歌时,你就得给她挂一道幕帘,让她在幕帘后为我唱歌。这样,你也就成了我的兄弟和好友。"

我听后感到非常高兴,哈什姆人把头伸进幕帘后,对女奴说:"你同意吗?"

女奴为哈什姆人祝福祈祷,对他表示感谢。

哈什姆人叫来一个仆人,对仆人说:"你领这个青年去,给他换上漂亮的衣服,为他熏香,然后把他带来。"

仆人把我领去,按照主人的吩咐,为我沐浴熏香,又给我换上

华丽衣服,之后把我带到主人面前,在我面前摆上醇酒佳肴,主人与我对饮起来。紧接着,女奴用极美的音调唱道:

> 告别心上人,人笑我淌泪。他们未曾尝,离别苦滋味。
> 相别愁似火,炽燃灼胸肋。心临其境者,方晓情何归。

大家听完女奴歌唱,个个高兴不已。我抑制不住心中的激情,从女奴手中接过四弦琴,边弹边引吭高歌:

> 问贤求施舍,贤者皆善夫。
> 求贤得高贵,何望守财奴。
> 辱若不可免,宁求君子助。
> 敬意施君子,不致遭玷污。
> 敬意施小人,必定受侮辱。

他们听了我的弹唱,一个个兴高采烈,欣喜至极。我唱了一个时辰,直至船靠近岸边,停泊下来。船上的人纷纷上岸去,我也跟着大家上了岸。当时,我有些醉意,走去小解时,不知不觉困意来临,竟然就地躺下,进入了梦乡。

人们都上了船,我却没有上船。因为他们也都醉了,根本不知道我还没有上船。他们乘船继续航行,不久便到了巴士拉城。

炎热的阳光把我晒醒。我醒后站起身朝四下望去,一个人影也看不见,不禁大吃一惊。我忘记问那个哈什姆人的姓名及他在巴士拉的住址,更不晓得他以什么而知名。我把钱都交给了女奴,身上一文钱都没留。我站在那里,一时不知如何是好,仿佛我曾在梦中见过我的那个女奴,而那一切欢乐也都像梦中发生的事情。

我站在原地,茫然不知所措。

过了一会儿,但见一条大船开来,我登上船去,随船到了巴士拉城。

巴士拉城里没有我认识的人,我也不知道那个哈什姆人家住哪里,只好到一家杂货商那里要了笔、墨和纸,坐下来开始写字。

讲到这里,眼见东方透出黎明的曙光,莎赫札德戛然止声。

第八百九十九夜

夜幕垂降,莎赫札德接着讲故事:

幸福的国王陛下,巴格达青年接着讲自己的经历:

我登上船去,随船到了巴士拉城。

巴士拉城里没有我认识的人,我也不知道那个哈什姆人家住哪里,只好到一家杂货商那里要了笔、墨和纸,坐下来开始写字。

杂货商看见我写的字,连声夸我的字写得漂亮。他见我的衣服很脏,便问起我的情况。我告诉他说,我是个外乡人。

他听后说:"既然如此,你就在我这里干吧!我每天给你五十菲勒斯工钱,管你吃,管你穿,管你住,你就给我管账,你看好不好?"

我满口答应,便在他那里住了下来,为他管账。

一个月过去了,店主发现自己的收入大增,支出减少,对我表示感谢,把我的日工钱加到了一百菲勒斯。一年以后,店主对我非常满意,要我娶他的女儿为妻,与他共同拥有杂货铺。我答应了,一直在那个店铺里经营生意,然而我的心总是惴惴不安,整日愁容满面。

杂货店老板豪饮贪杯,总是请我和他共饮,而我却总是推辞,每每谢绝陪他饮酒。

就这样,不知不觉两年时间过去了。

有一天,我正坐在店铺里时,忽见一伙人带着吃的喝的走来。我向店老板打听那些人是干什么的,他对我说:"今天是富人家的节日,有钱人家的青年们带着乐师到河边狂欢,在鸬鹚河畔的树下大吃大喝,玩耍娱乐,自由自在,无拘无束。"

我真想去观看一下他们的玩儿乐情景,心想:"我到他们中间玩儿时,也许会遇上我的心上人。"

想到这里,我对店主说:"我也想去玩儿一玩儿。"

店老板说:"你想去,那就去吧!"

店老板给我准备好吃的和喝的,我带着饮食到了鸬鹚河畔。

我在那里与那些青年人一起玩儿得很是尽兴。当我看见他们散去时,我想跟他们一道走。就在这时,我突然看见为哈什姆人掌船的那位船长正驾着船在河里航行,于是我立即大声呼唤船长。

船长听到我的呼唤声,转过脸来望着我,一眼认出了我,随后把我接上船。船上人惊问:"哦,你还活着?!"

他们惊喜不已,一一亲切拥抱我,询问我的情况,我都一一详告。

他们说:"我们还以为你醉得不省人事,落在水中遭遇不幸了呢!"

我向他们打听女奴的情况,他们说:"她发现你失踪了,急得撕扯自己的衣服,烧掉了四弦琴,批打自己的面颊,大声号啕不止。我们跟哈什姆人到了巴士拉之后,对她说:'你不要哭,不要难过啦!'她说:'我要为他戴孝,在住房旁边给他修一座坟墓,终日守在墓旁,从此不再唱歌。'我们满足了她的要求。她至今还守在墓旁。"

他们把我领到女奴的住处,我果然发现她守在坟墓旁。当她看见我时,一声大喊,倒在地上,致使我以为她死去了。我赶紧走上前去,把她搂在怀里。

哈什姆人走出来,对我说:"喂,小伙子,你带走她吧!"

我说:"好吧!不过,你要像答应过我的那样,先释放她为自由人,然后将她许配于我。"

哈什姆人果然践约照办,并给了我们许多贵重东西,还有许多衣服、被褥,另加五百第纳尔。他说:"这是我供你们一个月用的东西和钱财。不过有一个条件,你要陪我喝酒,让我欣赏女子的歌唱。"

哈什姆人吩咐仆人给我们收拾好房子,把我们要用的东西全都搬进去。

当我走进房中时,发现那里的摆设、铺盖已经齐备。随后,我把我的意中人接进了房子。

之后,我到杂货商那里去,把我的情况毫不隐瞒地告诉了他,并且要求他赦我无罪,准许我与他的女儿离婚,随后把她的东西都退给了她。

我与妻子和哈什姆人一起住了两年,积蓄了不少钱财。我也变成了富人,恢复了我和我的那个心爱的女奴昔日在巴格达的宽裕日子。

多谢慷慨的安拉给我们带来了富裕生活,感赞安拉赐予我们巨大幸福。我们以忍耐达到了目的。万赞归于伟大的安拉。

讲到这里，莎赫札德戛然止声。

妹妹杜娅札德说："姐姐，你讲的故事真精彩，真动人，真美妙！"

莎赫札德说："如蒙国王陛下厚恩，能再留我一夜，这与我来晚将要讲的故事相比，就算不上什么精彩、动人、美妙了。"

听莎赫札德这样一说，舍赫亚尔国王心想："凭安拉起誓，我不能杀她，我要把故事听完……"想到这里，他说："天色还早，你就接着讲吧！"

莎赫札德开始讲《印度国王基里阿德与宰相、王子和妃子》的故事：

相传，很久很久以前，印度有位国王，名叫基里阿德。

基里阿德是位伟大君王。他身材高大，仪表堂堂，品德高尚，慷慨大方，性情和善，因此博得了臣民拥护和爱戴。

印度当时有七十二位公侯，三百五十位法官。国王有七十位大臣。他把军队中的每十个兵士编作一个班，各班由一名班长带领。

基里阿德国王的宰相名叫舍马斯。舍马斯宰相年方二十二，性情温和，谈吐文雅，多才多艺，机敏过人。他虽然年纪小，却是一位天才的领袖人物。这位年轻宰相精于谋划，通晓哲理，能言善辩。

舍马斯宰相因学识渊博，政见高明，故颇得国王宠爱；加之他天性体恤百姓，国王也格外器重他。

基里阿德国王为政公正，爱护百姓，臣民不分高下，一律平等，均可得到关怀、赐赠和减轻赋税的优待。国中无论大人还是小孩儿，都能得到基里阿德国王的同情、体恤；他给老百姓所带来的好处，是他之前的历代君王们所无法相比的。

虽然基里阿德从善如流，德高望重，然而安拉却不曾赐予他一儿半女，这使他及臣民们都感到忧愁满怀。

一天夜里，基里阿德国王躺在床上，因为没有子嗣继承王位而为国家的前途担忧，辗转反侧许久，方才慢慢进入梦乡。

讲到这里，眼见东方透出黎明的曙光，莎赫札德戛然止声。

第九百夜

夜幕垂降，莎赫札德接着讲故事：

幸福的国王陛下，基里阿德国王为政公正，爱护百姓，臣民不分高下，一律平等，均可得到关怀、赐赠和减轻赋税的优待。国中无论大人还是小孩儿，都能得到基里阿德国王的同情、体恤；他给老百姓所带来的好处，是他之前的历代君王们所无法相比的。

虽然基里阿德从善如流，德高望重，然而安拉却不曾赐予他一儿半女，这使他及臣民们都感到忧愁满怀。

一天夜里，基里阿德国王躺在床上，因为没有子嗣继承王位而为国家的前途担忧，辗转反侧许久，方才慢慢进入梦乡。

就在这天夜里，国王做了个梦，梦见自己在为一棵树浇水，不料，那棵树根部忽然冒出火来，顷刻间，将周围的树全部烧光了。

基里阿德国王从梦中惊醒，随即唤来一宫仆，吩咐说："你快去把舍马斯宰相给我叫来!"

宫仆走去见舍马斯宰相,说道:"宰相大人,国王刚从梦中惊醒,派我来请宰相大人赶快到他那里去。"

舍马斯宰相立即赶到王宫,见国王正在床上坐着,立即行了吻地礼,并祝国王健康长寿。舍马斯宰相说:"国王陛下,安拉是不会使你不安的。今夜因何事不安?这样急于唤臣来,想必有要事。"

国王说:"相爷请坐。"

舍马斯宰相坐下,国王便把自己的梦境向他说了一遍。

舍马斯宰相低头沉思片刻,然后微微一笑。

国王说:"相爷,你对梦境有什么看法,照实对我说吧!不要隐瞒任何东西!"

舍马斯宰相回答道:"国王陛下,安拉授予你王权,会使你感到愉快、满意的。依臣之见,这梦是个吉兆,表明安拉将赐予陛下一男孩儿,以便继承陛下的王位。不过,有一件事情,我认为现在解释还不是时宜。"

国王听后,欣喜不已,惊惧俱消,心境豁然开朗。他说:"既然梦是吉兆,那就等到适当的时候再全部解释它吧!现在不适于解释的事情,就等到适当的时候再解释,以便使我的喜悦完完整整。安拉不容之事,我是不该强求的。"

舍马斯宰相意识到国王很想要自己把梦完全解释清楚,便为自己找了个借口,以期保护自己。

舍马斯宰相走后,国王叫来占卜师和圆梦家,向他们讲述了自己的梦境,然后说:"我希望你们给我一个正确的解释。"

一个占卜师走上前去,请求国王允许他说话。征得国王允许后,那个人说:"国王陛下,你的宰相舍马斯并不是不能为你圆梦,而是有所顾忌,羞于向你诠释,以求使你心静神安,故不能向陛下详细述说。如果陛下允许,我将一五一十讲给陛下听。"

国王随口说:"占卜师、圆梦家,你说吧,不要有什么顾忌,要实话实说。"

圆梦家说:"国王陛下,这个梦显示,陛下将添一子,可望日后继承王位。不过,你的儿子不会像你那样爱护百姓,而是离经叛道,暴虐作恶,压迫百姓,恐怕会有猫与老鼠那样的遭遇。但求伟大安拉保佑。"

国王问:"猫与老鼠有什么遭遇?"

圆梦家说:"愿安拉使国王陛下益寿延年!"

接着,圆梦家开始讲《猫与老鼠》的故事:

一天夜里,细雨淅沥,天气寒冷,一只猫饥肠辘辘,急于找点儿东西充饥,于是走出去,来到一块儿田地,转来转去,结果什么东西也没找到。

当它转到一棵树下时,发现那里有个鼠洞,便轻轻地走近闻了闻,觉察出洞中有老鼠。猫想进洞去捕食老鼠,而洞中的老鼠听到洞口外有天敌猫活动的声音,急忙掉转身子,四足并用,迅速扒土,以便把洞口堵上。

这时,猫用微弱的声音说:"鼠兄,我是来向你祈求怜悯的,你何必这样行事呢?我因年迈体弱,四肢乏力,在田地里已经转了一个晚上,再也走不动了,求你让我在你家熬过今夜吧!有多少次,我真想自杀,一死了之,也好永得安逸。鼠兄,我现在就在你的洞门外,天正下雨,冷得很哪!看在安拉的面儿上,拉兄弟一把吧!让我在你的走廊上待一夜都行。鼠兄,我是个可怜的异乡客。常言说得好:'谁留宿可怜的异乡客,世界末日来临时,他的住所就会成为天堂。'鼠兄,你最应该得到我的报偿。求你让我借宿一夜吧！明日一早，我就会走的。"

讲到这里，眼见东方透出黎明的曙光，莎赫札德戛然止声。

第九百零一夜

夜幕垂降，莎赫札德接着讲故事：

幸福的国王陛下，圆梦人接着讲《猫与老鼠》的故事：

猫用微弱的声音说："鼠兄，我是来向你祈求怜悯的，你何必这样行事呢？我因年迈体弱，四肢乏力，在田地里已经转了一个晚上，再也走不动了，求你让我在你家熬过今夜吧！有多少次，我真想自杀，一死了之，也好永得安逸。鼠兄，我现在就在你的洞门外，天正下雨，冷得很哪！看在安拉的面儿上，拉兄弟一把吧！让我在你的走廊上待一夜都行。鼠兄，我是个可怜的异乡客。常言说得好：'谁留宿可怜的异乡客，世界末日来临时，他的住所就会成为天堂。'鼠兄，你最应该得到我的报偿。求你让我借宿一夜吧！明日一早，我就会走的。"

老鼠听后，开口说道："你是我的天敌，你是以食我为生的，我怎可让你进入我的洞中？我真担心你欺骗我、背弃我，因为那是你的本性，而且你是从来不守信用的。常言道：'不可将美女托付给好色之徒，不能将钱财交给穷汉保管，不能将干柴投入烈火。'我不能把自己交给你的。常言又说：'本性上的敌对意识，常因其主体弱而增强。'"

猫听了之后,用更加低沉的语调和更可怜的语气说:"鼠兄,你讲的全是至理名训,千真万确,我不否认。不过,我还是求你宽谅我往日对你的那种天然敌对行为。常言说得好:'宽恕同类者,必得安拉宽恕。'我虽然过去是你的敌人,但今天我是为寻求友谊而来。常言道:'若欲化敌为友,就应该善待之。'鼠兄,我向安拉保证,永不伤害你;再说,我也没有那种能力了。鼠兄,请你相信,依靠安拉,接受我的诺言和保证,行行好吧!"

老鼠说:"与我世代为敌,惯于欺骗我的人,我怎能相信他的保证和诺言呢?假若我们之间的敌对关系不涉及血肉、性命,事情就好办了。然而你我之间是有关生死存亡的对立呀!谚语说得好:'信任敌人,无异于把手伸进蛇的嘴里。'"

猫怒气冲冲地说:"我已经心力衰竭、体力不支、濒临死亡了。我很快就会死在你的洞门口,罪恶可在你呀!因为你本来可以救我,但你却见死不救。这是我要对你说的最后一句话。"

老鼠听猫这样一说,内心深深敬畏安拉,怜悯之心顿生,心想:"谁想依靠安拉战胜敌人,那就该同情、善待敌人。在这件事上,我把自己的一切全部托付给安拉了,救猫一命,以期得到报偿。"

想到这里,老鼠走出洞门,把猫拖入了自己的洞中,过了一会儿,猫的体力慢慢恢复过来,却不时地叹息自己体弱无力,缺少朋友。

猫在老鼠洞中住了下来,老鼠对猫温柔和气,听猫谈天论地,不离猫的左右,殷勤备至。

不料,猫却突然一跳,把住洞口,恐怕老鼠逃出洞去。

老鼠想去洞外觅食,便走到猫面前告别。老鼠刚一走近猫,猫便伸出爪子将老鼠抓住，然后用嘴叼住，继而抛向天空，待老鼠落地，又用爪子抓住，再抛向天空。老鼠着地后跑开，猫立即追过去抓住，用嘴叼住，再抛向天空……如此抓住、抛出、戏耍、折磨老鼠，无止无休。

这时，老鼠向安拉求救，开口斥责猫，说："老猫呀，你许下的诺言哪里去了？你发的誓又在何处？我把你拖进我的洞中，如此善待你，难道这就是你给我的报偿？常言说得对：'谁相信敌人的诺言，谁就无缘自救。'谚语又说：'谁把自己交给敌人，等待自己的只有死亡。'不过，我把自己托付给了安拉，安拉会救我挣脱你的利爪的。"

猫正要捕食老鼠时，一个猎人带着猎狗来到了大树下。猎狗走到鼠洞口，听到洞口传出搏斗厮杀的声音，以为狐狸在捕食什么猎物，于是探身入洞，一心想抓狐狸。

猎狗刚入洞口，不料却看见一只猫，于是伸出利爪，将猫拉了出来。猫见自己落入猎狗爪中，急于逃命，松开爪子，老鼠当即逃走，庆幸自己尚未受伤。

猎狗抓住猫，一口咬断猫的脖子，猫当即一命呜呼。

格言说得妙："怜悯人者，终得怜悯；虐待人者，定受虐待！"

圆梦家讲完《猫与老鼠》的故事，对国王说："国王陛下，这就是猫与老鼠之间发生的故事。从这个故事中可以得知，任何人都不应该背弃自己的人。骗子和背信弃义者，就会落得猫的下场。常言道：'善有善报，恶有恶报，不是不报，时辰未到；时辰一到，善恶俱报。'国王不必痛苦、难过。你的儿子经过一个暴虐、蛮横阶段，他就会回到正道上来；这便是舍马斯宰相不肯直说的那件事，也是舍马斯宰相的高明所在。常言说得好：'胆小怕事者，往往是最博学、最心善之人。'"

国王听后，十分信服，随即令宫仆热情款待占卜师和圆梦家。

客人们走后，基里阿德国王站起来，走回自己的寝宫，开始思考自己的事情。他唤来自己最喜欢的妃子，与自己同枕共眠，爱妃当夜怀孕。四个月过去了，爱妃感到腹中胎动，欣喜不已，随即禀报国王。

国王说："感赞安拉默助，我的梦想成真了！"

国王把爱妃接进最漂亮的宫殿里，给予格外优待、照顾。国王随后差人唤舍马斯宰相进宫。

舍马斯宰相到来之后，国王向舍马斯宰相讲了爱妃怀有身孕之事，继之高兴地说："相爷阁下，我的梦想实现了，希望到来了。但愿爱妃腹中的胎儿是个男婴，以便日后继承王位。相爷阁下，你有什么话要对我讲吗？"

舍马斯宰相默不作声，只言不发。

国王说："相爷阁下，你怎么不为我高兴、祝福呢？你为什么不说话？"

舍马斯宰相立即向国王行叩头礼，然后说："国王陛下，安拉为你增寿延年，祝你万寿无疆！一棵能发火的树，对于一个想乘凉的人来说，能有什么益处呢？如果酒能使人窒息，那么饮酒还有什么乐趣呢？倘若一个口渴的人被水淹死，即使那水再凉再甜，又有什么用途呢？国王陛下，我是安拉的奴仆，也是你的仆人，但请听我引用几句格言。格言说得好：'世上有三件事，智者不宜先下断语，旅行者平安返回之前，不谈其安危；勇士征服敌人之前，不论其胜负；孕妇安全分娩之前，不说生男生女。'"

讲到这里，眼见东方透出黎明的曙光，莎赫札德戛然止声。

第九百零二夜

夜幕垂降,莎赫札德接着讲故事:

幸福的国王陛下,舍马斯宰相立即向国王行叩头礼,然后说:"国王陛下,安拉为你增寿延年,祝你万寿无疆!一棵能发火的树,对于一个想乘凉的人来说,能有什么益处呢?如果酒能使人窒息,那么饮酒还有什么乐趣呢?倘若一个口渴的人被水淹死,即使那水再凉再甜,又有什么用途呢?国王陛下,我是安拉的奴仆,也是你的仆人,但请听我引用几句格言。格言说得好:'世上有三件事,智者不宜先下断语,旅行者平安返回之前,不谈其安危;勇士征服敌人之前,不论其胜负;孕妇安全分娩之前,不说生男生女。'"

舍马斯宰相停顿片刻,又说:"国王陛下,谈论那尚无结果的事情之人,难免像把奶油罐放在头上方的修士。"

国王问:"把奶油罐放在头上方的修士?那是怎么一回事呢?"

舍马斯宰相开始讲《修士与奶油罐》的故事:

尊敬的国王,相传,很久很久以前,在某一城中,住着一位修士,专靠某一显贵的施舍为生。

那家显贵每天给修士三张发面饼,另加一点儿奶油和蜂蜜。在那座城中,奶油是很贵的。

修士要来奶油,舍不得吃,把奶油盛在一个罐子里,终于积攒了满满一罐子的奶油。修士望着那装满奶油的罐子,心中甚为高兴,为避免闪失,小心翼翼地把罐子挂在自己床的上方。

一天夜里,修士坐在床上,手里拿着拐杖,想到本地奶油的价钱那么贵,他暗自沉思:"我应该把这罐子奶油全部卖掉,用卖掉的钱买一只母绵羊,和牧人的公绵羊一起放牧……第一年,我的母羊生下一只公羊羔和一只母羊羔……第二年,又生下一只公羊羔、一只母羊羔……母羊羔长大,又生公羊羔、母羊羔。如此年复一年,一只母羊生了一大群羊羔。之后,我和那牧羊人平分,我把自己分得的一半拿到集市上去卖,拿卖得的钱买一大块儿地,在那里建造一座宫殿,随后购买家具、陈设和服装,买男仆女婢,再同一位富商的千金结为夫妻。我要举行一场空前未有的盛大婚礼,屠牛宰羊,做各种美味佳肴和各式甜点,备好各种糖果。我要请天下所有的乐师、歌伎和各行艺人,要他们同台献艺,为我的婚礼庆典增光添彩。我要弄来各种奇花异草,用来把我的庭院装点成花园。我还要邀请穷人、富翁、学者、绅士、文武百官来参加我的婚礼;不论是谁,他们要什么,我就给他们什么。我要备好各种吃的喝的,让它一应俱全,应有尽有。我要派传令官沿街呼喊:'公众们,谁想要什么,就可以得到什么!'婚礼完毕,我和我的新娘子相携入洞房……我要仔仔细细欣赏她那花容月貌、婀娜风姿、苗条身材、丰隆酥胸……我与娘子交欢畅饮,边吃边喝,暗自说:'我的愿望已经实现了!'随后,我便永远告别我的修行生活……不久,我的小娘子怀有身孕。十月怀胎,一朝分娩,为我生下一个漂亮的小男孩儿,我立即为我的儿子举办宴会,招待各方贵客。我要把我的儿子放在最好的环境里抚养,我要亲自把他培养成出类拔萃的知名人物。在众宾客面前,我因为有那样一个聪明伶俐的儿子而自豪。我要我的儿子做好事,他必言听计从;我禁止我的儿子背信弃义,他绝不会违抗我的命令;我叮嘱他敬畏安拉,从善积德,他会乖乖地听从我的指教。如果我的儿子听我的话,我就给他准备上好礼物;如果他敢违抗我的意志,我就用这根手杖揍他……"

想到这里,修士真的将手杖一扬,要打他的"儿子"。不料,一杖击打在奶油罐上,只听哗啦一声,罐子碎了,奶油倾泻而下,淌落在修士的头上、衣服上和胡须上,一时间,修士成了个奶油人。

舍马斯宰相讲到这里,说:"国王陛下,修士的教训不可不吸取呀!因此,任何没有完结的事情,是不便早下断语的。"

国王听后,说:"相爷阁下,你说得很对。你是我的好宰相,说的全是实话,出的全是好主意。你在我这里的地位就听凭你自己选择了。你的意见,我全部接受。"

舍马斯宰相再次向安拉和国王叩拜,祝福国王荣华永存。舍马斯宰相又说:"安拉赐国王福运长在。国王陛下,不管是秘密的,还是公开的,任何事情,我都不会瞒你的。因为我从你这里得到了我应得到的一切。你满意的,我就满意;你的欢乐,就是我的欢乐。你生气的事,就使我夜不成寐。我求伟大安拉指派他的天使保佑你;当你会见他时,给予你最高报偿。"

国王听后,甚感欣慰。

舍马斯宰相站起身来,告别国王离去。

过了几个月,国王的爱妃生下一男婴,国王高兴极了,连声赞美安拉,他说:"感赞安拉在我绝望之时,赐予我一个男孩儿。这就是安拉的恩泽浩荡,怜悯无限!"

国王发布通告,把王子诞生的喜讯通报各位大臣,并请他们前来道贺,于是王公大臣、文武百官、学士绅士等纷纷前来贺喜。一时间,王宫若市,门前车水马龙,热闹空前。

王子诞生的喜讯不胫而走,迅速传遍全国。祝贺的人们从各地赶至京城,学者、哲人、文士和士大夫们云集王宫,依次站好。

国王指示以舍马斯宰相为首的七位大臣就眼下境遇分别致辞,各抒己见。

首先致辞的是舍马斯宰相。

舍马斯宰相获得国王的许可后,说:"万赞归于安拉!安拉使我们从无到有,安拉普施恩惠给他的奴仆——天下君王。君王以安拉赐予他们的财产和生计之路平等对待他们的百姓。尤其是我们的国王,正是他以安拉赐予他的恩惠使我国的荒野复现生机,使我们过着平静、安逸、宽裕的生活。有哪一位君王能像我们的国王这样为我们带来这么多利益?有哪位君王能像我们的国王这样尊重我们的权利?又有哪位君王这样重视我们?

"因为安拉普施恩惠给百姓,方使百姓的国王关心他们的事情,保护他们免受敌人侵扰。敌人的最终目的是征服我们的百姓,将我们控制在他们手中。很多人甘愿将自己的儿子献给国王,让他们为国王效力,他们就像奴隶一样奋力阻止敌人侵袭他们。

"有我们这位国王在,敌人不曾踏上我们的国土,这是任何人都不能用语言表述、形容的巨大恩惠和幸福。

"国王陛下,你应该获得这巨大幸福。我们在你的庇护下过着幸福的生活。愿安拉嘉奖你,愿安拉为你增寿延年。在此之前,我们曾多次祈求安拉赐予你一个好儿子,以期日后继承你的王家霸业。如今,安拉答应了我们的祈求,就像给塘中之鱼带来欢乐一样,也给我们带来了无限欣悦。"

讲到这里,眼见东方透出黎明的曙光,莎赫札德戛然止声。

第九百零三夜

夜幕垂降,莎赫札德接着讲故事:

幸福的国王陛下,舍马斯宰相对国王说:"国王陛下,你应该获得这巨大幸福。我们在你的庇护下过着幸福的生活。愿安拉嘉奖你,愿安拉为你增寿延年。在此之前,我们曾多次祈求安拉赐予你一个好儿子,以期日后继承你的王家霸业。如今,安拉答应了我们的祈求,就像给塘中之鱼带来欢乐一样,也给我们带来了无限欣悦。"

国王听后,不解地问:"何以用塘中之鱼来比?那究竟有何说法?"

舍马斯宰相开始讲《塘鱼与蟹》的故事:

相传,很久很久以前,在某一个地方,有一个水塘,塘中生活着一群鱼。

有一年,天久旱不雨,塘中的水渐渐减少,鱼儿们相互挤在一起,眼见剩下的水不足以维持生命,它们便纷纷议论说:"我们该怎么办呢?该向谁请教救命良策呢?"

一条年高足智多谋的鱼说:"依我之见,别无良策,只有向安拉求救了。不过,我们应先去找找螃蟹,听听它的意见,因为它是我们的头领,经验与阅历都比我们丰富。我们快去找它,看看它有什么好办法。"

大家一听，认为这个办法甚好，于是相携去找螃蟹。

它们来到螃蟹家中一看，见它伏在家里，对外面的情况一无所知。

鱼儿们向螃蟹问安之后，说："头领阁下，你是我们的长官、主人，难道我们的事情与你无关？我们想问一件事情。"

螃蟹说："你们好哇！你们怎么啦？有什么事吗？"

鱼儿们把塘水近于干涸的消息对螃蟹讲了一遍，并且说："塘干了，我们的生命也就完了。我们来拜访你，就是想听听你的意见，因为头领见多识广，经验丰富，所以我们特来向你问策，以期获得摆脱危险的办法。"

螃蟹低头沉思良久，然后说："你们对伟大安拉的慈悲感到失望，不相信安拉会保证一切生物有养生食粮，足以证明你们无知。难道你们不晓得伟大安拉无偿地供其奴仆衣食吗？你们有所不知，安拉在创造一物之前，就已为之安排好了衣食，而且为之规定了寿限。既然万事已有前定，我们何必担忧呢？依我之见，没有比求助安拉默助更好的办法了。因此，我们每个人都要表里如一地衷心信从安拉，祈求安拉把我们从灾难中拯救出来。安拉是不会让信奉、依赖他的任何人失望的，也不会拒绝任何祈求者的要求。"

螃蟹停顿片刻，又说："只要我们的态度端正了，衷心依赖安拉，一切事情都好办，一切好事也便来了。冬季来临，我们的祈祷弥漫大地，我们的祈求必将得到安拉的恩赐。依我之见，我们只要耐心等待安拉的安排就是了。假若我们命中该死，也就没有什么牵挂了。如果非逃离不可，定会迁到安拉为我们安排的地方去。"

鱼儿们异口同声回答道："头领啊，你说得对！安拉会降福给我们的。"

说罢，鱼儿们各自返回自己的住处去了。

过了没几天,安拉降下喜雨,塘里积满了水,鱼儿们欢喜如初。

舍马斯宰相讲完故事,对国王说:"国王陛下,我们就像当初的鱼儿们一样,对陛下能否有孩子感到失望。如今,安拉赐予你一子,不论对你对我们,都是大喜之事。我们祈求安拉让王子成为出类拔萃的人物,像陛下一样,成为一位很出色的国王,像陛下一样,使国人丰衣足食。安拉是不会让崇拜他的人失望的。谁也不应该对安拉的大慈大悲感到失望。"

舍马斯宰相说完,第二位大臣站起来,向国王行过礼,然后致辞道:"国王,只有具备公正、英明、仁慈的品行,才能称为国王。国王必是善待平民百姓者,他制定人们所熟悉的法律和规则,使公众一律平等,制止流血事件发生,防止百姓受到侵害。国王理应关心穷苦人,救助不分高低,给百姓以应有的权利,使百姓衷心为自己的国王祝福,服从国王的命令。毫无疑问,具备这样品行的国王,必定会受到百姓的爱戴,必将得到整个今世,亦可享受来世的荣华,博得安拉的喜悦。

"尊敬的国王陛下,我们一致承认你具有这些美德,正像格言所说的那样,万民所幸之事有三:一曰国王公正廉明,二曰医生精明干练,三曰教师博学多才。

"国王陛下,我们现在正享受着这巨大幸福。在此之前,我们曾因陛下无嗣而感到失望。如今,伟大安拉没让我们失望,答应了我们的祈求,因为陛下对安拉诚心诚意,将自己的事情完全托付给了安拉。国王陛下,你的希望已经化为现实。陛下的情况就像《乌鸦与蛇》的故事中所讲的一模一样。"

国王问:"乌鸦与蛇有什么故事?那究竟是怎么一回事?"
第二位大臣开始讲《乌鸦与蛇》的故事:

相传,很久很久以前,一只乌鸦和它的妻子住在一棵树上,过着幸福、平静的生活。孵卵的时间到了,正值炎热季节。

一天,一条蛇爬出洞穴,直向乌鸦夫妇居住的那棵树上攀爬而去。蛇爬到乌鸦巢,便在那里住了下来,在那里住了整整一个夏天,害得乌鸦无家可归,无处安身。

炎热的日子过去了,那条蛇方才回到自己的洞穴里。

乌鸦对妻子说:"赞美安拉!正是安拉救了我们,使我们终于摆脱了这场灾难。即使今年我们没有吃的,安拉也不会让我们饿死的。我们万分感谢安拉保佑我们平安无事。我们别无依靠,只有把一切托付给伟大的安拉。假若我们有幸活到来年,安拉一定会给我们弥补今岁的损失。"

第二年的夏天到来了,乌鸦孵卵的时间来到了,那条蛇爬出洞穴,又向着那对乌鸦的窝巢攀爬而去。那条蛇攀爬而上,像往年一样,直奔乌鸦窝巢。就在那条蛇刚要接近乌鸦巢时,一只鹞鹰突然俯冲下来,猛啄蛇的头部,撕破了蛇皮,只见那蛇"呱嗒"一声跌落在地上,一下被摔得昏了过去,群蚁蜂拥而上,未过一个时辰,将那条蛇吃掉了。

从此以后,乌鸦夫妻又过起平静、舒适、放心的生活,孵出了许多小雏鸦,夫妻俩连声赞美安拉保护他们平安,赐予夫妇俩成群的子女。

第二位大臣讲完故事,对国王说:"尊敬的国王陛下,我们应该感谢安拉对陛下的恩赐,赞美安拉赐予陛下一位吉祥如意的王子。我们本已感到失望，如今安拉成全了我们的祈求，这是安拉赐予陛下的最好报偿。"

讲到这里，眼见东方透出黎明的曙光，莎赫札德戛然止声。

第九百零四夜

夜幕垂降，莎赫札德接着讲故事：

幸福的国王陛下，第二位大臣讲完故事，对国王说："尊敬的国王陛下，我们应该感谢安拉对陛下的恩赐，赞美安拉赐予陛下一位吉祥如意的王子。我们本已感到失望，如今安拉成全了我们的祈求，这是安拉赐予陛下的最好报偿。"

第二位大臣说罢，第三位大臣站起来，向国王行过吻地礼，然后致辞道："尊敬的国王陛下，你今世善待臣民，来世必博得安拉赞许，因为每一位受地上人爱戴者，必受天上的人敬重。伟大安拉分给你一部分厚爱，并将之置于举国臣民心中。赞美安拉，感谢安拉，你与我们怀着同样的心情，但期安拉赐更多恩惠给陛下，并且通过陛下，赐福给我们。

"国王陛下，正如你所知，人离开安拉的安排，必将一事无成。安拉是施予者；人所得的一切恩惠，均来自伟大的安拉。安拉根据自己的意愿，将恩泽分配给他的奴仆：有的人从安拉那里得到的甚多；有的人要靠辛苦劳动换取糊口之资；有的人被安拉封为首领，有的人被安拉安排成修士,终日吃苦修行。因为安拉有言:'我是利害皆有者,我可使人健康,亦可使人生病;我可使人富贵,亦可使人穷困;我可使活人死亡,也可使死人复生,一切的一切都掌握在我的手中,一切的一切又均要回到我的怀抱。'

"因此,所有的人都应该赞美安拉。国王陛下,你是公正廉明、虔诚无私者之一。正如古谚所言:'公正廉明、虔诚无私者当中的最幸福者,安拉必集今世荣华与来世富贵于其一身。他对安拉分配他的恩泽必将感到心满意足,衷心感赞安拉的恩赐。'因此,谁有非分贪求,就会落得像野驴与狐狸的下场。"

国王问:"野驴与狐狸会怎样呢?"

第三位大臣开始讲《野驴与狐狸》的故事:

相传,很久很久以前,有一只狐狸,每日出穴觅食。

有一天,狐狸正在山中行走觅食,不知不觉天色已晚,便向自己的洞穴走去。狐狸正走着,遇见另外一只狐狸。

两只狐狸相遇,都把自己觅食的情况讲给对方听。那只狐狸说:"前几天,我捕住一头野驴。当时,我已三天没有吃到东西,肚子饿极了,因此十分高兴,连声赞美安拉给我的恩赐。因为肚子太饿,我马上把野驴的心掏出来吃掉了,而且吃得饱饱的。之后,我回到洞穴里,一连三天没找东西吃。虽然如此,但我也没有感到肚子饿,直到现在还饱着呢!"

这只狐狸听了那只狐狸讲的故事,嫉妒之心顿生,心想:"我一定要吃到野驴的心才罢休!"

这只狐狸回到洞穴中,一连数日不吃不喝,眼见身体日渐消瘦,四肢无力,行走不便,几乎濒临死亡,整日趴在洞穴里。

一天,忽有两个猎人跑来,正在追逐一头野驴。他们整整追了一个白天。一个猎人拉满弓,射出一支叉头箭,箭入野驴腹内,正巧钻入驴心,野驴当即倒下丧命,正好倒在狐狸洞穴前。

两个猎人跑过来,见野驴已死,便走上前去,将箭拔出,但只见拔出箭杆,叉箭头仍留在野驴心脏里。

夜幕垂降,狐狸饥肠辘辘,心慌意乱,虚弱不堪,挣扎着走出洞穴,忽见一头野驴躺在洞穴前,不禁心花怒放,高兴得简直要跳起来。它说:"啊,赞美安拉,天无绝人之路,我终于可以不劳而饱餐一顿了。我万万没有想到野驴会倒在这里,更不曾想到什么野兽会自动走上门来。也许这是安拉特意给我送来的。"

狐狸纵身跳到野驴身旁,一口咬开野驴的肚子,伸进头去,一番寻找,终于触到野驴的心,一口咬了下来,恨不得想一口将之吞进肚子里。然而狐狸万万没有想到,一颗分叉箭头还在野驴的心里。狐狸刚一吞咽,那分叉箭头便死死地卡在了狐狸的喉咙里,既吐不出来,也咽不下去。

狐狸这才感到大难临头,自认必死无疑,悲痛地叹道:"人不该贪图安拉分给他的非分之物,这话千真万确。假若我满足安拉的恩赐,我本来不会走上死路的。"

第三位大臣讲完故事,对国王说:"国王陛下,人应该满足于安拉赐予自己的那一份福分,而且要衷心感谢安拉的恩泽,不要对安拉感到失望。国王陛下,因为你从善如流,待人宽厚,所以在你绝望之时,安拉赐赠给你一个男孩儿。我们祈求安拉让王子长命百岁,永远幸福,使其成为遵循陛下教导的好王子,成为王位最好的继承人。"

第三位大臣讲完,第四位大臣站起来,向国王行过吻地礼,致辞道:"一位国王,他若能够博通哲学、法学和政治……"

讲到这里,眼见东方透出黎明的曙光,莎赫札德戛然止声。

❖ 第九百零五夜 ❖

夜幕垂降,莎赫札德接着讲故事:

幸福的国王陛下,第三位大臣讲完,第四位大臣站起来,向国王行过吻地礼,致辞道:"一位国王,他若能够博通哲学、法学和政治;心地善良、公正对待百姓;款待该款待之人,敬重当敬重之人;有能力且宽恕时进行宽恕;关心领导者和被领导者,为他们减少痛苦,施恩惠给他们;保护他们的生命财产安全,掩饰他们所做的丑事,实践自己对他们许下的诺言……若一位国王能做到这几点,那么,他就配享受今世与来世之荣华。因为那样可以使国王得到臣民的拥戴,帮助他巩固自己的王权,战胜自己的敌人,实现自己的目的,并且可以使他重新感谢安拉,获得安拉的关怀和赏赐。否则,国王就会遇到各种困难,就连国王本人及其臣民也不能幸免。因为亏待了异乡客和百姓,他的命运就会像游荡王子那样。"

国王问:"游荡王子是怎么回事?"

第四位大臣开始讲《游荡王子》的故事:

相传,很久很久以前,在西方的一个国家里,有一个暴虐君王,暴虐成性,鱼肉百姓,对每一个进入他王国的人,都要进行横征暴敛，常把人家的财产扣下五分之四，只给人家留五分之一。

那个暴君有个儿子，心地十分善良，见世风日下，便毅然抛弃红尘，云游四方，专心膜拜安拉，拒绝接近世俗，游荡在荒原、旷野，走遍城乡，寻道修行。

有一天，这位游荡公子进入京城。他刚一进城，便被守兵抓住，随之带去搜身。守兵们搜了许久，结果发现王子只有两件衣服，一件新的，一件旧的。守兵对他进行一番侮辱之后，扒去他的新衣服，给他留下那件旧衣服。

王子抱怨说："你们这些该死的暴虐之徒！我是个身无分文的苦行僧，你们扒去我的衣服，对你们有什么用呢？你们若不把衣服还给我，我就去国王那里控告你们。"

守兵满不在乎地说："我们是照国王的命令行事的，你想怎么办就怎么办吧！"

王子行至王宫大门前，想进宫去见国王，侍卫们不让他进，他只得后退到一边。王子心想："我只有等国王出来时，上前向他讲述我的不幸遭遇。"

王子正站在那里等候国王出来，忽听一名侍卫高声喊道："国王驾到……"

王子缓步走上前去，在宫门前站下来。片刻后，国王果然出来了。王子上前拦住国王，行礼后，为国王祈祷祝福一番，随后将守兵扒去他衣服的暴行报告了国王，并且对国王说，他是弃绝红尘、专事崇拜安拉的修士，是为了求得安拉的喜悦而出家漫游的；他所投之人，无不尽力善待他；他所到之处，无人不对他表示欢迎。

王子接着说："我进入本城，本希望城中的人们也像对待别的云游者那样善待我，然而出乎意料，守城人竟拦住我的去路，扒掉我的衣服，对我进行毒打、侮辱。国王陛下，你瞧瞧呀，竟然把我折磨成了这个样子!国王陛下,请你关照我一下,把我的衣服要回来,让我马上离开这座城市,一时一刻也不停留。"

暴虐国王回答道:"你根本不晓得本城国王如何行事,却贸然闯进本城,能怨谁呢?"

王子说:"我拿到衣服后,请你们任意处置!"

听游荡王子这样一说,国王面色顿改,勃然大怒道:"你这个傻瓜!扒掉你的衣服,目的在于侮辱你。你竟敢在我的面前喊冤,岂不知我连你的命都要扒掉!"

说罢,国王下令将王子关押起来。

王子入牢之后,想起自己在国王面前说的那些话,懊悔不已,痛心疾首,简直不想再活下去。

夜半时分,王子站起来,开始礼拜祈祷。王子说:"安拉啊,你是最公正的裁决者,你最了解我的情况,最清楚我与这个暴君之间的纠葛。安拉呀,我是你的奴仆,我受了虐待,祈求得到你的怜悯,把我从暴君手中解救出来,并给他以应有的惩罚。安拉啊,任何暴君都逃不过你明亮的眼睛,你若确知他虐待了我,我求你今夜就降灾难给这个暴君。因为你的裁决最公正,你是每个遭遇灾难者的大救星。安拉啊,你的力量和权威是永存长在的……"

狱卒听见王子的祈祷声,周身颤抖。

正当这时,忽见王宫中燃起了大火,王宫中的一切顷刻间化为灰烬,就连监牢的门也被大火吞没,只有王子和狱卒两人逃命。

王子和狱卒离开那座城市,向另一座城市走去。

由于那个君主暴虐无度,一场大火将暴虐君王的京城烧了个一干二净,化为一片废墟。

第四位大臣讲完故事,对国王说:"洪福齐天的国王陛下,我们每朝每夕都在为你祈祷,感谢安拉的浩荡恩泽,为有你这样公正廉明的君王而感到心定神安。国王本因没有子嗣继承王家大业而忧心忡忡,担心日后没有英明国王安邦。而现在呢,蒙安拉慷慨赐予,驱散了陛下心中的忧虑;王子降生,为国王和我们带来了无限的欢乐。但期王子成为陛下的出色继位人,我们祈求安拉为王子带来幸福、安康和尊荣。"

第四位大臣说罢,第五位大臣站起来,向国王行过吻地礼,致辞道:"大哉安拉,伟哉安拉,慈悲行善,慷慨无比……"

讲到这里,眼见东方透出黎明的曙光,莎赫札德戛然止声。

第九百零六夜

夜幕垂降,莎赫札德接着讲故事:

幸福的国王陛下,第四位大臣说罢,第五位大臣站起来,向国王行过礼,致辞道:"大哉安拉,伟哉安拉,慈悲行善,慷慨无比。我们确信,安拉施恩惠于感谢他并保卫其正教之人。国王陛下,你是具有这些美德的君王。国王公正廉明,善待臣民,正合乎伟大安拉意愿。正因为如此,安拉格外抬举你,为你的日月增华添彩;在你失望之后,安拉慷慨赐赠给你厚礼,使你有了子嗣,为我们送来了欢乐。因为在此之前,我们曾经沉浸在巨大的忧伤之中。当时,我们想到你没有子嗣,担心陛下百年之后无人继承你的王家大业,担忧臣民们再也享受不到你的公正廉明与慷慨善行,害怕因为我们臣民之间出现分歧,而导致乌鸦们的命运降临到我们的头上。"

国王问:"乌鸦们的命运怎样?"

第五位大臣开始对国王讲《乌鸦》的故事:

相传,很久很久以前,在某一个地方,有一条宽阔的谷地。谷地里清水流淌,树木繁盛,果实累累,百鸟鸣唱枝头,不住地赞美日夜、天地的创造者安拉。百鸟当中,有一群乌鸦,幸福、欢乐地生活在那里。

乌鸦群中的一位头领,对群鸦关怀备至,鸦群团结得像一个人一样,过着平静、安心、惬意的生活,没有任何一种鸟敢于进攻它们。

过了一段时间,乌鸦们的头领一命归天,群鸦悲痛万分。尤其使它们难过的是群鸦无首,没有任何一只乌鸦能够替代已故头领的角色。群鸦们聚集而议论由谁担当它们的头领,其中一伙乌鸦选出一只乌鸦,并对大家说:"就让这位兄弟担当我们的头领吧!"

另一伙乌鸦表示反对,继之相互争吵起来,一片混乱,始终没有能够达成协议。经过一番商量,大家一致同意这样一个办法:当夜大家全部安睡,明日早晨谁也不早起外出打食,等到大天亮太阳出来之后,大家集合在一个地方,看哪只乌鸦先飞来。

一只乌鸦说:"首先飞来的那只乌鸦就是安拉为我们选定的头领,我们就让它担任我们的领袖,把我们的事情全部交给它掌管。"

群鸦们果然安睡一夜,次日一早谁也没有起来打食,直到东方大亮,大家才集合在一个地方。

乌鸦们刚集合完,便看见一只苍鹰飞来,乌鸦们异口同声地说:"喂,善主啊,我们选定你做我们的头领,掌管我们的事情!"

苍鹰听后，欣喜不已，随口说："善哉，善哉！我会给你们带来幸福的。"

自此以后，乌鸦们便把它们的事情全交给了苍鹰。

每日清晨外出觅食时，苍鹰便带着一只乌鸦远去，然后将那只乌鸦杀死，随后啄其脑髓和眼睛，将其余肢体丢掉。

这样过了一些日子，只见乌鸦飞去，而不见飞回来，乌鸦们这才明白过来，知道同伴们已死在苍鹰的手里，于是相互议论说："我们大多数的同伴已经死去，我们该怎么办呢？我们应该设法救救我们自己了！"

第二天清早，乌鸦们远离而去，远远离开了苍鹰，各奔东西了。

第五位大臣讲完故事，对国王说："国王陛下，由你之外的人担任我们的国王，我们真担心乌鸦们的命运降临到我们的头上。不过，随着王子的降生，我们的忧虑烟消云散了。这是伟大安拉通过陛下降予我们的恩惠。我们相信我们的国家会长治久安，百业兴旺，万民幸福。大哉安拉，善哉安拉，万赞归于安拉。安拉为陛下祝福，安拉为百姓带来吉祥。安拉赐幸福和生计给我们，让我们丰衣足食，万世安乐，并使陛下成为时代最幸福的人。"

第五位大臣说完，第六位大臣站起来，向国王行过吻地礼，致辞道："国王陛下，愿安拉使你今世荣华、来世富贵。古人有训：'礼拜、封斋、孝敬父母、为政公正者，必能与安拉相见，博得安拉的赏识。'国王陛下，你公正廉明，我们祈求安拉嘉奖你。刚才致辞的大臣道出了我们内心的忧虑，担心日后有一天落得没有首领的悲惨下场，或者遇到一个不称职的国王，致使我们之间意见分歧，招致灾难降临。如果我们果然遇到了上述情况，我们则应该虔诚地向安拉祈祷，求安拉赐予国王子嗣，以便国王百年之后继承王位。自此之后，也许贪图今世享乐的人还会有什么要求，而不顾及事情的后果；到那时，人就不应该向安拉祈求不知后果的事情。因为那样害多利少，因贪求而丧命，就像耍蛇者及其妻儿的遭遇一样。"

讲到这里，眼见东方透出黎明的曙光，莎赫札德戛然止声。

第九百零七夜

夜幕垂降，莎赫札德接着讲故事：

幸福的国王陛下，第六位大臣对国王说："国王陛下，愿安拉使你今世荣华、来世富贵。古人有训：'礼拜、封斋、孝敬父母、为政公正者，必能与安拉相见，博得安拉的赏识。'国王陛下，你公正廉明，我们祈求安拉嘉奖你。刚才致辞的大臣道出了我们内心的忧虑，担心日后有一天落得没有首领的悲惨下场，或者遇到一个不称职的国王，致使我们之间意见分歧，招致灾难降临。如果我们果然遇到了上述情况，我们则应该虔诚地向安拉祈祷，求安拉赐予国王子嗣，以便国王百年之后继承王位。自此之后，也许贪图今世享乐的人还会有什么要求，而不顾及事情的后果；到那时，人就不应该向安拉祈求不知后果的事情。因为那样害多利少，因贪求而丧命，就像耍蛇者及其妻儿的遭遇一样。"

国王问:"耍蛇者及其妻儿有何遭遇?"

第六位大臣开始讲《耍蛇者及其妻儿》的故事:

相传,很久很久以前,有一个驯蛇人,以耍蛇为业。这位耍蛇者在一个大篓子里养着三条毒蛇,而家人对此一无所知。

耍蛇者每天都背着大篓子到城中去耍蛇,以此挣钱养家糊口。他每日早出晚归,家人不知道篓子里装着什么东西。

有一天,耍蛇者像平日一样回到家里。妻子问他:"喂,那篓子里装的是什么东西?"

耍蛇者答道:"你问这个做什么?有吃有喝还不够吗?你就满足于安拉赐予你的福分吧!别的事情,你就不要过问了!"

妻子一时没有说什么,但心里想:"我一定弄个明白,看看那篓子里究竟装着什么东西!"

妻子主意拿定,随后告诉孩子们,鼓动孩子们向他们的父亲苦苦哀求,一定要弄明白那篓子里装的是什么东西,要父亲告诉他们。

孩子们以为那篓子里一定装着什么好吃的东西,所以每天缠着父亲,问篓子里装着什么,百般要求父亲让他们看看里面的东西。父亲则千方百计推托,劝他们不要打问篓子里装着什么。

就这样,过了一段时间。

母亲继续催促孩子们,要他们死死纠缠父亲,非要弄明白篓子里装着什么东西不可。妻儿们见自己的努力没有结果,便商定了一个办法:如果父亲不打开篓子让他们看一看,他们就绝食,以迫使父亲满足他们的要求。

一天傍晚,耍蛇者带着许多好吃的东西回到家里,招呼妻儿来吃,但他们谁也不动,而且个个面带怒气。耍蛇者好言劝慰妻子,说道:"我给你们买来吃的、喝的和穿的,你们还想要什么呢?"

孩子们说:"爸爸,我们想让你打开篓子,看看里面装着什么好东西;如果你不满足我们的这一要求,我们甘愿饿死。"

父亲说:"孩子们,那篓子里没有你想要的东西;如果打开看,对你们有百害而无一利。"

孩子们听后,更加不高兴了。

父亲见孩子们一个个怒气冲冲,十分生气,威胁他们说:"你们如果还不听话,我就打你们一顿!"

孩子们根本不怕父亲的威胁,还是怒气不消,仍然坚持看篓子里的东西。

父亲生气了,顺手抄起一根棍子,朝孩子们打去。

孩子们见父亲真的发怒了,起身就跑,在院子里和父亲兜起圈子来。

母亲见孩子们被父亲追得到处跑,趁机走去把篓子盖掀开了。

母亲刚一掀开篓子盖,只见毒蛇爬了出来,一条蛇上来咬住妇人的胳膊,顷刻之间,只见她倒在地上,一命呜呼。继之,毒蛇爬到院子里,将孩子们一个个咬死,只有耍蛇者安然无恙。

耍蛇者眼见妻儿一一丧命,万分沮丧,随后走出家门,开始了流浪生活。

第六位大臣讲完故事,对国王说:"国王陛下,从这个故事得知,人应满足于安拉的恩赐,不应期盼安拉恩赐以外的东西。国王陛下,你知识渊博,见地高超,安拉在你失望之后赐予你一男孩儿,后继有人,你可以放心坦然、高枕无忧了。但期使王子像你一样,日后成为万民敬仰的正大光明的君王。"

第六位大臣说完，第七位大臣站起来，向国王行过吻地礼，致辞道："国王陛下，我的这几位大臣兄弟，个个学富五车，人人见地非凡。他们说陛下公正廉明，从善如流，远远胜过其他君王，这是千真万确的，而且赞颂、拥戴陛下也是我们应尽的职责。正是安拉启发你和大臣们，让我们知道感赞安拉的恩惠。所有这些，都是与陛下密切相关的。只要陛下在，我们就不畏惧任何外来的压迫和暴虐；只要陛下在，即使我们弱小，也没有人能够征服我们。古谚说得好：'公正国王统治的臣民最幸福；暴君统治下的臣民最不幸。'古谚又说：'宁与猛狮同穴，不与暴君共处。'

"万赞归主。安拉把陛下赐予我们，乃是我们的万幸；安拉在陛下失望之后，赐予陛下一男儿，这是我们的大幸。因为今世最崇高的赠礼就是有个好男儿。古谚说得好：'人若无后，人去香断，无人记起。'

"国王陛下，正因为你光明正大，公正廉明，崇拜安拉，安拉才赐予了你一个好儿子。安拉成全了你的美好愿望，原因在于你能忍耐、行善，就像暴风雨中的蜘蛛那样。"

讲到这里，眼见东方透出黎明的曙光，莎赫札德戛然止声。

第九百零八夜

夜幕垂降，莎赫札德接着讲故事：

幸福的国王陛下，第七位大臣说："万赞归主。安拉把陛下赐予我们,乃是我们的万幸;安拉在陛下失望之后,赐予陛下一男儿,这是我们的大幸。因为今世最崇高的赠礼就是有个好男儿。古谚说得好:'人若无后,人去香断,无人记起。'

"国王陛下,正因为你光明正大,公正廉明,崇拜安拉,安拉才赐予了你一个好儿子。安拉成全了你的美好愿望,原因在于你能忍耐、行善,就像暴风雨中的蜘蛛那样。"

国王问:"暴风雨中的蜘蛛是怎么回事?"

第七位大臣开始讲《蜘蛛与风暴》的故事:

相传,很久很久以前,有一只蜘蛛在一座高大、僻静的大门上结了一张网,在那里安居下来。蜘蛛感谢安拉给它提供了这么好的一个地方,使它免除了种种忧虑。

那只蜘蛛在那里居住了一段时间,倒也舒适、安静、快乐,衷心感谢安拉安排了丰富的食物。

一天,造物主想考验一下蜘蛛的忍耐能力,于是便派来一阵从东方吹来的暴风,顷刻之间,将蛛蛛网及蜘蛛抛到了海里,继之又被大海狂涛卷上了岸边。这时,蜘蛛感谢安拉保佑它安然无恙,并且责备暴风说:"暴风啊,你为什么这样对待我?我本来平静、安逸地生活在那座大门之上,你却把我卷到这里来,这对你有什么好处呢?"

暴风说:"你不要责备我啦!我将把你送回你原来居住的地方去。"

蜘蛛耐心地等待着,期望暴风再把它送回原来居住的地方,然而直到北风离去,它也没能回到它原来的住处。

蜘蛛又等了一些时候,南风吹来了。这才带着蜘蛛向它原来居住的地方飞去。

南风吹过那座大门时,蜘蛛攀住门,停留下来,又结上了一张网。

第七位大臣讲完故事,对国王说:"国王陛下,正是由于你甘于孤独、肯于忍耐,所以安拉在你年迈、失望之后,赐予你一个儿子,以便继承你的王家大业,接续香火。但期王子日后继位,像你一样,关心百姓,降福给万民。"

第七位大臣讲完,基里阿德国王说:"对安拉的赞美胜过一切赞美,对安拉的感谢胜过一切感谢。万物非主,唯有安拉。安拉创造了一切。安拉以其光芒使我们认识了他的伟大和崇高。安拉选择了他所喜欢的奴仆担任君王;安拉选择他所喜欢的人成为万众的执政官,安拉命令执政官公正对待百姓,制定法规,坚持真理。谁能按照安拉的意旨行事,谁就会有好运;谁能服从安拉的命令,谁就能免遭今世之灾,安享来世幸福。因为安拉是绝不会亏待行善者的。谁不按照安拉的命令行事,必定铸成大错;谁违抗安拉的命令,只贪恋今世而忽视来世,那么,他既享受不到今世幸福,更得不到来世荣华。安拉绝不会宽恕暴虐、腐败之徒,而且也不轻视任何一个虔诚、行善的奴仆。"

国王稍许停顿,接着说:"在座的几位大臣都已谈到由于我公正廉明、乐善好施,故安拉使我及我的臣民平安顺利、吉祥如意,我们理应感赞安拉的恩惠。每位大臣所说的话均受到了安拉的启示,故无一不赞美安拉的浩荡恩泽。

"我之所以感赞安拉,只因为我是受安拉之命的奴仆,我的心掌握在安拉手中,我的舌头跟着安拉摇动,我完全服从安拉的安排。

"关于我儿子之事,每位大臣都把内心的话讲了出来。诸位大臣都已说到,在我年迈体弱和失望之后,安拉降福给我,重新燃起了我们心中的希望之火。赞美安拉把我们从绝望中拯救出来。感谢安拉赐予我一个儿子,愿安拉使其成为卓越的王位继承人。我们祈求安拉慷慨、宽厚,愿安拉使王子成为行为高尚、乐善好施的人,成为一位公正清廉、善待民众的君王,以其宽厚、大度、善良、仁慈保护臣民免遭强暴者的侵害与欺凌。"

国王说完,大臣和学者们站起来,向安拉叩拜,感谢国王并吻过国王的手之后,各自回府去了。

片刻后,国王走到后宫看望王子,为王子祝福祈祷,给王子取名叫"沃尔德汗"。

沃尔德汗王子年满六岁时,父王基里阿德想让他学习知识,便专门在城中为儿子造了一座宫殿,宫中新建了三百六十间房子,把王子安排在那里,指派三名哲人、学者担当王子的教师,要他们夜以继日地教育王子,并规定在一个房间里只待一天,要求他们精心教授各种知识,把王子培养成通晓各种学问的学者,并把每天教授的知识写在每间房的房门上。国王要求他们每七天必须把教授王子的知识及时向他禀报。

三位教师尽心尽力,尽职尽责,日夜忙个不停,把自己的知识全部教给沃尔德汗王子。王子聪明伶俐,理解力和接受能力都很强,明显胜过前人。教师们把每星期教给王子的知识及王子的学习情况,及时禀报给国王,国王听在耳里,记在心中。

教师们说:"国王陛下,我们没有见过比王子接受、理解能力更强的孩子。安拉为你降福,让你坐享清福。"

王子学到十二岁时,已经博通各门学问,超过当时的所有学者、哲人。

教师们带着王子来到国王面前,对国王说:"国王陛下,感赞安拉赐予你这样一个好孩子。王子已经通晓各门知识,当代没有一位学者、哲人能与他相比。我们特意把王子带到陛下的面前,将王子交给国王陛下。"

基里阿德国王听后,欣喜不已,连声感谢安拉,立即向安拉叩拜,口中说:"赞美恩泽无边的伟大安拉!"

国王立即派人叫来舍马斯宰相,对宰相说:"相爷阁下,王子的教师们到我这里来过了。教师们告诉我,王子已学到各门知识,而且学识超过了当代所有学者。阁下有何见教?"

舍马斯宰相向伟大安拉叩拜后,上前吻了吻国王的手,说:"一颗宝石,即使埋在深山之中,也会像明灯一样光芒四射。王子殿下就是这样的一颗宝石。王子年纪虽幼,却不妨碍他成为一名出类拔萃的学者和哲人。赞美安拉赐予他的一切。但期明天我能召集众学者和王公大臣,当场考一考殿下的学识。"

讲到这里,眼见东方透出黎明的曙光,莎赫札德戛然止声。

❖❖ 第九百零九夜 ❖──

夜幕垂降,莎赫札德接着讲故事:

幸福的国王陛下,舍马斯宰相向伟大安拉叩拜后,上前吻了吻国王的手,说:"一颗宝石,即使埋在深山之中,也会像明灯一样光芒四射。王子殿下就是这样的一颗宝石。王子年纪虽幼,却不妨碍他成为一名出类拔萃的学者和哲人。赞美安拉赐予他的一切。但期明天我能召集众学者和王公大臣,当场考一考殿下的学识。"

基里阿德国王听舍马斯宰相说想考一考沃尔德汗王子的学问,遂令国中杰出学者、超群哲人和博学之士明早到王宫聚会。

次日一早,众学者、哲人来到王宫殿堂前,等待片刻,便获准入宫。

舍马斯宰相来到殿堂,吻过沃尔德汗王子的手,王子立即站起来,向宰相行叩拜礼。

舍马斯宰相对王子说:"狮崽不应该向任何野兽叩拜,光明不能同黑暗联袂。"

王子说:"狮崽看见国王的宰相时就要叩拜。"

舍马斯宰相开始提问:"请你告诉我,什么是绝对的永恒者?他的两个世界是何?两个世界中的永恒世界是什么?"

王子回答道:"绝对的永恒者就是伟大的安拉。因为安拉是无始之始,又是无末之终。他的两个世界指今世和来世;而两个世界中的永恒世界,则是来世的荣华。"

舍马斯宰相说:"回答得完全对。不过,我想请你告诉我:你是如何知道一个世界是今世,而另一个世界是来世呢?"

王子答道:"因为今世是由无中创生的,它的一切都属于第一世界。然而那都是暂时性的东西,很快就会消逝,据自己的行为,各得其所,并回复消亡。同第一世界相对应,来世就是第二世界。"

舍马斯宰相说:"答得正确无误,我完全同意。不过,我想请你告诉我:你是从哪里得知来世的荣华是两个世界中的永恒者呢?"

王子说:"因为那是安拉为善行所准备的酬谢屋宇,故永恒不灭。"

舍马斯宰相问:"今世哪些人最值得称赞?"

王子答:"重来世而轻今世者最值得称赞。"

舍马斯宰相问:"谁重来世而轻今世呢?"

王子答:"知道自己生活在孤立房舍中的人重视来世而轻今世。因为他知道自己被创生是为了死亡;死亡之后要遭清算;假若今世有人长生不老,那就不会有人重来世而轻今世了。"

"没有今世,来世还存在吗?"

"没有今世的人,也就没有来世。不过,在我看来,今世和其居民以及他们日后的归宿地,颇像一伙无家可归的人,有一位帝王为他们建造了一座狭窄的小房子,让他们住过去,吩咐他们干一种活儿,为他们每个人规定了寿限,并派人监督他们每一个人,谁按照监督者的命令行事,那么,监督者就把他放出来;谁不照命令行事,而且寿数已尽,就得去受惩罚。"

说到这里,沃尔德汗王子稍作停顿,然后接着说:"他们正处于这种情况时,忽见墙缝中淌出蜜来。他们一尝到蜜的甜味,便把监督人分配给他们的活儿抛到了脑后,无意于甘心忍耐那种忧虑和苦闷,虽然他们知道来世的惩罚之苦,却仅满足于一时的一丝甘甜。但是,当他们的寿限到来时,监督人会把他们一个不留地赶出那个小房子。

"我们知道今世是令人眼花缭乱的屋宇,而且那里的居民都有自己的寿限。谁发现了今世的微弱甘甜,并且沉浸在其中,因此重今世而轻来世。那么,他必入失败者行列,注定灭亡。反之,重来世而轻今世。不贪图今世的些微甘甜者,他定是成功者,注定长生。"

舍马斯宰相听罢,说:"王子殿下,你关于今世和来世的高论,我完全同意。不过,我认为今世和来世都控制着人,人一定要满足二者的要求,而二者又是完全不同的。奴仆若追求今世生活美满,那将有害于他来世的灵魂;若追求来世的幸福荣华,那将有害于他今世的肉体,人是无法同时满足两个不同世界的要求的。"

王子说:"今世的生活会刺激人对来世的向往。依我之见,今世与来世就像两位国王,一位是明主,一位是暴君。"

"那是怎么回事?"舍马斯宰相问。

王子开始讲《两位国王》的故事:

相传,很久很久以前,有两位国王,一位是明主,一位是暴君。暴君占据的那片国土,土地肥沃,绿草成茵,果木繁茂,硕果累累。但是,那位暴君不准任何人经商;只要发现经商的,立即没收其货物、钱财,中止其生意。因此,臣民们只能坐守家中,眼看着沃土而受穷。

另一位明主,则鼓励臣民经商。有一年,明主把一个商人叫到面前,给了商人许多钱,要他带着钱到暴君国中去收购宝石。

商人带上钱来到暴君统治下的国土,刚落脚,便有人禀报暴君,说:"启禀陛下,有一个商人来到了我们的国土上,带着大批钱,要收购我们的宝石。"

暴君听后,马上派人把那个商人抓来,审问道:"你是何许人?打哪儿来?谁让你到这里来的?你为什么到这里来?"

商人回答道:"我是商人,来自陛下的邻国。我们的国王给了我很多钱,要我到贵国采购些宝石。我服从国王的命令,便起程来到了这里。"

暴君说:"你这个该死的商人!难道你不知道我如何对待我的臣民的吗?我每天都要没收他们的钱财,你怎敢带着钱到我的国土上来呢?"

商人说:"国王陛下,我一文不值,这些钱全是我们国王的,回去还要奉还国王。"

暴君说:"我不准你在我的土地上生活,除非你用钱赎身,才准你在我的土地上居住;如若不然,只有死路一条。"

讲到这里,眼见东方透出黎明的曙光,莎赫札德戛然止声。

第九百一十夜

夜幕垂降,莎赫札德接着讲故事:

幸福的国王陛下,沃尔德汗王子接着讲《两位国王》的故事:

商人说:"国王陛下,我一文不值,这些钱全是我们国王的,回去还要奉还国王。"

暴君说:"我不准你在我的土地上生活,除非你用钱赎身,才准你在我的土地上居住;如若不然,只有死路一条。"

听暴君这样一说,商人心想:"我被卡在了两位国王的夹缝中间。我早已知道,这位国王暴虐无道,对手下臣民竭尽欺压之能事,不让任何人在其境内经商。倘若我不听他的,我必死无疑,而且钱也要被他收去,到头来人财两空,我的采购任务更无法完成;假设把钱全交给这个暴君,回国无法向国王交差,也没有活命的希望……眼下我别无什么良策,只有把一小部分钱给这个暴君,让他高兴高兴,也好赎我的命,免我一死,然后在这块儿土地上住下来,以便采买宝石;这样既能让暴君满意,也能使我们的明主高兴。我只盼我们的国王公正、宽容，不要惩罚我，因为这位暴君勒索去的钱毕竟为数不多。"

想到这里，商人为暴君一番祈祷、祝福，然后说："国王陛下，我以钱赎身。这些钱就作为我的赎身钱吧！"

暴君收下钱，便放商人走了。

时隔不久，商人用剩下的钱采购了宝石，迅速回国，将宝石交给国王。

讲完故事，沃尔德汗王子说："明主就像来世，暴君国土上的宝石就像善行，那个带钱的商人就像追求今世享乐的人，那商人手中的钱就像人的生命。从这个故事里，我得知追求今世享乐的人一天也不应该忘掉来世。只有这样，他才能以自己从大地上得到的东西满足今世的生活要求，并以其为追求来世而耗去的生命满足来世的要求。"

舍马斯宰相听后，问道："王子殿下，请你告诉我：灵魂和肉体在得到奖赏与承担惩罚方面是平等的，还是只限于有淫欲和做错事的肉体受到惩罚呢？"

王子答道："淫欲与错误倾向，亦可因克制和忏悔而得到奖励，主动权掌握在行事者手中；相反，则宜于区别对待。而赏善罚恶之大权，则掌握在安拉的手中。但是，生存离不开肉体，没有肉体也就没有灵魂。净化灵魂要依赖纯洁今世中的意念来实现，并且要看是否有益于来世。灵魂和肉体是两匹下赌注的赛马，又是一奶下的两个乳儿，也是工作上的两个伙伴。人的意念是整体行为的一个部分；同样，肉体和灵魂也共担工作，共同接受奖励和处罚。肉体与灵魂之间的关系，就像瞎子、瘫子与果园主人之间的关系。"

舍马斯宰相问："瞎子、瘫子与果园主人之间是什么关系呢？"

沃尔德汗王子开始讲《瞎子、瘫子与果园主人》的故事:

相传,很久很久以前,有一个瞎子和一个瘫子,果园主人把他俩请到果园里,叮嘱他俩不要祸害果园,更不要在园中做损害主人的事情。

果子成熟的季节到来了。瘫子对瞎子说:"兄弟,果子都成熟了,我实在馋得很,想吃上几个,但又站不起来,没法去摘果子。你的两条腿能走,你快站起来,去摘些果子来,让我们好好地吃上一顿吧!"

瞎子说:"你这个该死的!你说的那种事情我怎么能办得到呢?难道你没看见我的两只眼睛看不见吗?可是,我们怎样才能摘到果子呢?"

二人正谈话时,看园人忽然来到二人面前。看园人是个很有学识的人。瘫子对看园人说:"看园的兄弟,我看见那些成熟的果子,嘴馋得很哪!你看哪,我是瘫子,连路都不能走,而我的这位兄弟又是个盲人,什么都看不见,我们有什么办法能吃到几个果子呢?"

看园人说:"两个该死的!果园主人不是叮嘱过你俩,不让你俩祸害果园吗?你们俩要小心,打消那种邪念,千万不要干那种坏事!"

瞎子和瘫子说:"我们一定要弄几个果子吃,请你给我们出个主意吧!"

那一瘫一瞎没有改变吃果子的想法。看园人说:"办法嘛,倒是有的!瞎兄弟把瘫兄弟架在肩上,走到果树下,不就摘到果子了嘛!"

随即,瞎子站起来,把瘫子架在自己的肩上,在瘫子的指挥下,向一棵果树走去。走到果树下,瘫子伸手摘了些果子,然后走回住处，两个人便津津有味地吃了起来。

就这样，瞎子与瘫子合作，吃掉了园中的许多果子。

有一天，瞎子和瘫子正坐着时，果园主人忽然走来，发现树上的果子少了很多，不禁大怒，冲着他俩厉声喝道："你俩真该死！瞧瞧你们干的坏事！难道我没有叮嘱过你们，不让你俩祸害果园吗？"

二人回答道："主人哪，我俩什么事也干不成，你是知道的。我俩一个是瘫子，站都站不起来；另一个是瞎子，两眼一抹黑。我们能有何过错呢？"

果园主人说："你们以为我不知道你们是怎样祸害我的果园的吗？瞎子啊，我猜想是你把你的瘫子朋友架在自己的肩上，由他指挥你，走到树下摘果子，你们这才吃掉了我那么多的果子……"

说着，果园主人把瞎子和瘫子狠狠地揍了一顿，随后将二人赶出了果园。

沃尔德汗王子讲完故事，对舍马斯宰相说："瞎子就像是肉体，因为他只能用心灵看；而瘫子则像灵魂，只有借助于肉体才能行动。那果园就像是报偿奴仆的场地，而看果园的人就像是理智，它教人行善，禁人作恶。肉体和灵魂是共享奖励、共受惩罚的伙伴。"

宰相舍马斯说："你说得很对，我完全同意。王子殿下，请你告诉我：你最赞扬什么样的学者？"

沃尔德汗王子回答："我最称赞识安拉，并以其学识为安拉做善事的学者。"

舍马斯宰相问："那是什么样的学者？"

沃尔德汗王子回答："那是寻求安拉欢喜，避免使安拉生气的学者。"

舍马斯宰相问:"他们当中谁最出色?"

沃尔德汗王子回答:"最识安拉者最出色。"

"他们当中谁最有经验?"

"以自己的学识坚持工作者最有经验。"

"请告诉我,他们当中谁的心地最慈悲?"

"他们当中随时准备归真、不断赞颂安拉、清心寡欲者的心最慈悲。因为经常用死亡灾难威逼自己心灵的人就像常常照镜子,因知真情实况,镜子也越发显得明净。"

舍马斯宰相问:"什么财宝最可贵?"

沃尔德汗王子回答:"天上的财宝最可贵。"

"天上的什么财宝最可贵?"

"赞颂伟大安拉。"

"地上的什么财宝最可贵?"

"乐善好施。"

讲到这里,眼见东方透出黎明的曙光,莎赫札德戛然止声。

第九百一十一夜

夜幕垂降,莎赫札德接着讲故事:

幸福的国王陛下,舍马斯宰相问:"什么财宝最可贵?"

沃尔德汗王子回答:"天上的财宝最可贵。"

"天上的什么财宝最可贵?"

"赞颂伟大安拉。"

"地上的什么财宝最可贵?"

"乐善好施。"

舍马斯宰相说:"王子殿下,你说得对,我完全同意。请你告诉我:知识、见解和智力三者之间有何差别?又是什么把三者集合起来的呢?"

沃尔德汗王子说:"知识来源于学习,见解来自于实践,而智力则来自于思考;三者集合在头脑之中。谁能把三者集合起来,谁就是一个完人;谁能把敬畏安拉加入其中,他就是一个超人。"

舍马斯宰相说:"王子说得对,我完全赞同。王子殿下,请你告诉我,一个见解正确、聪慧过人、智力超群的学者,在你提及的那种情况下,他能够摆脱贪欲、邪念的纠缠吗?"

沃尔德汗王子回答:"贪欲和邪念一旦进入一个人的头脑,就会改变他的学识、智力和见解,情况颇似一只秃鹰,它本来对猎具保持着高度警惕,翱翔云天,聪明机警,但当它看见猎人张起网,把鲜嫩的肉块儿放在网下,贪欲和邪念顿时占了上风,忘记了肉块儿的上方就是罗网,什么鸟落进网去都难以逃生,于是由高天俯冲而下,结果被网缠住。"

"猎人走来一看,发现网住的是一只秃鹰,惊异不已,说道:'我张网是为了捕捉鸽子或类似的弱鸟,怎么把这只秃鹰也逮住了呢?'"

沃尔德汗王子接着说:"一个智者,一旦受贪欲邪念的侵扰,他会用心掂量事情的后果,随即择善而行,用智慧战胜贪欲与邪念。一个智者,一旦受贪欲和邪念的引诱,他就应该像精明的骑士驾驭坐骑;倘若他骑的是一匹劣马,他就会紧勒缰绳,迫使马走正路,让马向着他要去的方向前进。至于那种不学无术、毫无见地之辈,必为贪欲和邪念征服,故而胡作非为,醉生梦死,下场也就最为凄惨。"

舍马斯宰相听后,说:"王子殿下,你说得很对,我全能接受。"

舍马斯宰相问:"知识何时有用,理智何时能够抵抗贪欲与邪念的侵害呢?"

沃尔德汗王子说:"当具有知识和理智的人把知识和理智用在追求来世幸福上时,他就可以用知识和理智抵抗贪欲与邪念的侵害。因为知识和理智都是有益处的。不过,具有知识和理智的人,不应该把知识和理智用于追求今世享乐,只能用其中一部分去换取今世的食粮,防止贪欲滋生,将其大部分用于追求来世幸福。"

舍马斯宰相问:"人最应该做的事是什么?"

沃尔德汗王子答:"行善。"

舍马斯宰相问:"人专心做善事,会影响他谋生,他怎样获得不可缺少的糊口之资呢?"

"一天二十四小时,应该利用一部分时间谋生,一部分时间用于祈祷和休息,其余的时间用于求知。因为一个人单有理智而没有知识,就像未经开垦、不生草木的荒地;荒地若得不到开垦,不种庄稼、果木,也就结不出果实;一旦得到开垦,种上庄稼、果木,就会结出累累硕果。这就和人一样,没有知识是没有用的;只有学到知识,心智才能结出果子。"

舍马斯宰相问:"只有知识而没有理智,那是怎么一回事呢?"

沃尔德汗王子答:"禽兽就属于这一类,醒来只知吃喝,却没有理智。"

"王子殿下回答得简洁明白,我完全同意。请你告诉我:我应该如何提防君王?"

"不要让君王接近自己。"

"君王控制着我,我的一切都在君王的掌握之中,怎能不让他接近我呢?"

"你的一切之所以在君王的掌握之中,是因为君王给了你权利;一旦你把权利还给他,他也就失去了掌握你的能力。"

"国王给了宰相什么权利呢?"

"那些权利包括:向国王进谏;当面、背后都要勤奋工作;遇事提出正确意见;保守国王的秘密;不对国王隐瞒自己所知道的任何事情;对国王吩咐给自己的事情不可有半分疏忽大意;从各个方面使国王高兴,竭尽全力避免惹国王生气。"

舍马斯宰相说:"王子殿下,请告诉我,宰相应该怎样与国王共事呢?"

沃尔德汗王子回答道:"如果你是国王的宰相,而且想平安无事的话,那么,无论你听还是说,都要让其超过国王对你的期望;你要使你对国王的要求适于你在国王心目中的地位,谨防把自己放在不适当的地位上,以避免重蹈猎人的覆辙。"

"猎人的覆辙?那是怎么一回事?"舍马斯宰相问。

沃尔德汗王子开始讲《猎人与雄狮》的故事:

相传,很久很久以前,有一个猎人,每当打到野兽,他总是剥下兽皮,留作己用,而把兽肉扔掉。

一头雄狮来到那个地方,见那里有鲜肉,便吃了起来。

猎人每丢掉兽肉,那头雄狮就来饱餐一顿。时间一长,雄狮与猎人之间便熟悉起来,于是猎人走到雄狮跟前,伸手抚摩雄狮的背,雄狮老老实实,摇尾乞怜。

猎人见雄狮一动不动,温良可爱,以为雄狮被自己驯服了,心想:"啊,这头雄狮已经屈服我了,成了我的猎物,我何不骑上狮背,也像对待别的猎物一样,把它的皮剥下来呢?无疑雄狮皮是再贵重也没有的了……"

想到这里,猎人鼓足勇气,纵身跃上雄狮背,动手就要剥狮皮。

雄狮感到背有刀扎,疼痛难忍,不禁勃然大怒,随即耸身伸爪,一下将猎人掀翻在地,利爪刺破了猎人的肚肠,然后口爪并用,顷刻之间,猎人被撕成了碎片。

沃尔德汗王子讲完故事,对舍马斯宰相说:"相爷阁下,由此可见,为相者,侍奉国王时,务必审时度势,相机行事,掌握分寸,千万不可贸然行事,以免惹怒君王,招致灭顶之灾。"

讲到这里,眼见东方透出黎明的曙光,莎赫札德戛然止声。

第九百一十二夜

夜幕垂降,莎赫札德接着讲故事:

幸福的国王陛下,沃尔德汗王子讲完《猎人与雄狮》的故事,对舍马斯宰相说:"相爷阁下,由此可见,为相者,侍奉君王时,务必审时度势,相机行事,掌握分寸,千万不可贸然行事,以免惹怒君王,招致灭顶之灾。"

舍马斯宰相说:"王子殿下,请你告诉我,在君王面前,为相者应用什么来装饰自己呢?"

沃尔德汗王子说:"接受忠告,采纳正确意见,忠实完成君王委派给自己的工作,坚决执行君王的命令。"

舍马斯宰相说:"你已经说过,宰相应该避免惹怒君王,做国王喜欢的事,忠实完成君王交给的工作,这都是应该做的事。王子殿下,请你告诉我,若君王暴虐无道,宰相应该怎么办呢?若与一暴君昏君共事,必遭折磨,有意劝止昏君抛弃淫欲、邪念和偏见,但又无能为力,在这种情况下,宰相该怎么办呢?若宰相一味迁就昏君,任昏君为所欲为,岂不是犯罪,成了百姓的敌人?处在这种情况下,你说宰相该怎么办呢?"

"相爷阁下,你提到的犯罪之事,那则是跟着昏君所犯下的过错。在这种情况下,宰相应该在君王与之商量为政之道时,向君王指出公正之路,告诫君王不要暴虐无道,劝说他善待百姓,使之盼望来世得到安拉嘉奖,告诫他警惕来世的惩罚。假若君王听宰相的意见,有回心转意之举,目的也就达到了;如若不然,那么,宰相只有采用温和、委婉的办法,与暴君昏君分道扬镳,因为离开他,可使双方得到安宁。"

舍马斯宰相说:"王子殿下,请告诉我,君王应向百姓尽什么职责?百姓应向君王尽什么义务?"

沃尔德汗王子回答说:"对于百姓来说,他们应诚心诚意服从君王的意愿,凡使国王和安拉及其使者高兴的命令都要诚心、忠实执行。对于君王来说,他应该保护百姓的生命和财产,保护百姓的妻儿老小。百姓应该对国王服服帖帖,忠心报国,尽职尽责,歌颂君王对百姓的公正和善待。"

"有关君王、百姓的权利和义务,殿下说得明明白白。君王对百姓应尽的职责,还有没谈及的吗?"

"君王对百姓应尽的职责较之百姓对君王要尽的义务,显然重要得多。君王失职要比百姓忽视自己的义务造成的危害,当然要大得多了。因为君王的倒台,王权的丧失,江山的倾覆,往往皆因为君王无视百姓疾苦。因此,为王者应考虑三件大事,即:利于宗教,改善民生,改革政治。若能坚持这三点,国可长治,民亦久安。"

舍马斯宰相问:"请告诉我:应该如何改善民生呢?"

沃尔德汗王子回答:"维护百姓权益,制定法律法规,让学者、哲人对他们施教,使他们之间相互平等,制止流血,保护百姓财产,减轻百姓负担,富国强兵。"

"请告诉我:宰相应该在君王那里享受什么权利呢?"

"宰相在君王那里享受的权利比任何人享受的权利都重要。其重要性有三个方面:第一,宰相的错误意见,会给君王造成麻烦;而宰相的正确意见,会给君王和百姓带来益处。第二,君王应该让人们知道宰相在君王那里很有地位;这样,人们才会以敬重和虔诚的目光看待宰相。第三,宰相看到君王和百姓敬重自己,他便会竭力效忠君王,为百姓谋福利,除却君王和百姓之所恨,致力于君王和百姓之所爱。"

舍马斯宰相问:"殿下有关君王、宰相和百姓的高论,我完全接受。王子殿下,请告诉我,人怎样使自己的口舌不说谎,不骂人,不说脏话,不说过头话呢?"

沃尔德汗王子答道:"人应该只言好事,只出善言,不谈与己无关之事,远避诽谤之言,不把从一个人那里听来的话传给那个人的仇敌,不借权势陷害自己的朋友和对手。期望受益和免于受损的人,只有安拉会注意他们,因为益与损会操在安拉手中。人不应该揭他人之短处,不应该胡谈乱扯,以免来世承担罪名,惹今世人讨厌。要知道：话语如同羽箭，一旦射出，谁也收不回来。千万不要把秘密吐露给惯于泄密之人；本来相信他能够保密，结果他把秘密泄露出去，说不定会招致什么损害；在保密方面，防朋友泄密要胜过防备敌人。保守秘密是每个人应该养成的习惯。"

"王子殿下，请告诉我：人应以什么样的品性对待亲人呢？"

"人无好的品性，一生不得安宁。对家人和亲友都要给予适当的关心。"

"请告诉我：应该怎样对待亲人呢？"

"对父母要谦恭孝顺，言谈和气，温柔敬重。对兄弟要善言相劝，解囊相助，同喜共乐，宽谅过失。假若他们知道自己的兄弟有这样的善意，他们会毫不迟疑地接受劝告，为兄弟不惜献出自己的生命。假若你相信自己的兄弟，就要给他亲情，为他提供一切帮助。"

讲到这里，眼见东方透出黎明的曙光，莎赫札德戛然止声。

✦ 第九百一十三夜 ✦

夜幕垂降，莎赫札德接着讲故事：

幸福的国王陛下，沃尔德汗王子回答宰相关于怎样对待亲人的问题时说："对父母要谦恭孝顺，言谈和气，温柔敬重。对兄弟要善言相劝，解囊相助，同喜共乐，宽谅过失。假若他们知道自己的兄弟有这样的善意，他们会毫不迟疑地接受劝告，为兄弟不惜献出自己的生命。假若你相信自己的兄弟，就要给他亲情，为他提供一切帮助。"

舍马斯宰相说:"王子殿下,依老夫之见,兄弟可分为两种:一种是可以信赖的兄弟,另一种则是可以交往的朋友。对待可以信赖的兄弟,可以像殿下说的那样;而后一种朋友,应该如何对待呢?"

沃尔德汗王子说:"那些可以交往的朋友,你可以从他们那里获得生活的乐趣、善良的品格、甜美的言语和可贵的交际经验,千万不要打击他们的情绪,而要像他们为你出力那样为他们出力,像他们对待你那样对待他们,笑脸相迎,言语甜美,这样既增加了你的生活情趣,你的话也易被他们接受。"

"这些事情,我都明白了。世间造物的生计已由造物主安排好,请王子殿下谈谈这一问题吧!莫非人和动物都能各享一份衣食,直到大限来临吗?既然如此,造物的那一份衣食是命中注定的,何必再克服困难去求生呢?假若命中注定没有自己的那份养生衣食,即使历尽千辛万苦,也是得不到的;他就把自己的一切托付给安拉,让自己的身心歇息一下,不很好吗?"

沃尔德汗王子回答说:"我们认为每个人都有一份养生衣食,同时也有一定寿限。不过,每份衣食都有其获得的办法与途径,追求衣食者舍辛苦而择休闲,这并不错;虽然如此,但对衣食的追求是必不可少的。追求衣食的方式有两种,非正即误;在正与误两种情况下,步正路者,能够获得衣食,追求结果亦佳;而错误者则面临着三种情况:其一,做谋生的准备;其二,成为他人的负担;其三,摆脱受责怨处境。"

舍马斯宰相说:"王子殿下,请谈谈谋生门路吧!"

沃尔德汗王子说:"安拉允许的,人应视之为合法;安拉禁止的,人当视之为非法。"

舍马斯宰相与沃尔德汗王子之间的谈话到此终止了。

舍马斯宰相与在座的学者们全都站了起来,向沃尔德汗王子行礼叩拜,一番祝福、赞扬,随后,国王基里阿德把王子沃尔德汗紧紧搂在怀里。

片刻后,国王让儿子坐在自己的宝座上,说道:"赞美安拉赐予我这样一个儿子,令我心满意足,不胜欣喜。"

沃尔德汗王子对舍马斯宰相和在座的学者们说:"相爷阁下,你提出了许多极为重要的问题,虽然安拉赐予我的学识很少,但相爷阁下的良苦用心,我是知道的。阁下提出的问题,不论我答得对不对,均得到了阁下的认可;即使有过错,我想阁下也是会宽谅的。相爷阁下,有些问题,我不明白,有口难以说清楚,如同清水倒入墨池,顿时混黑一片。因此,我想请阁下解释一下,也好让我解除疑惑,一扫昔日迷雾,正像安拉以水维持生命,以食增强体力,以医和药治病那样,用学者的知识令愚者聪明起来。相爷阁下,请允许我向你讨教。"

舍马斯宰相说:"王子殿下,你博学足智,曾就教于天下名哲贤士,善于分析问题,对自己提出的问题,早有透彻分析、精辟见解、正确答案在胸。王子得天独厚,安拉赋予你的智慧和知识不曾赋予他人。王子殿下,你想问什么,就请问吧!"

沃尔德汗王子问:"相爷阁下,请谈谈伟大造物主创造万物的问题吧!世上本来一无所有,所有的东西都是伟大造物主创造的。造物主是万能的,能无中生有。究竟造物主用什么创造万物呢?造物主无疑万能,但创造万物总需要一种什么东西吧!"

舍马斯宰相说:"制陶工或制造任何东西的工匠,总要用某一种东西,才能造出东西。因为他们本身就是造物主创造的。而品性奇异的创造这个世界的造物主,若想知道他造物的巨大能力,就得深入思考世间万物,之后便会发现造物主能力无边的种种证据。世间万物都是从无中创造出来的。万物的元素本来就是不存在的。最能说明、解释、阐述这个问题的,莫过于黑夜和白昼的相互转换。黑夜与白昼总是相互交替、彼此相继、轮流出现的,白昼隐去,黑夜来临,我们就看不见白昼了,而且也不知道白昼何处而去;黑夜消失,黑暗与寂静隐去,白昼随后到来,我们也不知道黑夜居于何方;东方红日升起,我们不晓得灿烂阳光从何处而来;夕阳西沉,我们也弄不清它落在什么地方。像这样能证明伟大造物主力大无边的例子无穷无尽,不胜枚举,令人百思不得其解,使智者也不晓得如何解释。"

沃尔德汗王子问:"大学者,你向我讲了伟大造物主的不容否认的巨大力量。还请告诉我,造物主是如何创造万物的呢?"

舍马斯宰相说:"造物主用洪荒之前就已经存在的言辞创造了万物。"

"大哉安拉!伟哉安拉!伟大安拉在人类出现之前就想创造人类吗?"

"安拉凭其意念并用言辞创造了人类和万物。假若造物主不会说话,没有言辞,世界万物就不会产生。"

讲到这里,眼见东方透出黎明的曙光,莎赫札德戛然止声。

❖ 第九百一十四夜 ❖

夜幕垂降,莎赫札德接着讲故事:

幸福的国王陛下，沃尔德汗王子问的问题，舍马斯宰相一一进行了回答。片刻之后，舍马斯宰相说："王子殿下，别人回答这个问题，毫不例外地歪曲法律条文中的词句，改变事实的真实面貌，使人不知所云。我们讲伟大安拉以其言辞创造万物，意思是说安拉的自身及其品性是统一的，并不是说安拉的言辞有什么力量，而力量源于安拉的品性。换句话说，安拉的言辞和安拉的品性必须同时而语；舍其言辞，不可谈其品性；舍其品性，不可谈其言辞。伟大安拉用其言辞创造了世间万物；离开言辞，什么也创造不出。安拉用真理言辞创造了万物，我们就是安拉以真理创造出来的。"

沃尔德汗王子问："我从阁下的解释中明白了造物主及其言辞的伟大力量。不过，我听阁下说安拉凭其真理言辞创造了万物；真理与虚妄相对立，那么，虚妄由何而来呢？虚妄怎样出现在真理面前，与真理相对，致使人们难辨二者，需要区分二者呢？伟大造物主究竟喜欢这虚妄，还是讨厌它呢？假若说伟大造物主喜欢真理，并用真理创造了万物，而且讨厌虚妄，那么，造物主所讨厌的虚妄又是从何而来，竟与造物主所喜欢的真理平起平坐呢？"

舍马斯宰相回答道："安拉以真理创造人类，当人类还不需要忏悔时，由于安拉把一种能力交给了人类，虚妄就与真理平起平坐了。那种能力是一种名叫'获取'的欲望与倾向。由于人类所具有的懦弱性，获取的欲望就成了一种自发的意愿和能力，虚妄便是趁此机会与真理拧在一起的。为了排除那种虚妄，坚定人类对于真理的拥戴，安拉为人类创造了忏悔。与此同时，假如人类接近虚妄，安拉还为人类创造了惩罚。"

沃尔德汗王子问："相爷阁下，请告诉我，虚妄与真理得以混在一起的原因是什么呢？当人类需要忏悔时，应该怎样对人类进行惩罚呢？"

舍马斯宰相回答道："当安拉以真理创造人类时，便令人类热爱真理，既无惩罚，也不忏悔。这种情况继续一段时间，当安拉使人性接近完善时，便给人类增加一种欲望倾向，虚妄就是这个时候与人类赖以被创生并与热爱的真理交织在一起了。人类到达这种境地时，便错误地离开了真理；谁偏离了真理，也便跌入了虚妄之中。"

沃尔德汗王子问："这是不是说，因为人类的过失和违抗行动而使虚妄混入了真理之中呢？"

舍马斯宰相说："正是如此。因为安拉爱人类，又因对人类的厚爱，创造了人类，所以人类天生需要安拉。这本身就是真理。但因为人类有了欲望，于是放松了自己，走上了歧路，错误地背弃了造物主，理当受到惩罚。但是，走错了路可以用忏悔剔除虚妄，回到热爱真理的正道上来，仍可得到奖赏。"

沃尔德汗王子问："相爷阁下，请谈谈违抗行为的起始吧！人类的始祖是阿丹。阿丹是安拉用真理创造的。人类怎会走向错路，走错路之后又要以忏悔改正错误，以便得到奖赏或惩罚呢？我们发现某些人背弃安拉，倾向于安拉不喜欢的东西，背叛安拉创造人的初衷，由热爱真理而滑向惹怒安拉。我们还发现另一些人服从安拉，使安拉满意，理应得到怜悯和奖赏。他们之间存在这种不同处的原因何在呢？"

舍马斯宰相回答说："人类第一次染上这种罪过的原因在于易卜劣斯。易卜劣斯本是安拉创造的天使，也是人类和精灵中最有地位的一位精灵。他所享受的厚爱是无与伦比的。正因为如此，易卜劣斯扬扬得意，沾沾自喜，无视信仰，违拗造物主的命令，故跌入了错误的泥坑，从此失去安拉的宠爱。易卜劣斯得知安拉不喜欢违拗行为，又看到阿丹顺从、敬重、热爱造物主，嫉妒之心顿生，于是使用阴谋手段让阿丹背弃真理，以便与他合谋虚妄勾当。由于阿丹屈从于敌人的引诱，迷恋虚妄，从而被引上邪道，倾向于敌人所粉饰起来的错误，故背弃了安拉的叮嘱，理当受到惩罚。伟大安拉得知人类的弱点，眼见人类很快屈从敌人，抛弃真理，出于怜悯之心，给人类以忏悔之机，以便借之使自己从错误的泥坑中拔出脚来，凭借忏悔武器，征服敌人易卜劣斯及其兵将，回到安拉指出的真理正道上来。易卜劣斯眼见伟大安拉对他十分宽容，他便向人类发动猛攻，耍弄阴谋，千方百计让人类脱离安拉的恩惠，以便使人类与他及他的兵将共同承担安拉对他的斥责。因此，伟大安拉赋予了人类忏悔的能力，吩咐人类坚守真理，劝阻人类不要往错误的泥坑中滑，远离背叛行为，并且默示人类，大地上有敌人，在夜以继日地向人类进攻；人类若能坚持天生喜欢的真理，就应该获得奖赏；假若受欲望怂恿而倾向淫荡，必定会受到惩罚。"

讲到这里，眼见东方透出黎明的曙光，莎赫札德戛然止声。

❖❖ 第九百一十五夜 ❖❖

夜幕垂降，莎赫札德接着讲故事：

幸福的国王陛下，沃尔德汗王子向舍马斯宰相提出的问题，舍马斯宰相一一作答。沃尔德汗王子接着问道："相爷阁下，正如你说的那样，安拉是万能的，任何东西都征服不了他，谁都不能使他移志,那么,人类凭借什么力量违拗安拉呢?难道安拉不能让人类永远摆脱错误,永远走正路吗?"

舍马斯宰相答道:"安拉的确伟大、公正,对奴仆大慈大悲。安拉已为人类指出了幸福大道,并且赋予了他们行善的能力。假若人类背弃安拉的旨意,那就只能跌入错误泥坑,自寻死路。"

"既然造物主赐予人类一种能力,人类可以借此做自己想做的事情,那么,造物主为什么不阻止人类倾向于虚妄,从而把人类拉回到真理的道路上来呢?"

"那正是因为安拉大慈大悲,精明睿智。安拉憎恨易卜劣斯,但没有宽容他;安拉怜悯人类,故赋予其以忏悔的能力,厌恶之后又给以宽容。"

"这就是真理。安拉依据每个人的行为而分别给予降与罚。造物主就是万能的安拉。"

舍马斯宰相说:"安拉创造了一切,他只中意他所喜欢的东西。"

沃尔德汗王子问:"有两件事情,其一,得到安拉赞许,当事人得到安拉奖励;其二,为安拉所憎,当事人便受到安拉惩罚。这究竟是怎么回事呢?"

舍马斯宰相答:"请把那两件事情说得明白些,让我知道究竟是哪两件事,也好来回答。"

沃尔德汗王子说:"那就是共同存在于肉体和灵魂中的善与恶。"

舍马斯宰相说:"聪明的王子,我看你已经知道善与恶都是肉体和灵魂的所作所为了。善之所以称其为善,因为它是安拉所喜欢的作为;恶之所以称其为恶,因为它是安拉所憎恶的。因此,你应该了解安拉,以做善事而取悦于安拉,因为那是安拉让我们做的,并且禁止我们做恶事。"

"相爷阁下,在我看来,善与恶都是人体上的五种感官所为,即味觉器官、听觉器官、视觉器官、嗅觉器官、触觉器官。我想请阁下告诉我,这五种感官是为善而创造的,还是为恶而创造的呢?"

舍马斯宰相回答说:"关于这个问题,证据是很明显的,你要把它记在脑子里,用它指导你的心。伟大造物主用真理创造了人,并使人天性热爱真理。任何造物主的产生都要凭借着对每一事件起作用的巨大力量,伟大安拉对一切都公正,完全出于善意地行使统治权。安拉出于对人类的爱而创造了人类,并把一种倾向欲望的本性注入人的灵魂里,给人一种力量,使得五官既能做该入天堂的善事,也能做该下地狱的恶事。"

"怎么会那样呢?"

"因为安拉创造舌头,是为了说话;创造双手,是为了劳动;创造两条腿,是为了走路;创造眼睛,是为了看;创造耳朵,是为了听。安拉给每个器官一种能力,用于工作和活动;命令每一感官只做使安拉喜欢的事情,说能使安拉满意的话,那就是只说实话,抛弃与之相反的假话。视觉能使安拉满意的,那就是只看安拉喜欢的东西,不看安拉讨厌的东西,比如淫荡行为。听使安拉喜欢的东西,那就是只听警句、格言、训诫之类的真理以及安拉规定的东西,不听惹安拉生气的东西。两只手要抓安拉授权并允许抓的东西,而不去抓安拉不准抓的东西。两只脚要向好的方向走,比如追求知识,而不要走安拉禁止走的路。人类所干出的种种淫荡事情,全是在灵魂指示下的肉体所为。肉体的欲望分为两种:其一是生殖欲,其二是饮食欲。生殖欲是安拉所中意的合法欲望,不可将之视为非法。饮食欲则是吃和喝,安拉只喜欢那些以合法手段获取饮食的人,不管得到多少,他们都赞美安拉,感谢安拉。那些惹怒安拉，用非法手段获取饮食的人，他们的所作所为均属虚妄之列。安拉创造了一切，他只期望善行，命令各感官做应做之事。"

沃尔德汗王子问："相爷阁下，请你告诉我，阿丹不听安拉劝诫，偷吃禁果，造成违禁的后果，被逐出伊甸园之事，安拉早有预料吗？"

舍马斯宰相答："是的，王子殿下，安拉早有预料。安拉在阿丹尚未创生时，就知道了事情的结局。其最明显的证据就是安拉早已劝诫他不要吃禁果，而且告诉他，吃禁果就是违拗举动；安拉是通过公正办法告知阿丹的，以免日后阿丹找借口埋怨安拉。阿丹跌入泥坑之后，斥责接踵而至，殃及子孙后代，于是安拉派来先知和使者，并给他们降示了天书。先知和使者们向我们灌输教法，为我们解释教法中的训诫和箴言，为我们指出光明大道，向我们说明应该干什么和不应该干什么。我们全都受控于一种能力：谁在这个界限内做事，谁就能成功、获利；谁超越过这个界限，不按照嘱咐，甚至违背教诲行事，谁就将在今世和来世两个世界中一事无成。这些就是为善之道和为恶之道。我们知道安拉是万能的。安拉为我们创造了七情六欲，都是依据他的自愿和意志创造的。安拉命令我们要合法使用那些欲望，以便让我们得到益处。假若我们非法地使用那些欲望，我们就会遭遇灾难。我们从哪里得到好处呢？当然是从安拉那里。我们的灾难从何而来，自然来自我们本身，而非来自安拉。"

讲到这里，眼见东方透出黎明的曙光，莎赫札德戛然止声。

第九百一十六夜

夜幕垂降，莎赫札德接着讲故事：

幸福的国王陛下，听完舍马斯宰相的这段长长的谈话，沃尔德汗王子说："相爷阁下，你讲的哪些责任该归于安拉，哪些义务该归于人类，我都听明白了。相爷阁下，我有一事不明，而且百思不得其解：阿丹的子孙为什么那样不重视来世，却十分看重今世的享乐？难道这仅仅因为阿丹的子孙都感到自己要卑贱地离开今世而去吗？"

舍马斯宰相回答说："正是。你所看到的今世的变化与其对世人的背弃，足以证明富贵者的荣华和穷困者的灾难都是不会长久的。今世之人无论多么精明能干，无论自我感觉如何良好，他的情况一定会发生变化，且变迁很快来临。人不可依赖今世，亦不可能从今世的荣华中获得什么益处。既然我们知道了这一点，那么，受今世欺骗而忘记来世的人，他们的情况将是最糟糕的。他们所得到的幸福与他们丧失幸福之后所经历的恐惧、艰辛与惊吓是不相称的。我们相信，假若奴仆知道死亡来临、与富贵荣华告别时的痛苦，那么，他一定会拒绝今世及其一切，坚信来世对于他来说更有益，更幸福。"

舍马斯宰相说罢，沃尔德汗王子说："相爷阁下，你博学多才，你用明灯驱散了压在我心上的黑暗，为我指出了通往真理的光明大道，给了我一盏指路明灯。"

这时，在座的一位哲人站起来，说道："春天到来，兔子会要求和大象一起去草场吃草。我从二位口中听到了我不曾听到的问题及精辟分析，确乎受益良多。让我再问二位一个问题吧！请二位告诉我：什么是今世的最佳赠礼？"

沃尔德汗王子答道："健康身体，合法生计，孝子贤孙，乃今世三大最佳赠礼。"

哲人问："何为大，何为小呢？"

王子道："能容忍比自己小者为大，能容忍比自己大者为小。"

哲人问："宇宙万物聚集在哪四种东西之中？"

王子答："宇宙万物聚集在食品、饮料、睡眠的甜美和死亡的醉态四种东西之中。"

哲人问："任何人都不能自拔的三件东西是什么？"

王子答："糊涂愚蠢，本质卑劣，欺骗撒谎。"

哲人问："欺骗撒谎虽然全是丑恶的，但哪种谎言最好呢？"

王子答："能为朋友排除灾难而带来益处的谎言是最好的。"

哲人问："诚实固然是美德，但哪一种诚实是丑恶的？"

"在人前炫耀自己之所长是丑恶的。"

"何为丑中之丑？"

"在人前吹嘘自己所没有的长处乃丑中之丑。"

哲人问："什么人最愚蠢？"

王子答："胸无大志，只贪食者，乃最愚蠢之人。"

问答到这里，舍马斯宰相对基里阿德国王说："国王陛下，你是我们的贤明国王，但我们希望陛下在百年之后，把王位传给沃尔德汗王子，我们甘愿做他的臣子和百姓。"

基里阿德国王听宰相这样一说，心中甚是高兴，遂令在座学者和文武百官听宰相及王子的话，并照之行事，叮嘱他们服从沃尔德汗王子的命令,并且立即宣布,立沃尔德汗王子为王太子,正式就任王储,以便在国王百年之后继承王位。

随后,基里阿德国王诏令全国学者、哲人、武士、长老、青少年和所有百姓,要他们服从王太子的命令,照王太子的指示行事。

沃尔德汗王太子年满十七岁时,基里阿德国王身患重病,一卧不起,眼看大限来临。国王自知来日无多,便对贴身侍卫说:"死神已在呼唤我,去把我的亲人、儿子及文武大臣全都叫到我的面前来!"

他们立即行动,分头外出,把远远近近的皇亲国戚及文武百官叫到国王病榻前。他们问国王:"国王陛下,你怎么样?你的病情如何?"

国王说:"我这次患的是致命之病,安拉排定的致命之箭已向我射来,我正度过今世的最后一天和来世的第一天。"

随后,国王对沃尔德汗王太子说:"孩子,靠近我一点儿!"

沃尔德汗王太子靠近父王,泪水潸然而下,打湿了父王的褥单。基里阿德国王眼泪不住淌落,在场的人们也都哭了起来。

国王对儿子说:"孩子,不要哭!我不是第一个迎接这种必然结局的人,因为安拉所创造的每一个人都有这么一天。孩子,你要敬畏安拉,多做善事;只有这样,你才能登上万众所望之位。你千万不要接近淫荡之事!不管站着,还是坐着;不管醒着,还是睡着,都要不时地赞颂安拉,眼盯着真理。孩子,这就是我对你最后的叮嘱。就说这么多吧!"

讲到这里,眼见东方透出黎明的曙光,莎赫札德戛然止声。

第九百一十七夜

夜幕垂降,莎赫札德接着讲故事:

幸福的国王陛下,基里阿德国王叮嘱儿子沃尔德汗王太子说:"孩子,不要哭!我不是第一个迎接这种必然结局的人,因为安拉所创造的每一个人都有这么一天。孩子,你要敬畏安拉,多做善事;只有这样,你才能登上万众所望之位。你千万不要接近淫荡之事!不管站着,还是坐着;不管醒着,还是睡着,都要不时地赞颂安拉,眼盯着真理。孩子,这就是我对你最后的叮嘱。就说这么多吧!"

沃尔德汗王太子听罢,对父王说:"父王,儿听明白了。您的教导,儿一定铭刻在心;我会牢记您的叮嘱,坚决执行您的命令,让您高兴。您真是我的好父王。在您百年之后,我怎能忘记您的叮嘱,背弃您的希望呢?您对我进行了良好教育之后,就要离开我了,我一定不忘您的教导。只要我牢记您的嘱咐,我一定能成为幸福之人,得到更大的福分。"

老国王基里阿德忍着巨大痛苦,竭尽全身力气,对儿子说:"孩子,只要你坚持十种良好习惯,安拉定会在今世和来世默助你成功。要记住:生气时,宜克制;遭难时,要忍耐;言谈时,说实话;许过诺,必实践;裁决时,必公正;权在手,宜宽宏;对臣属,要敬重;对敌人,要宽恕;对仇人,要施恩;对穷寇,切莫追。"

老国王停顿片刻，又说："还有十种良习，儿必牢记、遵守，安拉必借之提高你在臣民之中的威望。你要牢记：分物时，要公平；惩治人，莫暴虐；许过愿，必还愿；人劝告，务必听；与他人，忌争吵；教臣民，守法纪；为政时，要清廉；使老幼，皆爱你；令专横，惧怕你；令腐败，闻风避。"

老国王对儿子说罢，又对出席立沃尔德汗为王太子仪式的学者、官员们说："你们千万不要违抗你们国王的命令，不要对国王的叮嘱置若罔闻，因为那会导致国土沦丧，使你们妻离子散，伤害你们的身体，空耗你们的资财，也使你们的敌人幸灾乐祸。你们不要忘记对我立下的誓言。你们也应该向我的儿子立下同样的誓言，你们要听王太子的话，服从王太子的命令，因为那对你们有利。你们要和王太子坚守与我立下的誓言；只有这样，你们的事情才能办好，你们的情况才能改善。他就是你们的国王，他就是你们的恩人。这就是我最后的叮嘱。"

老国王基里阿德说到这里，临死时的痛苦加剧，国王张口结舌，再也说不出话了。他抱住儿子，频频亲吻，口中喃喃赞颂安拉，仅过片刻便与世长辞了。

国王驾崩，举国哀痛，继之举行隆重葬礼。

送走国王，随后为新国王举行盛大加冕登基典礼。宰相为沃尔德汗国王穿上王服，戴上王冠，然后将他扶上国王宝座。

沃尔德汗正式就任国王，沿着老父王往日宽厚、公正、行善的道路走了一段时间，便开始偏离正道，被今世享乐欲望所吸引，一心追求世俗荣华，把父王的遗嘱忘了个一干二净，把在父王面前立下的誓言丢弃一光，根本不问国家大事，步上了自取灭亡的一条死路。

沃尔德汗国王贪恋酒色如痴如狂，只要听说哪里有个美女，便立即派人将之弄进宫中来，纳为妃子，同枕共眠。未过多久，他的宫殿里就集中了大量美女，其数量超过当年苏莱曼·本·达伍德大帝宫中的嫔妃数目。他每天都泡在嫔妃宫中，根本不问朝政，不管百姓疾苦；有人向他投书诉冤，他既不看投诉信，更不会回信。这位新国王过起极其糜烂淫逸的生活。他没有别的什么爱好，玩儿女人成了他唯一的乐趣。

群臣们眼见新国王沃尔德汗不问朝政，不问百姓疾苦，不关心臣僚们的情况，臣僚们认定灾难不久就会降临，因而群臣心神不安，聚而纷纷议论，说："我们去找舍马斯宰相吧！把我们的情况及国王的现状向宰相报告一下，好让他劝说国王改邪归正，以免我们面临灭顶之灾。因为我们这位新国王已经沉醉于今世的享乐之中；他迷恋酒色，不能自拔，恐怕我们要遭殃了。"

群臣商定，一起来到相府，拜见舍马斯宰相。他们对宰相说："英明睿智的相爷阁下，我们这位新国王已被今世荣华所降服，终日沉湎于酒色淫乐之中，向往虚妄，不问朝政，如此下去，岂不误国伤民，把我们带上一条死路吗？一个多月来，我们没见过国王的面。不仅我们，就连相爷阁下和若干重臣，也没有听到国王发布的任何政令。我们有事不能呈奏，国王既不听政，也无意关心百姓的任何疾苦。我们大家一起商议了一下，一致同意来找相爷阁下，把真实情况报告相爷阁下，因为相爷阁下是我们的首领，比我们考虑得全面周到。灾难不应该降临到相爷阁下居住的国土上，因为相爷阁下完全有能力让这位年轻的新国王改邪归正。相爷阁下，请你赶快行动，进宫劝说国王，但期国王能听你的劝谏，回到安拉的正道上来。"

舍马斯宰相肩负群臣厚望，走去找到一个能够接近国王的侍卫，对他说："好孩子，我求你允许我进宫见国王一面，因为我有要事向国王禀报,听听国王对我有何指令。"

那位年轻侍卫说:"相爷阁下,凭安拉起誓,说实话,一个月以来,国王没有允许任何人见他,连我也没见过。不过,我可以领相爷阁下去见一个人,他能带你去见国王。那个人就是顿顿都给国王送餐的宫仆。你看见他从御膳房出来时,就可以走上前去,向他说明你的意愿,他会按照你的要求办的。"

舍马斯宰相立即来到御膳房门口,在那里坐了一会儿,便见那个宫仆朝御膳房走来。

当宫仆刚抬脚进御膳房门时,舍马斯宰相走上前去,对宫仆说:"孩子,老夫我想见国王一面,有要事向国王禀报。等国王吃罢午饭,心情好时,劳你代我求见国王,但期国王允许我觐见,以便当面禀报要事。"

"我一定照办!"宫仆说。

宫仆端着午膳给国王送去。

国王用过午饭,情绪甚好,宫仆说:"国王陛下,舍马斯宰相在门外站着求见,说有要事禀报。"

国王听后一惊,不知禀报何事,随口对宫仆说:"让他进来吧!"

讲到这里,眼见东方透出黎明的曙光,莎赫札德戛然止声。

❖ 第九百一十八夜 ❖

夜幕垂降,莎赫札德接着讲故事:

幸福的国王陛下,当宫仆刚抬脚进御膳房门时,舍马斯宰相走上前去,对宫仆说:"孩子,老夫我想见国王一面,有要事向国王禀报。等国王吃罢午饭,心情好时,劳你代我求见国王,但期国王允许我觐见,以便当面禀报要事。"

"我一定照办!"宫仆说。

宫仆端着午膳给国王送去。

国王用过午饭,情绪甚好,宫仆说:"国王陛下,舍马斯宰相在门外站着求见,说有要事禀报。"

国王听后一惊,不知禀报何事,随口对宫仆说:"让他进来吧!"

舍马斯宰相听说国王让他进来,心中甚为高兴,遂迈步朝国王的后宫走去。

舍马斯宰相来到国王面前,行过礼,亲吻国王的手,继之一番祝福。

沃尔德汗国王问:"相爷阁下,有什么要事禀报呀?"

舍马斯宰相说:"好久不见陛下的面了,心里十分想念陛下,现在好容易才见到了。国王陛下,臣有要事禀报啊!"

"有什么事,你就说吧!"

"国王陛下,安拉大慈大悲,在你年纪尚幼小时,就已经赋予你渊博知识和深奥哲理,那也是在你之前的君王所不曾得到的。后来,安拉终于把王位赐予了陛下。国王陛下,不希望你违背他的命令,而把授予你的王权转交给其他人。安拉也不希望你用自己的财宝进行反对安拉的活动,而希望你牢牢记住安拉的嘱托,服从安拉的命令。国王陛下,这些日子以来,我觉察到你把先王及其叮嘱忘到脑后去了,因为你拒绝执行先王的遗嘱,弃绝了先王的公正,拒不感谢安拉对你的恩赐……"

舍马斯宰相话未说完,沃尔德汗国王惊问:"那是怎么回事?原因在哪里?"

"原因在于你不关心国事,不问朝政,忘记了伟大安拉已把臣民的生计大事托付给了你,而你一心贪图享受今世的荣华富贵。古谚说得对:'世有三事,君王必牢记,一曰,国家利益;二曰,宗教利益;三曰,百姓生计。'国王陛下,依臣之见,陛下理应考虑事情后果,方能找到得救一路,千万不可沉湎于导致死亡的享乐之中;不然,难免有渔夫那种遭遇。"

沃尔德汗国王惊问:"渔夫有什么遭遇?"

舍马斯宰相开始讲《渔夫与大鱼》的故事:

相传,很久很久以前,有一位渔夫。有一天,渔夫像往常一样来到河边打鱼。渔夫刚一上桥,便看见水中游着一条大鱼,心想:"我为什么不去抓那条大鱼……我要追上去,它游到哪里,我就追到哪里;抓着这条大鱼,也就可以安享几天清福了。"

想到这里,渔夫马上脱下衣服,下到河中追那条大鱼去了。

渔夫顺水流而下,费了好大力气,终于抓住了那条大鱼。此时此刻,他回头望去,发现自己已远离岸边。他紧紧抓住那条鱼,随着河水的急流漂游而下,眼见自己的身子被湍急的水流带进了大旋涡,那是落进去就难以活命的地方。这时,渔夫才大声求救:"救命啊!救命啊!"

一群护河人赶来,问道:"你怎么啦?你为什么冒这种巨大危险呢?"

渔夫说:"我是自己脱离了得救正道,自蹈死路,自取灭亡啊!"

众人说:"喂,落水人,你早就知道这里有旋涡,是九死一生之地,为什么抛弃得救正道,而自踏死路呢?为什么还不甩掉手里的鱼,赶快逃命呢?现在谁也救不了你啦!"

渔夫绝了生还的希望,急忙甩掉冒着生命危险抓住的那条大鱼,然而为时已晚,顷刻间被旋涡吞没,一命呜呼了。

舍马斯宰相讲完故事,对沃尔德汗国王说:"国王陛下,我为陛下讲这个故事,只是为了让陛下放弃眼前影响陛下大业的卑微小事,着眼于你所肩负的国民生计的大任,集中精力,治国安邦,振兴大业,不让任何人看到你出丑。"

沃尔德汗国王问:"相爷阁下有何见教啊?"

舍马斯宰相说:"明天,如果陛下身体和精神都好,就请允许大臣来觐见,听听他们说说自己的处境,向他们表示一下歉意,然后答应多为他们的事情操心。"

国王说:"相爷说得对,我明天一定照你的意见办。安拉保佑。"

舍马斯宰相离开国王那里,见到群臣,将觐见国王的情况告诉了他们。

第二天早晨,沃尔德汗国王走出幕帘,准许大臣觐见。国王见到大臣们,表示歉意后,答应按照他们的要求行事。众臣听后,个个欢喜,人人满意,高高兴兴地回去了。

群臣走后,沃尔德汗国王的一位爱妃走到国王面前。爱妃见国王面色灰暗,低着头不说话,便问:"陛下何故心神不安?有什么不舒服吗?"

沃尔德汗国王说:"没有不舒服。我正在考虑自己的事情。我为什么不珍视自己的王权和臣民呢?长此以往,过不了多久,我的王权就要失去了。"

爱妃说:"陛下,我看你是被你的仆役和大臣们骗了。他们纯粹是故意惹你生气,有意不让你享受这人生乐趣,不让你得到宽舒、清闲和自在,而是想让你忙碌一生,要你在为改善他们处境的事物中丧生,或者就像童子与盗贼之间发生的事情一样。"

国王惊问:"童子与盗贼之间发生过什么事?"

爱妃开始给国王讲《童子与盗贼》的故事:

相传,很久很久以前,有七个盗贼。

一天,七个盗贼照习惯外出偷盗。他们路过一个树园子,见树上结满核桃,便闯进园门。

七个盗贼刚进园门,忽见一童子出现在他们面前。盗贼们对童子说:"喂,小孩儿,和我们一道进核桃林去吧!我们把你托上树去,你先吃饱肚子,再给我们丢下几个核桃来,好吗?"

童子一口答应,随他们进了核桃林。

讲到这里,眼见东方透出黎明的曙光,莎赫札德戛然止声。

第九百一十九夜

夜幕垂降,莎赫札德接着讲故事:

幸福的国王陛下,宠妃接着给国王讲《童子与盗贼》的故事:

七个盗贼刚进园门，忽见一童子出现在他们面前。盗贼们对童子说："喂，小孩儿，和我们一道进核桃林去吧！我们把你托上树去，你先吃饱肚子，再给我们丢下几个核桃来，好吗？"

　　童子一口答应，随他们进了核桃林。

　　进到树园子之后，盗贼们相互议论说："我们挑一位身子最轻、年纪最小的上树吧！"

　　盗贼们说："我们谁也比不上这童子身子轻、年纪小。"

　　来到树下，盗贼们把童子托上树去，然后嘱咐说："喂，小孩儿，上去之后，不要动树上的核桃，免得被园主发现，走来伤害你。"

　　童子问："那我该怎么办呢？"

　　盗贼说："你坐在树杈上，使劲儿摇一个树枝，把核桃摇晃下来。我们拾在一起，你下来后，我们会给你一些核桃。"

　　童子骑在树上，果然照盗贼们的吩咐办，抓住树枝猛力摇晃，只见核桃哗哗啦啦落在地上，盗贼们高高兴兴地捡了起来。

　　正在这时，树园子主人走进园子，大声喊道："你们在干什么？"

　　盗贼们说："我们没干什么呀！我们打这里经过，见这孩子在树上，以为他是这树的主人，便向他讨几个核桃吃。他把树枝摇晃了几下，核桃落在地上，我们捡了几个。我们是没有罪的。"

　　园主问童子："喂，小孩儿，是这样吗？"

　　童子说："这几个家伙撒谎！他们让我和他们一起来到园子里，他们把我托上树，要我摇晃树枝，他们好在地上捡核桃……"

　　园主说："你是自找倒霉呀！你吃核桃没有？"

　　"我一个核桃也没吃。"

　　"孩子，我现在才知道了你的愚呆所在：你是给别人干事儿，毁了自己。"

园主又对盗贼们说:"没你们的事了,走你们的吧!"

园主抓住那个童子,把他狠狠地打了一顿。

爱妃讲完故事,对沃尔德汗国王说:"你的那个老宰相和大臣们就是这样做的。他们为了自己的利益,存心想害你,就像那些盗贼对童子那样对待你。"

沃尔德汗国王听后,说:"爱妃说得对!我不再见他们了。我不能丢掉今日的享乐。"

国王与爱妃同枕共眠,一觉睡到东方大亮。

次日清晨,舍马斯宰相早早起来,带着众大臣,高高兴兴地来到王宫门前。他们等了许久,却不见国王派人来开门,国王本人没有出来,亦未允许他们进宫。

众臣感到失望,对舍马斯宰相说:"英明、贤达的相爷阁下,难道你不知道这个年幼无知的新王又添了个撒谎的新罪!你看哪,他许下了诺言,现在却食言,忘记了自己许下的诺言。这是新王罪上加罪呀!我们希望阁下再次求见国王,了解一下他为何迟迟不见我们的原因,看看究竟是谁在阻拦国王来见我们。我们简直不敢相信他的品性如此恶劣,对我们冷淡到了这种地步!"

舍马斯宰相带着朝臣们的重托,第二次进宫求见沃尔德汗国王。

见到国王,宰相说:"国王陛下祝你幸福安康。我发觉陛下贪图一时的小小享乐,而忘记了应该关心的国之大事。这样下去,陛下就会像那个养母驼的靠挤驼奶维持生活的人一样。"

沃尔德汗国王问:"靠挤驼奶维持生活的人?那是怎么回事?"

舍马斯宰相开始讲《养驼挤奶人》的故事:

相传,很久很久以前,有一个人,养着一峰母骆驼,每日靠挤骆驼奶充饥。因只顾挤奶,常常忘记把驼缰拴牢。

一天,养驼人挤奶时,忘记了拴紧驼缰。母驼感到缰绳松着时,便撒腿向旷野奔跑而去,一跑再没有回来。

自此以后,养驼人丢了骆驼,自然也就喝不上驼奶了。这时,养驼人才感觉到由于一时疏忽之过,终于招来了灾难。

讲完故事,宰相说:"国王陛下,请关心一下有利于你自己又有利于臣民的大事吧!一个人,不应该常坐在厨房门前苦等一口食,更不应该把时光都耗在女人的身上。一个人应该寻觅食物,以排除饥饿之痛苦;又应该寻觅饮料,以解口之干渴。对于一个男子汉来说,一天二十四小时,每天可在女人那里消耗两个小时,其余的时间都应该用在利于自己百姓的事情上,万万不可久久扎在女人堆里,把大好青春耗在女人的身上;如若不然,必将给自己的身心带来害处。因为女人不出好主意,不能为男人指正道。作为男子汉,无论言论还是行动,都不应该听从女人的摆弄。据我所知,有许多男子丧命在他们的妻子手里;其中就有这样一个男子,因听妻子摆弄,在野外同妻子交欢,白白丢掉一条性命。"

沃尔德汗国王瞪大眼睛,惊问道:"世间竟有这样的事情?那究竟是怎么一回事?"

舍马斯宰相开始讲《男子与妻子》的故事:

相传,很久很久以前,有一男子,很爱自己的妻子,一切都听妻子的,凡事都照妻子的意见办。

那男子有一片果园,果树都是他亲手栽的。他每天都在果园里忙碌，不是整枝打杈，就是浇水灌溉。

有一天，妻子问丈夫："你在园子里栽了些什么果树呢？"

男子说："你所喜欢的果树品种，我全都栽上了。我每天都去做活，不是整枝打杈，就是浇水灌溉，忙个不停。"

妻子问："你能带我到果园里去看看，让我为你祝福祈祷一番吗？我的祈祷可灵验啦，只要有求，安拉必应。"

男子说："可以啊！我明天就带你到果园里去。"

第二天清晨，男子便带着妻子向果园走去。

当男子偕妻子走进果园时，被两个青年人远远地看见了。一个青年对另一个青年说："喂，你瞧啊！那个男的定是个奸夫，那个女的定是个淫妇；这一男一女进到果林中，必定有奸情。"

说着，两个青年人暗暗盯上了那个男子和他的妻子，想看看他俩究竟要做什么，随后在园子的一个角落里隐藏起来。

那夫妻俩进到果园，刚刚站稳，男子对妻子说："你答应为我祈祷祝福，那就为我祈祷祝福吧！"

妻子说："你要答应我一件事，我才为你祈祷祝福！"

"什么事？"

"女人要求男人做的那种事……"

"你这个该死的娘儿们！我在家里不是满足了你的要求吗？在这里做那种要出丑的事，会耽误我浇果树的。难道你不怕被人看见？"

"那有什么呢？你我是夫妻，我们又不犯什么法，没有什么罪的！浇水嘛，晚一会儿又有什么关系呢？什么时候都能浇水！"

男子说了许多理由，一一被妻子驳回，一概听不进去，非逼丈夫跟她做爱。男子没有办法，只有宽衣解带，与妻子交欢起来……

就在这时，两个青年突然跑了过来，一把抓住那赤身裸体、一丝不挂的一男一女,说道:"俗话说'捉奸拿双',我们今天可抓住了一个奸夫和一个淫妇!若这淫妇不伺候我们一顿,我们非把你俩送到官府去不可!"

男子对两个青年说:"你们这两个该死的东西!她是我的妻子,我是她的丈夫;我是这园子的主人,这果园是我的地产……"

那俩人根本不听男子的辩解,直向那男人的妻子扑去。

妻子大声呼喊道:"老头子,救救我,别让这两个野汉子糟践我!"

男子奋力向两个青年冲去,同时大声呼救。一个青年拔出匕首,扭头向男子扑了过来,将匕首刺进那男子的胸膛,男子当场丧命。随后,两个青年将那男子的妻子扑倒在地,将其轮奸。

讲到这里,眼见东方透出黎明的曙光,莎赫札德戛然止声。

❖ 第九百二十夜 ❖

夜幕垂降,莎赫札德接着讲故事:

幸福的国王陛下,舍马斯宰相讲完故事,对沃尔德汗国王说:"国王陛下,我之所以给国王讲这个故事,目的在于让国王明白男子汉不应该偏听女人的话,更不能事事听从女人的摆布,更不能接受女人的意见。国王陛下,你本是个聪慧、明智的君王,千万不要跌入愚昧的泥潭中;陛下本来就有正确的见解,万万不可听从错误的主张;陛下绝不可因贪图暂时的欢乐而招来巨大灾难。"

沃尔德汗国王听舍马斯宰相这样一讲，随后说道："蒙安拉默许，我明天就去见大臣们。"

舍马斯宰相离开沃尔德汗国王那里，走去向朝臣们讲述了觐见国王的情况，并告诉他们国王明天就见他们。

沃尔德汗国王回到后宫，便把舍马斯宰相的那番话向爱妃说了一遍。爱妃听后，对国王说："老百姓本是国王的奴仆。而现在呢？国王陛下，我发现你倒成了百姓的奴隶，你真的怕起他们来了。其实，他们是在探你的虚实，想摸摸你的底：假若他们发现你软弱可欺，他们就会骑在你的头上；假使他们发现你坚强有力，他们就会怕你。那些坏大臣就是想捉弄国王。因为他们的计谋多得很，我把他们的计谋真相都给你讲明白了。假若你听从了他们的主张，他们就会把你拉到他们的轨道上去，然后一步一步地把你引向邪路，致使你蒙受灭顶之灾，情况就像商人与窃贼那样。"

沃尔德汗国王不解地问："商人与窃贼？那是怎么一回事呢？"

爱妃开始讲《商人与窃贼》的故事：

相传，很久很久以前，有一个商人，家里有很多钱财。

一次，他带着货物到一个城市去做买卖。到了那座城市，商人租好房子，住了下来，意外的是被几个窃贼盯上了。

那几个窃贼偷偷溜进商人的住处，想偷商人的钱，但未能得手。

窃贼头子对伙伴说："我给你们出个主意吧！"

贼首走去，穿上医生的大褂，肩上背着一只药袋，边走边喊道："谁看病！有看病的没有？"

贼首行至商人住宅门前，见商人正吃午饭，便问："喂，兄弟，需要访医问药吗？"

商人说："不需要！请坐下，和我一道进午餐吧！"

贼首和商人面对面坐了下来，和商人一起吃起饭来。

贼首见商人大口大口吃得很香，心想："机会来了……"

贼首望着商人，说："兄弟，你待我这么好，我应该对你说实话。我有话要对你说。我看你吃得太多，这就是得胃病的原因所在；你如果不赶快服药医治，恐怕你的命就保不住了。"

商人说："我的身体很好，胃的消化能力也很强，吃得多，吃得香，没有病。"

贼首说："我从外表看，就知道你肚子里有病。你若听我的，那就请服药医治你的病吧！"

商人问："谁能知道我该服什么药？"

贼首说："神医自然是伟大安拉了。不过，像我这样的医生是可以对症下药的。"

"那就请你看看我该服什么药，针对我的病开点儿药吧！"

贼首递给商人一包药末，其中掺有大量芦荟，然后对商人说："你今夜就服这种药吧！"

商人接过药，收了起来。

夜幕垂降，商人服下药末，只觉药末很苦，但他并没有嫌恶。服下药后，只觉一夜轻松、舒适。

第二天夜里，贼首又带着药末儿来了，这次的芦荟含量比第一次还要多。贼首把药末儿交给商人，商人服下药末儿后，当夜即开始泻肚，商人强忍着，自觉没有什么可怕的。

贼首见商人完全照听自己的话，照自己的安排服药，感到很放心，相信商人不会违抗他的意志，于是无忧无虑地离去了。

第三天，贼首带来了致命的毒药，交给商人。商人接过药，喝下药去,顷刻之间,毒性在商人的肚子里发作,商人的肠子被烧断,不多时一命呜呼。

贼首见商人已死,立即招来群贼,将商人的钱财和货物洗劫一空。

爱妃讲完故事,对国王说:"国王陛下,我之所以给你讲这个故事,目的在于希望你千万不要听那个骗子的话,以免自己的命丧于骗子之手。"

国王听后,对爱妃说:"爱妃,你说得对,我不去见他们了!"

天亮了,大臣们相继赶到王宫大门口,在那里等待着拜见国王。

他们等了大半天,不见国王派人来接他们进宫。他们感到失望之时,便走去找舍马斯宰相。

他们见了舍马斯宰相,说:"相爷阁下,你是当代杰出的哲学家,知人知心。这个年轻的昏王又在欺骗我们,难道你觉察不出来吗?我们只有推翻他的宝座,换上另一个人当国王,才能改善我们的处境。不过,我们再耐心等一等,请相爷第三次去见国王,告诉沃尔德汗国王,我们之所以不推翻他,不废黜他,是完全看在他父王的面儿上。此外,他还曾向我们做过许多保证,许过许多诺言,立过多次誓言。明天,我们集合所有的人,带着武器,捣毁这座宫门。他若开门出来,按照我们的意见行事,那就作罢;不然,我们将冲进宫去,将他杀死,改立新王。"

听群臣这样一说,舍马斯宰相告别大家,来到国王面前。

舍马斯宰相对沃尔德汗国王说:"国王陛下,沉湎于色情、嬉戏,是在糟践自己呀!究竟是谁把你引到这条路上的呢?你这样糟践自己,你的健全理智、明智见地和伶俐口才就不复存在了。但期我能知道究竟是谁把你由智者变成了愚人,由坚强变得软弱,由温柔变得粗暴,由听取我的意见变成了排斥、摒弃我的劝告呢?我劝说你三次,你就是不听我的劝告;我给你指出了正确的道路,你就是不听我的意见。这究竟是怎么回事?请陛下告诉我,你为什么对国事这样不问朝政、漫不经心?为什么这样玩忽职守、纵情酒色?究竟是谁在唆使、引诱你呢?"

舍马斯宰相停顿片刻,接着说:"国王陛下,你有所不知,你的臣民们已经相约携带武器,准备冲进王宫,取下你的首级,废黜你的王位,改立他人为王。国王陛下,你有力量抵抗他们,逃脱他们的手掌吗?你有本领死而复生吗?假若你能抵挡这一切,认为自己可以高枕无忧,那就不必听我的劝告。假若你还需要今世,离不开王权,那你就应该清醒过来,迷途知返,向臣民们展示你的悔改之意。臣民们已经忍无可忍,想废黜你的王位,让他人取而代之。他们已经下定决心,要揭竿而起,推翻你的宝座;因为他们深知你年轻,整日沉湎于享乐之中,纵情酒色,不问朝政。久泡在水中的石头,一旦脱离水,相互碰撞,定会迸发出火花。你的臣民人多势众,他们聚而议论,相约推翻你的王位,换新人出任国王,并将你推上断头台;这样,你的情况将会像狐狸与胡狼一样。"

讲到这里,眼见东方透出黎明的曙光,莎赫札德戛然止声。

❖❖ 第九百二十一夜 ❖❖

夜幕垂降,莎赫札德接着讲故事:

幸福的国王陛下，舍马斯宰相对沃尔德汗国王说："他们已经下定决心，要揭竿而起，推翻你的宝座；因为他们深知你年轻，整日沉湎于享乐之中，纵情酒色，不问朝政。久泡在水中的石头，一旦脱离水，相互碰撞，定会迸发出火花。你的臣民人多势众，他们聚而议论，相约推翻你的王位，换新人出任国王，并将你推上断头台；这样，你的情况将会像狐狸与胡狼一样。"

沃尔德汗国王惊问："狐狸与胡狼是怎么一回事？"

舍马斯宰相开始讲《狐狸与胡狼》的故事：

相传，很久很久以前，有一群狐狸，一天外出觅食，发现一峰死骆驼躺在地上，便相互议论说："这么一个大猎物，够我们享用很长时间了。不过，我们真担心出现内争，强者欺负弱者，致使弱者丧命。因此，我们应该去找一个裁判，为我们进行公正裁判，同时分给裁判一份，以免强者欺负弱者。"

狐狸们正在商议时，忽见一只胡狼朝它们走来。狐狸们相互说："既然我们都同意找裁决人，那么，我们就请这只胡狼为我们进行裁决吧！因为它比我们强大，它的父亲曾做过我们的君王。我们希望安拉让它为我们进行公正裁决。"

狐狸们朝胡狼走去，向胡狼述说了它们的想法。狐狸们说："胡狼先生，我们求你为我们进行公正裁决，根据每个狐狸的需要，配给每天的肉食，以免强者欺弱，甚至自相残杀。"

胡狼听后，一口答应了狐狸们的要求，随即把一天的肉食分给了它们。

第二天，胡狼心想："若把这峰骆驼分给这些无能的狐狸，我只能得到它们给我的那一份。即使我独自把这峰骆驼全吃下去，它们对我也无可奈何,更何况它们本身就是我和妻儿的美餐,谁能阻止我占有这峰骆驼?也许安拉有意不让我为它们办好事。看来最好我独自享受这只骆驼。从现在开始,我什么也不再分给它们。"

清晨,狐狸们照例来找胡狼分肉。狐狸们对胡狼说:"喂,胡狼先生,分给我们一天的肉食吧!"

胡狼说:"我这里没有可分给你们的肉食了。"

狐狸们听胡狼这样一说,个个垂头丧气,离开胡狼走去。它们相互议论说:"这个不畏安拉的背信弃义的胡狼把我们耍弄了,我们对它却无可奈何!"

一只狐狸对同伴说:"它之所以干出这样的事,原因在于它的肚子饿了。今天让它吃个饱,我们明天再来找它。"

次日天亮,狐狸们来到胡狼面前,说:"喂,胡狼先生,我们委托你给我们分配每天的肉食,让你公平对待强者和弱者;吃完这些肉之后,请你再帮助我们找食物,以便让我们长久处于你的保护和关怀之下。我们已经两天没有进食了,肚子饿得厉害,快把今天那份驼肉分给我们吧!剩下的肉,由你享用!"

胡狼没有答话,相反态度更加强硬粗暴。

狐狸们再三同胡狼商量,胡狼闭口不答应它们的要求。

狐狸们离去之后,相互议论说:"我们只有去投靠狮子,没有别的什么办法可想了。我们倘若把骆驼献给狮子,可以从它那里得到更好吃的东西;即使狮子不给我们东西,狮子也比这个坏蛋胡狼更配享用骆驼肉。"

狐狸们一起向狮子的住处走去。

狐狸们见到狮子,把刚才与胡狼之间发生的事情告诉了狮子,然后说:"狮子王啊,我们都是你的奴仆。我们是来向你求救的,希望你让我们脱离那只胡狼,来做你的奴仆。"

狮子听狐狸们这样一说，不禁大怒，随即跟着狐狸们走去找胡狼。

胡狼见狮子怒气冲冲走来，拔腿就跑，狮子冲了过去，将胡狼抓住，片刻便将胡狼撕成了碎片，为狐狸们夺回了骆驼肉。

舍马斯宰相讲完故事，对沃尔德汗国王说："国王陛下，我们从这个故事中可以得知，任何一位君王都不应该忽视百姓的事情。国王陛下，请接受我的劝告和忠言吧！先王生前曾叮嘱你接受劝言。这是我要对你说的最后一句话。"

沃尔德汗国王说："相爷阁下，我听从你的忠告，明天就去见群臣。"

舍马斯宰相离开国王那里，走去告诉群臣，说国王接受了他的劝告，答应明天接见众臣。

爱妃得知沃尔德汗国王听了舍马斯宰相那番话，答应次日接见群臣，立即跑到国王跟前，对国王说："国王陛下，真怪呀！你怎好听从你的奴仆的劝告呢？难道你不知道你的那些大臣都是你的奴仆？你为什么要抬高他们的地位，甚至认为你这王位是他们给的，是他们把你推上国王宝座的呢？他们是不能动你一根毫毛的，你根本不应该听他们的；恰恰相反，他们应该服从你，执行你的命令。你为什么这样怕奴仆？常言道：'没有铁石心肠，不能称霸为王。'这些人呀，你若对他们宽容、温和，他们就会欺负你；虽然他们答应服从你，听你的指挥，但由于你的忍让，他们会不听你的。你若听了他们的话，不留心他们的所作所为，他们就会变本加厉，得寸进尺，贪得无厌，甚至长此以往，成为习惯。你若听我的劝告，你就不要把他们看在眼里，根本不要去理睬他们；如若不然，你就会变得像牧人与窃贼那样。"

沃尔德汗国王惊问："牧人与窃贼是怎样？"

爱妃开始给国王讲《牧人与窃贼》的故事：

相传，很久很久以前，有一个牧羊人，每天赶着一大群羊到原野上牧放，精心看守着自己的羊群。

一天夜里，一个窃贼走来想偷他的羊，但见牧羊人警觉地看守着自己的羊群，日不休息，夜不安睡，觉得无机可乘，只得与牧羊人聊了一夜，什么也没偷到手。

当窃贼感到无计可施时，便到旷野上打死了一头狮子，随后剥下狮子皮，用干草填充起来，放在牧羊人能够看见的一个土丘上，看上去就像一头活生生的雄狮。

一切安排妥当，窃贼来到牧羊人面前，对牧羊人说："牧羊兄弟，你好啊！一头雄狮派我来你这里给它取几只羊当晚餐。"

牧羊人惊问："狮子在哪儿？"

窃贼指着土丘上的假雄狮，说："你看哪，雄狮就等在那里！"

牧羊人顺着窃贼指的方向看去，果见一头雄狮站在那里，以为那是一头真狮子……

讲到这里，眼见东方透出黎明的曙光，莎赫札德戛然止声。

❖ 第九百二十二夜 ❖

夜幕垂降，莎赫札德接着讲故事：

幸福的国王陛下，爱妃接着讲《牧人与窃贼》的故事：

一切安排妥当，窃贼来到牧羊人面前，对牧羊人说："牧羊兄弟，你好啊！一头雄狮派我来你这里给它取几只羊当晚餐。"

牧羊人惊问："狮子在哪儿？"

窃贼指着土丘上的假雄狮，说："你看哪，雄狮就等在那里！"

牧羊人顺着窃贼指的方向看去，果见一头雄狮站在那里，以为那是一头真狮子，心中害怕极了，忙对窃贼说："兄弟，你要哪只羊，只管牵走就是了，我不会阻拦你的。"

窃贼顺利地牵走了一只羊。因为窃贼看见牧羊人对狮子怕得要命，于是贪心勃发，每天夜里都走来吓唬牧羊人，对牧羊人说雄狮要这要那，就这样，窃贼把牧羊人的羊牵走了一大半。

爱妃讲完故事，对沃尔德汗国王说："国王陛下，我之所以给你讲这个故事，目的在于要你不要听这些大臣的话，更不要发慈悲去服从他们的意志。那宰相就像那个窃贼，他想用群臣造反来吓唬你。依我之见，你最好把他们一个一个地杀掉，免得他们说东道西，制造混乱，胡作非为。"

沃尔德汗国王听后，对爱妃说："你说得对，我不听他们的胡言乱语，更不去见他们！"

次日清晨，大臣、名流绅士和百姓们带着武器向王宫大门走去，意欲杀死沃尔德汗国王，另立新王。

他们来到王宫门前，要求守门人开门，但遭到拒绝。这时，他们议论说要用火攻，先把王宫大门烧毁，然后冲入王宫。

守门人听他们说要用火攻，立即进宫禀报国王："国王陛下，他们要我开门，我拒绝了他们的要求，他们说派人回去取火，准备火烧王宫大门，然后冲进宫来斩杀陛下，陛下看该怎么办呢？"

听守门人禀报情况以后，沃尔德汗国王大惊失色，心想："糟啦！我跌入了绝境之中了，天欲绝我！"

于是，沃尔德汗国王急忙派人唤来爱妃，说："爱妃，大势不好！舍马斯宰相的话千真万确，文武百官和百姓们来攻打宫门了，他们要置我于死地。守门人不给他们开门，他们说要派人取火，火烧王宫大门，想把我烧死在宫中。你说该怎么办呢？"

爱妃说："陛下，你不要害怕！现在是愚民向君王发难的时候。"

沃尔德汗国王急切地问："你说我该怎么办，有什么计策可施呢？快说怎么办吧！"

爱妃说："这样吧，你用绷带把头缠上，躺在床上装病，然后派人去叫舍马斯宰相。等宰相来了，看见你的情况，你就对他说：'我本打算今天去见臣民，不期身体欠佳，你去向大家解释一下吧！告诉他们，我明天就见他们，有什么话明天对我说，我再为他们解决难题。你告诉他们，让他们放心，不要生气。'明天早晨，你在侍卫中挑选十名身强力壮的大汉，要他们守卫在你的身边，要他们听你的话，服从你的命令，保守你的秘密。你要叮嘱他们，只准外人一个一个地进来见你。只要进来一个人，你就立即下令斩首。不过，应该首先杀舍马斯宰相，因为他是闹事的带头人。之后，把不听话的大臣，一个一个地处死，一个不留。威胁王权的大臣死掉，你就可以高枕无忧，安享太平，为所欲为了。依妾之见，再没有更好的办法了。"

沃尔德汗国王听后,说:"爱妃,你的意见很对,你说的办法很好,我一定照你说的办。"

爱妃立即拿来一条绷带,给国王缠在头上,躺在床上,沃尔德汗国王装出一副生病的样子,随后派人去唤舍马斯宰相。

舍马斯宰相来到沃尔德汗国王面前,行过礼,国王说:"舍马斯,你知道我是非常敬重你的,是很尊重你的意见的。你在我的心目中既像兄弟又像父亲,这是别人享受不到的尊位。你知道,你有什么意见,我都是接受的。你要我会见群臣,要我和他们当中的贤士一起坐坐,我知道这是你对我的有益规劝。我本想昨天去见他们,不料身体突然不适,未能如愿。我听说臣民们见我不出去见他们,他们很是生气,想做出与他们的身份很不相称的事情,他们是不清楚我的身体情况呀!相爷阁下,你要去向他们说明我的身体状况,代我向他们致以歉意。他们怎么说,我就怎么办,我一定按照他们的意见行事。你亲自把这个问题处理一下,代我向他们做个保证。你今日劝我,过去劝我父亲,你也会把众人的事情办好;因为我有诚意,我对臣民们怀着善意,所以我的病马上就会好的。愿安拉保佑我康复,我明天就去见他们。"

舍马斯宰相听后,亲吻沃尔德汗国王的双手,心中欣喜不已。

舍马斯宰相告别后,走去向群臣和百姓传达了国王的那番谈话,劝说他们不要任意行事,把国王不能出来见他们的原因告诉了他们,并说国王明天出来接见他们,答复他们的要求。

大家听后,感到心满意足,各自打道回府了。

讲到这里,眼见东方透出黎明的曙光,莎赫札德戛然止声。

第九百二十三夜

夜幕垂降,莎赫札德接着讲故事:

幸福的国王陛下,沃尔德汗国王派人把舍马斯宰相叫到王宫,对他说:"你今日劝我,过去劝我父亲,你也会把众人的事情办好;因为我有诚意,我对臣民们怀着善意,所以我的病马上就会好的。愿安拉保佑我康复,我明天就去见他们。"

舍马斯宰相听后,亲吻沃尔德汗国王的双手,心中欣喜不已。

舍马斯宰相告别后,走去向群臣和百姓传达了国王的那番谈话,劝说他们不要任意行事,把国王不能出来见他们的原因告诉了他们,并说国王明天出来接见他们,答复他们的要求。

大家听后,感到心满意足,各自打道回府了。

沃尔德汗国王果然按照爱妃的谋划,从他父王的侍卫中挑选了十名彪形大汉,个个身强力壮,人人武艺高超,均有万夫不当之勇。沃尔德汗国王把他们叫到面前,对他们说:"我知道你们在先王心目中的地位。先王在世时,对你们极为信任,而且待你们甚厚;如今,我在王位上,我会对你们更加信任,你们只管放心就是了。现在我有一事要你们办,你们能听我的命令,并且严加保密吗?你们若能按照我的命令行动,不告诉任何人,我必将使你们每个人大喜过望,应有尽有,安享今世荣华富贵。"

十名彪形大汉异口同声答道:"国王陛下,我们是你的奴仆,你是我们的国王。我们绝对服从你的命令,不敢有半分违抗!"

沃尔德汗国王说:"愿安拉赐福给你们。你们必将得到我的嘉奖,我现在就把原因告诉你们。你们都知道先王如何善待文武百官、国家重臣,你们也晓得先王怎样将我的事情托付给了他们,要人们好好辅佐我,不要违抗我的命令。可是,昨天在王宫前发生的事情,你们都看见了。那么多人聚集在王宫门前,他们想冲进王宫,把我杀死,还想放火烧毁宫门。我本想下令制止他们的胡作非为,但未能如愿。看昨天的情况,我认为不杀掉他们,不足以制止他们的动乱行动,我不得不委托你们担此重任,秘密将我指定的逆臣杀死,借处死闹事的头领之策,为国家排除危害和灾难。办法是这样:明天,我坐在宫中的这个宝座上,让他们一个一个地进来;从一个门进,从另一个门出。你们就站在我的面前,看我的手势。他们进来一个,你们就抓一个,然后把他带入旁边的这个房间杀掉,随后将尸首隐藏起来……"

沃尔德汗国王说罢,十名大汉异口同声地说:"坚决执行国王的命令!"

国王随后宴请他们一顿,打发他们离去,自己也上床安歇了。

第二天清晨,沃尔德汗国王唤来那十名大汉,要他们把宝座摆好,自己换上朝服,手持法典,登上宝座,令大汉们站在两侧,随后令守卫打开宫门。

传令官喊道:"有本要奏者,进宫等候!"

文臣、武将和侍卫们相继到来,依官位高低列队站在宫殿门外。

国王发令,让大臣们一个一个地进殿觐见国王。像往常一样,首先进殿的是舍马斯宰相。

舍马斯宰相抬脚进殿,行至沃尔德汗国王面前,刚刚站稳,十名大汉便一拥而上,七手八脚地将舍马斯宰相拉入侧殿,刽子手手起剑落,宰相的头颅顿时滚落在地。

就这样，大臣、武将、学者以及欲进殿劝谏的善良的人们相继丧命。

事毕，沃尔德汗国王又唤来多名刽子手，要他们拔剑出鞘，把敢于向国王提意见的人统统问斩，一个不留。最后剩下的一般下层百姓，被侍卫们驱散，各自回家去了。

进谏的人没有了，沃尔德汗国王从此为所欲为，终日纵情酒色，不问朝政，整日沉浸豹房淫乐，过着极端糜烂的生活，暴虐成性，无恶不作，荒淫无耻到了无以复加的地步，令天下君王自叹弗如。

沃尔德汗国王统治的王国中盛产金、宝石，因此招来临国国王的嫉妒，无不期盼灾难降临到沃尔德汗国王的头上。

某一国国王听说沃尔德汗国王诛杀了若干重臣，不禁暗自高兴，心想："这个年轻昏君杀死了他的重臣和武将，还诛杀了不计其数的勇士和将帅，再无御敌能力，该是我攻占、夺取这个国家的时候了！沃尔德汗国王年纪轻轻，既没作战知识，更没打过仗，而且也没有人辅佐他、为他出谋划策了。我今天就要给他打开灾难之门。我不妨修书一封，责问他为何诛杀群臣，看他如何作答……"

这位国王提笔写道：

奉大慈大悲安拉之名

惊悉陛下枉杀群臣、武将、学者和志士，从而使自己陷入灾难之中，更兼荒淫无度，纵情酒色，已无力抵御讨伐问罪之师。此乃安拉赐我良机，要我打败你，征服你的国家，占领你的国土。现在我要你听从我的指挥，服从我的命令，立即在海中为我建造一座宫殿；若不从命，我就叫你立即亡命异国他乡,苟全性命。我将从东印度派遣十二个骑兵营,每营一万二千名英武骑士,开进你的国土,掠夺你的金银、宝石,斩杀你的近卫军,俘虏你的嫔妃。我将令我的宰相白迪阿率大军出征,把你的王宫夷为平地,把你的国土全部占领。今派信使携信前往,在你那里仅停留三日。若你服从我的命令,免你一死;若不从命,我即发大兵,荡平你的国土。

那位国王写好信,加印折封,立即交给信使。

信使策马登程,一路顺风,不久抵达沃尔德汗国王的京城。

沃尔德汗国王打开信一看,顿感四肢酥软,面色如土,一时不知如何是好,自认只有死路一条。他举目四望,既找不到一个可商讨对策之臣,更没有一位可带兵抵抗的武将,只有站起来,走去找他的爱妃。

爱妃见沃尔德汗国王面色如土,忙问:"陛下,你怎么啦?"

国王说:"从今天起我已经不是国王了,而成了国王的奴隶。"

国王把信向爱妃读了一遍,爱妃大哭起来,不住地撕扯自己的衣服和头发。

沃尔德汗国王问:"爱妃,你有什么良策呀?"

爱妃说:"要说打仗,女人既无计谋,也无力量。遇到战争、动武之事,要找男子问策才是。"

听爱妃这样一说,沃尔德汗国王懊悔不已。对自己诛杀群臣、武将和贤士之举深感后悔,恨不得马上死去,心想听不到这骇人听闻的消息该多好。

讲到这里,眼见东方透出黎明的曙光,莎赫札德戛然止声。

第九百二十四夜

夜幕垂降,莎赫札德接着讲故事:

幸福的国王陛下,国王把信向爱妃读了一遍,爱妃大哭起来,不住地撕扯自己的衣服和头发。

沃尔德汗国王问:"爱妃,你有什么良策呀?"

爱妃说:"要说打仗,女人既无计谋,也无力量。遇到战争、动武之事,要找男子问策才是。"

听爱妃这样一说,沃尔德汗国王懊悔不已。对自己诛杀群臣、武将和贤士之举深感后悔,恨不得马上死去,心想听不到这骇人听闻的消息该多好。

沃尔德汗国王对妃子们说:"你们呀,你们使我落了个松鸡与乌龟的下场。"

妃子们惊问:"松鸡和乌龟有何下场?"

沃尔德汗国王开始给她们讲《松鸡与乌龟》的故事:

相传,很久很久以前,在一个海岛上,住着数只乌龟。那座海岛上树木繁茂,果实累累,河渠纵横,林壑幽美。

有一天,一只松鸡飞得又热又累,当飞到乌龟住的那座海岛上空时,便落在了岛上。松鸡看见乌龟的洞穴,便走了进去,在那里住了下来。

乌龟们习惯于到海岛的各处觅食,然后返回洞穴。

当乌龟们回到洞中,发现一只松鸡栖息在那里。看见松鸡的羽毛五彩缤纷,乌龟们惊喜不已,连声赞美安拉造物之功,大家不约而同,都很喜欢那只松鸡。

乌龟们相互议论说:"毫无疑问,这一定是最漂亮的鸟儿!"

乌龟们都对松鸡很友好,而松鸡见乌龟们喜欢自己,也和乌龟们亲近起来。

松鸡每天一早飞出去觅食,晚上飞回乌龟的洞穴,和它们一起过夜,第二天早晨再飞向自己要去的地方。这成了松鸡的生活习惯,就这样度过了一段时间。

每当松鸡离开洞穴外出觅食时,乌龟们便感到寂寞难耐,一心盼着晚上再看到松鸡;松鸡早上飞出去觅食时,乌龟们便相互议论说:"这松鸡成了我们的好朋友,我们都喜欢这只松鸡,再也离不开它了。我们想个什么办法,让它总是待在我们这里呢?它一飞出去就是一整天,只有晚上才飞回来,我们实在太想它了。"

一只乌龟向大家打了个手势,对大家说:"姐妹们,你们放心地休息吧!我有个办法,能让它一刻也不离开我们。"

群龟说:"你若有这样的办法,我们就甘愿当你的奴隶!"

当天晚上,松鸡外出回来,在乌龟们中间坐下。那只要想办法留下松鸡的乌龟走近松鸡,向松鸡一番祝福后,说:"松鸡先生,安拉注定了我们之间的友情,使我们深深恋上了你。正是你使这个荒凉的地方有了生机,你也成了我们的亲人。相亲相爱的伙伴们欢聚在一起,是最欢乐美好的时刻;而相互分离,则是最大的灾难。可是,你每天一早就飞出去,日落之后才飞回来,整天不和我们在一起,使我们感到十分寂寞,难以忍耐,因而我们感到万分忧愁。"

松鸡说:"是啊,我也十分喜欢你们,对你们也怀着深深的友情;我对你们的思念胜过你们对我的思念;与你们分别,对我来说也不好受。可是,我有什么办法好想呢?因为我是鸟,生着两只翅膀,不可能总跟你们待在一起;总待着,不是我的品性和生活习惯。生着翅膀的鸟儿只有夜里睡觉时才能安稳下来,天一亮又要飞往自己想去的地方觅食。"

乌龟说:"你说的是实话。不过,生着翅膀的鸟儿在大部分时间里都得不到休息,而自己获得的东西却抵不上自己所付出辛苦的四分之一。活在世上,理应得到舒适与休闲。安拉既然已经注定了我们之间的友谊和情分,我们实在为你担心,怕你被敌人捉去,使我们再也看不到你。"

松鸡说:"是的。可是,我又有什么办法呢?"

乌龟说:"我有个办法,你可以把你赖以飞行的翅膀上的羽毛拔掉,和我们坐在一起休息,我们吃什么你就吃什么,我们喝什么你就喝什么。因为我们这里果树成行,硕果累累,不愁吃喝。我们和你住在一起,方可安安乐乐地生活。"

松鸡果然听了乌龟们的话,向往舒适、安乐,把自己翅膀上的羽毛一根一根地拔了下来,开始和乌龟们共度日夜,沉浸在暂时的欢乐之中。

有一天,一只黄鼠狼打乌龟洞穴前经过,看见松鸡翅膀上的羽毛已经全部拔光,再也飞不起来了。见此情景,黄鼠狼高兴极了,心想:"好肥的松鸡,羽毛又这么少,我要美餐一顿了……"

想到这里,黄鼠狼走近松鸡,一下咬住了松鸡的脖子。松鸡大惊,忙大声呼喊,向乌龟们求救。

乌龟们听到了松鸡的求救声,但都没有去救松鸡,而是远远地躲开,龟缩在一起,看着松鸡受黄鼠狼折磨,痛苦地淌出了泪水。

松鸡问乌龟们:"你们只会哭,没有别的办法救我吗?"

乌龟们说:"兄弟啊,我们面对黄鼠狼,没有任何力量,无计可施呀!"

松鸡自感生存无望,十分难过,对乌龟们说:"罪过全在我身上呀!因为我听了你们的话,自己毁了自己赖以飞行的翅膀。我听了你们的话,我的死是我自找的,我不埋怨你们。"

沃尔德汗国王讲完故事,对妃子们说:"爱妃们,我现在不埋怨你们,只埋怨自己。我应该自己教训自己。我忘记了我们的祖宗阿丹所犯的错误,忘记了他是怎样被赶出伊甸园的。我也忘记了你们这些女人是万恶之源。我愚昧无知,盲目听从了你们的意见,错打了主意,误杀了我的爱臣们和那些遇事为我出谋划策的官员。他们曾是我遇到难事时的好助手,他们曾给我增添过无穷力量。如今,我再也找不到能够替代他们的助手了,再也看不见能够填补他们位置的人,再也听不到指导我摆脱困境的文臣武将们的正确意见了。我跌入了巨大灾难、无底深渊之中。"

讲到这里,眼见东方透出黎明的曙光,莎赫札德戛然止声。

❖— 第九百二十五夜 —❖

夜幕垂降,莎赫札德接着讲故事:

幸福的国王陛下,沃尔德汗国王面对众妃子自责道:"爱妃们,我现在不埋怨你们,只埋怨自己。我应该自己教训自己。我忘记了我们的祖宗阿丹所犯的错误,忘记了他是怎样被赶出伊甸园的。我也忘记了你们这些女人是万恶之源。我愚昧无知,盲目听从了你们的意见,错打了主意,误杀了我的爱臣们和那些遇事为我出谋划策的官员。他们曾是我遇到难事时的好助手,他们曾给我增添过无穷力量。如今,我再也找不到能够替代他们的助手了,再也看不见能够填补他们位置的人,再也听不到指导我摆脱困境的文臣武将们的正确意见了。我跌入了巨大灾难、无底深渊之中。"

国王悼念过被诛杀的群臣和贤士之后,走进自己的寝宫。他说:"假若此时此刻,我的那些雄狮在我的左右,那该多好啊!假若有他们在我的面前,我可以向他们道歉致意,向他们诉说一下我此时此刻的苦衷。"

整整一天,沃尔德汗国王不吃不喝,始终沉浸在忧愁的苦海里。

夜幕垂降,沃尔德汗国王站起来,走去脱下朝服,一番乔装打扮,微服走出王宫,来到大街上,期望听到有人说出一句能够使他开心的话。

沃尔德汗国王在街上走时,忽见两个小男孩儿坐在一堵墙下聊天,两个孩子年龄相仿,都在十二岁上下。国王走近他俩,听一个孩子对另一个孩子说:"我昨天听我爸爸说,因为天久旱不雨和京城发生的事件,天灾人祸太多,还不到成熟季节,庄稼都干枯了。"

另一个孩子问:"你知道灾祸发生的原因吗?"

"不知道。你若知道,就告诉我吧!"

"我知道,听我告诉你吧!我爸爸的一个朋友对我说,我们的国王杀死了他的宰相和文武大臣,但他们根本就无罪,而国王自己却整日纵情酒色,和嫔妃们泡在一起。大臣们多次规劝国王,国王根本不予理睬,却偏听嫔妃们的谗言,下令诛杀群臣,连我的父亲舍马斯宰相也没放过。我父亲曾是先王的宰相,先王有什么事都要同我父亲商量。你等着瞧吧,看安拉怎样惩罚这个昏君吧!安拉定会为无辜丧命的群臣、贤士们报仇的。"

"安拉会怎样惩罚这个无道昏君呢?"

"据我所知,东印度国国王就非常蔑视我们的国王,派信使送来一封战书,信中有斥责国王的话语。他在信中命令我们的国王:'我要你听从我的指挥,服从我的命令,立即在海中为我建造一座宫殿;若不从命,我就叫你立即亡命异国他乡,苟全性命。我将从东印度派遣十二个骑兵营,每营一万二千名英武骑士,开进你的国土,掠夺你的金银、宝石,斩杀你的近卫军,俘虏你的嫔妃。'东印度国国王的信使带着这封信来到我们这里,把信呈送给我们的国王,限我们的国王三日内复信。你也知道,那位东印度国国王是一个势力强大、兵多将广、无可抵挡的英雄,如若攻来,我们的国王肯定抵抗不住,只有死路一条。我们的国王丧命,那位国王将断送我们的生计,杀我们的人,抢夺我们的妇女。"

沃尔德汗国王听那少年这样一说,不禁周身抖作一团。

沃尔德汗国王故作镇静,边走近小孩儿,边心想:"这孩子聪慧过人,先知先觉,不告自知。那封信还在我的手里,秘密也在我的肚子里,除了我谁也不知道,可他是怎么知道的呢?不管怎样,我要找他谈谈,但求安拉使我从他手里得救。"

沃尔德汗国王轻手轻脚地走近那个孩子,和颜悦色地说:"孩子,你刚才提到我们的国王,究竟是怎么一回事啊?我们的国王杀死宰相和大臣们,其实也害了他自己和他的臣民百姓。孩子,你说得很对呀!孩子,请你告诉我,你怎么知道东印度国国王写信责备我们的国王了呢?你刚才说到东印度国国王的那些话,你是听谁说的?"

那少年说:"我是从古人的话中得知这一消息的。有道是万事瞒不过安拉；人是阿丹的子孙，有灵性，安拉常向他们展示秘密。"

沃尔德汗国王说："孩子，你说得对。可是，我们的国王有没有办法排除这场灾难，自己救自己呢？"

"有的。只要国王派人来找我，向我问抵抗敌人的办法，如何摆脱敌人的计谋，我就会告诉他凭借安拉的力量拯救自己的良策。"

"谁能通知国王，让国王派人来找你呢？"

"听说国王正在寻找有经验、有见地的人。如果有人来找我，我就跟他们去见国王，向国王献上救国良策。假若国王根本不在乎国家的存亡，一味泡在嫔妃堆里，我就是想把良策告诉他，主动求见他，他也会像诛杀那些大臣一样将我杀掉，到头来我反因自己的足智多谋害了自己，人们也会看不起我，说我没有脑子，成为常言说的那种人：'聪明反被聪明误。'"

听少年这样一说，沃尔德汗国王确信他智慧过人，胸有成竹，拯救自己和百姓的妙计就在那少年掌中。

沃尔德汗国王问："亲爱的孩子，你打哪儿来？家住何处啊？"

少年说："我的家就在这堵墙后面。"

沃尔德汗国王记住了那个地方，然后告别孩子，高高兴兴回宫去了。

沃尔德汗国王回到宫中，换上王服，令宫仆端来饭菜，香香甜甜地吃了一顿，然后发誓不再与嫔妃一起昏昏度日，感谢安拉，乞求安拉救援，求安拉宽恕他诛杀群臣和贤士的罪过，诚心向安拉忏悔，续之封斋、礼拜，向安拉许下广济博施的大愿。过了一会儿，国王唤来一个宫仆，把那个少年的住址向宫仆交代清楚，要他把那个少年叫到宫中来。

宫仆按照国王描述的地方，顺利找到那个少年，对他说："小朋友，我们的国王请你进宫，向你道喜了。国王有要事相问，之后就送你回到家中来。"

少年问:"国王叫我进宫有什么事呀?"

宫仆说:"国王有要事问你啊!"

"遵命!我一定听从国王的安排,这就跟你去。"

那少年跟着宫仆进了宫门,来到国王面前,向国王叩拜、祝福、问安。国王回礼后,让少年坐下。

讲到这里,眼见东方透出黎明的曙光,莎赫札德戛然止声。

第九百二十六夜

夜幕垂降,莎赫札德接着讲故事:

幸福的国王陛下,宫仆按照国王描述的地方,顺利找到那个少年,对他说:"小朋友,我们的国王请你进宫,向你道喜了。国王有要事相问,之后就送你回到家中来。"

少年问:"国王叫我进宫有什么事呀?"

宫仆说:"国王有要事问你啊!"

"遵命!我一定听从国王的安排,这就跟你去。"

那少年跟着宫仆进了宫门,来到国王面前,向国王叩拜、祝福、问安。国王回礼后,让少年坐下。

沃尔德汗国王问:"孩子,你知道昨天和你谈话的是谁吗?"

少年答道:"当然知道。"

"他在哪里?"

"正在和我谈话。"

"神童,神童啊!你说得很对。"

沃尔德汗国王令宫仆把一张椅子放在自己的身边,随后让少年坐在那把椅子上,并令宫仆送上饭菜,摆好酒席,国王与少年把盏对饮,边喝边谈。

沃尔德汗国王说:"聪明的孩子,你昨天说你有抵挡东印度国国王的良策,究竟是什么良策,如何使我们免受侵害,现在就请对本王说一说吧!你若果有良策在胸,我就将任命你为王宫首席发言人,拜你做我的宰相,遇事向你问策,给你最高奖赏。"

那少年说:"国王陛下,你的奖赏就留给你自己吧!关于抗敌之计,首先要清算为你出谋划策斩杀我父亲舍马斯及其他大臣的嫔妃的罪恶!"

听少年这样一说,沃尔德汗国王羞愧不已,连声叹气,然后说:"孩子,你父亲就是舍马斯宰相?"

"舍马斯是我的父亲,我是他的儿子。"

沃尔德汗国王一听,肃然起敬,泪水脱眶而出,忙求安拉宽恕。

国王说:"孩子,我干了一件蠢事,也是爱妃出的坏主意。孩子,我求你宽谅我。我将让你接替你父亲的职位,担任宰相一职。你若能替我消除这突然临头的大灾难,我必赏你一个金项圈,让你戴在脖子上,骑上高头大马,传令官鸣锣开道,高声呼喊:'这位英雄少年就是当今宰相,享一人之下,万人之上的高位!'你说的那个出坏主意的妃子,我一定找她讨还血债,择时辰处置她。孩子,有何好主意,就请讲,好让我心里有数,从容应付敌人的入侵。"

少年说:"你要向我保证,绝不违背我的意愿,还要保证我的生命安全。"

沃尔德汗国王说:"我向安拉保证,绝不违抗你的意愿。你是我的谋臣,你怎么说,我就怎么办。我的话出自内心,有安拉做证。"

舍马斯宰相的儿子名叫伊本·舍马斯。

伊本·舍马斯听沃尔德汗国王这样一说,心中高兴,遂与国王畅谈起来。伊本·舍马斯说:"国王陛下,依我之见,应该这么办,东印度国国王的信使规定的限期到时,信使必定来索复信,那时你就推托一下,让他第二天来取,他会说他的国王要限期答复。当他第二天来取时,你再推托一下,让他改日来取,但不要说具体日期。这样,那位信使就会愤怒地离开你这里,走到城中,当着众人大喊大叫道:'公众们,我是东印度国国王的信使,东印度国国王力量强大无比,意志如铁。国王派我给你们的国王送信,并给我规定了取复信的限期。我们的国王对我说,限期到时我若不回去,国王就要拿我是问。我来到本城,见到了你们的国王,呈送上了书信。国王看过后,说三天给我答复。看在他和他的臣民的面儿上,我答应了他的要求。如今三天已经过去,我来取复信,他却一拖再拖,让我改日再取。我已没有耐心再等下去了,我这就回我们国王那里去,把发生的事情禀报给我们的国王。公众们,你们可要给我做证啊!'"

说到这里,伊本·舍马斯稍作停顿,然后接着说:"国王陛下,听他对公众这样说了之后,你就派人把他叫到你的面前,和颜悦色地对他说:'信使阁下,你为什么当着我们公众的面抱怨我呢?你应该立即受到惩罚。不过,古人有言:'宽容是高尚人的品格。你要知道,我之所以迟迟没有答复,并非因为我不能答复,而是因为我太忙,没有空闲时间给你们的国王写回信。

"之后,你就把那封信拿出来,当面向信使读一遍。读完信,你就大笑一顿,然后对信使说:'你还带有别的信吗?若有别的信,让我看一看,我好一并复信。'信使会对你说:'只有这一封信。'接着,你把那句话重复三遍。他仍会说:'除了这封信,没有别的信。'你接着把你说的那句话重复第二遍、第三遍。他会说:'我只有这封信,没有别的信。'你对他说:'你们的国王没有头脑啊!他在信中说的这些话会激怒我们,提醒我们立即发兵进攻他的国家,夺取他的财宝。不过,这一次我们不会责备他没礼貌的,因为他是个没有头脑、思维不健全的人。我们应该首先警告你们的国王一下,要他不要再说这样的呓语;如若不然,你们的国王就要大难临头了。我看你们的国王是个呆瓜,敢于送这封秘信来,根本没有考虑事情的后果。假若他向我们写这封荒唐信之前找他的宰相或大臣商量一下,他是不会让你送信来的。不过,我还是要复你们的国王一封信,但我要让一个童子代笔复信。'"

沃尔德汗国王留心聆听,伊本·舍马斯接着说:"国王陛下,你说完这番话,就派人来叫我。我到了陛下面前,你就让我读那封信,随后让我代笔复信。"

沃尔德汗国王听后,认为伊本·舍马斯的主意极好,对此谋略大加赞扬,随后款待一番,并以宰相位许之。随后,伊本·舍马斯高高兴兴地离去了。

三天限期到了,信使果然按时来到沃尔德汗国王王宫索要复信,国王像伊本·舍马斯安排的那样,一再推脱,致使信使走到街上,对着公众们说:"公众们,我是东印度国国王的使者,带着信来见你们的国王,但你们的国王一再推脱,限期已过,却拿不出复信来,而且你们的国王也拿不出恰当的理由来。公众们,你们可要给我做证呀!"

沃尔德汗国王得知这一消息,立即派人把信使叫到自己面前。国王对信使说:"信使阁下,你是自我糟践呀!你是国王的信使,信中有许多秘密,怎好把国王之间的秘密向公众泄露呢?你应该受到惩罚。不过,为了让你把复信带给你们那位国王,我暂且宽容你一下。我只消让一个书童复你们国王一封信,也就绰绰有余了。"

国王随后派人把伊本·舍马斯叫到宫中。

伊本·舍马斯来到国王和信使面前,首先向安拉叩拜,然后祝国王富贵长在,长命百岁。

沃尔德汗国王把东印度国国王的信递给伊本·舍马斯,并且说:"你先看看这封信,然后立刻回一封信。"

伊本·舍马斯接过信,读后笑着对沃尔德汗国王说:"国王派人叫我来,就是为了复这封信吗?"

"是的。"沃尔德汗国王答道。

伊本·舍马斯说:"国王陛下,遵命!"

伊本·舍马斯要了笔、墨和纸,提笔写道……

讲到这里,眼见东方透出黎明的曙光,莎赫札德戛然止声。

❖—— 第九百二十七夜 ——❖

夜幕垂降,莎赫札德接着讲故事:

幸福的国王陛下,伊本·舍马斯接过信,读后笑着对沃尔德汗国王说:"国王派人叫我来,就是为了复这封信吗?"

"是的。"沃尔德汗国王答道。

伊本·舍马斯说:"国王陛下,遵命!"

伊本·舍马斯要了笔、墨和纸,提笔写道:

奉大慈大悲安拉之名

　　获得宽恕之人,你好哇!愿安拉保佑你。

　　名为大王之王,来信阅悉。细读之,信中却不乏呓语、胡言,深知你在向我们绽露愚蠢与强暴脾性。原来你在向我们伸手索要不可得之物。

　　若非出于安拉赐赋怜悯之心,我们是绝不会迟复此信的。你所派使者,竟敢在大庭广众面前泄露信中的秘密,本当受到惩罚,但念他是你的钦差信使,情有可原,我们暂且宽容了他。

　　至于信中所提诛杀大臣、学士和官员之事,确属实也,但其中自有原因。我杀了一个智者,却还有更多聪明足智的臣子在我身边。我这里的每位少年无不满腹经纶,大智若愚。我斩杀一个,更有无数能者而代之。我手下的每一名勇士足以抵挡你的一个骑兵营。

　　说到钱财,容我实告,我有无数金银工场。至于其他矿藏,此间多如石子儿。我的臣民个个相貌端正,人人家财如山,简直无法描述,你怎敢来进犯我之国土?你怎敢要我在海中为你建造宫殿?

　　海中建宫殿?真是奇谈怪论,也许生自你的荒唐思维之中。你若思维正常,就请你先挡住海上的风浪,然后再给你建造宫殿。

　　你在信中诈称要打败我,安拉是不会让你得逞的,像你这样的懦弱之王,如何能战胜我呢?恰恰相反,伟大安拉会默助我把你这个暴虐君王打个落花流水。你应该知道,你就要受到安拉和我对你的惩罚了。

如今,我真为你和你的臣民担忧。我想先警告你,然后再惩治你。你若怕安拉惩治你,你就赶快把今年的税收全部献来;如若不然,我将纵马出征,亲率一百一十万勇士组成的大军,由我的宰相指挥,包围你们三年,作为你给我复信三天限期的报偿。我占领了你的国家之后,我们只杀你,且只抢劫你的嫔妃美女。

伊本·舍马斯写罢信,把自己的肖像画在信纸上,并在旁边写上:

此信由学堂中最小的孩童书就。

伊本·舍马斯随手将信封好,呈送给沃尔德汗国王。国王随后把信递给信使。

信使接过信,吻了吻沃尔德汗国王的手,连声感赞安拉和国王的宽宏大量,随后告辞离去。

信使离开王宫,心中暗赞那聪明、机敏的少年郎。

信使起程回国,一路顺利,于期限三天过后的第三天,回到了东印度国京城。

因为信使久久不归,东印度国国王正与群臣商量对策之时,突见信使出现在面前,随手递上沃尔德汗国王的复信。

东印度国国王接过信,问信使迟归的原因及沃尔德汗国王的情况,信使将自己在外的经历和看到的情况向国王说了一遍。

东印度国国王听后，说道："你这个该死的东西！你带来的都是些什么消息呀！"

信使说："尊敬的国王，我现在就在陛下的面前，请你打开信看一看，就知道我说的都是真话了。"

东印度国国王打开信一看，见信纸上绘有写信少年的画像，这才相信自己的王权面临危机，一时不知如何是好。

东印度国国王抬眼望了望满朝文武，把发生的事情告诉了他们，给他们读了沃尔德汗国王的回信，大臣们听后，人人大惊失色，各个瞠目结舌，心怦怦直跳，简直都要碎了。

宰相白迪阿说："国王陛下，诸位大臣说的那些话是没有半点儿作用的。陛下，依我之见，陛下立即给那位国王写封信，表示歉意。信中可以这样写：'国王陛下，我是热爱你和你的先父的。我们给你写那封信，只不过是为了考验你一下，看看你的决心如何，了解一下你的勇气、意志、知识和实力，看你如何回答。我们求安拉保佑你的国家富强、百姓平安，使你城池坚固，王权强大。'写罢信，派另一名信使送去。"

东印度国国王听宰相这样一说，心想："真是奇迹呀！这位国王斩杀了他的群臣、有识之士及武将，怎么还打得了仗呢？国家怎么还这样强大呢？他们哪里来的这么大的力量？更为奇怪的是，就连那小小的童子也能代国王回信。由于我的贪心，给我自己、我的臣民招来了这么一场大火，看来只有按我的宰相的主意才能扑灭这场火……"

想到这里，东印度国国王备下重礼和许多男仆女婢，并提笔写了这样一封信：

奉大慈大悲安拉之名

尊敬的沃尔德汗国王陛下：

愿安拉怜悯陛下先父基里阿德国王在天之灵。

收阅陛下回信,使我们感到甚为高兴。这使我们日夜向安拉为你祈祷的,但求安拉使贵国国富民安,但求安拉默助你战胜想进犯贵国的敌人。

国王陛下,如你所说,你的先父是我的一位好兄弟。先王生前,曾与我订有友好条约;他期望我的国家兴盛,我盼望他的国家繁荣。先王仙逝之后,陛下登上了王位,使我们感到高兴。获悉陛下斩杀群臣、武将和贤士,恐怕其他国王知道此事,对贵国生觊觎之心,同时也猜想你一时未留心自己的国事和城堡的防卫,所以给你写了那样一封信,目的在于提醒陛下。

读到陛下这封信,知道你国力强大,我们感到放心。

但期安拉保佑你的国家,默助你成功。

东印度国国王(印章)

东印度国国王写完信,封好,令信使带着重礼,由百名骑士护卫,向沃尔德汗国王的京城进发了。

讲到这里,眼见东方透出黎明的曙光,莎赫札德戛然止声。

第九百二十八夜

夜幕垂降,莎赫札德接着讲故事：

幸福的国王陛下，东印度国国王写完信，封好，令信使带着重礼，由百名骑士护卫，向沃尔德汗国王的京城进发了。

信使一行大队人马日夜兼程，一路顺利抵达沃尔德汗国王的京城。

信使见到沃尔德汗国王，向国王问好，随后呈上东印度国国王的信。沃尔德汗国王看过信后，欣喜不已，令宫仆安排信使在迎宾馆下榻，并热情款待信使一行，笑纳了送来的重礼。

信使到来的消息迅速传遍全城，国王大为高兴。

沃尔德汗国王派人叫来伊本·舍马斯，国王对伊本·舍马斯非常敬重。

国王又派人请来使臣，当着使臣的面，把东印度国国王的复信交给伊本·舍马斯。

伊本·舍马斯看过信，心中高兴不已。

使臣亲吻沃尔德汗国王的双手，连声向国王表示歉意，祝国王富贵荣华长在。沃尔德汗国王表示感谢，再次格外款待使臣一番，并赐赠给使臣和随行人员每人一份礼物。

一切安排妥当，沃尔德汗国王吩咐伊本·舍马斯给东印度国国王写回信。

伊本·舍马斯提笔写信，顷刻书罢，简言议和之事，并提及来使及其随行百名骑士礼貌周到，举止文明。

伊本·舍马斯把信呈送给沃尔德汗国王，国王说："亲爱的孩子，给我们念一念复信吧！"

伊本·舍马斯当着众人的面，把复信从头到尾读了一遍。

沃尔德汗国王及在座的人听后，无不赞叹童子的卓越文采，称赞复信构思精妙，言简意赅，语词得体，流畅达意。

沃尔德汗国王接过信,盖印加封,递给来使,随即派大队人马护送来使上路,一直把他们送到边界,方才告辞回返。

来使率百名骑士继续前进,边走边回味着那个写信少年的举止,由衷佩服少年的机敏和文采,赞美安拉通过他的妙笔顺利实现了和解大业。

他们回到京城,呈上沃尔德汗国王的回信和礼品以及名贵古玩、珍宝,禀报了出使情况,国王听后大喜,连声感赞安拉,随即设宴招待使臣,感谢他胜利完成任务,为他加官晋级。

从此以后,东印度国国王及其臣民过着平安、幸福的生活。

一场风波过后,沃尔德汗国王终于改邪归正,向安拉诚心忏悔,抛弃恶习,远避拨弄是非的嫔妃,关心朝政,体贴臣民。

时隔不久,沃尔德汗国王拜伊本·舍马斯为宰相,遇事同这位年轻的新宰相商量。新宰相也严格为国王保守秘密。

沃尔德汗国王下令装点京城和大小市镇,四处张灯结彩,欢庆七日,举国沉浸在节日气氛之中,万民为之欢欣,心头恐惧一消而光,共庆天下太平,衷心为国王和新宰相祈祷祝福,感谢那位年轻宰相为百姓解除了忧虑。

有一天,沃尔德汗国王问伊本·舍马斯宰相:"相爷阁下,不久之前,我的朝廷上武将无数,谋臣如云,而现在景象这样冷清。欲恢复往日的兴盛景象,阁下有何良策呀?"

伊本·舍马斯宰相说:"国王陛下,依臣之见,首先应从心灵深处挖掘错误根源,劝陛下彻底抛弃昔日纵情酒色的恶习。假若陛下再度跌入往日的错误泥坑,其结果将比前一次更加悲惨。"

沃尔德汗国王问:"何为我当斩断的错误根源呢?"

"国王陛下,容臣直言:错误根源在于陛下贪色和听信坏女人的谗言以及服从她们的诡计。贪色会改变人的正常思维,败坏良好本质。臣如此说,根据自在,贪色误国的例子不胜枚举。若陛下静心思考一下,仔细观察研究,定会自我猛醒,本不用我多费口舌。但期陛下口中不再提及她们,从头脑中剔除她们的影像,因为安拉已经通过他的先知穆萨之口叮嘱人们不要贪色。一位明智君王曾这样劝诫他的儿子:'孩子啊,你若想在我百年之后做一个明君善主,那就不要贪恋女色,以防心灵迷失方向,见解陷入荒谬之中。'由此可见,近色情对于国王的政见有百害而无一利。陛下想必知道苏莱曼·本·达伍德大帝的事情,那就是一个最好的例子。若论得安拉关怀,可言苏莱曼大帝得天独厚,安拉赐予他的知识、智慧和能力,都是令其他君王所梦想不到的。但是,由于他贪色,最终误了为王大业。我之所以给你举这个例子,目的在于让陛下知道,古今天下君王无人能与苏莱曼大帝的权势相比;那样强大,尚且会跌入错误泥坑,何况他人乎!"

伊本·舍马斯宰相稍稍停顿,又说:"国王陛下,贪恋女色乃万恶之源,因为她们当中谁也没有什么高见。因此,为王者只能与嫔妃保持必要的接触,万万不可陷入贪恋地步;如若不然,必定会跌入腐败、死亡的深渊。陛下若听臣下劝告,国事将步入正道,万事顺畅;反之,恐陛下到时后悔莫及。"

沃尔德汗国王听后,说:"相爷阁下,我已抛弃贪色恶习,不再为她们分心。可是,由于听了她们的坏主意,误杀了你的父亲舍马斯宰相,伤及大批将臣贤士,我该如何处置她们呢?相爷阁下啊,说实话,我并无意杀害你的父亲,但不知我当时怎样被妃子弄昏了头脑,竟然听从了女人的主张,真使我后悔莫及呀!"

讲到这里,眼见东方透出黎明的曙光,莎赫札德戛然止声。

第九百二十九夜

夜幕垂降,莎赫札德接着讲故事:

幸福的国王陛下,沃尔德汗国王对伊本·舍马斯宰相说:"相爷阁下,我已抛弃贪色恶习,不再为她们分心。可是,由于听了她们的坏主意,误杀了你的父亲舍马斯宰相,伤及大批将臣贤士,我该如何处置她们呢?相爷阁下啊,说实话,我并无意杀害你的父亲,但不知我当时怎样被妃子弄昏了头脑,竟然听从了女人的主张,真使我后悔莫及呀!"

沃尔德汗国王一阵长吁短叹,然后大声喊道:"惨哪!多惨哪!我失去了好宰相,再也听不到他的高见,得不到他的周密安排了!我失去了许多武将、贤士,再也听不到他们的正确指教了。"

伊本·舍马斯宰相说:"国王陛下,你要知道,罪责也不单单在女人身上。因为她们就像货色,其好坏要由观者的欲望所决定,想买就买,不买也没有人强迫买。其实,罪责在身上,尤其是明知货色有害的买主身上。国王陛下,我劝诫过你,我的父亲也告诫过陛下,但陛下没有接受先父的劝告。"

沃尔德汗国王说:"相爷阁下,你说得对,罪过确乎在我自己的身上。这些都是命中注定的。"

"国王陛下,你要知道,伟大安拉创造了我们,也为我们创造了一种能力,给了我们意志和选择的权利。我们若有什么想法,随即就会有行动；若没有想法，也就不会有行动。安拉不让我们做有害的事，免得我们犯罪。因此，必在行事之前考虑行为是对还是错。在任何情况下，安拉都要我们做善事，禁止我们做坏事。"

"你说得完全对。我之所以错误行事，因为我屈从了淫欲。你已多次告诫我，你的父亲也曾多次告诫我，但我的邪念战胜了我的正确思维。你有什么高明办法能使我避免错误，使我以智慧战胜我的邪念呢？"

"办法是有的，国王陛下。我有办法让你避免犯这种错误，那就是脱去愚昧衣，换上智慧装，剔除淫欲，服从安拉，回到你父王的正确轨道上来，做安拉为你规定的善事，为你的臣民尽应尽的义务，维护你的宗教信仰，改善你的政策，免杀臣民百姓，遇事三思而后行，远离暴虐、放荡、腐败，为王公正，光明磊落，执行伟大安拉的命令，勤于祈祷礼拜；只有这样，国才能长治，民方可久安，安拉才怜悯你，人人敬畏你，敌人闻风丧胆，安拉替你击败敌方大军，你在安拉那里受到欢迎，进而成为万众敬仰的伟大君王。"

"相爷阁下，你的一席话使我的心复活了。你的睿智言论似明灯照亮了我的心房，令我仿佛在双目失明之后，又看到了光明。我决计按照阁下的嘱咐去办，但期伟大安拉默助。我决心丢弃邪念和淫欲，走出峡谷，步入广阔平原，摆脱危险区域。我万分感谢伟大安拉，感谢你的指教。伟大安拉通过你的双手把恩惠、正确见解和智慧送到了我的手中，使我挣脱了忧虑、烦恼的折磨。我正是借你的惠手和真知灼见、精到安排，使我的臣民得到了平安。你现在成了我的得力谋臣，凡事我都同你商量。你的所作所为，都会得到我的允许和支持；你的言谈话语，都会在我这里顺利通过。我衷心赞美安拉派你来为我指出了正路，使我脱离了崎岖的邪路，走上了光明大道。"

伊本·舍马斯宰相说:"洪福齐天的国王陛下,我向陛下进几句忠言,倒算不上什么恩惠;我的言与行,都是我应尽的义务。因为我蒙受过陛下的巨大恩惠;不仅仅是我本人,就连先父也曾沐浴过陛下的恩泽。你是我们的主事者,替我们打败敌人,你担当着保护我们的重任,保卫着我们的安全,我们怎能不对你感恩戴德呢?我们一定要尽我们的责任,不惜献出自己的生命。我们恳求安拉委任你掌管我们的事情。我们求安拉为你增寿延年,让你事事成功。我们祈求安拉不再降灾难给你,让你事事如愿以偿,让你毕生受万民敬仰,成为整个天下的君王,征服所有的反抗者。我们祈求安拉使你的国度里充满智者、贤士和勇夫,同时剔除所有愚人和懦夫,为你的臣民排除一切灾难,在他们的中间播下友爱、团结、相亲相敬的种子。同时使你饱享今世荣华和来世富贵。赞美归于慷慨、慈悲、宽容、和善的伟大安拉。安拉是万能的;在安拉的面前,一切难事将化为易事;安拉是世间万物、千种命运的最终归宿。"

沃尔德汗国王听了伊本·舍马斯宰相的这番美好祝愿,不禁心花怒放,欣喜难抑。国王说:"相爷阁下,在我的心目中,你已成了我的手足兄弟,又像父子一样亲密;除了死神,谁也休想把我和你分开。从今以后,我手中的一切,均由你支配;假若我命中无后,你就是我的王位继承者。在我看来,你比我的任何臣子都重要。我要当着文武百官的面,把我的王权交给你。我委任你为王储,在我百年之后,由你继承我的王位。"

讲到这里,眼见东方透出黎明的曙光,莎赫札德戛然止声。

第九百三十夜

夜幕垂降,莎赫札德接着讲故事:

幸福的国王陛下,沃尔德汗国王听了伊本·舍马斯宰相的这番美好祝愿,不禁心花怒放,欣喜难抑。国王说:"相爷阁下,在我的心目中,你已成了我的手足兄弟,又像父子一样亲密;除了死神,谁也休想把我和你分开。从今以后,我手中的一切,均由你支配;假若我命中无后,你就是我的王位继承者。在我看来,你比我的任何臣子都重要。我要当着文武百官的面,把我的王权交给你。我委任你为王储,在我百年之后,由你继承我的王位。"

沃尔德汗国王说罢,随即唤来御用文书,令之草拟诏书,召集文武百官,并令传令官遍走京城大街小巷,宣读国王诏书。时隔不久,满朝文武、侍卫头领、学者贤人、各界名流相继来到王宫,国王举行盛大国宴,款待所有人士,饭菜丰盛、场面壮观。自那天起,整整热闹了一个月。之后,沃尔德汗国王开始广济博施,给所有侍卫换上新制服,为穷苦人开仓放粮,赐赠给学者们厚礼。

此后不几天,经由伊本·舍马斯宰相举荐,从学者、贤士中选出若干人,让他们入宫觐见沃尔德汗国王。

沃尔德汗国王接见贤哲、学士,令伊本·舍马斯宰相从中挑选六个人,组成以他为首的内阁。

伊本·舍马斯宰相得令,从他们当中挑选出年纪最长、头脑最健全、知识最丰富、记忆力最强的六个人推荐给国王。国王立即让他们换上大臣官服,并对他们说:"诸位先生,你们现在成了我的大臣,都在伊本·舍马斯宰相的手下供职。伊本·舍马斯宰相年纪虽小,但他的智慧却胜过你们。因此,你们要听他的话,服从他的命令,不可违抗。"

沃尔德汗国王让他们一一就座在铺有丝绒绣花垫的大臣专座上,随即宣布了他们每个人的职位和俸禄。接着,国王又令他们从参加国宴的国家要员中选拔将军,任命他们分别担任领数千兵、数百兵、数十兵的武将,并为他们规定了官级和俸禄。这些事情都在很短的时间内完成了。随后,国王向所有参加国宴的人赐赠厚礼,并叮嘱他们为官公正,平等对待百姓,救济穷苦人,要他们酌情开仓放粮,关心百姓生活。

大臣们连声为沃尔德汗国王祝福祈祷,祝国王尊容长在,万寿无疆。

国王下令装点城郭,庆祝活动持续三日,以表示对安拉佐助国运昌盛的感激之情。

在沃尔德汗国王的直接关心下,内阁大臣、文官武将、地方官员均已安排就绪,相继走马上任,各司其职,整个国家机构正常运转起来了。这时,沃尔德汗国王开始考虑如何处治那些出坏主意诛杀文武大臣、祸国殃民的嫔妃了。

一天,沃尔德汗国王召集伊本·舍马斯宰相和众大臣进宫议事。人们到齐后,国王对他们说:"诸位大臣,我曾偏离正道,跌入愚昧深渊。因为我不听忠臣劝告,不守许诺约言,竟听信嫔妃们的谗言和欺骗,使我妄杀无辜忠臣,损失无比惨重。在我醉生梦死的日子里,我听到爱妃的那些话,觉得温柔入耳,万万没有想到她们的话语中包含着毒药。现在我已明白,爱妃意欲把我推入深渊。如今,她们是该受到惩罚的时候了;只有处治了她们,才能让后人引以为戒，以免重蹈我的覆辙。诸位大臣，你们说我应该怎样处治她们？"

伊本·舍马斯宰相说："国王陛下，我已对陛下说过，罪责不单单在嫔妃们的身上，而是在她们与听信她们主意的男子们之间。不过，无论如何，嫔妃们有逃脱不掉的罪责，理当受到惩处。依臣之见，有两条，其一，因为你是君王，坚决执行你的命令；其二，因为嫔妃们欺骗、愚弄你，干涉与她们无关的国家大事，说不该说的话，故她们罪该万死。不过，她们目前的境遇已够她们忍受。从现在起，请陛下将她们降为奴婢吧！国王陛下，究竟如何处治她们，还要听陛下的。"

伊本·舍马斯宰相说罢，一位大臣表示同意宰相的意见。

另一位大臣走上前来，向国王行吻地礼，对国王说："祝国王万寿无疆！如果陛下一定要处治嫔妃们，可以采纳臣的意见。"

国王问："什么意见？"

大臣说："依臣之见，陛下最好令一宫女将那些欺骗陛下、谋杀群臣的嫔妃带入群臣和贤士们遇害的那个房间里，把她们全部关押在那里，每天只给她们仅够维持生命的食物和水，绝对不让她们出去；不管哪个先死，都让尸首留在那里，直至最后一个坏女人死去。依臣之见，这是对她们的最轻惩罚。她们是酿成这场浩劫的罪魁祸首，而且也是当代灾难的根源。古谚说得好：'为兄弟掘井者，必自落井，纵使暂时安稳。'"

沃尔德汗国王接受了这位大臣的意见，立即行事，派四个强壮有力的宫女，把嫔妃们交给她们，命令她们把嫔妃们关进群臣、贤士遇难的房间，每天只给她们送去少许食物和水。

那些欺骗国王、谋杀群臣的嫔妃被关押在群臣被害的小黑屋子里，一个个痛苦不已，后悔莫及。安拉使她们今世备尝耻辱，亦令她们来世遭受折磨。

罪恶的嫔妃们一直待在那个黑暗无光、阴暗潮湿、臭气四溢的房间里,直至一个个死去。

坏女人们死去的消息传遍全国,各地民众无不为之欢呼雀跃,欣喜若狂。直至今日,人们还在诅咒那帮心地败坏的嫔妃。

讲到这里,莎赫札德戛然止声。

妹妹杜娅札德说:"姐姐,你讲的故事真精彩,真动人,真美妙!"

莎赫札德说:"如蒙国王陛下厚恩,能再留我一夜,这与我来晚将要讲的故事相比,就算不上什么精彩、美妙、动人了。"

听莎赫札德这样一说,舍赫亚尔国王心想:"凭安拉起誓,我不能杀她,我要把故事听完……"想到这里,他说:"天色尚早,接着讲吧!"

莎赫札德开始讲《洗染匠与剃头匠》的故事:

相传,很久很久以前,亚历山大城中有两个手艺人:一个是洗染匠,名叫艾卜·吉尔;另一个是剃头匠,名叫阿布·绥尔。

洗染匠艾卜·吉尔开着一个洗染店,剃头匠阿布·绥尔开着一个剃头店,两店相邻,互为街坊。

洗染匠艾卜·吉尔是个心毒手狠的骗子,厚颜无耻至极,脸皮若石雕成,或像犹太教堂的石门槛。他尽在人前干种种不光彩的事,从来不知羞耻为何物。假若有人拿来一块儿布让他染,他总是借口要买染布的颜料,让顾客先付工钱,顾客一旦付出工钱,他便接过钱来买吃买喝;只待顾客转身走去,他就把人家送来染色的布卖掉,把得到的钱花在吃喝玩儿乐上。他吃必吃香的,喝必喝辣的；喜吃贪喝，已达令人吃惊的地步。

当顾客来取染好的布时，艾卜·吉尔总是对人家说："明天一早来吧，保你取到已经染好的布！"顾客刚一离开，他便自言自语道："一天与一天之间多近呀！"

第二天一早，顾客按时来取自己的布，艾卜·吉尔便对人家说："你明天再来取吧！昨天我太忙了，顾客那么多，你的活儿顾不上干哪！你明天一早就来，一定能取到你的东西。"

顾客听后，无可奈何，只有等待。

第三天一大早，顾客如期而至，艾卜·吉尔对人家说："昨天我有事，太忙了！我老婆夜里生孩子，整天忙她的事了。你明天再来取，活儿准能做好。"

顾客没有办法，只好等待。就这样，艾卜·吉尔一次又一次哄骗顾客，一次次对天发誓，顾客却始终取不到自己的布，致使顾客心生疑虑……

讲到这里，眼见东方透出黎明的曙光，莎赫札德戛然止声。

❖❖❖ 第九百三十一夜 ❖❖❖

夜幕垂降，莎赫札德接着讲故事：

幸福的国王陛下，洗染匠艾卜·吉尔一次又一次哄骗顾客，一次次对天发誓，顾客却始终取不到自己的布，便心生疑虑，说道："明天，明天……你说了几个明天啦！把布还给我，我不染了！"

骗子洗染匠说:"凭安拉起誓,兄弟,我真有些不好意思了。凡是伤害别人的人,早晚要受到安拉的惩罚。我把实际情况告诉你吧!"

顾客问:"究竟发生了什么事情啦?"

洗染匠说:"你那块儿布,我染得好好的,颜色简直无可挑剔。染好之后,我把布晾在绳子上却被人偷走了;究竟是谁偷的,我也不知道。"

顾客如果是个善良的老实人,听洗染匠这样一说,只好叹口气,说道:"安拉会给我补偿的。"

这是骗子洗染匠遇到善主了。假若他遇上一个恶主,就得纠缠一番,甚至常出现吵闹或争执的情况。但是,不管顾客怎样数落、挖苦洗染匠,甚至打官司告状,顾客也休想得到任何东西,只有自认倒霉。

洗染匠艾卜·吉尔总是这样赖,长此以往,臭名不胫而走。人们相互告诫,彼此提醒莫上这个人的当,致使人们一提到赖人,都拿洗染匠艾卜·吉尔当例子。人们不约而同,不再往他的洗染店送活儿了。虽然如此,也有不了解情况的人,偶尔送去一点儿活儿,最后必定发生一番争执,顾客也只有自认上当。因此,艾卜·吉尔的生意日渐萧条,门前冷落。

洗染匠艾卜·吉尔没事可干,便常到邻居阿布·绥尔的剃头店里坐坐,不时望望自己的店门,偶尔看见一个不知其底细的人拿着什么想染的东西,他便离开剃头店,走过去问道:"喂,有什么事吗?"

那个人说:"把这块儿布给我染染吧!"

洗染匠问:"染什么色?"

虽然洗染匠品德败坏,但他的染色技术尚好,各种颜色都能染,只是不对任何人说实话,恶习不改。只见他从顾客手里接过布来,说道:"先交工钱吧,明天来取活儿好啦!"

顾客因不了解他的情况,所以马上掏出钱来递给他,放心地走了。

顾客走后,洗染匠艾卜·吉尔便拿着顾客送来的布,走到市场上,将布卖掉,随后用卖布得到的钱买肉、菜、盐和水果及其他所需要的东西。当他看见顾客来取染好的东西时,便不露面,或者想办法不让顾客看见他。

就这样,洗染匠艾卜·吉尔挨过了好几年时间。

有一天,艾卜·吉尔接了一个强汉一件要染的东西,转眼将东西卖掉,把卖得的钱花光了。当强汉来取东西时,却在洗染店里找不到艾卜·吉尔,因为他每看见有人找他,便到阿布·绥尔的剃头店躲藏起来。强汉几次找不到洗染匠,便告到了法官那里,法官随即派人来,当着众穆斯林的面儿,查封了洗染店。因为他们发现染坊里只有几个破染缸,此外再没有洗染用的任何合用工具和设备。差役们把门锁上,拿了钥匙,对洗染匠的邻居们说:"请你们告诉洗染匠,他必须归还这个顾客的东西,然后才能来拿钥匙。"

法官的差役和强汉走后,剃头匠阿布·绥尔问洗染匠艾卜·吉尔:"只要顾客送来东西,你就把它弄没了,你究竟玩儿的是什么把戏?这个强汉的东西,你弄到哪里去啦?"

艾卜·吉尔说:"我的好邻居,东西被贼偷走了!"

剃头匠阿布·绥尔说:"怪事呀!人家送来的东西,都被偷走了,莫非所有的小偷都与你为敌?我猜想你在撒谎啊!你还是把实话告诉我吧!"

"好邻居呀,没人偷我的任何东西。"

"那么,人家的东西,你弄到哪儿去了呢?"

"顾客送来的东西,我都把它卖了,把卖得的钱花了。"

"安拉允许你这样干吗?"

"我这样干,原因在于太穷啊!我的生意萧条,没有收入,囊中空空,一贫如洗!"

艾卜·吉尔说起生意不好,阿布·绥尔亦有同感,也谈起自己的艰难处境来。他说:"我本是本城技高无比的剃头师傅,只因我是个穷光蛋,没一个人到我这里剃头。兄弟啊,我厌恶了这种职业!"

艾卜·吉尔说:"我也厌恶了我的职业。兄弟,我们还有什么必要在这座城中再住下去呢?你我何不到外面的世界走一走、闯一闯呢?我们的手艺在哪里都是不愁饭吃的,还是外出换换空气,摆脱这巨大忧愁吧!"

艾卜·吉尔再三说外出好处多,阿布·绥尔终于被他说得动了心,愿意离家远行了。

讲到这里,眼见东方透出黎明的曙光,莎赫札德戛然止声。

❖ 第九百三十二夜 ❖

夜幕垂降,莎赫札德接着讲故事:

幸福的国王陛下,艾卜·吉尔说起生意不好,阿布·绥尔亦有同感,也谈起自己的艰难处境来。他说:"我本是本城技高无比的剃头师傅,只因我是个穷光蛋,没一个人到我这里剃头。兄弟啊,我厌恶了这种职业!"

洗染匠艾卜·吉尔说:"我也厌恶了我的职业。兄弟,我们还有什么必要在这座城中再住下去呢?你我何不到外面的世界走一走、闯一闯呢?我们的手艺在哪里都是不愁饭吃的,还是外出换换空气,摆脱这巨大忧愁吧!"

艾卜·吉尔再三说外出好处多,阿布·绥尔终于被他说得动了心,愿意离家远行了。

洗染匠艾卜·吉尔和剃头匠阿布·绥尔商定离家远行。艾卜·吉尔为阿布·绥尔乐意与自己同行而感到高兴,遂欣然吟诵起诗人的名句:

> 离乡登高处,远行有五得:
> 一可散忧愁,二能谋生活,
> 三四习文礼,五遇挚友多。
> 即使远行中,忧虑不待说;
> 纵然暂分离,冒险在间或。
> 左邻造谣言,右邻妒意灼;
> 青年夹当中,死则胜于活。

二人决计起程,艾卜·吉尔对阿布·绥尔说:"喂,邻居,我俩现在已是情同手足的弟兄,不分你我,因此我们应该诵读《古兰经》'开端章',立誓有工作有收入者养活无工作无收入者,有钱放在一个钱箱里,待回到亚历山大城之后,你我平分。"

阿布·绥尔说:"一言为定。"

二人背诵过"开端章",相互立誓有工作有收入者养活无工作无收入者。阿布·绥尔随即锁上店门,把钥匙交给房主;而艾卜·

吉尔的店门钥匙则在法官差役的手中,只得丢下被封的染坊。二人收拾起行装,登上一条大船,踏上了远行谋生的征途。

二人上路当天就得到了安拉的默助。仿佛剃头匠阿布·绥尔特别幸运,因为这条大船上除了船长和水手,还有一百二十位乘客,而在这么多人当中,只有他一个剃头匠。大船扬帆起程,阿布·绥尔便对洗染匠艾卜·吉尔说:"兄弟,我们到了海上,既需要吃的,也需要喝的。可是我们带的干粮却有限。假若航行中有人要我给他剃头,或许能挣上一张发面饼或半枚银币、一杯水,你我就可以顺利度过航行的日子。"

洗染匠艾卜·吉尔说:"好哇!"

说罢,洗染匠艾卜·吉尔蒙起头来睡觉了。剃头匠阿布·绥尔站起来,拿起剃头家什和水杯走去。因为穷,剃头匠阿布·绥尔肩上只搭着一块破布,以代替手巾。他正在旅客当中穿行时,忽听一个人说:"喂,师傅,给我剃剃头吧!"

阿布·绥尔立即走过去,给那位旅客剃了头。剃完头,那位旅客给了他半枚银币。

阿布·绥尔说:"兄弟,我不要银币,请你给我一张发面饼,让我在旅途上充饥吧!因为我还有一个伙伴,我们带的干粮不多。"

那位旅客给了阿布·绥尔一张发面饼和一块儿奶酪,还给了他一杯甜水。

阿布·绥尔接过发面饼、奶酪和水,回到艾卜·吉尔身边,对他说:"给你发面饼,就着这奶酪吃下去,把这杯水也喝下去吧!"

艾卜·吉尔接过饼、奶酪和水,吃了起来。

阿布·绥尔带着剃头家什,肩上搭着那块儿布,手里拿着水杯走去,继续在旅客中间穿来穿去。他为旅客剃头,有的给他两张发面饼,有的给他一块儿奶酪。每每双方如愿,不时地听到人说:

"师傅，给我剃头呀！"只要剃一个头，就可以得到两张饼或半枚银币。因为在上百人乘坐的船上，除了他，没有第二个剃头匠。

傍晚时分，剃头匠阿布·绥尔已经收到了三十张发面饼和三十枚半第纳尔的银币，另外还有奶酪、橄榄和鱼子酱。只要剃好头，通常他要什么，旅客就给他什么。阿布·绥尔一天之中就挣到了许多东西。

阿布·绥尔为船长剃过头，然后向船长讲了自己旅途中所备干粮不足的困难。船长听后，对他说："剃头匠师傅，欢迎你和你的同伴每天晚上都到我们这里来，只要你们俩和我们一道旅行，你们就不用发任何愁！"

剃头匠阿布·绥尔回到洗染匠艾卜·吉尔身边，发现他还在蒙着头大睡。阿布·绥尔叫醒他，艾卜·吉尔发现自己头旁放着许多发面饼、奶酪、橄榄和鱼子酱，惊喜不已，忙问："这些好吃的东西都是从哪儿来的？"

阿布·绥尔说："多蒙伟大安拉的默助。"

艾卜·吉尔想吃那些东西，阿布·绥尔立即劝说："兄弟，不要吃这些东西，留到需要的时候再吃吧！我给船长剃过头，向他说了我们旅途中所备干粮不充足的情况，他对我说：'欢迎你和你的伙伴每天晚上和我在一起吃饭。'"

艾卜·吉尔说："我晕船，动弹不得，就让我静静地躺在这里，吃这些东西，你一个人去船长那里吃住吧！"

"倒也无妨。"阿布·绥尔说。

艾卜·吉尔开始大吃大喝起来，阿布·绥尔坐在一旁观看。阿布·绥尔发现艾卜·吉尔吃发面饼就像吃山上的石头，狼吞虎咽已不足以形容他，简直就像大象吃东西那样，头一口未嚼，下一口又填进了嘴里；又像魔怪一样瞪着大眼睛看着眼前的发面饼、奶酪，似老牛那样喘着粗气。

就在这时,一名水手进来,开口说道:"师傅,船长请你和你的同伴去吃晚饭。"

阿布·绥尔对艾卜·吉尔说:"我们去吧!"

艾卜·吉尔说:"我走不动呀!"

剃头匠阿布·绥尔只好自己一个人去了。

阿布·绥尔走去一看,只见船长的面前摆着一桌筵席,足有二十种佳肴,船长及其同伴们正等着他的到来。

船长看见他,便问:"你的那个伙伴呢?"

阿布·绥尔说:"船长先生,我的伙伴有些晕船,没能够来。"

船长说:"那不碍事的,很快就会好的。你快坐下吧,我正等着你和我们一道进餐呢!"

船长拿来一个盘子,拨了一满盘子的饭菜,足有十种菜肴,放在一边。阿布·绥尔吃饱喝足,船长端起那盘饭菜,对他说:"你把这盘子东西带给你的伙伴。"

剃头匠阿布·绥尔端着盘子回到洗染匠艾卜·吉尔面前,发现他还在像骆驼一样大口大口地吃着。阿布·绥尔对他说:"我不是告诉你不要吃这些东西了吗?船长对我们可好啦!你瞧这一大盘子的美味呀!我一说你晕船,船长就让我给你带来这么多好吃的东西。"

艾卜·吉尔喜不自禁,急忙说:"给我吧!"

艾卜·吉尔接过盘子,贪婪地吃了起来。似饿狗,如饥狮,又像俯冲向着瘦肉的秃鹰,简直像快要饿死的人那样,见食便吃,不管不顾,旁若无人。

阿布·绥尔离开艾卜·吉尔,去和船长坐在一起喝咖啡。

当阿布·绥尔回来再看艾卜·吉尔时,发现他已经把满盘子的饭菜吃了个精光,将空盘子丢到了一旁。

讲到这里,眼见东方透出黎明的曙光,莎赫札德戛然止声。

第九百三十三夜

夜幕垂降,莎赫札德接着讲故事:

幸福的国王陛下,洗染匠艾卜·吉尔见剃头匠阿布·绥尔端来一盘子美味佳肴,喜不自禁,急忙说:"给我吧!"

艾卜·吉尔接过盘子,贪婪地吃了起来。似饿狗,如饥狮,又像俯冲向着瘦肉的秃鹰,简直像快要饿死的人那样,见食便吃,不管不顾,旁若无人。

阿布·绥尔离开艾卜·吉尔,去和船长坐在一起喝咖啡。

当阿布·绥尔回来再看艾卜·吉尔时,发现他已经把满盘子的饭菜吃了个精光,将空盘子丢到了一旁。

阿布·绥尔把空盘子送给船长的一位助手,回到艾卜·吉尔那里,一觉睡到大天亮。

第二天,阿布·绥尔起来,走去继续为旅客剃头,挣到的钱和物全都交给艾卜·吉尔。

艾卜·吉尔坐在原地,能吃能喝,但除了便溺,他一动不动。

每天晚饭后,阿布·绥尔都从船长那里端来一大盘子美食给艾卜·吉尔。

就这样,大船在海上航行了十整天,终于到达一座城市的港口。

船停泊在港口，洗染匠艾卜·吉尔和剃头匠阿布·绥尔下了船，来到城中，在一家旅店里租了一间房子。洗染匠艾卜·吉尔进了房间，便躺下睡觉了。阿布·绥尔走去买来了二人所需要的被褥等物品，又买来肉炖好，二人住了下来。

阿布·绥尔把饭菜端到桌子上摆好，推了推艾卜·吉尔，他这才醒来吃饭。吃罢饭，艾卜·吉尔对阿布·绥尔说："兄弟，不要责怪我，我晕船呀！"

说罢，艾卜·吉尔又躺下睡了起来。

每天天一亮，剃头匠阿布·绥尔便背起剃头家什走街串巷卖手艺；晚上回来时，见洗染匠艾卜·吉尔还在睡觉，便叫醒他，一起吃饭，而艾卜·吉尔总也没个饱，且吃完饭就睡。就这样，不知不觉过了四十天。

剃头匠阿布·绥尔有时对洗染匠艾卜·吉尔说："你坐起来抖抖精神，到城里去看一看吧！在这座城市里，你会得到在别的城市难以得到的宽舒和欢乐。"

洗染匠艾卜·吉尔说："不要责怪我，我有些头晕呀！"

剃头匠阿布·绥尔不想打乱洗染匠艾卜·吉尔的思想，也不愿意说出责备、伤害他的话。第四十一天，剃头匠阿布·绥尔病倒了，不能外出剃头，只有求旅店的看门人上街给他和洗染匠艾卜·吉尔买吃的东西。看门人总是按照要求给他俩买来吃的和喝的，而他俩只能吃了睡，睡醒再吃。

旅店看门人受剃头匠阿布·绥尔的托付，为二人买吃买喝四天时间，阿布·绥尔的病情加重了，有时甚至神志不清，处于休克状态。

艾卜·吉尔饿得心里发慌，于是站起来，去翻阿布·绥尔的衣袋，发现口袋里有些钱，他就拿走钱，把阿布·绥尔锁在房子里，谁也没告诉便离去了。当时旅店看门人有事出去了，因此艾卜·吉尔出门时，谁也没有看见。

艾卜·吉尔直奔市场，买了件漂亮衣服穿在身上，开始在城里游逛，他发现那座城市和他到过的城市都不一样，人们穿的衣服色彩单调，不是白的，就是蓝的。见此情景，他便来到一间染坊，看见那里染的衣服全是蓝色的。艾卜·吉尔拿出一块儿手帕，对染坊老板说："喂，师傅，给我染染这块儿手帕吧！请收下加工费。"

染坊老板说："染这块儿手帕，工钱二十第纳尔。"

艾卜·吉尔说："在我的家乡染这块儿手帕仅要两第纳尔呀！"

"那就拿到你们那里去染吧！在我这里染，就得付二十第纳尔，少一个钱也不行。"

"你能把它染成什么颜色？"艾卜·吉尔问。

老板答："染蓝色。"

"我想把它染成红色的。"

"我不会染红色。"

"那就染绿色吧！"

"我不会染绿色。"

"染黄色呢？"

"我也不会。"

艾卜·吉尔一口气说了许多颜色，染坊老板回答说："我们这里有四十位染匠师傅，一个不多，一个不少。如果某一位死了，我们就教他的儿子学染色技术。若死者没有儿子，我们就留一个空位；如果有两个儿子，我们只能教其长子；长子死了，再教他的弟弟。我们的行业就是这样继承延续的。我们只会染蓝色，别的什么颜色都不染。"

艾卜·吉尔听了老板这番解释，说道："老板，你有所不知，我也是个染匠，我会染所有的颜色。我希望你能雇用我，我来教你染各种颜色，让你能在所有的染匠师傅面前露脸。"

染坊老板说："我们是不允许异乡人进到我们这个行业里来的。"

"我自己单独开个染坊如何？"

"那是不可能的。"

艾卜·吉尔离开那家染坊，来到另一家染坊，老板的回答和第一家染坊老板一样。他走遍四十家染坊，见到四十位染匠，谁也不雇用他，更不请他当师傅。于是他走到染匠长老那里，把自己的情况向长老报告了一遍。染匠长老对艾卜·吉尔说："我们不能收外乡人加入我们的行业。"

艾卜·吉尔听长老也这样说，心里非常生气，决计告到本城国王那里。

艾卜·吉尔见到国王，说："当代国王陛下，我是个异乡人，以洗染为业。我到该城所有染坊走了一遍，他们既不雇用我，也不让我教他们染别的颜色，都说不让异乡人加入这个行业。国王陛下，我会染各种红色，如玫瑰红、葡萄红等；我会染各种绿色，如草绿、宝石绿、橄榄绿、鹦鹉绿等；我会染各种黑色，如炭黑、眼睑黑等；我会染各种黄色，如橙黄色、柠檬黄……"

艾卜·吉尔把自己能染的颜色向国王详详细细述说了一遍，然后说："国王陛下，贵国京城中的染匠都不会染这些颜色，他们只会染蓝色，但都不雇用我，也不让我教他们染别的颜色。"

国王听后，说："你说的全是实话。不过，这不要紧，我给你单开一个染坊，再给你提供资金和一切条件。谁敢阻拦你，我就把他绞死在他自家的店门前。"

国王召来大批泥瓦匠,对他们说:"你们跟着这位师傅到城中去转一转,看哪个地方好,你们就把原来的主人赶出去,不管那里是店铺、旅店,还是别的什么地方,按照这位师傅的想法,在那里给他建造一座染坊。这位师傅如何指挥你们,你们就怎么办,不要违背他的意愿。"

国王随后赏给洗染匠艾卜·吉尔一套漂亮衣服,还给了他一千第纳尔,并且说:"你拿着这些钱用吧!快些把染坊建成!"

国王又给了他两个仆人供他使唤,还给了他一匹鞴有绣花鞍鞯的骏马。

艾卜·吉尔身穿华服,骑着骏马,体面排场极了,简直就像一位国王。

国王又为艾卜·吉尔安排了一座房子,家具、陈设一应俱全,让他住了下来。

讲到这里,眼见东方透出黎明的曙光,莎赫札德戛然止声。

第九百三十四夜

夜幕垂降,莎赫札德接着讲故事:

幸福的国王陛下,那位国王赏给洗染匠艾卜·吉尔一套漂亮衣服,还给了他一千第纳尔,并且说:"你拿着这些钱用吧!快些把染坊建成!"

国王又给了他两个仆人供他使唤，还给了他一匹鞴有绣花鞍鞯的骏马。

艾卜·吉尔身穿华服，骑着骏马，体面排场极了，简直就像一位国王。

国王又为艾卜·吉尔安排了一座房子，家具、陈设一应俱全，让他住了下来。

第二天，洗染匠艾卜·吉尔跟着工匠们跑遍全城，终于找到了一个满意的地方。艾卜·吉尔说："这个地方很好！"

他们把店主带到国王那里，国王按店主的要求付了钱，而且还多给了他一些钱，为艾卜·吉尔买下了那块儿地。

艾卜·吉尔向泥瓦匠们交代了建染坊的想法，泥瓦匠们开始忙碌起来。

没过几天，一座壮观无比的染坊建成了。

艾卜·吉尔走去见国王，把染坊建成的消息报告了国王，并且说他还需要钱买染坊的家什和器具。国王说："你拿着这四千第纳尔作资本，尽全力让我看到你的染坊所产生的效益。"

艾卜·吉尔带着钱走到市场上，发现那里蓝色染料充足，价格十分便宜。他顺利买到了染坊所需的一切东西，带回染坊中。

国王首先派人送来五百匹布，艾卜·吉尔立即动工浸染，把五百匹布染成了各种颜色，全挂在染坊门前。过路人看见五彩纷呈的布匹，无不驻足欣赏一番。他们从未见过这么多种类美丽鲜艳的色彩，致使染坊门前人如潮涌，热闹空前。人们不住地问："师傅，这种叫什么颜色？"

艾卜·吉尔得意扬扬地答道："这是橘红色……这是柠檬黄……这是草绿……"

艾卜·吉尔把各种颜色一一讲给人们听。人们得知这个消息，争相把布送来，并对艾卜·吉尔说："师傅，给我染这个颜色吧！这是工钱，请收着！"

艾卜·吉尔把国王的布送到宫中，国王看到色彩鲜艳的布，欣喜不已，遂重赏艾卜·吉尔。

近卫军将士们看见那些染好的布，一个个惊赞连声，纷纷拿着布来到染坊，对艾卜·吉尔说："给我染成这种颜色……"

艾卜·吉尔按照他们各自的要求加工，使他们个个感到满意，有的送银币，有的送金币。

时隔不久，艾卜·吉尔的染坊闻名京城，被人们誉为"皇家染坊"。一时间，艾卜·吉尔的染坊喜事频频降临，收入大增，致使全城的染匠们都来朝拜他，亲吻他的双手，对他们以前的冷漠深表歉意，甚至说："让我们给你当奴仆吧！"

洗染匠艾卜·吉尔根本不接纳他们当中任何人。这时，他已是家仆成群，家财万贯。

让我们再回过头来看看剃头匠阿布·绥尔的情况。

洗染匠艾卜·吉尔拿了剃头匠阿布·绥尔的钱，丢下正在病中的神志不清的阿布·绥尔，锁上房门，溜出了旅店。

剃头匠阿布·绥尔被反锁在房间里，在床上躺了三天。

旅店看门人走过阿布·绥尔的房门前，忽见房门锁着，而且直到日落，未见两位客人的影子，也听不到二人的任何消息，心想："莫非这两个人未付房钱便不辞而别，或者死了？究竟是怎么回事呢？"

看门人来到房门前，见门虽锁着，却听到房子里传出剃头匠阿布·绥尔的呻吟声；又见钥匙挂在门框上，于是伸手取下钥匙，将锁打开，推门走了进去。他见阿布·绥尔躺在床上呻吟，便问：

"师傅,你怎么啦?你的那位同伴呢?"

剃头匠阿布·绥尔说:"凭安拉起誓,我病了好几天啦,今天才苏醒过来。我呼喊了好多次,没有一个人答声。兄弟,你看看我的枕头下面,那里有钱,你拿上几个钱,给我买点儿吃的东西去。我肚子饿极了。"

看门人伸手从枕头下摸出一个钱袋,发现袋子是空的。他对剃头匠阿布·绥尔说:"这钱袋里什么都没有呀!"

剃头匠阿布·绥尔一惊,知道钱被艾卜·吉尔拿去,逃掉了。阿布·绥尔说:"你看没看见我的那位同伴?"

看门人说:"我有三天时间没有看见他了。我以为你们俩一起离开这里了。"

"我们没走。我的那位伙伴盯上了我的钱,看见我病倒在床上不省人事,拿着我的钱溜掉了。"

阿布·绥尔说着,伤心地哭了起来。旅店看门人劝道:"没有什么关系。他干这样的坏事,逃脱不掉安拉的惩罚。"

看门人说罢,转身走去,给阿布·绥尔烧了一碗汤,急忙送来,让他喝下去。看门人花自己的钱,买吃买喝,细心照顾阿布·绥尔两个月,阿布·绥尔终于痊愈了。

阿布·绥尔对看门人说:"若安拉赐我机会,我一定报答你的厚恩;不过,你的大恩只有安拉才能报啊!"

看门人说:"赞美安拉使你康复。我做了这么点儿事,正是看在安拉的情面上。"

剃头匠阿布·绥尔离开旅店,向市场走去。说来也巧,命运把他带到了艾卜·吉尔的染坊所在的地方,只见染坊门前挂着染好的布,许多人挤在那里争相观看。

阿布·绥尔问一个人:"这是什么地方?怎么这么多人挤在

这里?"

那个人告诉他:"这是国王为一个名叫艾卜·吉尔的外乡人新建的一座染坊。老板每染出一批布来,我们就聚集在这里观看、欣赏一番,因为我们这里没有能够染出这么好看颜色的染匠。另外,这位染坊老板与本地染匠之间发生了很多不愉快的事情。"

"什么不愉快的事情?"剃头匠阿布·绥尔问。

那个人把艾卜·吉尔遍访本城染匠受到冷遇及告到国王那里的情况,详细向阿布·绥尔讲了一遍,一直说到国王出资为艾卜·吉尔建了一座染坊,还给了他许许多多好东西。

阿布·绥尔一听,心中高兴,暗自想:"赞美为艾卜·吉尔兄弟开辟生路的安拉。这位兄弟成了师傅。他是情有可原的,也许他一直忙于自己的工作,把我给忘了。我曾为他做过好事,在他失业、患病之时,我曾经厚待过他。因此,他看见我,定会报答我的恩德,对我表示欢迎。"

想到这里,剃头匠阿布·绥尔向染坊走去。到门前一看,只见艾卜·吉尔坐在一个高凳上,身穿一套漂亮官服,面前站着四个黑奴、四个白奴,个个衣着考究,人人英姿勃勃。他还看见十个奴隶正站在那里干活儿。原来艾卜·吉尔把他们买来时,就把染色的技术教给了他们。艾卜·吉尔坐在靠枕之间,威风凛凛,简直就像一位宰相,或像一位君王,不动手,只动口,指挥奴隶们干活。

剃头匠阿布·绥尔满以为自己来到洗染匠艾卜·吉尔面前,他会高兴地向自己问安致意,随后热情款待,问长问短。可是,当二人的目光相遇时,艾卜·吉尔却大声喝道:"你这个坏蛋!我跟你说过多少次,不许你站在柜台前,难道你没听见?你这个小偷,你想让我在众人面前出丑吗?奴隶们,把他抓起来!"

奴隶们一齐动手,把剃头匠阿布·绥尔抓了起来。

艾卜·吉尔站起来，拿起一根棍子，喝令道："把他摁倒在地！"

众奴仆立即把阿布·绥尔摁倒在地，艾卜·吉尔抡起棍子，朝阿布·绥尔的背上打了一百棍；然后又把阿布·绥尔翻了个仰面朝天，艾卜·吉尔又朝他的肚子上打了一百棍。打完后，艾卜·吉尔对阿布·绥尔说："你这个坏蛋，你这个逆贼！今后我若再看见你站在我的染坊门前，我就把你押送到国王那里去，让国王把你交给省督，取下你的脑袋！滚你的吧！安拉是不会降福给你的！"

剃头匠阿布·绥尔遭到一阵侮辱和毒打，垂头丧气地离开染坊。在场的人们见此情景，纷纷问洗染匠艾卜·吉尔："这个人怎么啦？"

艾卜·吉尔说："他是个小偷，常偷顾客们送来的布……"

讲到这里，眼见东方透出黎明的曙光，莎赫札德戛然止声。

第九百三十五夜

夜幕垂降，莎赫札德接着讲故事：

幸福的国王陛下，剃头匠阿布·绥尔遭到洗染匠艾卜·吉尔的一顿毒打，在场的人纷纷问："这个人怎么啦？"

艾卜·吉尔说："他是个小偷，常偷顾客们送来的布。他从我这里偷布，不知有多少次。我心想安拉会宽恕他的。他是个穷光蛋，我不想为难他，我自己还是照价赔偿了人家的布钱。我好言劝告他,他就是不听我的。他如果再来我这里捣乱,我一定把他押送到国王那里,要国王把他杀掉,让人们永远免受他的伤害。"

剃头匠阿布·绥尔回到旅店,坐下沉思洗染匠艾卜·吉尔的所作所为。他坐了许久,被棍子毒打的疼痛才慢慢消失了。随后,他走出旅店,来到市场,想进澡堂洗个澡。他问一个人:"兄弟,到澡堂去怎么走?"

那个人说:"什么叫澡堂?"

剃头匠阿布·绥尔解释说:"澡堂就是人们洗身子、去污垢的地方,是世间最舒服的地方。"

那个人说:"那你该去河里洗身子呀!"

"我想去澡堂。"

"我们不知道什么叫澡堂。我们都是到河里去洗身子,就连国王洗身子时,也是到河里去。"

阿布·绥尔得知整座城市中没有一家澡堂,而且人们根本不知道什么是澡堂,更不知道澡堂是干什么用的,心中顿生一念,于是兴致勃勃地朝王宫走去。

阿布·绥尔走进王宫,见到国王,先行吻地礼,然后为国王祝福祈祷。剃头匠阿布·绥尔说:"国王陛下,我是外乡人,原是开澡堂的老板。我来到贵国京城,想到澡堂里洗个澡,结果一个澡堂也找不到。贵国京城如此漂亮,怎么连一个澡堂也没有呢?须知澡堂是人间最好的地方之一。"

国王问:"什么叫澡堂?"

剃头匠阿布·绥尔把澡堂的样子和用途向国王描述了一遍,然后说:"国王陛下,一座城市里如果没有澡堂,那就算不上一座完美的城市。"

国王说:"欢迎你来到我们的京城!欢迎你到我们这里来兴建

澡堂。"

国王命令宫仆给阿布·绥尔换上漂亮无比的衣服，并赐赠给他宝马一匹、两个奴仆，还给了他四个女仆、四个奴隶，随后给他安排了一座设备齐全的房子，对他的周到照顾大大超过了对洗染匠艾卜·吉尔的款待。

国王接着派人召来泥瓦匠和工匠，对他们说："你们要找一个这位师傅喜欢的地方，给他建造一座澡堂。"

阿布·绥尔带着工匠们在城中察看了一遍，终于找到了一个合适的地方。阿布·绥尔指示他们就在那里动工兴建澡堂，亲自指导他们怎样施工。

经过一番紧张施工，一座豪华无比的澡堂落成了，雕梁画栋，堂皇壮观，令人惊叹叫绝，堪称城中一景。

阿布·绥尔去见国王，禀报了澡堂竣工的消息。他说："国王陛下，澡堂只缺里边的陈设了。"

国王随即给了阿布·绥尔一万第纳尔。

阿布·绥尔接过钱，到市场上采买了澡堂所需要的一切。他将澡堂的内部设施安装完，又拉了一排排挂毛巾的绳子。

每一个走过澡堂门前的人，都会停下脚步，仔细打量澡堂的精美建筑。那是他们不曾见过的漂亮的房子，人见人问："这是什么地方呀？"

阿布·绥尔告诉大家："这是澡堂。"

人们听后，惊奇不已。

阿布·绥尔烧好热水，澡堂开始营业。他在前庭的水池里造了一个喷泉，景致新奇壮观，令人眼花缭乱，流连忘返。

阿布·绥尔向国王提出要十个年轻力壮的奴仆，国王立即满足他的愿望，给了他十个年轻壮汉。阿布·绥尔给他们穿上合体的漂亮衣服,并教他们说:"你们要这样接待顾客……"

说罢,他燃点起沉香,把澡堂里面熏了熏,随后派人到街上去呼喊:"众人们,安拉为你们降下了澡堂。这座澡堂名叫'皇家浴池'……"

人们听后,纷纷来到澡堂。阿布·绥尔吩咐奴仆们为人们搓澡。人们跳入浴池,洗好后离开水池,坐在厅里,奴仆们学着阿布·绥尔的样子为人们按摩,然后帮他们穿好衣服。

人们进出澡堂,沐浴全身;澡堂开业酬宾,三日免费沐浴。第四天,国王光临澡堂,阿布·绥尔亲自为国王搓澡,搓下一条条的泥卷让国王看。国王洗罢澡,只觉周身轻松,用手触摸皮肤,发现光滑如丝,心中欣喜不已。之后,阿布·绥尔为国王洒了些玫瑰水,要他再下浴池泡洗一番。当他第二次走出浴池时,只觉周身充满活力,仿佛从来没有过这样精神抖擞、力量倍增的感觉。

国王洗罢澡,阿布·绥尔让国王坐在前庭里,奴仆们开始为国王按摩、捶背。那里燃着龙涎香,芬芳四溢,令人心旷神怡。国王问:"师傅,这就是澡堂吗?"

阿布·绥尔说:"是的,国王陛下。"

国王说:"说实话,我的京城只有添上了这座澡堂才能叫京城。"

国王又问:"洗一次澡,每人要交多少钱?"

阿布·绥尔答:"陛下说交多少,就让每人交多少。"

国王规定每人交一千第纳尔。国王说:"谁来你这里洗澡,你就收他一千第纳尔。"

阿布·绥尔说:"国王陛下,不能这样啊!因为人们的情况不大相同,有穷有富。假如一律收一千第纳尔,澡堂就要关门,因为穷人是付不起这么多钱的。"

国王说:"你打算怎样收费呢?"

阿布·绥尔思考片刻,然后说:"我想让顾客量力付钱。有支付能力的,就让他根据自己的财力付费。不论谁来,都让他按照自己的实际情况交钱。富人根据自己的财力付费,穷人根据自己的实际情况交钱。这样,就会引来大批顾客,澡堂的收入也就可观了。至于一千第纳尔,那只能是国王的赐赠,也是他人力所不能及的。"

大臣们都赞同说:"国王陛下,难道你认为天下人都像你一样富有?亲爱的国王,他说得很对。"

国王听后,说:"你们说得很对。不过,他是个外乡人,款待、敬重他是我们的责任和义务。他在我们的京城中建造这么一个澡堂,为我们的京城增了光,添了彩,我们就是多给他一些钱,也是应该的,其实也并不多。"

大臣们说:"如果国王陛下款待他,那是国王对他的恩赐,而国王对穷人的款待和慷慨,则应该是降低澡堂收费,广大百姓定会为国王陛下祝福祈祷。一千第纳尔嘛,我们这些国家重臣都尚且付不起,又怎么要求广大百姓来付呢?"

国王说:"爱臣们,这一次,你们每个人付给他一百第纳尔,另外送给他一名奴隶、一个婢女和一个仆人。"

大臣们说:"一言为定,我们按陛下的吩咐办就是了。不过今后有人来洗澡,各自应量财力付钱。"

"就这样吧!"国王随口说道。

在场的大臣们每人给剃头匠阿布·绥尔一百第纳尔,另送一个奴隶、一个婢女和一个仆人。仅这一天中,陪国王一起来沐浴的大臣就有四百人之多。

讲到这里,眼见东方透出黎明的曙光,莎赫札德戛然止声。

第九百三十六夜

夜幕垂降,莎赫札德接着讲故事:

幸福的国王陛下,国王对大臣们说:"爱臣们,这一次,你们每个人付给他一百第纳尔,另外送给他一名奴隶、一个婢女和一个仆人。"

大臣们说:"一言为定,我们按陛下的吩咐办就是了。不过今后有人来洗澡,各自应量财力付钱。"

"就这样吧!"国王随口说道。

在场的大臣们每人给剃头匠阿布·绥尔一百第纳尔,另送一个奴隶、一个婢女和一个仆人。仅这一天中,陪国王一起来沐浴的大臣就有四百人之多。

阿布·绥尔这一天的总收入多达四万第纳尔,另得四百名奴隶、四百名婢女和四百名仆人,还有大量贵重礼品。国王给了他一千第纳尔,另赏十个奴隶、十个宫女和十个男仆。

阿布·绥尔走上前去,向国王恭恭敬敬行吻地礼,然后说:"幸福的国王,见地高明的国王,我哪有地方容得下这么多奴隶、男仆和婢女呢?"

国王说:"我之所以命令我的朝臣们这样行事,目的在于为你筹集一大批款。说不定你过些日子就会思念故乡和妻子儿女,想起程返里。到那时候,你有大笔钱财在手,回到故里之后,就可以凭之安心过日子了。"

阿布·绥尔听后，喜忧参半。他说："国王陛下，安拉使你富贵荣华。这么多奴隶、仆婢，只有国王才需要他们。若给我一些钱，要比赏给我这么一支奴仆大军更有用些。因为他们要吃，要穿，还要住，我就是挣多少钱，也养活不了他们。"

国王笑了，说道："凭安拉起誓，你说的全是实话。这么多奴婢，确实能组成一支大军，你没有财力养活他们。你把他们以每个一百第纳尔的价钱卖给我好吗？"

阿布·绥尔说："一言为定，就按这个价钱卖给你。"

国王派司库取来钱，如数付给了阿布·绥尔，随后，国王又把奴婢们赐赠给他们原来的主人。国王说："爱臣们，把你们自己的奴隶、男仆和婢女领回去吧！这是我赐赠给你们的。"

大臣们立刻从命，把各自的奴婢领回。

阿布·绥尔对国王说："国王陛下，安拉使你得到了宽舒，同时也给我免去了重负。因为只有安拉才能使这么多人饱食。"

国王听阿布·绥尔这样一说，会心地笑了。大臣们各自领着自己的奴婢回家，国王亦离开澡堂返回王宫。

阿布·绥尔数了数钱数，然后装入钱袋里，一夜安睡到天明。

在他澡堂中服务的已有二十个奴隶、二十个男仆，另有四个婢女。第二天清早，澡堂开门营业，阿布·绥尔派人出去喊道："凡进澡堂洗澡者，各自量力付费，自愿交钱。"

阿布·绥尔坐在柜台后，只见顾客蜂拥而至，络绎不绝，按照自己的愿望往钱箱里投钱，天还没黑，钱箱就已经满了。

阿布·绥尔获悉王后要来洗澡，特别把白天时间分成两段：从早晨到中午，定为男子洗澡时间；从中午到日落，定为女子洗澡时间。

王后到来时，阿布·绥尔安排一个婢女站在柜台前迎候。他已把四名婢女训练成了出色的女侍者,王后进澡堂沐浴,婢女们照顾得十分周到,王后十分满意,随后付给阿布·绥尔一千第纳尔。

从此,阿布·绥尔的"皇家浴池"名声传遍京城,日日顾客盈门。每一个进澡堂的人,都能得到周到的服务,不论富人,还是穷人。因此,澡堂收入大增,同时使阿布·绥尔结识了国王手下的许多官吏及他们的亲朋好友。国王每星期五必来洗澡,每次必赏一千第纳尔。其余的日子是王公大臣和一般贫民沐浴的时间。阿布·绥尔对所有的来客一律热情接待,照顾得十分周到。

一天,御船船长来洗澡。阿布·绥尔亲自陪他进浴池,为他搓澡,对他格外照顾。船长洗完澡,阿布·绥尔又为他煮咖啡喝。船长临走时,要给老板钱,阿布·绥尔执意不收分文。船长亲身领受到阿布·绥尔的周到照顾,自感大恩难得相报,一时不知如何是好,只有牢记恩情在心。

洗染匠艾卜·吉尔总是听见人们说起澡堂如何如何。有一个人说:"那座澡堂呀,真是人间天堂。老板哪,明天带我们去那个澡堂里享受一下吧!"

艾卜·吉尔听后,心想:"我一定要去一趟,看看人们不住称道的那座澡堂究竟是什么样。"

艾卜·吉尔立即走去换上最华丽的衣饰,骑上骡子,带着四个仆人、四个奴隶,前呼后拥地向澡堂走去。

行至澡堂门口,艾卜·吉尔离鞍下地,忽闻一股清香扑鼻而来,又见人们进进出出,还见澡堂里的长凳上坐满了达官和平民。

艾卜·吉尔进了走廊,阿布·绥尔看见他,高高兴兴地迎了上去。

艾卜·吉尔说:"手足兄弟,怎好不相往来呢?我开了个染坊,成了本地有名的师傅,结识了国王,既很幸福,又有权势,你怎么不来看我,不来问问自己的同伴在哪里呢?我很忙,出不得门,特派了我的奴隶和仆人到旅店和别的地方去找你,但始终没问到你的去向,没有任何人知道你的消息。"

阿布·绥尔说:"我不是到你那里去过了吗?你把我当小偷,痛打了一顿,在众人面前羞辱了我半天!"

艾卜·吉尔装出伤心的样子,问道:"这话从何说起?莫非我打的那个人就是你?"

"是的,那正是我。"

艾卜·吉尔发誓说他没认出阿布·绥尔,然后说:"有个人长相和你一模一样,每天都来染坊偷布,我误把你当作那个小偷了。"

艾卜·吉尔装出后悔莫及的样子,拍着巴掌,说:"毫无办法,只有依靠伟大的安拉了。我亏待了你。假若当时你自我介绍一下你是某某人,那该多好!兄弟,毛病出在你身上呀,你为何不先自我介绍,尤其是在我正忙的情况下……"

阿布·绥尔说:"兄弟,安拉宽恕你。这事是命中注定的,安拉早有安排。请进澡堂,脱下衣服,洗个澡,舒服一下吧!"

"看在安拉的面儿上,请宽恕我吧!"

"安拉恕你无罪。命中注定的事是不可避免的。"

艾卜·吉尔说:"你的权势从何而来呢?"

阿布·绥尔回答:"周济你的人同样周济了我。我见城中没有澡堂,便去拜见国王,国王即出资建造了这座澡堂。"

艾卜·吉尔说:"就像你认识国王那样,我也认识国王……"

讲到这里,眼见东方透出黎明的曙光,莎赫札德戛然止声。

第九百三十七夜

夜幕垂降,莎赫札德接着讲故事:

幸福的国王陛下,剃头匠阿布·绥尔对洗染匠艾卜·吉尔说:"安拉恕你无罪。命中注定的事是不可避免的。"

艾卜·吉尔说:"你的权势从何而来呢?"

阿布·绥尔回答:"周济你的人同样周济了我。我见城中没有澡堂,便去拜见国王,国王即出资建造了这座澡堂。"

艾卜·吉尔说:"就像你认识国王那样,我也认识国王。但期我能让国王看在我的面儿上优待你。国王还不晓得你是我的同伴,我将告诉他你是我的同伴,要让他特别关照你。"

阿布·绥尔忙说:"不要告诉国王了,因为国王及满朝文武官员都待我甚厚,他们给了我许多照顾……"

阿布·绥尔把情况向艾卜·吉尔说了一遍之后,然后说:"兄弟,脱下衣服,放在柜台后面,进池子洗澡吧!我陪你进去,给你搓背。"

艾卜·吉尔脱下衣服,阿布·绥尔陪伴他走进澡堂,为他搓背、擦肥皂、冲洗,直到他离开水池,穿好衣服。随后,阿布·绥尔又端来酒菜招待艾卜·吉尔。人们见老板如此周到地接待一位顾客,无不感到惊异。洗完澡后,洗染匠艾卜·吉尔想给阿布·绥尔钱,阿布·绥尔坚持不收分文,并且说:"你是我的同伴和兄弟,情同手足，不必这样！"

艾卜·吉尔对阿布·绥尔说："兄弟，这座澡堂真漂亮！不过还有一点儿缺憾……"

"什么缺憾？"阿布·绥尔忙问。

"你这里缺少一种脱毛药剂。"

"怎么个配方？"

"砒霜加石灰就成了理想的脱毛药，真可谓药到毛脱，轻而易举，方便可靠。假若国王来此洗澡，你把此药献给国王，定能赢得国王特别的崇敬和爱护。"

"你说得好！我就去配置这种药。"

艾卜·吉尔离开澡堂，骑上骡子，直奔王宫而去。他见到国王，便说："国王陛下，听我进一劝言。"

国王问："什么劝言？"

"听说陛下建造了一座澡堂。"

"正是。有一位异乡客来见我，我就像给你建造了一座染坊那样，给他建造了一座澡堂。那是一座很漂亮的大澡堂，为我的京城添了一景啊！"

接着，国王滔滔不绝地向艾卜·吉尔讲述了那座澡堂的种种好处。

艾卜·吉尔问："国王陛下，你去洗过澡吗？"

国王答："去过了。"

"赞美安拉，幸好陛下摆脱了那个坏蛋的坑害。陛下有所不知，那澡堂老板是安拉的死敌。"

国王惊问："何以见得？"

艾卜·吉尔说："国王陛下，你再去一次，就一清二楚了。你将死在那里。"

"为什么?"

"那澡堂老板是正教的敌人,也是陛下的敌人。他之所以要你建造这座澡堂,目的在于把你毒死。他配置了一种东西,你进澡堂时,他会拿给你,并对你说:'国王陛下,这是一种药。把它搽在腋下,腋毛就会很容易脱落下来。'实际上那不是什么药,而是一种毒药,有致命的剧毒。这个坏蛋已经得到基督教国王的许诺,如果他能够杀死你,那国王就解除他妻儿的俘虏身份,因为他的妻儿被基督教教徒抓去成了俘虏。我开染坊,曾为异教徒们染过许多布,因而他们求国王宽恕我。那国王问我:'你有什么要求?'我要求他释放我,他真的放了我,我才来到了贵国。我到澡堂见到了那个坏蛋,问他:'你和你的妻儿是如何脱身的呢?'他这样向我讲述了脱身的经过:

我和我的妻儿都是俘虏。一天,基督徒们的国王在朝堂上听政问策,审讯犯人和俘虏。当时,我也在场。我听大臣在议论各国国王时,提到了这座城中的国王。

这时,基督教国王长叹了一口气,然后说:"在当世,除了这个国王,谁也不是我的对手。谁能够设法把这个国王杀死,他要什么,我就给他什么,保证让他如愿以偿。"

我听国王这样一说,随即走上前去,对国王说:"国王陛下,我有办法替你杀死他,你能释放我和我的妻儿吗?"

国王对他说:"假若你设法杀死了那个国王,我可以释放你,而且你要什么,我将给你什么。"

我与基督教国王达成协议,他就派船把我送到了这座城市。我去拜见国王,国王为我建造了这座澡堂。我现在只有设法把他杀掉,然后去见基督教国王,才能赎出我的妻儿,也让那位国王如愿以偿。

洗染匠艾卜·吉尔接着对国王说:"我问他:'你用什么办法杀死这个国王呢?'他对我说:'办法很简单。国王到我这里来洗澡,我给他专门配置了一种毒药,并对他说,搽到身上,毛须很容易脱落下来。只要他一抹上这种药,毒素便在一天一夜之内渗入到他的心脏,他必丧命。'我听他这样一说,很为陛下的安危担心,所以马上来把消息告诉国王陛下。"

国王听后,勃然大怒,对艾卜·吉尔说:"对此事要严加保密!"

国王决定立即去澡堂,探明虚实。

国王进了澡堂,阿布·绥尔照常脱下衣服,为国王搓澡擦身。之后,他对国王说:"国王陛下,我配置了一种脱毛药。"

国王说:"拿给我看一看哪!"

阿布·绥尔拿来药,摆放在国王的面前,国王立即嗅到一种恶臭,知道那就是毒药,不禁怒气大发,对宫仆喊道:"把他抓起来!"

宫仆们冲上去把阿布·绥尔抓了起来。

国王怒气冲冲离开澡堂,但谁也不知道国王为什么发怒,而且盛怒之下的国王也没告诉任何人原因何在。人们见此情形,没有一个人敢于问国王。

国王穿上朝服,登上宝座,喝令将阿布·绥尔带上来。

阿布·绥尔被绳捆索绑带到国王面前。国王唤来御船船长,对他说:"把这个坏蛋装在一条口袋里,再往袋子里装两堪他尔生石灰,然后扎紧袋口,放在船上,把船撑到宫下来,让我临窗坐着看一看。你对我说:'我把他扔下去吗?'我说:'扔吧!'听到我的命令后,你就把他连同生石灰抛入海里,让海水把他淹死,让生石灰把他烧死!"

船长说:"遵命!"

船长带着阿布·绥尔离开王宫,来到不远处的一个小岛上,对阿布·绥尔说:"喂,老板,我到你的澡堂里去洗过一次澡,你对我那样盛情款待,使我感到非常开心,并且坚持不收我一文钱,因此我十分敬重你。请你告诉我,你和国王之间究竟发生了什么事?你是怎样惹怒国王的?为什么他要让你这样惨死呢?"

阿布·绥尔说:"凭安拉起誓,我没做什么得罪国王的事,更没有犯应当这样惨死的大罪。"

讲到这里,眼见东方透出黎明的曙光,莎赫札德戛然止声。

❖ 第九百三十八夜 ❖

夜幕垂降,莎赫札德接着讲故事:

幸福的国王陛下,船长带着阿布·绥尔离开王宫,来到不远处的一个小岛上,对阿布·绥尔说:"喂,老板,我到你的澡堂里去洗过一次澡,你对我那样盛情款待,使我感到非常开心,并且坚持不收我一文钱,因此我十分敬重你。请你告诉我,你和国王之间究竟发生了什么事?你是怎样惹怒国王的?为什么他要让你这样惨死呢?"

阿布·绥尔说:"凭安拉起誓,我没做什么得罪国王的事,更没有犯应当这样惨死的大罪。"

船长说:"你在国王那里得到了任何人都不曾得到的高位,实在令人嫉妒。说不定有人嫉妒你在国王那里得宠,因而在国王面前说了你的坏话,致使国王大发雷霆。不过,我很敬重你,你不用担心害怕,就像任何人都不知道你款待过我那样,我也不让任何人知道而把你救出来。我把你救出来之后,你就跟我一起住在这个岛上,等有船开往你的国家时,你再乘船返回故乡。"

阿布·绥尔表示感谢,亲吻船长的双手。

船长取来生石灰,装入袋子里,又拿了一块儿人体大小的石头装入袋中,然后自言自语地说:"一切全托付给安拉了!"

船长给了剃头匠阿布·绥尔一张网,并且说:"你去海里撒网吧,也许能打上一些鱼来。因为国王的御膳房每天都少不了鱼,我忙于应付你这件事,就没有工夫打鱼了。我担心御膳房的师傅来取鱼时看不到鱼。你打上来鱼,让他们取走,我就可以腾出时间到宫殿下去筹划解救你的办法了。"

阿布·绥尔说:"我去打鱼,你放心去想办法吧!安拉会默助的。"

船长把口袋放在船上,径直把船划到王宫下面。他看见国王临窗而坐,便喊道:"国王陛下,我把他扔到海里去吧?"

国王挥手示意船长把口袋扔下海时,只见一件东西闪着光从国王的手上落到了海里。

原来是国王的那颗钻石戒指掉进了海里。

国王的那颗钻石戒指是一只魔力无穷的宝贝戒指。国王对一个人不满,想杀死他时,就用戴着钻戒的右手一指,那戒指便发出一道闪电,飞速击中他所指的那个人,顿时将其首级齐肩削下。这位国王之所以得到大军的拥戴,任何强者无力征服他,就是因为他拥有这样一颗魔力无边的宝贝钻戒。

国王的钻戒掉进海里,他没有张扬此事。因为他不能宣布自己的宝贝戒指掉进了海里,以防军队起来造反将他杀掉。因此,国王没有吱声。

船长离去后,阿布·绥尔按照船长的叮嘱去海上撒网打鱼。

阿布·绥尔撒下网去,头一网便打上了满满一网鱼。他撒下第二网,又打上了满满一网鱼。他接着撒网,结果网网鱼满,没有多长时间,便打上了好一大堆鱼。阿布·绥尔心想:"凭安拉起誓,我有好长时间没有尝到鱼的味道了。"

想到这里,阿布·绥尔挑了一条大鱼,心满意足地说:"等船长回来,我让他给我煎煎这条鱼,好让我美美地吃上一顿。"

阿布·绥尔左手按住那条大鱼,右手抽出随身带的一把刀,插进鱼鳃,剖开鱼腹,发现鱼肚中有一枚钻石戒指。原来国王的宝贝戒指一落水,就被那条大鱼吞了下去,然后游到小岛附近,落入了阿布·绥尔的网中。

阿布·绥尔拿起钻戒,戴在自己右手的小拇指上,但对钻戒的神奇功用一无所知。

这时,御膳房的两个仆人前来取鱼,二人来到阿布·绥尔面前,问道:"喂,船长到哪里去啦?"

阿布·绥尔答道:"不知道。"

阿布·绥尔无意中用右手一指,只见那两个仆人的首级顿时离开肩膀,滚落在地。

阿布·绥尔见此情景,不禁大惊,说道:"究竟是谁把这两个仆人杀死了呢?"

当他正在困惑不解、沉思默想之时,船长回来了。

船长见那里放着一大堆鱼,又见两个被杀死的人躺在地上,并且发现阿布·绥尔的手指上戴着的那枚神奇钻戒,便说:"兄弟,你千万不要抬戴着戒指的手;你若一动,会要我的命的。"

阿布·绥尔听船长说不要动戴戒指的手,而且说一动就会要他的命,感到非常奇怪。

船长来到阿布·绥尔跟前,问道:"谁把这两个宫仆杀死啦?"

阿布·绥尔答:"兄弟,凭安拉起誓,我不知道。"

船长说:"你说的是实话。不过,请告诉我,你手上的这枚戒指是从哪里来的?"

"我在这条大鱼的肚子里发现的。"

"这就对啦!我看见从王宫窗子里划出一道闪光,顷刻间落进了海中。当时,国王指着船上装石灰的口袋,对我说:'把它丢到海里吧!'就在这时,他的戒指脱落下来,掉进了海里,可能被这条大鱼吞下了肚。感赞安拉让这条鱼游进了你的网里,被你打了上来。这是你的福分呀!兄弟,你知道这枚戒指的功力吗?"

"说实话,我不知道它的功力。"

"兄弟,你有所不知,这里有个秘密呀!我们国王的武将之所以那样服服帖帖地听从国王指挥,就是因为他们怕这枚神奇的钻戒。因为这枚戒指是魔力无边的一件宝贝。国王一旦发怒,想杀死某一个人,他只要用戴这枚戒指的手一指,那个人的脑袋便会离开双肩,滚落在地。原因在于有一道闪光从这枚戒指上迸发而出,直击国王所指之人,故被指的人会登时丧命。"

阿布·绥尔听船长这样一说,高兴极了,立即对船长说:"船长阁下,请把我送到城中去吧!"

船长说:"我怕国王不宽恕你,怎好送你进城呢?不过,你现在有神奇宝戒在手,想杀谁,只要用手一指,那人便人头落地,即使要取国王及其武将等所有人的首级,也是轻而易举的事。"

船长让阿布·绥尔上船,带着他向城中驶去。

讲到这里,眼见东方透出黎明的曙光,莎赫札德戛然止声。

第九百三十九夜

夜幕垂降,莎赫札德接着讲故事:

幸福的国王陛下,剃头匠阿布·绥尔听船长说了国王的宝石钻戒的奇特功用,并说这枚宝戒可以给他带来福分,高兴极了,立即对船长说:"船长阁下,请把我送到城中去吧!"

船长说:"我怕国王不宽恕你,怎好送你进城呢?不过,你现在有神奇宝戒在手,想杀谁,只要用手一指,那人便人头落地,即使要取国王及其武将等所有人的首级,也是轻而易举的事。"

船长让阿布·绥尔上船,带着他向城中驶去。

来到城中,阿布·绥尔下船上岸,进入王宫,见国王正襟危坐在大殿中央,文臣武将分站两厢,但国王满面愁云,闷闷不乐,似有什么心事。原来国王正在为宝戒掉落在海里而发愁,但又不敢明言告诉任何人。

国王看见阿布·绥尔,大吃一惊,问道:"我们不是把你抛入大海之中了吗?你怎么又平平安安出来了?"

阿布·绥尔答道:"国王陛下,当你下令把我抛入大海中时,陛下的船长将我带到了一个岛上,问陛下为何对我发怒,他说:'你做了什么错事,致使国王要你的命呢?'我回答:'凭安拉起誓,我没做任何对不起国王的丑事。'船长说:'你在国王那里得到了任何人都不曾得到的高位,实在令人嫉妒,说不定有人嫉妒你在国王那里得宠,因而在国王面前说了你的坏话,致使国王大发雷霆。不过,我很敬重你,你不用担心害怕,就像任何人都不知道你款待过我那样,我也不让任何人知道而把你救出来。我把你救出来之后,你就跟着我住在这个岛上,等有船开往你的国家时,你再乘船返回故乡。'"

说到这里,阿布·绥尔稍稍停顿,国王问:"后来呢?"

阿布·绥尔说:"后来,船长把一块儿石头装在口袋里取代我,将之抛入了海里。当陛下指使他抛袋子时,陛下手一扬,戒指落入了海里,被一条大鱼吞下。我在岛边打上来许多鱼,从中挑了一条,想煎煎吃。当我用刀子剖开鱼腹时,从鱼肚子里剥出这枚戒指,随即把它戴在我的手指上。片刻后,两个宫仆来取鱼,我无意中一抬手,那两个宫仆随即脑袋落地而丧生。那时我对钻戒的功用一无所知。过了一会儿,船长回来了,他把戒指的功用向我讲述了一遍,我这才给陛下送来了。因为陛下待我甚厚,我还没来得及报答陛下的恩情。请你收下你的戒指吧!倘若我做过什么罪当该杀的恶事，请陛下告诉我，纵使杀掉我，我也没有怨言。我的生命就掌握在陛下的手里。"

阿布·绥尔从手指上摘下戒指，递给国王。

国王见阿布·绥尔如此善良，伸手接过戒指，顿时精神抖擞，忙站起身，上前拥抱阿布·绥尔，说："好一个善良的男子汉！请不要责怪我，原谅我亏待了你。假若另外一个人捡到这枚戒指，那是绝不会归还我的。"

阿布·绥尔说："国王陛下，你若要我原谅你，就请把我惹你发怒，甚至要杀掉我的原因告诉我吧！"

国王说："我已经明白，你没有任何罪过，你是无辜的，而且你还做了善事。说你坏话的是那个洗染匠……"

国王随后把洗染匠艾卜·吉尔的所作所为向阿布·绥尔讲了一遍。

阿布·绥尔说："国王陛下，凭安拉起誓，我根本不认识基督教国家的国王，压根儿也没去过基督徒们的国家，更没有想到要杀国王陛下。那个洗染匠艾卜·吉尔原是我在亚历山大城的同伴和近邻。我们在亚历山大城处境困难，经济拮据，便离开那里，相伴外出，并且一起诵读了《古兰经》的'开端章'，相互立誓：有工作的兄弟养活没有工作的兄弟。他还说……"

阿布·绥尔把同洗染匠艾卜·吉尔的交往，从头到尾向国王讲了一遍，说到艾卜·吉尔怎样在他病倒在旅店之时，拿了他的钱，不辞而别。他还谈及旅店看门人怎样出钱出力照顾他，直至他病愈离开旅店，然后走街串巷为人剃头。他说，有一次他走在街上，看见一家洗染坊门前人山人海，便凑了上去，只见艾卜·吉尔坐在一张凳子上，便走上去向他问好，结果被艾卜·吉尔当作小偷狠狠地毒打了一顿。

阿布·绥尔把自己的情况向国王讲述了一遍。

之后,阿布·绥尔对国王说:"国王陛下,让我配置那种药献给你的就是那个艾卜·吉尔。他对我说:'你配置这种药,把它献给国王吧!因为你这个澡堂什么都有,就是缺少这种药。'国王陛下,你有所不知,其实这种药并没有毒;在我们的国家,这种药是澡堂必备之物,我忘了这件事。当艾卜·吉尔到澡堂时,提醒了我,让我配置这种药。国王陛下,你若有疑问,可以派人去把旅店看门人及染坊里的染工叫来,问问他们,便一清二楚了。"

国王立即差人去叫旅店看门人和染坊染工。

旅店看门人和染坊染工来后,国王问了他们,他们把真实情况告诉了国王。国王听后,立即派人去抓洗染匠艾卜·吉尔,并且说:"把他绑着,让他光着脑袋来见我!"

艾卜·吉尔得知剃头匠阿布·绥尔被抛入海中,得意扬扬,正坐在染坊里乐不可支之时,突然发现宫役们冲进染坊,一把揪住他的脖颈,随之绳捆索绑,将他带到了国王面前。

艾卜·吉尔见剃头匠阿布·绥尔坐在国王身旁,旅店看门人和染坊染工们站在国王面前。旅店看门人对艾卜·吉尔说:"你不认识你的同伴啦?你偷了他的钱,把他扔在旅店里。他病得昏迷过去,不省人事……你还……"

旅店看门人把艾卜·吉尔的丑恶行为讲述了一遍。

染坊染工问艾卜·吉尔:"不正是你下令把这位师傅毒打了一顿的吗?"

接着,染工将艾卜·吉尔的罪行讲了一遍,并说他应该得到比孟凯尔和奈吉尔①的鞭打更加严厉的惩罚。

国王听后，下令道："把他拉出去，遍游全城大街小巷……"

讲到这里，眼见东方透出黎明的曙光，莎赫札德戛然止声。

┈┈ 第九百四十夜 ┈┈

夜幕垂降，莎赫札德接着讲故事：

幸福的国王陛下，在国王面前，旅店看门人把艾卜·吉尔的丑恶行为讲述了一遍。

染坊染工问艾卜·吉尔："不正是你下令把这位师傅毒打了一顿的吗？"

接着，染工将艾卜·吉尔的罪行讲了一遍，并说他应该得到比孟凯尔和奈吉尔的鞭打更加严厉的惩罚。

国王听后，下令道："把他拉出去，遍游全城大街小巷，然后装入石灰袋，抛入海中！"

阿布·绥尔求情说："国王陛下，容我为他求情。他那样对待我，我原谅他了。"

国王说："即使你能原谅他，我也不能原谅他。把他带走！"

---

① 孟凯尔、奈吉尔，系伊斯兰教信奉的两个天使。据传是在坟墓里预审死人的两个天使。这两个天使专门负责讯问、检验坟墓中死者的信仰、信念。信仰坚定、答词正确、应对如流者可以舒坦平静地安息，以待最后审判日来临；悖逆者、作恶者回答不出，胆战心惊，便会遭到两个天使的怒斥、鞭打，不得安宁，并须等待末日的总裁决。

众宫役先押着艾卜·吉尔游街,然后将他装入口袋,放上生石灰,扎好袋口,抛入了大海之中,把他活活淹死、烧死了。

国王对阿布·绥尔说:"阿布·绥尔,你要什么,我都能满足你。"

剃头匠阿布·绥尔说:"我期望陛下派船把我送回故乡。我不想在这里再住下去了。"

国王想委任阿布·绥尔为宰相,阿布·绥尔表示歉意,不能从命。国王只好赠送给阿布·绥尔大量钱财和物品,并送给他一条大船,船上满载金银财宝。船上还有若干奴隶,国王也把这些奴隶送给了阿布·绥尔。随后,阿布·绥尔告别国王,登上大船,踏上了返回故乡的航程。船上的一切,连同水手的奴隶们,都已属于阿布·绥尔所有。

大船乘风破浪,平安到达亚历山大海滨。船靠岸,他们登上岸去,一名奴隶发现岸边有一个大口袋,便报告说:"主公,岸边有一个又大又重的口袋,袋口紧扎着,不知里面装着什么东西。"

剃头匠阿布·绥尔走过去,解开袋口,发现里面装的是洗染匠艾卜·吉尔的尸体,竟被海浪推到了亚历山大海岸。

阿布·绥尔取出艾卜·吉尔的尸体,在亚历山大城附近,为他挖了一个坟墓,安葬了他,并在坟前竖立了一块儿墓碑,碑上写着这样一首诗:

观人观其行,行正人高尚。背后莫谈人,间或遭诽谤。
此言彼一事,彼语亦同样。认真或玩笑,莫把丑事扬。
狗若有美德,主人喜洋洋。狮若品低贱,铁链锁冷廊。
珍珠藏沙底,臭尸浮水上。只因智短缺,雀与鹳争强。
公理天注定,行善得报偿。苦瓜糖何来,根苦甜难尝。

阿布·绥尔安居家中,直至天命终结。

剃头匠阿布·绥尔仙逝,人们把他埋在他的同伴洗染匠艾卜·吉尔的墓旁。因此,那个地方名叫"阿布·绥尔与艾卜·吉尔";至今,那个地方仍以"艾卜·吉尔"而闻名四方。

讲到这里,莎赫札德戛然止声。

妹妹杜娅札德说:"姐姐,你讲的故事真精彩,真动人,真美妙!"

莎赫札德说:"如蒙国王陛下厚恩,能再给我一夜,这与我明天晚上要讲的故事相比,就算不上什么精彩、美妙、动人了。"

听莎赫札德这么一说,舍赫亚尔国王心想:"凭安拉起誓,我不能杀她,我要把故事听完……"想到这里,他说:"天色尚早,接着讲吧!"

莎赫札德开始讲《渔夫与鲛人》的故事:

相传,很久很久以前,有一个渔夫,名叫阿卜杜拉①。他家人口很多,有妻子和九个孩子。阿卜杜拉很穷,除了一张渔网,什么也没有。他每天去海边打鱼。打上来的鱼少时,他就把鱼卖掉,勉强养活一家人;打上来的鱼多时,买些水果给孩子们吃。直至把钱花光时,他总是心想:"明天的生计,明天会有的。"

他的妻子生第十个孩子的时候,他身无分文。他妻子说:"孩子他爹,给我弄点儿吃的来吧!"

阿卜杜拉说:"求安拉保佑,我这就出海,愿安拉赐福给我们

---

① 阿卜杜拉,意为"安拉之仆"。

这个小宝贝,愿孩子有好运气!"

妻子说:"一切全托付给安拉了。"

阿卜杜拉背起渔网,向海边走去。

阿卜杜拉来到海边,满心希望自己的新生儿有个好运气,把网撒了下去,并且说道:"安拉啊,求你赐予我的孩子以宽裕的生活吧!"

他等待片刻,开始起网,却发现打上来的是满网的废物、沙石和烂草,连一条鱼都没有。

阿卜杜拉把网清理干净,又撒了下去,结果还是没打上来一条鱼。他连续撒下第三网、第四网、第五网,仍然未打上来一条鱼,于是向另一个地方走去。

来到另一个地方,阿卜杜拉仍然口中祈祷不停,求安拉赐予孩子福分,但一直忙到大半天过去,还是没有打到一条鱼。他觉得奇怪,心想:"安拉赐予我一个孩子,却没有给他安排生活,这是不可能的。因为欲使牙床坚固者,必给可咀嚼之物。安拉是慷慨的赐食者。"

阿卜杜拉心灰意冷地背起渔网,心中惦念着孩儿,因为他们没有吃喝,尤其刚刚分娩的妻子还在饿着。他边走边想:"怎么办呢?今夜我该对孩子们说什么呢?"

阿卜杜拉走到面饼店铺前,见那里围满了人,拥拥挤挤,吵吵嚷嚷。因为物价飞涨,面食供应不足,人们便争相抢购,纷纷把钱丢给面饼商,等着拿饼,而面饼商却因人太多,难以顾及所有人。

阿卜杜拉停下脚步,站在那里,望着拥挤的人们,只觉得刚出炉的热发面饼香气扑鼻,不禁垂涎欲滴,顿觉饥饿难耐,面饼商望着他,高声喊道:"渔夫兄弟,你来呀!"

阿卜杜拉走上前去,面饼商问:"想要发面饼吗?"

阿卜杜拉默不作声。面饼商说:"你说话呀!你不要多想什么;安拉是慷慨的。你如果没有钱,我先赊给你,等你有钱的时候再还我。"

阿卜杜拉说:"凭安拉起誓,师傅,我没有钱。给我两张饼,够我的孩子吃就行了。我把渔网抵押在你这里。明天再付给你钱。"

面饼商说:"可怜的兄弟,你要知道,渔网是你的店铺,是你的谋生之门呀!你把它抵押在这里,你用什么打鱼呢?请告诉我,你要多少饼就够了?"

阿卜杜拉说:"五个钱的就够了。"

面饼商给了他五个钱的发面饼,另外又给了他五个钱零花用。面饼商说:"你再拿上这五个钱,好好做顿饭吃吧!一共十个钱,你明天给我十个钱的鱼就行了;如果明天还是没打到鱼,你就来再拿五个钱的饼和五个零花钱。你什么时候有了钱再还我,或该给我多少鱼就给我多少鱼。"

讲到这里,眼见东方透出黎明的曙光,莎赫札德戛然止声。

第九百四十一夜

夜幕垂降,莎赫札德接着讲故事:

幸福的国王陛下,面饼商给了渔夫阿卜杜拉五个钱的发面饼,另外又给了他五个钱零花用。面饼商说:"你再拿上这五个钱,好好做顿饭吃吧!一共十个钱,你明天给我十个钱的鱼就行了;如果明天还是没打到鱼,你就来再拿五个钱的饼和五个零花钱;你什么时候有了钱再还我,或该给我多少鱼就给我多少鱼。"

阿卜杜拉说:"安拉会替我报答你的厚恩的。"

说完,阿卜杜拉拿着面饼和五个钱,高高兴兴地走去,买了些东西,回到家中。他看见妻子正好言好语抚慰饿得哭叫的孩子,她对孩子们说:"你们的爸爸马上就给你们带来好吃的了。"

阿卜杜拉来到孩子们面前,掏出发面饼,孩子们便吃了起来。他随后把刚才面饼商慷慨借给他钱的情况告诉了妻子。妻子说:"安拉是慷慨的!"

第二天,阿卜杜拉背起渔网,走出家门,边走边自言自语说:"安拉啊,我求你今天赐予我以糊口之资,以便我在面饼商面前露露脸。"

来到海边,阿卜杜拉撒下网去,等待片刻,开始起网。但是,拉上来的仍然是空网,一条鱼也没有打着。他撒了一网又一网,直到天黑,一条鱼也没打上来,只有满怀忧愁而归。他回家的路一定要经过面饼炉旁,心想:"我从哪条路回家呢?不过,我走快点儿,以免面饼商看见我。"

行至面饼铺前,见那里仍然拥挤不堪,人声鼎沸。阿卜杜拉因羞于见面饼商,加快了脚步,而面饼商却一眼看见了他,遂高声喊道:"渔夫兄弟,来取面饼和钱吧!你是不是忘了?"

阿卜杜拉说:"我没忘!凭安拉起誓,我没忘。我只是不好意思再来见你,因为我今天一条鱼也没有打到。"

"不要不好意思!我不是对你说过吗,等你有了再还!"

面饼商给了他五个钱的饼,又给了他五个钱的零花钱。

阿卜杜拉带着面饼和钱,买了些东西,回到家中,把情况告诉了妻子。妻子说:"安拉仁慈慷慨!但期安拉给你带来福气,日后好报答人家的恩情。"

就这样，一连四十天，阿卜杜拉每天早上出海，晚上回来，但一条鱼也打不到，总是到面饼商那里赊饼借钱，而面饼商却从来没有向阿卜杜拉索鱼要钱，总是按数给他面饼和零花钱，从未怠慢过他。每当阿卜杜拉说："给我结一下账吧！"面饼商便说："走吧！这不是结账的时候，等你有了钱再说吧！"听面饼商这样一说，阿卜杜拉就拿起饼和钱，道一声感谢之后就离去了。

第四十一天，阿卜杜拉对妻子说："我真想把这渔网撕破，不再干这种营生了。"

妻子惊问："为什么呀？"

阿卜杜拉说："仿佛我的生计不在海上。这种艰难处境会持续到哪年哪月呀？我真羞于去见面饼商。我再也不出海打鱼了，以免再打面饼铺前经过。因为出海、回家都要经过那里，每每被面饼商看见，而且他一定要喊我去拿饼和钱。我总这样借钱，到哪一天才算到头呢？"

妻子说："万赞归于伟大安拉！安拉一定会给你衣食的。这又有什么不好呢？"

阿卜杜拉说："我已经欠下人家很多钱了，人家总是要我还的。"

"他说什么伤害你的话了吗？"

"没有。他连账都不肯结，总是说：'等你有钱的时候再结账吧！'"

"他如果要账，你就对他说：'等你我都方便的时候再说吧！'"

"'我方便的时候'何时来到呢？"

"安拉是慷慨仁慈的。"

"你说得对！"

阿卜杜拉说完，背起渔网，向海边走去。他边走边说："主啊，降生计给我吧！哪怕给我一条鱼，我也好送给面饼商兄弟呀……"

阿卜杜拉来到海边，把网撒了下去。片刻过后，开始起网。他一拉网，只觉得这一网很沉。他费了好大力气，方才把网拉上来，发现打上来的是一头发了臭的死驴，自叹倒霉至极。

阿卜杜拉把渔网收拾干净后，说："无能为力，只有依靠伟大的安拉了。我对我的妻子说：'我的生计不在海里，让我抛弃这种职业吧！'而我的妻子却说：'安拉是慷慨的，会给你带来福分的！'难道说这发臭的死驴就是我的福分？"

阿卜杜拉忧愁满怀地离开那个地方，向另一处走去。以便躲开死驴的臭味。

阿卜杜拉抓起网，向海里撒去，稍待片刻，拉纲起网，只觉得这一网也很沉。他用尽周身力气，把手掌都拉破流了血，方才把网拉上岸来。他仔细一看，发现这一网打上来的竟然是一个人鱼，立即想到被苏莱曼大帝装入铜瓶，抛入大海的魔鬼①；猜想由于年久瓶子碎裂，所以魔鬼跑了出来，钻入网中，被打上岸来。

阿卜杜拉见打上一个人鱼来，惊惶而逃，边跑边喊："饶命啊……苏莱曼的魔鬼，饶命啊！"

网中的人高声对阿卜杜拉喊道："渔夫，来呀！你别跑呀！我像你一样，也是人。快把我放出来，我会报答你的恩情的。"

阿卜杜拉听人鱼一说话，方才放下心来，走回来问道："你不是魔鬼？"

那个人鱼说："不是！我是人，信奉安拉及其使者。"

"是谁把你抛入海中的呢？"

"我本来就是大海之子呀，是我游泳时落入网中的。我们都遵

---

① 参见本书第三夜《渔夫与魔鬼》的故事。

从安拉的法规,安拉创造了一切。假若我不是因为敬畏安拉,严守安拉的戒律,我早把你的渔网弄破了。不过,我对于安拉的安排感到很满意,你若能救我,你就变成了我的主人,我是你的俘虏。看在安拉的面儿上,你能释放我,与我订个盟约,每天在这个地方等我吗?你只要每天给我带些陆地上产的水果就行了,因为你们陆地上盛产葡萄、西瓜、桃子、石榴等等,所有这些水果我都喜欢,而我们这里则盛产小粒珍珠、大粒珍珠、黄玉、宝石和各种珠宝;你来时给我带一提篮水果,你走时带着一提篮珍珠宝石回去。兄弟,你说这样好不好哇?"

阿卜杜拉说:"一言为定!我们诵读《古兰经》'开端章'吧!"

诵读过"开端章",阿卜杜拉把网打开,人鱼游了出来。

阿卜杜拉问:"你叫什么名字?"

人鱼说:"我叫阿卜杜拉·白海里①。你来到这个地方,只要喊一声:'喂,阿卜杜拉·白海里——'我就会立即出现在你的面前……"

讲到这里,眼见东方透出黎明的曙光,莎赫札德戛然止声。

第九百四十二夜

夜幕垂降,莎赫札德接着讲故事:

---

① 阿卜杜拉·白海里,意为"大海的安拉之仆"。

幸福的国王陛下,阿卜杜拉问人鱼叫什么名字,人鱼说:"我叫阿卜杜拉·白海里。你来到这个地方,只要喊一声:'喂,阿卜杜拉·白海里——'我就会立即出现在你的面前。你叫什么名字呀?"

阿卜杜拉说:"我叫阿卜杜拉·白里①。"

人鱼说:"你是阿卜杜拉·白里,我是阿卜杜拉·白海里。你稍等一会儿,我给你取礼物去。"

阿卜杜拉说:"我听你的。"

阿卜杜拉·白海里转身潜入海中。

这时,阿卜杜拉·白里后悔自己放掉了人鱼,心想:"我怎么知道他回不回来呢?也许他在耍笑我,想了个主意,好让我放掉他。假若我把他带进城去,供人观赏,也可以收到不少钱;也许我把他送到达官贵人那里,能换到很多糊口之资呀……"

阿卜杜拉后悔了,恨自己放走了这个宝贝,心想:"一个无价猎物从你的手里溜掉了!"

正当阿卜杜拉懊悔、叹息自己误放人鱼归海时,忽然看见人鱼阿卜杜拉·白海里回来了,双手满捧着珍珠、珊瑚、绿宝石、黄玉等奇珍异宝,说:"兄弟,请拿去吧!别见怪,因为我没有提篮,只能用手捧着。"

阿卜杜拉欣喜不已,伸手接过满把珍宝。

人鱼阿卜杜拉·白海里对渔夫阿卜杜拉·白里说:"今后每天太阳出来之前,你就到这个地方来。"

人鱼告别渔夫,转身潜入了大海。

阿卜杜拉捧着珠宝,兴高采烈地回城去了。当他行至面饼商的

---

① 阿卜杜拉·白里,意为"大地的安拉之仆"。

烤炉前，对面饼商说："兄弟，我的福气来啦！请结账吧！"

面饼商说："用不着结账，你如果有钱就给；如没有钱，照样拿饼取钱就是了，等以后发了财再还我。"

阿卜杜拉说："朋友，由于安拉的关照，我的福气真的来了。我欠下你很多钱，你把这些珠宝收下吧！"

阿卜杜拉给了面饼商一把珠宝，那仅仅是今天人鱼给他的珠宝的一半。他对面饼商说："请给我几个钱吧，我好今天花。明天我就把这些珠宝卖掉换钱。"

面饼商把手中的钱和篮子里的发面饼全都给了阿卜杜拉。面饼商看到阿卜杜拉给他的那些珠宝，高兴地说："我是你的奴隶，我是你的仆人。"

面饼商头顶着炉旁的全部面饼，跟着阿卜杜拉走到家中，把面饼交给阿卜杜拉的妻子，然后去市场买回肉、蔬菜和各种水果。他抛下自己的烤炉，为阿卜杜拉帮了一天忙。

阿卜杜拉对面饼商说："兄弟，你辛苦了！"

面饼商说："这是我应该尽的义务，因为我成了你的奴仆。你对我恩深似海，难以报答。"

阿卜杜拉说："你在我困难时救助了我，恩重如山。"

面饼商与阿卜杜拉共度夜晚，同餐共饮。后来，面饼商成了阿卜杜拉的好朋友。

阿卜杜拉把与人鱼阿卜杜拉·白海里相遇的情况告诉了妻子，妻子欣喜不已。妻子说："你可要好好保密，以免官府来抓你。"

阿卜杜拉说："我就是对他人都保密，也不能不告诉面饼商呀！"

第二天大清早，太阳还没有出来，阿卜杜拉就带着昨天准备好的一篮子水果，向海边走去。

阿卜杜拉来到海边，把水果篮放下，便高声喊道："喂，阿卜杜拉·白海里，你在哪里？"

话音刚落，只听有人说："我来啦！"

人鱼阿卜杜拉·白海里出现在阿卜杜拉面前。阿卜杜拉提着水果篮递给人鱼，人鱼阿卜杜拉·白海里接过篮子，转身潜水而去。

时隔不久，人鱼提着满篮子的各种珠宝，递给了渔夫。

阿卜杜拉头顶满篮子珠宝，来到面饼商的烤炉前，面饼商说："我的主人，我已经烤了四十个高加索风味的烧饼送到你家去了。我现在再给你烤些薄饼，烤好随即送去，然后带着蔬菜和肉去你那里。"

阿卜杜拉从篮子里抓了三把珍珠和宝石送给面饼商，随后向家中走去。

阿卜杜拉回到家中，放下篮子，从每一种宝石中挑出一颗贵重宝石，拿着向市场走去。

阿卜杜拉站在珠宝市场长老的店铺前，说道："掌柜的，请把这些宝石买下来吧！"

长老说："让我看看呀！"

阿卜杜拉把宝石递过去让长老看。长老看罢，问道："你还有别的珠宝吗？"

阿卜杜拉说："我有满满一篮子呢！"

"你家住哪里？"

"在福拉那胡同。"

珠宝市场长老拿着那些宝石，对手下人说："你们把他给我抓起来！"

珠宝市场长老指着阿卜杜拉，恶狠狠地说："他是小偷！就是他偷了王后的珠宝，胆敢到这里销赃！"

珠宝市场长老命令手下人把阿卜杜拉狠揍了一顿,并且将他绑了起来。市场长老和珠宝市场所有的老板异口同声喊道:"我们抓住了小偷!我们抓住了小偷!"

有的说:"艾哈迈德家的东西准是他偷的。"

有的说:"哈米德家的东西不用说也是他偷的。"

还有的说:"这些日子里所有人家丢的东西,都是这个小偷偷的。"

真是七嘴八舌,所有的污水都向渔夫阿卜杜拉·白里的头上泼来。

虽然如此,阿卜杜拉一声不吭,没有回答任何人一句话,而且什么都没有辩解。他被珠宝商们押送到了国王面前。

珠宝市场长老说:"国王陛下,王后的项链被盗时,你曾派人通知了我们,要我们捉拿盗贼。我独自努力奋战,终于为你抓住了这个盗贼,现在送到国王面前。这些珠宝,是我们从他的手中截获的。"

国王对太监说:"拿着这些珠宝给王后看看,问问王后是不是她丢的那些珠宝。"

太监拿着珠宝来到王后面前。王后看见那些珠宝,惊异不已。她对太监说:"你们去禀报国王,就说我的项链已经找到了。这些都不是我的珠宝,这些都比我项链上的珠宝好。你们告诉国王,不要冤枉那个人,如果他愿意出售这些珠宝,我想为我的女儿乌姆·苏欧黛公主买下来,以备她来日订婚时用。"

讲到这里,眼见东方透出黎明的曙光,莎赫札德戛然止声。

第九百四十三夜

夜幕垂降,莎赫札德接着讲故事:

幸福的国王陛下,王后看见阿卜杜拉的那些珠宝,惊异不已。她对太监说:"你们去禀报国王,就说我的项链已经找到了。这些都不是我的珠宝,这些都比我项链上的珠宝好。你们告诉国王,不要冤枉那个人,如果他愿意出售这些珠宝,我想为我的女儿乌姆·苏欧黛公主买下来,以备她来日订婚时用。"

太监回到国王面前,向国王转达了王后的话。国王听后,勃然大怒,像诅咒阿德人和赛莫德人那样,把珠宝市场长老及其同伙狠狠训斥、咒骂了一顿。

珠宝市场长老及其同伙们为自己辩护说:"国王陛下,我们只知道这个人是个贫穷的渔夫,他突然有这么多珍珠宝石,所以我们猜想他是偷来的。"

国王说:"你们这帮坏家伙!难道你们以为一个穆斯林就不配拥有这些财宝?你们为什么不问问他这些珠宝是从哪里来的?说不定这些珠宝是安拉无偿赐给他的,你们为什么把他看作盗贼,在公众面前羞辱他呢?你们这些无耻的家伙,滚你们的吧!安拉是不会降福给你们的。"

珠宝市场长老及其同伙胆战心惊地溜走了。

珠宝市场长老及其同伙离去后,国王对渔夫阿卜杜拉说:"喂,男子汉,安拉赐洪福给你,我保你平安无事。不过,你要对我说实话,你这些珠宝是从哪里来的呢?我是一国之王,连我也没有这样精美稀有的珍宝啊!"

阿卜杜拉说:"国王陛下,我有一篮子这样的珠宝。"

随后,渔夫阿卜杜拉把同人鱼阿卜杜拉·白海里交往的情况一五一十地告诉了国王。阿卜杜拉说:"我与阿卜杜拉·白海里订了约言,我每天送一篮子水果给他,他每天给我一篮子珠宝。"

国王说:"男子汉,这是你的福分和运气。不过,我有一言相告,你要知道,金钱还需要权势保护。我今天就想排除人们对你的专横。也许有一天我被废黜或死去,别人取代我的王位,他会因贪图今世享受而杀你。因此,我想把我的女儿许配给你,让你成为我的宰相,我把你托付给我之后的君王,以期在我去世后,没有任何人敢图谋你的钱财。"

说到这里,国王吩咐宫役:"你们把这个人带到澡堂去洗个澡。"

宫役们把阿卜杜拉·白里带到澡堂,给他搓背擦身,然后给换上朝服,把他领到国王面前。随后,国王任命阿卜杜拉为自己的宰相,并派差使、侍卫和所有贵夫人到阿卜杜拉家去,给阿卜杜拉的妻子和孩子全都换上华丽宫服,让阿卜杜拉的妻子坐在轿子里,怀抱着婴儿,由贵夫人们和侍卫、差使护卫,前呼后拥,浩浩荡荡接到王宫。那阿卜杜拉的九个儿子,国王一一搂住亲吻,并让他们坐在自己的身边。

国王没有男孩儿,只有一个独生女,名叫乌姆·苏欧黛。

王后下令唤来法官和证人,要他们为阿卜杜拉·白里和乌姆·苏欧黛公主写婚书,让阿卜杜拉·白里以自己拥有的全部珠宝为聘礼。宫中人得知这一消息,无不欣喜跳跃。国王下令装点城郭,庆祝公主大喜日子来临。

新婚后的第二天，国王凭窗而坐，只见阿卜杜拉里头顶着一篮子水果走出去。国王立即叫住他，问道："喂，贤婿，你带的是什么？你到哪儿去呀？"

阿卜杜拉里说："去见我的朋友阿卜杜拉·白海里。"

国王说："现在不是去拜见朋友的时候。"

阿卜杜拉说："我担心我背弃约言会使他认为我是个骗子，还会说我被今世的享受弄昏了头脑。"

国王说："你说得对！会见你的朋友去吧！安拉默助你成功。"

阿卜杜拉向海边走去。很多人都认识他。他听人们这样说："这是国王的女婿。他用水果换珠宝去了。"

不知道他是谁的人则说："喂，卖水果的，多少钱一磅？卖给我一些吧！"

阿卜杜拉里说："等我回来再卖给你吧！"

阿卜杜拉走去，见到人鱼阿卜杜拉·白海里，递上一篮子水果，换了一篮子珠宝。

就这样，阿卜杜拉每天都经过面饼商店铺前，但总见铺门紧闭，一连十天光景。他想："怪呀！面饼商到哪儿去了呢？"

他问邻居："兄弟，你的面饼商邻居到哪里去了？他的情况怎样了？"

邻居说："先生，他生病了，出不了门了。"

阿卜杜拉问："他的家在哪里？"

邻居说："就在那条胡同里。"

阿卜杜拉走去，问到面饼商的家，走向前去轻轻叩门。

听到叩门声，面饼商从窗子里探出头来，见来客是他的渔夫朋友，头顶着一满篮子珠宝，急忙走去开门。

阿卜杜拉进了门，放下篮子，与面饼商紧紧拥抱在一起，哭着说:"朋友,你怎么啦?我每天都从你的铺子门前走过,总看铺子关着门,问你的邻居才知道你病了。我问到了你的家址,这才得以看看你。"

面饼商说:"安拉代我报答你的恩情。我没有病,只是听说国王把你抓走了,有人说你的坏话,诬陷你是小偷,我害怕,于是关上面饼铺,闭门不出了。"

阿卜杜拉说:"你没说错。"

阿卜杜拉随后把事情的始末及他与国王、珠宝市场长老之间发生的事情向面饼商说了一遍。阿卜杜拉说:"国王已招我为驸马,让我当上了他的宰相。"

阿卜杜拉又对面饼商说:"这篮子里的珠宝,你都拿走吧!你不必害怕!"

阿卜杜拉的一番话,驱赶走了面饼商心头上的怕意。阿卜杜拉离开面饼商那里,带着空篮子,回到了王宫。

国王见篮子空空,说道:"贤婿,好像你今天没见到你的朋友,是吗?"

阿卜杜拉说:"见到啦!我从朋友那里带回来的珠宝,全送给了面饼商了,因为他待我恩重如山。"

国王问:"是哪位面饼商?"

阿卜杜拉把自己贫困时受面饼商济助的情况向国王讲述了一遍。他说:"在我穷困潦倒之时,面饼商朋友一直都不曾怠慢我。"

国王问:"他叫什么名字?"

渔夫答:"他叫阿卜杜拉·赫巴兹[1]。我叫阿卜杜拉·白里,我的那位人鱼朋友叫阿卜杜拉·白海里。"

---

[1] 阿卜杜拉·赫巴兹,意为"卖面饼的安拉之仆"。

国王说:"我也叫阿卜杜拉,安拉的仆人都是兄弟。你马上去把你的面饼商朋友叫来,我任命他为左丞相。"

阿卜杜拉·白里派人把面饼商叫到国王面前,国王让他穿上左丞相的朝服,而让阿卜杜拉·白里做了右丞相。

讲到这里,眼见东方透出黎明的曙光,莎赫札德戛然止声。

第九百四十四夜

夜幕垂降,莎赫札德接着讲故事:

幸福的国王陛下,阿卜杜拉告诉国王:"他叫阿卜杜拉·赫巴兹。我叫阿卜杜拉·白里,我的那位人鱼朋友叫阿卜杜拉·白海里。"

国王说:"我也叫阿卜杜拉,安拉的仆人都是兄弟。你马上去把你的面饼商朋友叫来,我任命他为左丞相。"

阿卜杜拉·白里派人把面饼商叫到国王面前,国王让他穿上左丞相的朝服,而让阿卜杜拉·白里做了右丞相。

阿卜杜拉·白里每天一大早带着满篮子的水果到海边,然后带回一满篮子的珠宝。这样的情况一直持续了一年时间。当果园里的水果告罄时,他便拿着葡萄干、杏仁、榛子、核桃、无花果干等去见人鱼阿卜杜拉·白海里;只要是阿卜杜拉拿去的,人鱼阿卜杜拉·白海里全都接受,同样回报一满篮子的珠宝。

有一天,阿卜杜拉·白里带着一篮子干果去海边,人鱼阿卜杜拉·白海里接过干果,坐在海水里,阿卜杜拉坐在岸上,交谈起来,话题最后涉及先知墓地。

人鱼阿卜杜拉·白海里说:"兄弟,人们说先知的遗体埋葬在陆地上,你知道先知的墓在什么地方吗?"

渔夫阿卜杜拉·白里说:"是的,我知道先知的墓在什么地方。"

"在哪里?"

"在麦地那。"①

"陆地上的人们常去拜谒先知墓吗?"

"是的。"

"陆地上的人哪,你们能拜谒先知墓,真幸福。因为谁能拜谒圣陵,谁就可以沾先知的福。兄弟,你拜谒过圣陵吗?"

"没有。因为我很穷,没有路费呀!我自打结识了你,你给我这么多好处,我才富裕起来。我朝拜天房之后,就该去拜谒先知墓了。但是,只因你我交情甚深,我一刻也离不开你。"

"世界末日来临之时,先知能在安拉的面前为你说情,让你免遭地狱之苦,让你进入天堂。你怎么可以把我们之间的友情放在拜谒先知墓之上呢?你怎可贪恋今世而不拜谒先知穆罕默德的陵墓呢?"

"不是这样的。凭安拉起誓,拜谒先知陵墓在一切之上。不过,我希望你今年准我一次假,好让我去拜谒先知墓。"

"我准你拜谒先知墓的假期。你到了先知墓前,请代我向先知在天之灵问安致意。我有一件礼物要献给先知英灵。请你跟我一起

---

① 六二二年九月,穆罕默德率穆斯林由麦加迁徙到叶斯里卜,改地名为"麦地那·纳比",意为"先知之城",简称麦地那。六三二年,穆罕默德在麦地那逝世后葬于他在六二二年亲自参加修建的先知寺内的东南隅。

到海中去，我带你去游览我的海底城市，并请你到我家做客，让我款待你一番，以便把礼物交给你，请你把它放在先知墓前，对先知说：'安拉的使者，阿卜杜拉·白海里向你致敬问安。他送这件礼物给你，以求你为他说情，免遭地狱之苦。'"

阿卜杜拉·白里说："兄弟，你生在海中，住在水里，水对你无妨。如果到了陆地上，恐怕就会有什么不便吧！"

人鱼阿卜杜拉·白海里说："是的。我若到了陆地上，我的身体就会因风吹而干裂，旋即死掉。"

"我生在陆地上，住在陆地上，一旦入海，水会进入我的腹内，我会因此窒息而死的。"

"你倒不用担心这个。我给你一种油脂；只要你把它涂在身上，水也就对你奈何不了了。涂上这种油脂，你就是后半生在海里度过，不管是走是躺，都能自如自便，水对你毫无妨害。"

"如果是这样，那倒也无妨。请把油脂拿来，让我试一试吧！"

"好吧！"

说完，人鱼阿卜杜拉·白海里拿起果篮，转身潜入海中。片刻过后，带回一种类似牛油的油脂，色调呈黄色，很像金子的颜色，气味芬芳。

阿卜杜拉·白里问："兄弟，这是什么？"

人鱼阿卜杜拉·白海里说："这是一种名叫'鲸'的鱼的肝油。它是最大的一种鱼，也是我们最可怕的敌人。它的形体比你们陆地上的任何一种牲口都要大，假若它看见骆驼或大象，也会吞下去的。"

"它在海里吃什么呢？"

"它吃海里的各种鱼类。人们不是常说'大鱼吃小鱼'嘛！"

"你说得对。海中这种鲸鱼多吗？"

"多极了，数目只有安拉晓得。"

阿卜杜拉·白里说："我担心随你下海碰上这种鱼，它会把我吃掉。"

人鱼阿卜杜拉·白海里说："你不要怕！那鲸鱼看见你，知道你是阿丹的子孙，它会因害怕你而掉头逃走。它最害怕陆地上的人，因为它一吃人就会立刻丧命。对于鲸鱼来说，人的脂肪是一种致命毒素。我们之所以能采集到鱼肝油，就是因为有人落水被淹死，形体发生变化或者碎裂，鲸鱼见后，以为是海里的动物，便吞了下去，于是顷刻丧命。我们找到死鲸后，取出其肝油，涂在我们的身上，就可以畅游大海，无所畏惧。不管在哪个地方，只要有一个人在，不论鲸鱼有多少，只要人喊一声，鲸鱼就会一下子全部死掉……"

讲到这里，眼见东方透出黎明的曙光，莎赫札德戛然止声。

◆ 第九百四十五夜 ◆

夜幕垂降，莎赫札德接着讲故事：

幸福的国王陛下，阿卜杜拉·白海里对阿卜杜拉·白里说："你不要怕！那鲸鱼看见你，知道你是阿丹的子孙，它会因害怕你而掉头逃走。它最害怕陆地上的人，因为它一吃人就会立刻丧命。对于鲸鱼来说，人的脂肪是一种致命毒素。我们之所以能采集到鱼肝油，就是因为有人落水被淹死，形体发生变化或者碎裂，鲸鱼见后,以为是海里的动物,便吞了下去,于是顷刻丧命。我们找到死鲸后,取出其肝油,涂在我们的身上,就可以畅游大海,无所畏惧。不管在哪个地方,只要有一个人在,不论鲸鱼有多少,只要人喊一声,鲸鱼就会一下子全部死掉,没有一条鲸鱼能游离原来的地方。"

渔夫阿卜杜拉·白里听后,说:"我完全依靠安拉了。"

阿卜杜拉·白里脱下衣服,又在海边挖了一个坑,把衣服埋在坑里,然后从头到脚抹上鱼肝油,随之下到水中,沉入水里,照样睁着眼,他发觉水对自己毫无妨害。他左游右游,时上时下,只觉得海水就像大帐篷一样,感觉不出有任何不便。

人鱼阿卜杜拉·白海里问渔夫阿卜杜拉:"兄弟,你感觉如何?"

渔夫阿卜杜拉说:"兄弟,好极了!你说的一点儿不错。水确实对我毫无妨害。"

"跟我来……"

渔夫阿卜杜拉·白里跟着人鱼阿卜杜拉·白海里走了一个地方又一个地方,他看见前后左右都是水山。他边走边观赏水山和各种鱼。他发现鱼有大的,有小的,都在水中玩耍。他看到有的鱼像水牛,有的鱼像黄牛,有的像狗,有的像人,每当他走近一种鱼时,那鱼便慌忙而逃。

渔夫阿卜杜拉·白里对人鱼阿卜杜拉·白海里说:"兄弟,为什么鱼见我就逃呢?"

人鱼阿卜杜拉·白海里说:"它们怕你呀!因为安拉所创造的一切都怕人。"

渔夫阿卜杜拉欣赏着海中奇观,直至他们来到一座高山下。

渔夫阿卜杜拉正在高山一侧走着,忽然听见一声吼叫,只见一个像骆驼或更大一些的黑色物体从山上滚落下来。他高声问道:"兄弟,这是什么东西?"

人鱼阿卜杜拉·白海里说:"这就是鲸鱼,它想冲下来吃我。兄弟,你要在它接近我之前喊叫一声就行,以免它把我吃掉。"

渔夫阿卜杜拉·白里喊叫一声,鲸鱼当即死去。眼见鲸鱼已死,他说:"赞美安拉!我既不用剑,也不用刀,怎么这个庞然大物竟经不起我这一声喊叫,就死去了呢?"

人鱼阿卜杜拉·白海里说:"不要觉得奇怪!凭安拉起誓,就是一千条或两千条鲸鱼,也经受不住人的一声喊叫。"

他们继续往前走,进入一座城中,只见那里是姑娘的王国,没有一个男子。渔夫阿卜杜拉·白里问:"喂,兄弟,这是一座什么城?这些姑娘是怎么回事?"

人鱼阿卜杜拉·白海里回答道:"这是女子城,因为城中居民全是美人鱼。"

"城中有男子吗?"

"没有。"

"没有男子,她们怎样怀孕、生育呢?"

"是海王把她们流放到这里的,她们既不怀孕,也不生育。每个触怒了海王的美人鱼,都会被发配到这座女子城来;到了这里,谁也不能再出去,谁若出去,就会被海兽吃掉。除了这座城,别的城中既有女子,也有男子。"

"海里还有别的城市吗?"

"有!海里有许多城市。"

"你们也有国王?"

"是的。我们也有国王。"

渔夫阿卜杜拉·白里说:"喂,我发现海里有许多奇观。"

人鱼阿卜杜拉·白海里说:"你所看到的皆是奇观。你没听人说过'海中奇观多于陆地'吗?"

渔夫阿卜杜拉·白里说:"你说得对。"

随后,他开始仔细观看那些美人鱼,发现她们个个面似皓月,人人长发披肩,她们都有手,而腿却生在肚子上,都生着鱼一样的尾巴。

游完女子城,人鱼阿卜杜拉·白海里带着渔夫阿卜杜拉·白里来到另一座城,只见那里有男有女,相貌都像女子城中的美人鱼,但无论男女都生着鱼一样的尾巴,而且一丝不挂,人人赤身裸体。那里不像陆地上,既没有买,也没有卖。

渔夫阿卜杜拉·白里问:"这里的男男女女为什么都赤身裸体呢?"

人鱼阿卜杜拉·白海里告诉说:"因为海中居民没有能用来做衣服的布。"

"他们结婚时怎么办呢?"

"他们是不结婚的,只要男的喜欢女的,追逐即可满足需求。"

"这是不合法的呀!男的为什么不向女的求婚,然后送聘礼,再举行结婚典礼,按照安拉及其使者所喜欢的那样结为夫妻呢?"

"兄弟,你有所不知,我们的信仰并不统一:有的是穆斯林,信奉安拉;有的是基督徒,信奉耶稣;还有的是犹太教徒。在我们这里举行结婚典礼的只有穆斯林。"

"你们这里既没有买,也没有卖,新娘子的聘礼怎么办呢?只给新娘子珠宝吗?"

人鱼阿卜杜拉·白海里说:"宝石,在我们这里只是石头,没有价值。在我们这里,要娶亲的男子,只要捕一些各种品种的鱼就行了,数量可以是一千条,或两千条,或更多些,由男子本人与其岳父商定。捕来鱼之后,新娘、新郎双方的亲戚聚集在一起,举行宴会,之后便让新郎、新娘入洞房,婚后,男子捕鱼养活妻子。若男子力不从心,则由女子捕鱼养活男子。"

"如果出现男女之间通奸之事,怎么办呢?"

"这种事情若由女的引起,人们就把她流放到女子城去。若淫妇是孕妇,则等她生下孩子后再执行,若生下来的是女孩儿,则连同母亲一起流放,被称为'淫妇之女',在那里待到死去;若生下来的是男孩儿,则交给海王杀死。"

渔夫阿卜杜拉·白里听后,觉得十分新奇。

人鱼阿卜杜拉·白海里领着渔夫阿卜杜拉·白里游览了一个城市又一个城市,一直游览完了八十座城市,城中的居民各不相同。

渔夫阿卜杜拉·白里问:"兄弟,海里还有别的城市吗?"

人鱼阿卜杜拉·白海里说:"这里的城市、奇观多着呢!凭高贵、仁慈的先知起誓,我就是带着你在海中游览一千年,每天游览一千座城市,也看不到海中世界二十四分之一的城市和奇观。现在,我只不过是带着你看了看我的家乡罢了。"

"情况既然如此,我们游览这些地方也就够了。我已经厌恶吃鱼了。在你陪伴我的八十天里,早晚都吃生鱼,既吃不到烧鱼,也吃不到炖鱼,真是不习惯呀!"

"什么叫炖?什么叫烧呢?"

"我们把鱼放在火上烧,就做出了烧鱼;把鱼放在水里炖,就炖出了味道鲜美的熟鱼。此外,还可以用各种方法做鱼,能做出许多样来。"

"我们从哪里能弄来火呢?我们既烧不成,也炖不成,没有别的办法。"

"我们就用橄榄油和芝麻油煎呀!"

"从哪里去弄橄榄油、芝麻油呢?我们生活在海里,对你提到的这些一无所知。"

"你说得对。不过,兄弟,你带我游览了好多城市,但还没有让我到你居住的城市看一看呢?"

"我居住的城市已经离这里很远了,它离我们见面的海边较近。因为我想让你游览一下海中城市,所以远离了我居住的地方。"

渔夫阿卜杜拉·白里说:"我已经游览够了,让我到你居住的地方去看看吧!"

人鱼阿卜杜拉·白海里说:"好吧!"

人鱼阿卜杜拉·白海里带着渔夫阿卜杜拉·白里前往自己居住的城市。

来到城边上,人鱼阿卜杜拉·白海里对渔夫阿卜杜拉·白里说:"兄弟,这就是我居住的城市。"

渔夫阿卜杜拉·白里望去,发现这座城市比他游览过的城市都小。他跟着人鱼阿卜杜拉·白海里行至一个洞口,人鱼阿卜杜拉·白海里说:"这就是我的家。这座城市中的住宅都是这个模样,均是分布在山上的大小山洞,而且海里的城市也都是这样的。有谁想建住房,首先要到国王那里,对国王说:'我想找个地方建造一处住宅。'国王听后,便派一伙名叫'青骨鱼'的鱼去帮忙。给它们的报酬就是一些鱼。它们到了想建房者所期望的地方,便用硬嘴在石头上凿出洞穴,建造居室,而主人则去捕来鱼供它们吃。它们把居室凿成,主人住进去,它们就离去。海里的居民都是这样生活,互不来往;遇到有事相求时,报酬也只是一些鱼。"

稍停片刻,人鱼阿卜杜拉·白海里又对渔夫阿卜杜拉·白里说：“兄弟，请进屋吧！”

渔夫阿卜杜拉·白里走进屋去。人鱼阿卜杜拉·白海里喊了女儿一声，女儿应声而至。

人鱼阿卜杜拉·白海里的女儿面似皓月，长发披肩，眼眸乌黑，身材苗条，臀部丰隆，腰肢纤细，但周身一丝不挂，长着尾巴。

女儿看见渔夫阿卜杜拉·白里与她父亲在一起，便问："爸爸，你带来的这个秃尾巴人是谁呀？"

父亲说："女儿啊，这就是我那位在陆地上生活的朋友，我每天带回来的水果，就是他给我们的。你来呀，向他问好吧！"

女儿走上前去，用伶俐的口齿向渔夫阿卜杜拉·白里问好致意。

父亲对女儿说："我的朋友为我们带来了吉祥如意。你给我们的客人端些吃的来呀！"

女儿端来两条大鱼，都有羊那样大。

人鱼阿卜杜拉·白海里说："朋友，请吃吧！"

渔夫阿卜杜拉·白里已经厌恶了吃鱼，但因肚子太饿，还是吃了起来；再说，他们那里除了鱼，也没有别的任何东西了。

片刻过后，人鱼阿卜杜拉·白海里的妻子来了。妻子容颜俊秀，体态丰满，明艳动人。她领着自己的两个小男孩儿，各自拿着一条鲈鱼在津津有味地吃着，颇似陆地上的孩子吃青瓜。

妻子看见渔夫阿卜杜拉·白里和她丈夫在一起，便问："你带来的是谁呀？"

两个孩子和他们的姐姐以及母亲都用惊异的目光注视着渔夫阿卜杜拉·白里，边看边笑着嚷道："凭安拉起誓，他是个秃尾巴人！"

渔夫阿卜杜拉·白里说:"喂,兄弟,你带我来,就是为了让你的妻儿奚落、嘲笑我吗?"

讲到这里,眼见东方透出黎明的曙光,莎赫札德戛然止声。

第九百四十六夜

夜幕垂降,莎赫札德接着讲故事:

幸福的国王陛下,人鱼阿卜杜拉·白海里的妻子看见渔夫阿卜杜拉·白里和她的丈夫在一起,便问:"你带来的是谁呀?"

两个孩子和他们的姐姐以及母亲都用惊异的目光注视着渔夫阿卜杜拉·白里,边看边笑着嚷道:"凭安拉起誓,他是个秃尾巴人!"

渔夫阿卜杜拉·白里说:"喂,兄弟,你带我来,就是为了让你的妻儿奚落、嘲笑我吗?"

人鱼阿卜杜拉·白海里说:"兄弟,请原谅!在我们这里,没有尾巴的人是没有的。一旦人们发现一个没有尾巴的人,总要被国王抓去取笑一番。不过,兄弟,请不要责怪我的妻子儿女,因为她们见识短浅。"

人鱼阿卜杜拉·白海里转而对妻子儿女们大声喝道:"你们住口吧!"

人鱼的妻子儿女们当即吓得魂不附体,一个个默不作声了。

随后,人鱼阿卜杜拉·白海里好言安慰渔夫阿卜杜拉·白里。

二人正在谈话时，忽见十个彪形大汉闯了进来，说道："喂，阿卜杜拉·白海里，国王听说你这里有个陆地上的秃尾人，是吗？"

人鱼阿卜杜拉·白海里说："是的，就是他。他是我的朋友，来我家做客。我现在正想把他送回陆地上去。"

大汉们说："我们一定要把他带走！你如果有什么话，那就请把他送到国王那里，向国王说吧！"

人鱼阿卜杜拉·白海里对渔夫阿卜杜拉·白里说："兄弟，理由清楚明白，我们不能违抗国王的命令。你这就跟我到国王那里去吧！我一定设法让你解脱。你不要害怕！国王看见你，就知道你是陆地上的人；他知道你是清白无辜的，就会款待你一番，然后把你送回陆地。"

渔夫阿卜杜拉·白里说："按你说的办。我把一切都托付给安拉，马上跟你去。"

人鱼阿卜杜拉·白海里带着渔夫阿卜杜拉·白里来到王宫。

国王看见渔夫阿卜杜拉·白里，笑着说："欢迎秃尾人！"

国王周围的每个人都笑看着渔夫阿卜杜拉·白里，好奇地说："妙！凭安拉起誓，他是个秃尾人！"

人鱼阿卜杜拉·白海里走上前去，向国王介绍了渔夫阿卜杜拉·白里的情况。他说："这是一位陆地之子，是我的朋友。他不能生活在我们中间，因为他不喜欢吃生鱼，只喜欢吃烧鱼或炖鱼。我希望陛下允许我把他送回陆地。"

国王说："既然如此，他不喜欢生活在我们这里，我就招待他一番，然后请你送他回陆地。"

片刻后，国王又说："设宴招待客人！"

一声令下，众宫仆端来各种各样的鱼。渔夫阿卜杜拉·白里服从国王的命令，吃了起来。

国王对渔夫阿卜杜拉·白里说:"你有什么要求,请说吧!"

渔夫阿卜杜拉·白里说:"我希望陛下送给我一些珠宝。"

国王命令宫仆:"把他带到珠宝库去,让他挑选自己所需要的珠宝吧!"

人鱼阿卜杜拉·白海里带着渔夫阿卜杜拉·白里来到珠宝库,挑选了渔夫阿卜杜拉所喜欢的珠宝,然后带着渔夫回到自己的家中。

人鱼阿卜杜拉·白海里给了渔夫阿卜杜拉·白里一个袋子,说:"请带着这份寄存物,把它送到先知墓前。"

渔夫阿卜杜拉·白里接过来,但不知袋子里装着什么。

人鱼阿卜杜拉·白海里陪伴着渔夫阿卜杜拉·白里出了城,以便送他回陆地。

渔夫阿卜杜拉·白里看见人们欢呼雀跃,载歌载舞,处处摆鱼宴,人们边吃边唱边乐。

渔夫阿卜杜拉·白里不解地问:"兄弟,这些人为什么这么高兴?莫非他们正参加结婚典礼?"

人鱼阿卜杜拉·白海里说:"不是举行结婚典礼,而是死人了。"

"你们这里有人死了,人们就高兴,唱歌,大吃大喝?"

"是的。陆地兄弟,你们那里怎么办呢?"

"我们那里若有人死了,人们就痛哭难过。女人们总是批打自己的面颊,撕扯自己的衣服,以此痛悼死者。"

人鱼阿卜杜拉·白海里凝目注视着渔夫阿卜杜拉·白里,说:"把寄存物拿来!"

渔夫阿卜杜拉·白里把袋子递给人鱼阿卜杜拉·白海里,随后人鱼阿卜杜拉·白海里把渔夫阿卜杜拉·白里送回陆地,并且说:

"我和你之间的友情从此中断。从今以后,你不要再来看我,我也不再见你。"

渔夫阿卜杜拉·白里不解地问:"这话从何说起?"

"难道你们陆地上的人不是安拉的寄存物吗?"

"是啊,我们是安拉的寄存物呀!"

"既然你们是安拉的寄存物,那么,当安拉收回自己的寄存物时,你们哭什么呢?既然这样,我怎好把先知的寄存物交给你呢?你们生了孩子就欢乐高兴,其实那新生儿的灵魂也是伟大安拉放在肉体里的寄存物;既然如此,当伟大安拉拿走寄存物时,你们又何必难过、痛哭呢?我们是不需要你们的友情的。"

人鱼阿卜杜拉·白海里说完,离开渔夫阿卜杜拉·白里,转身潜入海中去了。

渔夫阿卜杜拉·白里刨出自己的衣服,穿在身上,拿着珠宝,向王宫走去。

国王亲切的迎接门婿阿卜杜拉·白里,为他平安返回感到高兴。国王说:"我的贤婿,你好哇!你怎么去了这么长时间?"

渔夫阿卜杜拉·白里把发生的事情一一禀报给国王,把人鱼阿卜杜拉·白海里说的那番话也告诉了国王,国王说:"贤婿呀,错就错在你的身上,你不该把陆地上的情况告诉他。"

一连数日,渔夫阿卜杜拉·白里每天都到海边去,在那里高声呼唤人鱼阿卜杜拉·白海里,但无人答声,更不见人影。

渔夫阿卜杜拉·白里终于绝望,回到宫中,与岳父和妻子儿女一起过着美好日子,直到各自天年竭尽,相继归真。万赞归于大慈大悲、无所不知、无所不能、永存世间的伟大安拉!

讲到这里,莎赫札德戛然止声。

妹妹杜娅札德说:"姐姐,你讲的故事真精彩,真动人,真美妙!"

莎赫札德说:"如蒙国王陛下厚恩,能再留我一夜,这与我来晚要讲的故事相比,就算不上什么精彩、动人、美妙了。"

听莎赫札德这样一说,舍赫亚尔国王心想:"凭安拉起誓,我不能杀她,我要把故事听完……"想到这里,他说:"天色尚早,接着讲吧!"

莎赫札德开始讲《哈里发哈伦·拉希德与艾卜·哈桑》的故事:

相传,一天夜里,哈里发哈伦·拉希德辗转反侧,不能成寐,便派人喊来迈斯鲁尔,对他说:"你赶快给我把贾法尔叫来!"

迈斯鲁尔转身走去,时隔不久,将贾法尔叫来了。哈里发对贾法尔说:"喂,贾法尔,我今夜失眠了,无论如何也睡不着觉,我真不知道如何摆脱这种状态。"

贾法尔说:"信士们的长官,贤哲有言传世,照照镜子,入池沐浴,听听歌曲,足以解忧消烦。"

哈里发说:"贾法尔呀,这些办法我都用过了,均无济于事。我凭列祖列宗起誓,你若不想办法消除我的痛苦,我就要取下你的首级。"

"信士们的长官,我给你想个主意,你肯照办吗?"贾法尔说。

"你有什么主意?"

贾法尔说:"信士们的长官,今夜月明风清,何不到底格里斯河上泛舟,然后顺水而下,到一个名叫'路角岛'的地方一游呢?"

哈里发哈伦·拉希德问:"到那里能干什么呢?"

"到了那里，我们也许能够听到从来没有听到过的歌声，或者看到我们从来没有看到过的美景。古人有言：'消愁解闷，三者任择其一，一曰，观未观之物；二曰，听未听之声；三曰，踏未踏之地。'信士们的长官，也许那样能消除你心中的不安和忧虑。"

听贾法尔这样一说，哈里发哈伦·拉希德立即站了起来，在宰相贾法尔及其弟弟法得勒、乐师伊斯哈格·奈迪姆和诗人艾卜·努瓦斯、艾卜·戴勒夫以及掌刑官迈斯鲁尔的陪同下，走进更衣室。他们全都换上商人的服装，打扮成商人模样，趁月明风清的夜色，步出王宫……

讲到这里，眼见东方透出黎明的曙光，莎赫札德戛然止声。